CALL ME BABY
L'INTÉGRALE

Du même auteur chez

addictives

Cent facettes de Mr Diamonds – volumes 1 et 2
Toi + Moi. L'un contre l'autre
Toi + Moi. Envers et contre tout
Toi + Moi. Seuls contre tous
Call Me Baby – volumes 1 et 2
Love Me if You Can
Call Me Bitch
Kiss Me if You Can
Bliss. Le faux journal d'une vraie romantique – volumes 1 et 2
Jeux interdits
Jeux insolents
Fallait pas me chercher ! – volumes 1 et 2
Corps impatients
Cœurs insoumis
Bliss. Le faux journal d'une vraie romantique – l'intégrale
Âmes indociles
Cent facettes de Mr Diamonds – l'intégrale
Jeux imprudents
(Im)parfait
Une toute dernière fois
Love Me if You Can – l'intégrale
It's Raining Love !
Kiss Me if You Can – l'intégrale
The Boy Next Room

EMMA GREEN

CALL ME BABY
L'INTÉGRALE

addictives

À toutes celles qui ont été laissées de côté…
mais n'ont jamais renoncé.

« Nobody puts baby in a corner ! »
Dirty Dancing (1987)

TABLE

I. CALL ME NANNY 11

II. CALL ME ONCE AGAIN 79

III. CALL ME BABY 137

IV. NANNY EN DÉTRESSE 193

V. LIAISON MAUDITE 249

VI. SOLITAIRE 303

I

CALL ME NANNY

1

MILLIARDAIRE CHERCHE NANNY

« Mr X recherche une nourrice à temps plein
pour prendre en charge sa fille de 2 ans.
Cette mission consistera à veiller méticuleusement sur l'enfant,
sa santé, sa sécurité et son bien-être.
Expérience significative exigée.
Lieu : Mayfair, Londres.
Rémunération : attractive, en fonction du profil.
Personnes irresponsables, susceptibles ou indiscrètes, s'abstenir. »

Je fais claquer mes talons jusqu'au salon en tirant sur le col de mon tailleur strict. Pas franchement confortable, mais comme le disait ma mère : « Avoir fière allure, ça se mérite. »

Je m'inspecte quelques secondes dans le grand miroir fixé au mur, rajoute un peu de rouge cerise sur mes lèvres, place quelques mèches blondes derrière mes oreilles, puis réalise enfin que je ne suis pas seule. Mon sosie aux cheveux noir corbeau – en short en jean et débardeur imprimé tête de loup – m'observe, assise en tailleur, à même le parquet.

– Sid, oublie ce foutu entretien. Tu n'as pas l'expérience demandée, ils vont te recaler direct ! Tu t'apprêtes à perdre deux heures de ta vie ! Et de la mienne. On est censées ranger tout ce bordel, soupire Joe en s'attaquant – au cutter – à un innocent carton qui avait le malheur de traîner là.

– Ils ont reçu mon CV et accepté de me rencontrer, c'est tout ce qui compte. Ah, et deux mots magiques : « Rémunération attractive. »

Je lui décoche l'un de mes sourires les plus agaçants, elle me balance une Converse trouée – qui manque de justesse mon visage.

– Je te parie que tu vas t'enfuir au bout de dix minutes ! La mioche va faire un caprice parce que sa nouvelle dînette n'est pas incrustée de diamants mais de Swarovski, sa mère maniaco-dépressive va s'enfiler une poignée de Lexomil en douce, pendant que Mr X – encore un vieux beau qui te fera les yeux doux – tendra un billet de cent à sa petite princesse. C'est tout ce qu'il aura trouvé pour la faire taire... Ça marche aussi avec « Môman », d'ailleurs, ça coûte cher, la cure botox, champagne et antidépresseurs...

– Qu'est-ce qui te fait croire que ce Mr X est richissime ?

– À ton avis, Einstein ? Mayfair, ça t'inspire quoi à part le fric, le fric et encore le fric ?

– Ça tombe bien, c'est justement pour le fric que j'ai postulé. Parce que ce n'est pas avec ton boulot de barmaid à mi-temps qu'on va payer le loyer... On a suffisamment galéré avant de trouver cet appart tout juste médiocre. J'ai eu ma dose d'hôtels miteux et d'auberges de jeunesse crasseuses, je ne compte pas me faire expulser le mois prochain ! Compris, Coyote Girl ?

– Ouais, bon, je m'incline, rit-elle de sa voix grave. Va vendre ton âme, je gère les cartons.

Je promène mon regard aux quatre coins du salon. Un cimetière. Tous les cartons qui se trouvaient à sa portée ont fini éventrés. Je ne donne pas cher des autres...

Joséphine. Ma sœur jumelle. La délicatesse incarnée.

Je m'engouffre dans le métro – ou *Underground*, version *british* – un quart d'heure plus tard et constate immédiatement que je fais tache. Mon tailleur étouffant et moi, nous nous creusons une petite place au milieu des Londoniens en tenues estivales et des touristes aux casquettes vissées sur la tête. Il fait une chaleur écrasante en ce début juillet, je rêverais d'être en terrasse, en train de siroter un soda bien frais dans une robe bain de soleil. Mauvaise pioche. Je suis dans un costume de clown triste, pressée contre un mur dans cette rame bondée, entourée de gens dont la politesse et l'hygiène ne semblent pas être des priorités. Et je m'apprête à baiser les pieds d'un certain Mr X, à sourire niaisement à une petite peste, juste pour empocher un job dont j'ai désespérément besoin... mais qui ne m'enchante guère.

Quitter Paris, la pire idée que j'ai jamais eue ? Non, c'était vital.

Bienvenue dans le quartier le plus recherché, le plus élitiste de Londres. La case la plus chère du Monopoly anglais. Bordé par Hyde Park à l'ouest et l'ultra-tendance West End à l'est, sa situation est plus qu'idéale. C'est en tout cas ce que radote le vieux Guide vert Michelin des années 1990 qui traîne sur ma table de nuit.

Après avoir écrabouillé une demi-douzaine de pieds en m'extirpant du wagon, je sors à l'air libre, essoufflée, les joues cramoisies, mais ravie. Depuis mon arrivée au Royaume-Uni, un mois plus tôt, je ne me suis jamais promenée dans ce quartier à mes heures perdues. Ma sœur et moi, nous nous sommes cantonnées aux coins plus populaires – et plus adaptés à nos goûts modestes – tels que Camden Town ou Soho. C'était une erreur.

Sur mon petit bout de trottoir, je lève la tête et contemple mon environnement. Coup de foudre instantané – ce n'est pas mon genre, pourtant. Le ravissement coule dans mes veines. Tout ce que je prends le temps d'observer semble avoir été préservé dans un écrin de velours. Ici, pas de pubs sinistres ou de boîtes bruyantes, mais des bars à vin au charme désuet et des fumoirs intimistes. Les restaurants se veulent discrets mais subtilement décadents, les façades d'immeubles rivalisent de beauté et les rues sont d'une propreté éclatante.

Et ce sourire qui traîne nonchalamment sur toutes les lèvres...

Un coup d'œil à ma montre et je dégringole de mon nuage. Dans six minutes, il sera quinze heures. Dans sept minutes, le job me passera sous le nez. J'accélère le pas sur Bond Street, admirant sans m'arrêter les boutiques de luxe qui se suivent et ne se ressemblent pas – du moins, pas toutes. Chanel, Prada, Miu Miu, Cartier, Alexander McQueen, Louis Vuitton... Joe avait probablement raison. À moins d'habiter dans un studio insalubre et situé au dernier sous-sol, il faut être millionnaire pour se payer le luxe d'être propriétaire, par ici. Et ce constat ne me dit rien qui vaille. Je n'ai rien contre les gens riches, mais je préfère ne pas avoir à leur rendre de comptes. Surtout quand leurs moyens dépassent l'entendement. Et le PIB d'un petit pays.

Pense à ton salaire, pense à ton salaire, pense à ton...

Rue : St George Street. Numéro : 30. Étage : pas indiqué. Je comprends vite pourquoi. Mr X n'habite pas dans un appartement, comme le commun des mortels, mais dans une sublime maison victorienne à quatre niveaux. Une «*townhouse*», comme disent les Londoniens – avec une pointe de jalousie dans la voix.

Quatorze heures cinquante-neuf. Je tente de redescendre en température et fais une rapide vérification : tenue professionnelle – coiffure irréprochable – haleine fraîche. Tentée de faire demi-tour, je sonne précipitamment pour que ce ne soit plus une option. Face à cette porte probablement centenaire, je patiente en prenant la pause. Dos droit, tête haute, jambes serrées, mains jointes devant moi, posées sur mon petit attaché-case. La parfaite potiche. Pardon, nanny.

D'abord, je ne distingue que sa chevelure d'un blanc immaculé, comme on en voit rarement. Mes yeux descendent et rencontrent les siens, plissés, d'un bleu profond. Puis je m'arrête sur sa bouche pincée et délicatement ridée. Cette femme doit avoir une soixantaine d'années, peut-être plus et mériterait de figurer sur un tableau de maître. Son visage est marqué, mais ses yeux, eux, ont gardé la fougue, l'impétuosité de sa jeunesse. Mon cœur se serre alors que des images de ma mère défilent dans mon esprit.

– Quand vous aurez terminé de me détailler sous toutes les coutures, vous me ferez le plaisir d'entrer ? me demande sèchement mon interlocutrice.

Même son accent, sa voix sont d'une distinction incroyable… et froide.

Je la suis silencieusement jusqu'à un petit salon cossu, situé à l'entrée de la demeure, et m'assieds dans le fauteuil qu'elle me désigne. Je me sens toute petite, subitement. Je réponds à chacune de ses questions pendant presque une demi-heure, sans jamais savoir si mes réponses lui conviennent ou non. Par chance, je maîtrise parfaitement l'anglais – même si mon accent français trahit mes origines. L'Anglaise ne sourit pas, ne hausse pas le ton, se contente de m'interroger sans relâche en prenant quelques notes. Puis elle se lève et je l'imite. À ce stade, je ne sais toujours rien d'elle. Je m'attends à être mise à la porte, mais elle prend la direction inverse : les escaliers.

L'ancien et le moderne font bon ménage, j'en ai la preuve incontestable. Si l'extérieur de la *townhouse* était impressionnant, l'intérieur est saisissant. Je trottine derrière la Reine des Glaces – en manquant plusieurs fois de lui rentrer dedans – et tente de ne rien louper du décor sur mon chemin. Les grands espaces de vie, la très belle hauteur sous plafond, la décoration épurée mais design, ce que je devine être une salle multimédia, sur ma droite, puis une salle de sport, sur ma gauche. Les murs clairs et la lumière qui traverse les larges fenêtres contrebalancent les notes plus sombres du mobilier. Nous n'avons pas encore traversé tout le premier étage, j'ai l'impression d'arpenter les couloirs interminables d'un château. Ici et là, les plantes, fleurs, sculptures et tableaux abstraits ajoutent de la couleur à l'ensemble, apportant à cette maison une âme, une impression de vie et d'unité.

Finalement, la femme s'immobilise devant une grande porte blanche, derrière laquelle je perçois des pleurs. Elle pose la main sur la poignée et se retourne vers moi.

– Mon nom est Imogen Price. J'étais la nanny de Birdie jusque-là, mais ma santé ne me permet plus d'assumer cette responsabilité. Reste à savoir si vous, Miss Merlin, vous en serez capable. Vous avez une heure pour me prouver que vous êtes à la hauteur.

– Vous ne comptez pas me laisser observer d'abord ? Pour que je sache comment tout fonctionne et pour ne pas effrayer la petite ? paniqué-je à moitié.

– Non, ce serait une perte de temps. Vous êtes mise à l'épreuve, aujourd'hui, et Birdie est le meilleur test qui soit. Bon courage…

Imogen ouvre une première porte et m'invite à pénétrer dans la pièce. Pas de doute, l'enfant qui habite entre ces quatre murs ne manque de rien. À part d'une nanny dotée d'un cœur et d'un certain sens de l'humour, semble-t-il.

Mes yeux survolent la moquette impeccable – que je devine ultra-douce et moelleuse, rien qu'au regard –, se posent sur les photos en noir et blanc et les illustrations colorées accrochées aux murs, puis sur les piles de jouets.

– Mr X a dévalisé un Toys'R'Us ? lâché-je bêtement, en tentant de faire sourire Mrs Price.

Échec cuisant. Elle lève les yeux au ciel, puis se rend jusqu'à la porte suivante. La petite voix aiguë de Birdie est de plus en plus audible – ou insupportable, question de point de vue.

– Sa sieste est maintenant terminée, reprend l'ex-nounou. Vous allez la changer, lui donner son goûter et jouer avec elle. Soyez attentive, ne laissez rien au hasard ou vous pourrez dire adieu à ce poste.

– Entendu, dis-je, peu rassurée.

– Miss Merlin, j'ai oublié de vous demander votre âge…

– Appelez-moi Sidonie, je vous en prie, souris-je avant de croiser son regard noir. Hum, j'ai 25 ans.

– C'est bien ce qui me semblait… soupire-t-elle en ouvrant enfin cette fichue porte.

Birdie ne pleure plus, elle hurle. Si cette mise en scène est un test de compatibilité, c'est raté. J'avance dans sa direction, en lui parlant d'une voix douce et apaisante. Rien n'y fait. Les joues de la petite rouquine à bouclettes sont de plus en plus rouges, ses cris de plus en plus perçants. Debout dans son lit, elle s'accroche aux barreaux, la bouche grande ouverte. Je lui tends les bras, elle monte encore d'une octave. Finalement, une idée surgit dans ma tête : je m'empare de son doudou – un lapin poilu… et humide à force d'être mâchouillé – et l'agite sous ses yeux. Les pleurs cessent, mais la petite mal lunée me défie maintenant du regard. Ses yeux marron – presque noirs – m'ordonnent de lui rendre sa peluche ou cela sera fini pour moi. Je capitule, elle gazouille gaiement et accepte enfin que je la sorte du lit. À peine dans mes bras, elle éternue violemment, me faisant gracieusement cadeau de sa morve. Derrière moi, Imogen ne rate rien du spectacle. C'est la première fois que je discerne un sourire sur son visage…

Attention à vous, Imogen. Cette substance gluante dans mon cou, j'en ai largement pour deux…

La suite du test n'est pas plus glorieuse, loin de là. Un caprice au moment du changement de couche – je découvre qu'elle a mangé des carottes à midi. Des hurlements au moment du goûter – et la quasi-totalité de la compote dans mes cheveux. Une bataille de cubes – en bois, bien durs, aux angles pointus – avec pour cible… mon nez.

2 ans… L'âge terrible.

Après avoir tout répertorié dans son petit calepin, Imogen m'annonce que l'heure est terminée. Je lui tends le petit monstre, qui se jette dans les bras de son ancienne nounou, puis lui dis que ce n'est pas la peine de me raccompagner. Je connais le chemin. Et l'issue de cet entretien.

Ça n'aurait pas pu se passer plus mal. Quoique… personne n'a été blessé. Si ce n'est mon nez… Espérons que Joe pourra me trouver un boulot.

***

Direction Camden Town, le quartier le plus rock et jazzy de Londres. Un coin à la fois branché et populaire où tous les mondes, les aspirations, les envies se mélangent, loin, très loin du calme et du luxe de Mayfair. Un coin où ma sœur bosse lorsqu'elle n'a rien de mieux à faire… Je la retrouve en plein inventaire, accroupie derrière son comptoir. L'« happy hour » ne va pas tarder à commencer, elle ne va pas avoir beaucoup de temps à m'accorder.

– Bienvenue au Crazy Monkey, je vous sers quelque cho… lâche-t-elle en se relevant, avant de me voir… Désolée Sid, ça va bientôt être le coup d'envoi.

– Je sais, je ne reste pas longtemps.

– Alors ? Tu as touché le jackpot ?

– Non, j'ai tout foiré. Mais je crois que ça vaut mieux. Tu aurais vu la baraque… Et les gens qui y habitent… Pas pour moi ! soupiré-je en attrapant le verre qu'elle me tend.

Je suis en train de grimacer – je ne m'attendais pas à un shot de vodka pure – quand Jasper nous rejoint et s'assied sur le tabouret à côté du mien.

– Ne pose pas trop vite tes fesses, toi ! lui balance Joe. On n'a pas assez de glace et je ne trouve pas les olives.

– Pas mon problème, ma brune, sourit insolemment le collègue de ma sœur. C'est toi qui gères, ce soir, moi je suis juste venu en extra.

– Ça marche peut-être avec tes petites poufs, ton sourire de Casanova, mais pas avec moi. De la glace, tout de suite ! ordonne-t-elle en serrant les dents.

Le grand brun, hipster converti – il faudra m'expliquer le concept du bonnet en plein mois de juillet – lâche un rire franc et guttural, m'embrasse rapidement sur la joue, puis s'en va en direction de la machine à glace. Ma jumelle a toujours le dernier mot. Toujours.

– Joe, c'est le seul ami qu'on a ici. Si tu pouvais éviter de le faire fuir…

– Tu parles, il nous adore, il veut même venir vivre avec nous ! murmure-t-elle en me faisant un clin d'œil.

– Hum, vu le nombre de bimbos qu'il se tape et ramène chez lui, non merci.

– Il est mannequin, que veux-tu, c'est dans son ADN, blague ma sœur.

L'intéressé revient, tend le seau à sa collègue et passe derrière le comptoir.

– Alors, ma blonde, cet entretien ? me lance-t-il en essuyant un verre. Joe m'a dit que tu allais bientôt pouvoir nous payer des vacances au soleil !

– Non seulement je ne vais rien vous payer, mais en plus je vais peut-être devoir vous demander de me pistonner…

– Tu rêves, on est au complet, ici, répond Joe. Et puis tu vaux mieux que ça, toi…

– Si ça t'intéresse, je pourrai parler de toi autour de moi, propose gentiment Jasper. Mon agent m'a parlé d'un casting pour des photos de lingerie. Il y a bien un corps de déesse, sous ce tailleur de mamie, non ?

– Sid, se mettre en soutif devant des inconnus ? Je donnerais cher pour voir ça ! se marre ma peste de sœur.

– Je ne suis pas aussi chiante que tu le penses, Joe !

– Ah, ouais ? Prouve-le, Super Nounou !

– Bon, les clients commencent à arriver, je file, grogné-je en quittant mon tabouret.

Je suis sur le pas de la porte, prête à sortir du bar qui se remplit à toute allure, quand Joe me rattrape.

– Désolée, tu sais que je t'aime… glisse-t-elle à mon oreille.

– Ouais. Tu as parfois de drôles de façons de le montrer, mais je le sais.

Joséphine et moi, c'est le jour et la nuit. Nos visages sont identiques, mais ça s'arrête là. Notre couleur de cheveux est la première chose qui nous différencie, mais ce n'est rien comparé à nos personnalités. Elle porte à merveille son look grunge – quoique féminin et étudié. J'arbore un look passe-partout, sans grande recherche. Elle est tatouée, je tourne de l'œil à la vue d'une aiguille. Elle est instinctive, imprévisible, je préfère utiliser mon cerveau avant d'agir. Elle aime les hommes, ils le lui rendent bien, mais elle se lasse trop vite pour construire quoi que ce soit. Je me méfie des hommes, mais finis toujours par jeter mon dévolu sur le pire d'entre eux. Elle est grande gueule, rentre-dedans, casse-cou – voire plus… – je suis la même, mais en version très édulcorée. Trop, selon elle. Ma jumelle passe son temps à me dire que je suis bourrée de qualités, que mon avenir est tout tracé, que je devrais avoir le monde à mes pieds, mais que je ne sais pas saisir les opportunités. Par manque de confiance en moi. À cause des démons du passé. Elle a sans doute raison…

Pas totalement tort, disons…

Notre point commun : un chagrin immense, qui ne nous quitte plus depuis presque quatre mois. La disparition de notre mère, Hélène. Une fée aux yeux rieurs, au sourire mutin qui a passé sa vie à prendre soin des autres. Son métier d'infirmière, elle disait que c'était tout ce qu'elle savait faire. Joe et moi n'étions pas dupes, on savait qu'elle était bien plus que ça. Que malgré sa petite existence modeste, notre mère était un être exceptionnel. La seule personne au monde qui savait garder le sourire en toute occasion, même dans les pires moments, même à l'article de la mort. Elle qui nous a élevées seule, sans jamais nous faire payer la lâcheté de notre père. Elle dont nous étions le portrait craché et qui n'a jamais cherché à nous formater. Libre, forte, aimante, Hélène Merlin était tout pour moi. Le cancer l'a emportée, elle n'avait pas 50 ans.

Un nouveau départ dans une ville vivante, bruyante, anesthésiante, voilà ce qui a motivé notre arrivée à Londres. C'était ça ou laisser la tristesse nous ronger… jusqu'à ce qu'il n'y ait plus rien.

Laisser Mathias sur le carreau, je dois avouer que ça ne m'a pas déplu. J'avais besoin d'un déclic, je l'ai eu en achetant un billet aller, sans retour. Le grand, le réputé, le décrié Mathias Prévost. L'homme charismatique et manipulateur qui a tenté par tous les moyens de me retenir, mais à qui j'ai finalement échappé. Après six ans de relation avec un égoïste de première, pour qui seuls la notoriété et l'argent comptent, il était temps. Un écrivain qui gagne des fortunes en étalant, ridiculisant, brisant la vie des gens ? Ça aurait dû me mettre la puce à l'oreille. J'étais faible, naïve, un peu perdue et je me suis laissée éblouir par cette vie « de la haute ». Aujourd'hui, j'ai repris ma liberté et l'ai abandonné à ses livres scandales, à son public de voyeurs, à ses interviews télévisées, à ses articles fielleux dans la presse. De lui, je ne veux rien garder.

***

Six heures cinquante-huit. Mon téléphone vibre sur la chaise qui me sert de table de nuit, me sortant brusquement de mes songes – dans lesquels une sorcière, au visage étrangement similaire à celui d'Imogen, me traînait par les cheveux le long d'un interminable couloir. Numéro masqué. Je déglutis difficilement en me redressant dans mon lit.

Mathias ? Non, il ne connaît pas mon nouveau numéro. Impossible.

Quelques secondes plus tard, je suis au bord de la crise de panique lorsque mon smartphone cabossé vibre à nouveau. Deux coups seulement. Message vocal. Je retiens ma respiration en plaçant l'engin contre mon oreille…

– Miss Merlin, Imogen Price à l'appareil. Mr Rochester souhaite vous rencontrer sur-le-champ. Huit heures. Soyez ponctuelle ou ne prenez pas la peine de vous déplacer. À huit heures une, nous contacterons le candidat suivant.

Quelle idiote… Évidemment que ce n'était pas Mathias… Huit heures pétantes ? Challenge accepté, Miss Marple !

Je me rue jusqu'à la salle de bains, me prends les pieds dans le cordon du sèche-cheveux – laissé branché toute la nuit par ma chère sœur – et lâche un nom d'oiseau suffisamment fort pour la réveiller. Ou du moins, pour réveiller une personne lambda. Ce qui veut dire que Joe n'est pas concernée. Mme la marmotte roupille toujours lorsque je franchis le pas de la porte, vingt-deux minutes plus tard. Pantalon noir et chemisier rose pâle, maquillage léger, queue-de-cheval lissée : pas d'effort superflu, juste le strict minimum.

Sept heures vingt-neuf. Le temps était orageux hier soir et vu les flaques qui jonchent la rue, je devine que le ciel s'est défoulé pendant la nuit. Je m'éloigne de Cleveland Way – cette rue où je commence à me sentir chez moi – pour rejoindre une plus grosse artère. Mon timing est serré, je vais devoir me payer le luxe d'un taxi. Jusqu'à Mayfair, en prévoyant la circulation, le trajet devrait prendre une bonne vingtaine de minutes. Ce qui m'en laisse cinq pour arrêter un véhicule.

Le quartier est déjà en ébullition, le grand marché s'installe, les visages sont fatigués mais les corps s'activent. Ce coin de Londres n'a pas très bonne réputation, mais il nous a tout de suite plu, à Joe et moi. Nous ne sommes qu'à une dizaine de minutes de Whitechapel, le quartier de prédilection de Jack l'Éventreur. C'est ça qui a séduit ma jumelle, plus que tout le reste – allez savoir pourquoi… Moi, c'est le loyer, qui m'a convaincue. Presque abordable : un miracle, dans cette ville. J'ai tout de suite apprécié le côté cosmopolite de ce *borough*, toutes ces langues chantantes qu'on entend à chaque croisement de rue, tous ces artistes qu'on croise, ces restaurants exotiques qui font voyager vos papilles – sans creuser un trou dans votre porte-monnaie. Les galeries d'art qui exposent des toiles incompréhensibles mais captivantes, les magasins vintage, les bric-à-brac, les fresques de rue. Ce quartier est à l'image de notre vie, dernièrement. Un bordel perpétuel mais vivant, que vous apprenez à aimer avec le temps, un peu malgré vous.

Perdue dans mes pensées, je ne réalise pas qu'un taxi a vu ma main levée et se dirige vers moi à vive allure. Je n'ai pas le réflexe de reculer, il roule dans la mare sombre qui déferle le long du caniveau. Je me retrouve trempée de la tête aux pieds. Mon chemisier rose est devenu… grisâtre.

Pas le temps de repasser chez moi pour me changer !

Je saute dans le *black cab* en me mordant les joues pour ne pas hurler ma fureur, le chauffeur bourru me jette un coup d'œil dans le rétroviseur et s'excuse à demi-mot. Puis me demande de faire attention à ne pas tremper la banquette. Je serre les poings, me retiens de l'éventrer – Jack, un petit coup de main ? – et lui balance l'adresse en beuglant.

Sept heures cinquante-huit. Je sonne au 30, St George Street, un peu fébrile mais fière de ma ponctualité – moins de mon look de rat mouillé. Pas le temps de m'émerveiller une fois encore sur la façade blanche immaculée et ses baies vitrées avancées. Sourire poliment et ignorer le tissu qui me colle à la peau.

La grande porte couine légèrement en s'ouvrant. Je m'attends à me retrouver face à Imogen – gravure de mode du troisième âge – mais c'est un homme qui apparaît. Un homme d'une virilité et d'un magnétisme tels que j'en perds mon latin. *« Good Lord ! »* – Mon Dieu ! – sort de ma bouche, remplaçant le traditionnel *« Good morning »*. Ses pupilles noires me fixent sans détour, puis ses yeux me détaillent rapidement de la tête aux pieds. Il hoche soudainement la tête, puis m'invite à entrer. Il n'a pas prononcé un mot.

« Good Lord » ? Quelle conne…

Je suis Mr Rochester jusqu'au grand salon, somptueux et intimidant – comme son propriétaire – et admire la vue directe sur le jardin verdoyant tondu au millimètre près. L'homme aux épaules colossales se retourne vers moi et me fait signe de m'asseoir sur le canapé Chesterfield en cuir marron. Je m'exécute, sans parvenir à le quitter des yeux. Il doit avoir une trentaine d'années. Son costume griffé bleu marine fait ressortir la blondeur cendrée de ses cheveux. Ils sont courts, coiffés à la va-vite. Je continue mon inspection alors qu'il se plonge dans la lecture de mon CV. Ses yeux sont sombres, perçants et vifs, entourés de longs cils qui confèrent un peu plus de douceur à son regard. Son nez est fin, à peine busqué, sa mâchoire carrée, ses lèvres pleines, une barbe de trois jours recouvre son menton, achevant de faire de lui mon fantasme personnifié.

De toute ma vie, je n'ai jamais croisé un homme tel que lui. Qui dégage autant de force, d'assurance. Il a quelque chose d'animal. Une petite cicatrice trace une ligne blanche au coin de son œil gauche. Je meurs d'envie de la toucher, du bout des doigts. Je tente de fixer mon attention sur autre chose. Ses mains. Immenses, tendues, à la peau légèrement hâlée. En un éclair de folie, je les visualise sur moi. Parcourant ma peau. Caressant ma nuque. Mon ventre. Mon…

– Vous avez peu d'expérience, mais Imogen m'a dit que vous ne vous étiez pas laissée démonter, lors de votre face-à-face avec Birdie.

Sa voix grave vient de traverser les airs, de percuter les murs, de résonner en moi… tout en bas. Il ne manquait plus que ça. Je papillonne bêtement des yeux, croise les jambes pour me donner une contenance.

Reprends-toi, Sid.

– Vous êtes ici chez moi, reprend-il en reportant son attention sur la feuille désormais posée sur la table basse laquée. Emmett Rochester.

Son ton ne s'adoucit pas, il reste glacial. Je suis totalement déstabilisée. Comme une adolescente en émoi, je détourne les yeux à chaque fois que nos regards se croisent. Il doit prendre ça pour de la faiblesse.

– J'élève ma fille seul et lorsque ma carrière m'oblige à la délaisser, je tiens à ce qu'elle soit entre les meilleures mains. Je ne cherche pas une personne surqualifiée, une nourrice qui a traversé le monde pour veiller sur des petites têtes couronnées. Je cherche une personne responsable, qui a des valeurs, les pieds sur terre et qui fera en sorte que Birdie grandisse le plus normalement possible. Bénéficier d'un train de vie privilégié n'est pas toujours une bénédiction pour un enfant. Je compte embaucher la personne qui saura lui prodiguer de l'amour, mais aussi toutes sortes d'attentions qui lui permettront de s'épanouir, comme toutes les petites filles de son âge.

– Je vois, dis-je d'une voix timide.

– Avez-vous déjà été en contact avec un enfant qui a perdu sa mère ? demande-t-il soudain, en plongeant ses yeux noirs dans mon bleu pétrifié.

« Perdu sa mère ? » Il n'est pas divorcé ? Il est… veuf ?

– Non… avoué-je en soutenant son regard. Mais je l'ai vécu moi-même.

Mais pourquoi est-ce que je me sens obligée de vider mon sac ?

Un ange passe, nos yeux restent liés, traversés par une intensité nouvelle.

– Vous comptez rester longtemps à Londres, Miss Merlin ? Vous n'allez pas rentrer à Paris sur un coup de tête ? Ma fille a besoin de stabilité, m'interroge-t-il soudain, en remontant ses manches.

C'est vraiment nécessaire, ce sex-appeal ? Comme si j'avais besoin de ça…

– Je suis bien à Londres et je compte y rester.

– Six mois, un an, cinq ans ? insiste-t-il, un peu agacé par ma réponse évasive.

– Dix ans. Minimum.

Cela semble lui convenir. Ses pupilles insondables font le tour de mon visage et commencent leur descente. Mon chemisier – aïe… – mon pantalon moulant et mes sandales noires à talons.

– Vous vous êtes dit qu'avant un entretien, c'était une bonne idée de participer à un concours de tee-shirts mouillés ? fait-il d'une voix moins sévère, mais sans esquisser le moindre sourire.

– Non ! Il a plu cette nuit… Le taxi… Je…

– Vous prenez toujours tout au premier degré ?

– Je ne sais pas. Vous vous amusez souvent à embarrasser vos futurs employés ?

Être respectueuse, oui. Se faire marcher dessus, non.

– « Futurs employés » ? Vous êtes bien sûre de vous… Et l'annonce était claire. Pas de personnes susceptibles.

– Je ne le suis pas.

– Bien. Je peux donc énoncer les règles sans craindre de vous offenser, fait-il en se levant.

– Je vous écoute.

– Vous ne les notez pas ?

– Je n'ai pas pensé à…

– Premier tiroir, me coupe-t-il en désignant la commode à ma droite. Servez-vous.

Je m'empare d'un petit cahier vierge et d'un stylo noir. Nos regards se croisent à nouveau, le sien semble plus détendu. Je me retiens de soupirer en étudiant sa silhouette de profil. Il se lance :

– Si vous êtes retenue pour ce poste, vous dormirez ici quatre nuits par semaine. Samedi et dimanche seront vos deux jours de repos.

– Dormir… ici ? bredouillé-je bêtement.

– Oui. Vous aurez votre intimité, tout le dernier étage vous sera réservé. Mais c'est un boulot qui requiert une attention constante et une disponibilité vingt-quatre heures sur vingt-quatre. Un enfant ne s'arrête pas de vivre au coucher du soleil, vous savez… Pas de bouton off.

Un micro-sourire s'esquisse sur ses lèvres, puis disparaît avant que j'aie le temps de l'admirer.

– Entendu, indiqué-je en dessinant vaguement son visage sur un coin de ma page.

– Vous devrez également être prête à partir en déplacement aussi souvent que nécessaire. Je ne laisse jamais ma fille plus de deux jours.

– C'est noté. Voyager, je n'appelle pas ça une contrainte.

– Vous n'avez jamais voyagé avec ma fille… commente-t-il en souriant – pour de bon, cette fois.

Ses dents sont parfaitement alignées et d'une blancheur irréprochable – son dentiste doit le compter parmi ses plus fidèles patients. Mais son sourire a beau me faire monter le rose aux joues, il est moqueur… et éphémère. Règle suivante.

– Personne n'aura le droit de mettre les pieds dans cette maison. Sans exception. Pas de petit ami, pas de membre de la famille, de meilleure copine, d'animal domestique : personne.

– OK.

– L'uniforme, maintenant…

– L'uni… quoi ? répété-je d'une voix aiguë.

– Pas la peine de me sortir que nous ne sommes plus au XVIIIe siècle, que c'est sexiste, dégradant ou autre. C'est l'une de mes conditions et ça ne changera pas.

– Je vous écoute… dis-je, méfiante.

– Juste une tenue sobre, distinguée, qui montrera l'exemple à Birdie. Sans tache de boue, cela va sans dire, ajoute-t-il d'un air supérieur… et insolent. Pas de vulgarité, pas d'accessoires inappropriés. Un haut blanc, un bas noir. De votre choix. Certains éléments pourront évidemment varier : jupe et pantalon, par exemple. Mais toutes vos tenues devront être approuvées par Imogen lors de votre période d'essai.

– Hmm… acquiescé-je de la tête en continuant mon dessin – seul moyen que j'ai trouvé pour ne pas le bouffer outrageusement des yeux.

Une chose est sûre : il est plus agréable à regarder qu'à écouter… Quoique… Cette voix…

– Vous êtes toujours avec moi ? m'interroge-t-il soudain en revenant s'asseoir. Vous ne m'avez pas l'air très concentré…

– Je le suis. Disponibilité totale, déplacements, pas d'invités, uniforme. Quoi d'autre ? récité-je d'une voix de première de la classe.

– J'aurais dû préciser « personnes insolentes s'abstenir » dans l'annonce… grogne-t-il en essayant de retenir un sourire.

– J'aurais postulé quand même, murmuré-je.

Il s'installe plus confortablement sur son fauteuil en cuir, pose nonchalamment la cheville droite sur son genou gauche et étend les bras derrière lui.

Si c'est une opération séduction, c'est réussi…

Ignore-le. Regarde ta feuille, nympho !

– Règle suivante, énonce-t-il après s'être raclé la gorge. Qui va de pair avec celle de l'uniforme. Pas de piercing apparent, de tatouage, de maquillage trop voyant, de bijoux clinquants ou de coiffure fantaisiste. Un chignon est largement recommandé. Voire de rigueur.

– Vous plaisantez ?

– J'ai l'air de plaisanter ? me reprend-il sans sourciller.

– Vous cherchez une nonne, en fait. C'est le couvent qu'il fallait appeler, pas moi.

– Non, je cherche une jeune femme qui fera passer l'éducation de mon enfant avant sa vanité ou ses goûts personnels. Mis à part votre vernis à ongles rouge et l'incident qui a fait que vous êtes arrivée trempée, je n'ai pas grand-chose à vous reprocher. Pas sur ce plan-là, en tout cas.

– Je ne sais pas comment je dois le prendre… grommelé-je.

– Je peux continuer ou votre ego ne le supportera pas ? s'amuse-t-il.

– Allez-y…

– Ne pas fumer et ne pas boire pendant vos heures de travail. C'est-à-dire toute la semaine. Et évitez les abus pendant les week-ends, aussi. Vous devrez être au top de votre forme à la reprise du travail, le lundi matin.

Aller à confesse chaque soir, c'est obligatoire ?

– Noté, me forcé-je à répondre.

– Je suis exigeant, ça ne fait aucun doute. Et je ne tolérerai pas un seul écart de conduite. En retour, vous bénéficierez d'un salaire plus que conséquent et d'un confort optimal.

– Conséquent ? insisté-je.

– 1 500 livres par semaine.

Soit environ 1 800 euros. Par semaine ???

– Très bien… soufflé-je en me retenant de sauter au plafond.

Il passe doucement la paume sur sa barbe naissante, puis se lève. Je l'imite, glissant le cahier dans mon sac à main. Nous nous fixons pendant quelques secondes, mes yeux clairs se perdant dans les siens, plus foncés. Ce noir… Ce n'est pas juste une question de couleur. Ses yeux sont… froids. Je les ai vus s'illuminer à deux ou trois reprises durant notre entretien, mais de manière presque imperceptible. Cet homme a souffert, ça ne fait aucun doute. Il porte les stigmates d'un mal lancinant. Celui du deuil.

Est-ce vraiment une bonne idée, ce job ?

Je suis venue ici pour combattre mes démons, pas pour les réveiller…

– Quand pensez-vous prendre votre décision ? demandé-je soudain, impatiente de retrouver l'air libre et parfumé des rues de Mayfair.

– Elle est prise. Vous commencez demain matin, sept heures.

– Pourquoi moi ?! m'écrié-je bêtement, les yeux écarquillés.

– Pourquoi pas vous… souffle-t-il entre ses dents. Et puis votre accent est charmant. Il me tarde de l'entendre tous les jours.

Beau comme un dieu, autoritaire ET sarcastique. De mieux en mieux, Mr Rochester.

Un nouveau sourire se dessine sur son visage. Cette fois, j'ai le temps de le détailler – de l'imprimer dans ma mémoire – avant que le géant blond retrouve son masque glacial et tourne les talons en lâchant :

– Vous connaissez la sortie, Miss Merlin…

2

BIZUTAGE À LA *JELLY*

– Tu commences quand, Sid ? demande Jasper, assis à mes pieds, la bouche pleine de hot dog à la moutarde anglaise.

– Demain aux aurores. En gros, c'est ma journée d'essai. Si je survis aux caprices de *Princess* Birdie, j'y retournerai lundi… avec ma grosse valise.

– J'arrive pas à croire que tu vas me faire ça… soupire Joe, outrée, depuis la rambarde du balcon.

Je lui tends une Belhaven aux fruits rouges, accompagnée de ma plus irrésistible moue penaude, elle s'empare de la bière mais ne se laisse pas attendrir.

– Je serai là tous les week-ends… murmuré-je depuis mon transat bringuebalant.

– Ouais, t'as intérêt.

Ma sœur et moi avons débarqué à Londres pour mener une nouvelle vie… ensemble. Je comprends sa contrariété, mais Joe doit également se rendre compte que je fais ça pour nous. Pour pouvoir survivre dans cette ville où tout coûte un bras. Ou deux.

Elle porte la bouteille à ses lèvres, boit une gorgée sucrée, révélant au passage quelques centimètres de peau de son ventre plat. Le soleil va bientôt se coucher mais la température reste étonnamment élevée. En rentrant de l'entretien lunaire de ce matin, j'ai troqué ma tenue de bonne sœur contre un short en coton et un tee-shirt échancré. Une journée épuisante m'attendait : séance bronzette sur le balcon exposé plein sud.

– Quand même, bosser pour Rochester, c'est pas rien… lâche soudain Jasper, après un long silence.

– Qu'est-ce qu'il a de si spécial ? Il est milliardaire, point barre. Pas de quoi s'extasier, rétorque ma jumelle.

– Tu rigoles ? Il a fait la une de dizaines de magazines, on ne parle que de lui ces derniers mois ! Ce type n'est pas seulement un as de la finance – un requin, plus exactement – il a aussi fondé des tas d'associations caritatives. Pour les sans-abri, les orphelins, les mères adolescentes, les grands brûlés et je ne sais plus quoi d'autre. Ce mec a un cerveau, mais aussi un cœur !

– Et une gueule à tomber… murmuré-je.

– Ah, non ! s'écrie mon sosie maléfique. Tu t'es déjà fait manipuler par un connard obsédé par le fric et le pouvoir, tu ne vas pas remettre ça !

– Arrête avec ça ! Tu compares deux personnes qui n'ont rien à voir ! riposté-je en la fusillant du regard. Mathias et Emmett n'ont rien en commun.

– Emmett ? Tu l'appelles par son prénom, maintenant ?

– Lâche-moi la grappe, Joe. Tu peux te réjouir pour moi au lieu de me couver tout le temps ? Contrairement à toi, je n'ai jamais rien fait de ma vie. Rien de fou, en tout cas. J'étais une élève modèle, une étudiante exemplaire, une petite amie fidèle, docile, une fille chiante comme la pluie ! Pendant que toi, tu faisais la bringue à l'autre bout de la rue… ou du monde. Laisse-moi au moins avoir ça. Une expérience différente qui me donnera l'impression d'avoir vécu quelque chose !

– Désolée… souffle-t-elle en jouant avec l'une de mes mèches blondes. Fais juste attention à toi, OK ? Et ramène-nous un gros paquet de fric, qu'on puisse enfin mener la grande vie ! rit-elle soudain, imitée par Jasper.

***

Minuit. Ce foutu lit grince à chacun de mes mouvements. Je tourne et me retourne depuis un nombre incalculable de minutes. Mon réveil est programmé pour cinq heures quarante-cinq. Plus l'heure approche et moins mes yeux acceptent de collaborer. Ils s'ouvrent malgré mes protestations mentales et fixent le plafond, comme si ça allait m'être d'une quelconque utilité. J'ai chaud. J'ai soif. Je me relève, traîne des pieds jusqu'à la cuisine, me sers un grand verre d'eau fraîche – qui empeste le chlore – le vide d'un trait et retourne dans ma chambre. À peine allongée sur le drap, mon corps fait encore des siennes. Envie pressante. Je l'ai bien cherché, avec le demi-litre d'eau que je viens d'ingurgiter.

C'est pas bientôt fini, ce bazar ?!

Retour à la case départ. Mes yeux fixent le plafond, mais plus à gauche, cette fois. Pas un bruit. Je suis seule dans l'appartement : Joe et Jasper sont sortis. À l'heure qu'il est, ils en sont probablement à leur troisième shot. Je les envie. Saloperie de boulot.

Emmett Rochester… Qui es-tu vraiment ?

Voilà ce qu'il me fallait. Plutôt que compter les moutons, je vais énumérer toutes les choses qui font que cet homme est à la fois le pire des *control freaks*, mais aussi la plus dangereuse des tentations. Et je pèse mes mots…

***

Mon stratagème a marché : j'ai finalement sombré dans les bras de Morphée. Et je les regrette amèrement – ces bras doux et cotonneux – lorsque retentit le bip incessant de mon réveil – option « creveur de tympans ». Pas le temps de maudire l'engin en plastique, direction la douche. Bouillante.

Sept heures une – oui, bon, personne n'est parfait. Vêtue d'une chemise blanche et d'un pantalon en lin noir, mon chignon vissé sur la tête, je sonne à la *townhouse*, prête à faire bonne impression. C'est ça, ou le job le plus lucratif de l'Univers me passera sous le nez. La porte s'ouvre, laissant apparaître le visage guindé d'Imogen. Elle m'offre un rapide « Good morning », puis ses yeux me détaillent de haut en bas, sans rien exprimer.

– Entrez, Miss Merlin, se décide-t-elle enfin. Mr Rochester vous attend dans son bureau, dernière porte à droite, après la bibliothèque.

– Ma tenue vous convient ? demandé-je alors qu'elle me tourne déjà le dos.

– Vous n'auriez pas passé le pas de la porte, si ça n'avait pas été le cas, dit-elle froidement en s'éloignant.

Vieille chouette acariâtre…

Je me rends jusqu'au fameux bureau, en promenant mes yeux ici et là, à nouveau sous le charme de ce lieu presque sacré. Tout est d'un tel raffinement, tout semble avoir une histoire, une raison d'être. Je longe les immenses murs aux élégantes moulures et tombe plusieurs fois sur le même visage, entouré de cadres somptueux. Une très jolie femme aux boucles rousses, au corps menu et au sourire émouvant. Probablement la mère de Birdie…

– Je n'ai pas jusqu'à demain, Miss Merlin !

La voix rauque me fait sursauter, mon sac à main tombe au sol. Je le ramasse maladroitement, en m'y reprenant à deux fois, puis trottine jusqu'à l'entrée du bureau, à quelques mètres de là. La beauté de cet homme me saisit, à nouveau. Son corps massif emprisonné dans un costume noir, Mr Rochester est assis derrière une imposante table de travail en bois foncé. Ce meuble paraît centenaire. Mais celui qui se tient derrière ne semble pas être d'humeur à en débattre.

– La rapidité semble vous faire défaut, grogne-t-il en me faisant signe de m'asseoir en face de lui.

– Désolée, je crois que cette maison m'a ensorcelée…

– Les histoires de magie, de sorcières et de fées, réservez-les à Birdie, je vous prie, me rembarre-t-il, les sourcils froncés.

– Désol…

– Arrêtez de vous excuser et prenez ce contrat ! Il stipule toutes les conditions du poste, votre rémunération et contient une clause de confidentialité. Je ne tiens pas à ce que la ville entière connaisse tout de ma vie, compris ?

Je le fixe d'un air hébété, hésitant à lui rire au nez ou à lui faire bouffer sa cravate fine – éclaboussée d'arrogance.

– Qu'est-ce que vous attendez ? Lisez-le. Vous savez lire, rassurez-moi ? J'ai vu que vous aviez fait de longues études. En psychologie et sociologie, c'est ça ?

– Oui.

– Pourquoi vouloir devenir nanny, alors ? Vos diplômes ne vous ont pas ouvert de portes ?

– Je ne suis pas allée jusqu'au bout. J'ai dû arrêter en cours de route. Pour... ma mère, fais-je froidement, en me retenant de lui balancer son presse-papiers à la tronche.

Son regard change, pendant un minuscule instant. Une lueur de compassion traverse ses pupilles noires, sa bouche se décrispe, puis M. Emmerdeur-De-Première reprend du service.

– Imogen va vous former, aujourd'hui. Elle n'est pas en très bonne santé donc tâchez de ne pas lui laisser faire tout le boulot... Soyez attentive, réactive et n'essayez pas d'improviser. Ma fille est habituée à une routine, respectez-la.

– Entendu.

Ce mot a eu du mal à sortir. J'en avais plein d'autres en tête. Qui m'auraient valu la porte.

– Emmenez-le, vous me le rendrez signé à l'issue de cette journée d'essai. Enfin, si tout se passe comme prévu, s'impatiente Rochester en se penchant pour pousser le document dans ma direction.

– Très bien. Espérons que ce n'est que le début d'une belle et harmonieuse collaboration... sifflé-je, ironique.

– J'éviterais de me faire des illusions, si j'étais vous, murmure-t-il en plongeant ses yeux dans les miens.

Il promène son regard sur tout mon visage, jusqu'à ma bouche. Il l'étudie quelques secondes – le temps s'arrête, le sang bouillonne dans mes veines, lui non plus ne semble pas indifférent – puis me fait signe de sortir en passant la main dans sa barbe naissante. Le lien se brise mais mon cœur bat toujours à mille à l'heure. Pourquoi fallait-il que je tombe sur mon fantasme en chair, en muscles et en os ? Je sors de là en manquant de me cogner dans l'angle du mur. Derrière moi, un soupir.

C'est quoi son problème ?!

En empruntant les escaliers qui mènent au premier étage, je croise Connor pour la première fois. Le grand homme chauve me serre gentiment la main, en m'indiquant son prénom et son rôle dans cette maison. Homme à tout faire, homme de confiance, gardien discret de la *townhouse*. Le majordome doit avoir la cinquantaine. De ses yeux clairs, ses oreilles décollées et son corps fin – presque maigre – émanent une douceur et une bonté peu communes. Après cette présentation sommaire mais charmante, il file accueillir le jardinier qui sonne à la porte, mais s'arrête en chemin, en bas des marches. Il se retourne et m'adresse un « *Good luck, miss* » des plus bienveillants. Qui me ramène à la réalité : opération Birdie, première !

Dans les bras de Mrs Price, la petite fille joufflue à peine réveillée m'accueille avec des hurlements aigus. Pas de ceux qui trahissent une joie soudaine, plutôt de ceux qui signifient : « Sors de chez moi ou je ferai de ta vie un enfer ! »

Rappelle-toi, Sid, tu as signé pour ça… Ou du moins, tu t'apprêtes à le faire. Signera, signera pas ?

– Birdie se réveille entre sept heures et sept heures trente, tous les matins, m'explique Imogen, entre deux cris. Cela permet à Mr Rochester de la voir rapidement avant de partir au bureau, vers huit heures.

– Elle n'est pas du matin ou c'est juste moi ? demandé-je en agitant une poupée sous le nez de la petite.

– Elle ne vous connaît pas, Miss Merlin, grimace la vieille nounou. Birdie n'est pas une enfant facile, elle ne l'a jamais été, mais c'est à vous de vous faire accepter.

Elle dépose le monstre sur la moquette, allume la station iPod et une comptine retentit, estompant un peu les pleurs.

– Je pensais pouvoir veiller sur elle plus longtemps, reprend-elle à voix basse. Ma maladie m'en empêche. Si vous obtenez ce poste, vous devrez vous blinder. Elle va vous en faire voir de toutes les couleurs, au moins au début. Ne pas céder aux caprices : ce sera votre objectif. Travailler avec des enfants requiert une bonne dose de patience et d'astuce. J'espère ne pas m'être trompée sur vous…

– Comment ça ? Je suis là grâce à… vous ?

– Oui. J'ai insisté pour qu'on vous laisse une chance, pour que Mr Rochester vous rencontre. Malgré votre manque d'expérience, vous m'avez l'air débrouillarde et déterminée. Et vous avez étudié la psychologie infantile. Cela devrait vous être utile avec Birdie. Grandir sans mère, c'est d'une cruauté sans nom, chuchote-t-elle avant de se pencher vers la rouquine. On y va, trésor ?

– Pas belle ! s'écrie la petite en me désignant du doigt.

– Je l'ai déjà changée, puisque vous avez mis un temps fou à monter, précise Imogen, la bouche pincée. Par contre, c'est vous qui allez lui donner son petit déjeuner.

Et le marathon-catastrophe commence.

L'heure du glouglou. Traduction : du petit déjeuner. Birdie fait des percussions sur le plateau de sa chaise haute, tente de réveiller tout le quartier en battant des pieds, tandis que ma main tremble en dosant son biberon. Ma coach grincheuse épie chacun de mes gestes, émettant un petit claquement de langue – insupportable – dès que je commets une erreur. Le bébé-glouton s'enfile son quart de litre de lait en moins de cinq minutes, puis s'attaque à la compote avec les doigts. Je fais mon possible pour éviter qu'elle ne se repeigne tout le visage, mais elle hurle dès que je la touche. Arrive le petit bol de porridge. La bouillie pâteuse vole aux quatre coins de la pièce.

Des sucres lents, vraiment ? Pas sûr qu'elle en ait besoin…

L'heure de l'habillage. Direction la penderie, dans la petite pièce attenante à sa chambre. Alors que je sélectionne trois tenues – en pensant lui faire plaisir – la petite peste s'amuse à vider tous les tiroirs de sa jolie commode en bois patiné. Culottes à cœurs et chaussettes à fleurs jonchent le sol lorsque je me retourne. Je serre les dents, sous le regard aigri d'Imogen. Birdie, elle, éclate de rire en me voyant ramasser ce joyeux bordel.

Reste à choisir entre la robe rayée à col marin, la rose à col rond ou la salopette rouge. Les billes marron de Birdie se posent sur chaque élément que je lui présente, puis sur le reste de la penderie. Elle tend le doigt en direction de la rangée du dessus : les pulls d'hiver. Je lui explique gentiment qu'il fait trop chaud pour porter de la laine, elle me regarde, scandalisée, comme si je venais d'insulter son doudou « Bunny Boo ». Puis sa bouche s'entrouvre et le son s'élève, jusqu'à atteindre des notes inimaginables. Caprice numéro un.

Pendant ce temps-là, Mrs Price grimace légèrement, croise les mains sur sa poitrine et m'observe, derrière ses lunettes demi-lunes.

L'heure de la promenade. Tout est une question de négociation. Celle-ci a pris près de vingt minutes, mais j'ai finalement obtenu que Birdie grimpe dans sa poussette et qu'elle y reste tout le long du trajet. Imogen nous a menées jusqu'au square le plus proche et pendant ces dix minutes de marche, la petite a réussi à se détacher six fois. Ce qui m'a valu, bien entendu, de nouvelles remarques désobligeantes de la part de ma surveillante. « La sécurité avant tout. » Comme si je n'étais pas au courant.

Elle commence à me gonfler, Mary Poppins…

Le bac à sable : une invention du diable. Qui a pu imaginer un jeu aussi stupide ? Un terrain d'aventures, de créativité, idéal pour les bambins ? Tu parles ! Ma petite protégée a la bonne idée de se mettre du sable plein la bouche, plein les yeux, puis de m'en jeter des poignées à la figure lorsque je me précipite vers elle pour la secourir. Le toboggan, maintenant. J'ai droit à quelques jolis coups de pied en l'aidant à grimper à l'échelle, puis à des hurlements lorsqu'elle réalise qu'elle va devoir faire la queue. Caprice numéro deux. Birdie Rochester n'aime pas attendre. Birdie Rochester n'aime pas partager. Birdie Rochester va m'en faire baver.

L'heure du miam-miam. Traduction : du déjeuner. La sieste approche, je suis tentée de jubiler, mais réserve ma joie pour plus tard. Avant ce repos amplement mérité, il va falloir nourrir la bête. Au menu, ce midi : jambon, purée verte, tranche de cheddar et yaourt vanillé. Imogen s'assied à l'autre bout de la cuisine et observe la scène de loin, en sirotant une infusion. Je donne vie à ma cuillère, faisant l'avion, le petit pont, l'ourson, le pigeon… Rien n'y fait. Caprice numéro trois. « Angry Bird » enchaîne les « Non ! », me tire les cheveux, pleure, crachouille, avale de travers. Jusqu'à ce que mon chemisier blanc soit constellé de petites taches verdâtres. Le cheddar passe tout seul, lui. Quant au yaourt, je capitule et laisse la petite y plonger allègrement la main entière.

Rome ne s'est pas faite en un jour…

L'heure du dodo. Pas besoin de traduction. Birdie n'aime pas grand-chose, ce n'est plus à prouver, mais s'il y a quelque chose qu'elle aime moins que le reste… c'est la sieste. Caprice numéro quatre. Après avoir rassemblé tous ses doudous, chanté une comptine en anglais, en français, lu une douzaine de pages de l'encyclopédie des oiseaux, actionné son mobile, je pouvais toujours voir le fond de sa glotte. Et entendre mes oreilles siffler à force d'être agressées. Le monstre s'est endormi vers quatorze heures. Mon estomac menaçait de quitter mes talons.

L'heure du goûter. Ces deux heures de pause m'ont fait un bien fou. Correction : m'auraient fait un bien fou si Imogen n'en avait pas profité pour me faire passer un nouvel interrogatoire – sur ma vie privée – suivi d'un questionnaire – pour vérifier mes connaissances sur les 2-4 ans. Son verdict : « Juste passable. » J'ai une lueur d'espoir lorsque Birdie me regarde d'une mine gourmande, alors que je m'approche d'elle avec deux petits-suisses et une banane. Qui, dix minutes plus tard, finit épluchée, écrasée et étalée un peu partout. Majoritairement dans mon cou.

L'heure du jeu au grand air. Direction le jardin, en passant par la terrasse qui longe le grand salon. Je n'y avais encore jamais mis les pieds. Difficile de croire qu'on est en plein centre de Londres. Face à moi s'étend une pelouse fraîchement tondue et agrémentée de massifs de fleurs, de près de cinq cents mètres carrés. Sur ma droite, un mini-square a été implanté pour le bonheur de la petite pourrie gâtée. Elle s'y précipite, enlevant ses chaussures en chemin. Je lui demande gentiment de les remettre, elle refuse. De manière plus autoritaire, elle hurle. J'insiste encore, elle se roule par terre. Caprice numéro cinq.

Une heure plus tard, mon chemisier est maintenant bariolé – sable, purée verte, banane écrasée, jus de raisin, terre fraîche. Dieu merci, l'heure du bain a enfin sonné. Quoique... Après maintes négociations, j'ai finalement obtenu le droit de pénétrer dans la salle de bains personnelle de mini-Miss Monde. Ajuster la température de l'eau m'a pris un temps fou, sans parler de sélectionner les joujoux qui allaient y flotter. Caprice numéro six.

Le moment tant attendu du dîner. Dans un tour de cadran, Birdie sera couchée. Ma journée de test sera terminée. Qui sait ce qu'il en adviendra... Mais pour l'heure, je dois gérer la nouvelle crise qui se prépare. Le caprice numéro sept. Autrement dit, les pâtes alphabet aux petits pois-carottes que la petite peste refuse de manger. En me traitant de tous les noms. Son vocabulaire est certes très limité, mais elle parvient tout de même à me rendre folle. Un déluge de « grosse vilaine », « méchante », « nulle », « va-t'en », « tronche de caca » et j'en passe.

Ne reste plus qu'à lui faire avaler sa *jelly*. Cette gélatine tremblante rose fluo, qui, personnellement, me donne la nausée rien qu'en la voyant. Pour une fois, pas la peine de lutter... La rouquine hilare la gobe presque entièrement avant de la tousser pile au moment où je me penche en avant pour ramasser les pâtes échouées au sol. Résultat : mes cheveux blonds sont recouverts d'une couche gluante dans les tons rose orangé. Birdie lâche un gloussement, puis m'offre son plus beau rire de la journée. Épuisée nerveusement, j'hésite une seconde à fondre en larmes, mais finis par me joindre à son hilarité. Premier moment complice. Adossée à la porte de la cuisine, Imogen sourit.

L'heure du coucher se passe étonnamment bien. L'ex-nourrice et moi nous partageons la lecture, puis la belle Anglaise chantonne quelques phrases en direction de la petite bouclée... déjà endormie. Nous quittons la chambre à pas de loup, en soupirant à l'unisson.

– Vous avez bien travaillé, chuchote-t-elle. Occupez-vous du contrat et soyez à l'heure lundi matin.

– Vous voulez dire que...

– Oui, reprend-elle. Vous avez réussi ce test. Birdie a fait bien plus de dégâts avec les candidats précédents.

– Je vous vois lundi ?

– Non, mais je passerai de temps en temps, à l'improviste, lorsque mon traitement me le permettra. Birdie me manquera... avoue-t-elle tristement avant de croiser mon regard et de se reprendre. Bureau ! Contrat ! Et vous feriez bien de faire quelque chose à ces cheveux...

Je lui souris une dernière fois et me rends en direction de l'escalier. Je le dévale, trouve mon sac à main dans l'entrée, en sors le contrat, le signe sans réfléchir – pour ne pas laisser de place à l'hésitation – et vais d'un bon train le déposer sur le bureau de Mr Rochester.

Cette façon dont il m'a fixée, ce matin... Ces yeux noirs... Cette mâchoire tendue...

Une goutte de *jelly* tombe sur mon épaule et m'extirpe de mes rêveries. Je file à la salle de bains la plus proche et m'inspecte dans le miroir. Horreur ! Je défais mon chignon à la va-vite, passe ma tignasse blonde sous le jet d'eau, l'égoutte à l'aide de mes mains, puis tente de frotter quelques taches sur ma chemise. C'est peine perdue. Je ressemble à nouveau à un rat mouillé. Ou à une peinture abstraite. Très abstraite.

***

Je suis sur le point de quitter la *townhouse* quand le maître des lieux fait son entrée, accompagné d'une très belle femme à l'expression perfide. Les yeux de Rochester se posent sur moi alors qu'il passe le pas de la porte. Mon ventre se serre, une chaleur m'irradie le bas du dos... Dégager un tel magnétisme, une telle sensualité, ça devrait être illégal.

– Miss Merlin, dit-il d'une voix grave. Je vois que vous avez survécu...

– Tout juste, fais-je bêtement, en sentant mon cœur s'emballer.

– Emmett, tu ne nous présentes pas ? râle son invitée d'une voix lente et maniérée.

Une de ces aristos qui regardent le petit peuple de haut, à coup sûr...

– Camilla Bradford, Sidonie Merlin. La nouvelle nounou de Birdie.

– Enchantée, Sydney, sourit-elle faussement en me tendant sa main, comme si j'allais la baiser.

– Sidonie, corrigé-je sans me laisser démonter.

– Vous n'avez pas oublié de signer le contrat ? me demande Rochester en desserrant sa cravate.

Sexy man...

– Non, il est sur votre bureau, glissé-je en baissant les yeux.

Je tente de m'enfuir en m'approchant de la porte, mais il me barre le chemin. Parfaitement immobile, me dominant de toute sa hauteur, il m'observe sans aucune gêne, ses yeux se promenant à nouveau sur mon visage, comme ce matin. Pendant que la Pimbêche Royale me regarde de la tête aux pieds, en se retenant de ricaner.

– Je dois y aller, murmuré-je.

Le visage du colosse blond se ferme à nouveau, ses traits redeviennent froids, ses yeux glacials. Il s'écarte de deux pas, juste de quoi me laisser passer. Je me lance en avant, sans réfléchir. En franchissant le seuil, j'entends Camilla me lancer :

– J'espère que vous avez un bon pressing, Sylvie ! Et un coiffeur !

Mon nom c'est Sidonie, pétasse ! Il ne se tape quand même pas une conne pareille ?!

Une éternité plus tard, je sors du métro et me rapproche à grands pas de Cleveland Way. Joe est prévenue : la salle de bains a intérêt à être libre à mon arrivée. Je n'en peux plus de ces vêtements qui m'étouffent, de cette crinière frisottante qui pue la *jelly*, de ces chaussures qui me broient les pieds. Ce soir, mes deux fêtards préférés ont pour mission de me changer les idées. On est vendredi, on est à Londres, on est jeunes, on est libres… Et ces yeux noirs qui me hantent devront bien disparaître de mes pensées, d'une façon ou d'une autre.

Je suis en train de pousser la porte de mon immeuble quand je sens ma poche vibrer. J'attrape mon téléphone et, d'un pouce, débloque l'écran tactile. Un texto.

[À l'avenir, cheveux attachés,
comme spécifié dans le contrat.
Je ne vous le demanderai pas
une troisième fois. E. Rochester.]

OK. Besoin d'alcool fort. Nuit de débauche, me voilà !

3

CALL ME NANNY

Je me réveille en sursaut. Un brin paniquée.

– Debout, soleil de mes jours ! me secoue Joe, un mug de café fumant à la main.

Je balance mollement un bras dans sa direction en bougonnant, comme si ça allait suffire à la faire taire. Ou mieux… disparaître.

– Debout, tout de suite, ou ta dose de caféine finit dans l'évier !

– Qu'est-ce que tu fous debout, toi ? ronchonné-je en me tournant face au mur. Il n'est même pas six heures.

– Pas dormi. J'attends que tu ailles au front avant de me coucher. Tu n'es pas la seule à avoir une journée chargée ! ricane-t-elle de plus belle en tirant sur ma couette.

Elle a gagné. Je lâche un croassement ridicule – supposé être un cri de rage, digne et percutant – et m'extrais du lit d'un bond.

– Tu vois, quand tu veux ! jubile ma jumelle en me tendant le breuvage noir.

– Cinq jours sans toi… Enfin des vacances ! soupiré-je théâtralement en serrant la tasse chaude entre mes mains.

– Tu dis ça maintenant, mais je te parie que tu vas pleurnicher dans ton lit de duchesse, ce soir.

Son ton était… frisquet. Je l'ai vexée. Pendant quelques secondes, je décide de mettre ma mauvaise humeur – et mon stress – de côté et prends ma sœur dans mes bras. Elle résiste un instant, avant de céder. En réalité, je n'ai aucune envie de la quitter.

Quatre nuits loin d'elle. Rien que d'y penser, ça me fout le cafard.

***

Le chauffeur de taxi dépose mes deux valises devant la porte du 30, St George Street. Trente secondes plus tard, le visage espiègle de Connor apparaît et mes bagages passent dans d'autres mains. Les siennes. D'une longueur impressionnante, presque surhumaine. Ce type a tout d'un gentil ogre. Qui préférerait le porridge et la marmelade à la chair fraîche des enfants.

– Miss Merlin, vous me suivez? se retourne le géant squelettique, tout sourire, alors que je me suis arrêtée au beau milieu des escaliers, les yeux rivés sur une photo.

Un portrait récent de Birdie et… Emmett…

Je tourne enfin la tête vers le majordome, en sentant une chaleur me picoter les joues. Je croise son regard amusé et parviens à me remettre en marche.

– Appelez-moi Sidonie, réponds-je en le rattrapant. Ou encore mieux, appelez-moi Sid!

– Parfait. Plus que deux étages!

Deux minutes plus tard, Connor tourne la clé dans une serrure dorée et ouvre la double porte qui mène au «niveau secret», comme il l'appelle. Je le suis jusqu'au centre d'une première pièce aux murs clairs et baignée de soleil. Il dépose les deux valises à ses pieds, puis se fige lorsque retentit la sonnette de la porte d'entrée.

– Désolé, Sid, ce doit encore être le jardinier. Je vous laisse visiter vos appartements seule, mais n'hésitez pas à utiliser l'interphone, dit-il en me montrant l'engin fixé au mur. Il communique directement avec tous les étages.

– Merci, Connor, lancé-je alors qu'il est déjà parti en mode fusée. Ne vous cassez pas une jambe en descendant les escaliers!

Je suis la nounou de qui, déjà?

Je jette un coup d'œil à ma montre. Sept heures dix. J'ai donc une vingtaine de minutes avant que la petite se réveille. Je reprends mon inspection. Cent mètres carrés. Rien que pour moi.

La pièce où je me trouve est plutôt neutre. Peu de mobilier, juste une console surplombée d'un majestueux miroir et un fauteuil en velours. J'attrape le babyphone posé sur le meuble et l'allume. Silence total. Une porte à droite, une porte à gauche. Je choisis de partir à gauche et atterris dans une chambre. Elle doit approcher les trente mètres carrés, est décorée avec subtilité et me plonge dans une bulle de sérénité. De bien-être. Le lit king size est encadré d'une magnifique tête de lit capitonnée. Il est orné d'une dizaine de coussins parfaitement alignés et drapé de tissu blanc cassé. Juste au-dessus est accroché un triptyque ravissant dans les tons beige et crème. Une orchidée blanche repose sur l'une des deux tables de nuit. À l'autre bout de la pièce a été aménagé un coin lecture, je m'y attarde et fais glisser mon doigt sur le tissu fin du canapé deux-places, puis sur les étagères immaculées de la bibliothèque.

Je pénètre dans le dressing et découvre une dizaine d'uniformes accrochés à des cintres. Tous à ma taille. Tous hors de prix. Des robes noires, des jupes taille haute, des pantalons droits ou carotte, des chemisiers blancs, des tops soyeux et distingués, des escarpins et ballerines assortis, en cuir et en toile.

Imogen n'a pas lésiné sur les quantités...

Une salle de bains cosy, acidulée et un peu futuriste, m'attend de l'autre côté du mur. Dans les tons blanc et orange. Baignoire à pieds d'un côté, cabine de douche à jets de l'autre. Entre les deux, des vasques d'un design sans précédent. Des produits de beauté – masques, shampoings, crèmes par dizaines – gadgets et accessoires à ne plus savoir qu'en faire. Dans la grande armoire, mes yeux ne savent plus où donner des pupilles. Je me croirais dans un magasin de cosmétiques. Haut de gamme.

Un peu chamboulée par cette avalanche de nouveautés, j'en oublierais presque l'heure qui tourne. Pour l'instant, le babyphone annonce le calme plat dans la chambre de Birdie. Je presse un peu le pas et retourne au point central, dans la première pièce qui sert de palier au milieu de cet étage de fous. Porte de droite, cette fois. Je découvre un immense salon, aux nuances de gris, de bleu nuit et de blanc, au mobilier frais et moderne, aux équipements multimédia dernier cri.

Imogen vivait vraiment ici, avant moi ?

Au fond de cette pièce impressionnante, une cuisine américaine tout équipée, longée par de grandes baies vitrées. Et un grand balcon filant, donnant sur la rue paisible et arborée de St George Street.

Bienvenue au Ritz. Façon townhouse. Façon Rochester.

Pas le temps de déballer mes affaires, ça devra attendre la sieste du petit monstre, cet après-midi. Je contemple rapidement mon reflet dans le grand miroir de l'entrée. Mon chignon bas résiste bien, pour l'instant. Seules quelques mèches claires s'en sont échappées, sur le devant. Mon maquillage n'a pas encore eu l'occasion de couler, mais quelque chose me dit que Birdie pourrait rapidement changer la donne. Quant à ma tenue, elle n'a rien d'extraordinaire – uniforme oblige – mais j'ai tout de même fait en sorte de choisir un ensemble près du corps.

On ne sait jamais, si un certain regard pouvait me détailler... Et apprécier ce qu'il voit...

Un bruit aigu me sort de mes divagations. L'interphone vient de se réveiller et de me provoquer une semi-crise cardiaque.

– Sid, ici Connor. Je vous attends au deuxième, j'ai besoin de vous pour commander une nouvelle cuisinière. J'ai découvert ce matin que la vôtre ne fonctionnait plus.

– Vous savez, Connor, je me contente sans problème d'un four à micro-ondes.

– Malheureuse, c'est mauvais pour vous ! Je vous attends !

La communication a été coupée. Je prends une grande inspiration, puis quitte mes appartements. Ma curiosité maladive étant une tare difficile à contrôler, je perds encore quelques précieuses minutes à contempler les diverses photos accrochées sur les murs. Sur chacune d'entre elles, Mr Rochester dégage le même magnétisme. Et à chaque fois que je l'observe un peu trop longtemps, une petite bête bondissante se manifeste dans mon ventre. Trêve de plaisanterie – de nymphomanie. Deuxième étage, j'avance dans le couloir, en direction de la porte du fond. Je devine que c'est là que je retrouverai Connor, pour discuter ustensiles de cuisine et popote.

Discussion particulièrement réjouissante à sept heures trente-six du matin.

Erreur. Fatale. Une porte s'ouvre, juste à ma droite, et un homme – un dieu vivant – apparaît, torse nu, une serviette noire nouée autour de la taille. Cet homme, c'est Mr Rochester. Mon boss. Qui me lance un regard interloqué, avant de plisser les yeux de cette manière si particulière. Qui m'empêche de deviner la moindre pensée qui traverse son esprit. Peu importe, à cet instant, mon cœur bat la chamade et menace de s'extraire de ma poitrine. Mes yeux le parcourent. Ces cheveux blond foncé, trempés, en bataille. Cette peau hâlée, ambrée, luisante. Ce tatouage sombre qui lui barre l'épaule pour descendre jusqu'à son pectoral saillant. Ces biceps massifs, ces abdominaux parfaitement dessinés, ces…

– Miss Merlin, je peux vous aider ? grogne-t-il d'une voix profonde, en me forçant à le fixer dans les yeux. Il me semble que vous vous êtes trompée d'étage. Vous êtes au troisième, ici. Sur mon territoire…

Pas d'agressivité dans son regard. Juste une intensité qui me fait rater un battement. Puis deux… Je fais volte-face et décampe misérablement, sans ajouter un mot. Mes joues sont cramoisies, ma fierté évanouie. Je viens de faire une bourde monstrueuse, en le prenant par surprise à la sortie de la douche. Et d'empirer les choses en le reluquant comme une gourmandise à croquer, à savourer, à suçoter…

Mais bon sang, une telle perfection ne devrait pas exister !

Je ne me trompe pas d'étage, cette fois, et retrouve Connor dans son bureau, dont la porte est restée ouverte. J'ai du mal à cacher mon trouble, ma tension artérielle refuse de redescendre.

– Tout va bien, Sid ? me demande gentiment le seul allié que j'ai dans cette maison.

– Oui… Enfin… Je… Vous pouvez choisir la nouvelle cuisinière pour moi, finis-je par articuler. Je n'y connais rien en équipements électroménagers.

– Très bien. En attendant, n'hésitez pas à utiliser la cuisine principale. Vous ne dérangerez personne.

– Pas même Mr Rochester ? demandé-je d'une voix timide.

– Non. Il n'est pas du genre à passer beaucoup de temps aux fourneaux, vous savez…

Encore ce sourire. Ce sourire sans malice, mais appuyé… Comme si Connor savait. Comme si ça se voyait comme le nez au milieu de la figure que je craque pour Rochester. Le multimilliardaire que toutes les Londoniennes de la « haute » s'arrachent.

Je suis sur un terrain glissant. La moindre chute pourrait me coûter cher. Mon boulot, mais surtout ma santé mentale. Je dois me reprendre, me blinder, devenir totalement indifférente à ses charmes, sinon je vais devenir folle.

Quatre nuits par semaine… Seul un étage nous séparera…

Un quart d'heure plus tard, la porte d'entrée claque brusquement, le babyphone se met à brailler. Un : Emmett a quitté la *townhouse* pour la journée. Deux : Birdie vient de se réveiller. Je respire à nouveau. Et retrousse mes manches.

Dix heures. Le petit déjeuner et la séance d'habillage ne m'ont pas totalement achevée. Mais pas loin. La rouquine – de mauvais poil – dans les bras, je passe devant la commode de l'entrée et découvre une petite enveloppe, adressée à mon nom. Ou presque. « Nanny ».

Histoire de bien me rappeler quelle est ma place… Moi Nanny. Toi Tout-Puissant.

Je lis.

Nanny, voici votre carte bancaire « business ».
Vous avez un budget illimité pour les dépenses de Birdie.

Il a souligné le prénom de sa fille. Deux fois. Comme s'il était nécessaire d'insister sur le fait que cette American Express noire ne m'était pas destinée. Enfin, pas directement.

Puisque c'est demandé si gentiment, je vais la faire chauffer, cette carte… pour Birdie, bien évidemment…

L'arroseur arrosé. Je voulais faire ma maligne en dépensant une petite fortune aux frais de la « royauté », au final, c'est moi qui ai payé. Pas financièrement, non, mais émotionnellement. En une heure et demie de shopping, Birdie a réussi à me traumatiser à vie. Désormais, lorsque je verrai une enseigne de magasin pour enfants, je partirai en courant. Si mes jambes tremblantes me le permettent.

Il y a eu les ordres, les plaintes et les sourires défiants, d'abord. Un doudou, une poupée ou un jouet montré du doigt, censé atterrir dans le panier, sous peine de représailles. À seulement 2 ans, *Princess* Rochester a déjà une volonté à toute épreuve. Au bout d'un moment, le petit génie a changé de stratégie. Elle a testé les regards de chien battu et les pleurs légers, pour apitoyer l'assemblée. Quand elle a compris que ça ne marcherait pas, elle a sorti l'artillerie lourde. Les hurlements. Les roulades à même le sol. Les coups de pied, de poing, les morsures. Sous les yeux atterrés des vendeuses, des mamans et autres passants.

Mais le pire restait à venir. Après avoir enchaîné les caprices et cassé les oreilles de tout Mayfair – dont la population a fortement diminué, tout à coup – Birdie a décidé d'aller plus loin. Échappant un instant à mon attention, elle s'est amusée à jouer à cache-cache et à vider intégralement les rayons qui se trouvaient à sa hauteur. À ce stade, j'ai décrété que ma mission devait toucher à sa fin. Qu'acheter une seule robe ou une seule peluche de plus n'était pas raisonnable. Pas si je voulais éviter d'en venir au meurtre.

Ou au suicide collectif des vendeuses de New Bond Street.

J'ai bouclé le monstre dans sa poussette et j'ai pris la sortie en fixant mes pieds. Cette séance de torture m'a condamnée aux séances de psy. À vie.

Joe fera l'affaire...

De retour à la *townhouse*, Connor nous accueille et me lance un regard bourré de compassion. Rien qu'à ma tête, il devine que j'ai vécu l'enfer. Mais déjà, Birdie lâche des cris aigus et réclame le majordome en lui tendant les bras. Il la détache de sa poussette et l'attrape. Il la promène dans les airs en émettant de drôles de bruits. Elle glousse, ravie. Je soupire, démoralisée.

Elle ne se comporte jamais comme ça, avec moi...

– Elle finira par vous accepter, Sid. Donnez-lui quelques semaines...

– Quelques années, oui, bougonné-je en prenant le chemin de la cuisine.

– Possible, rigole le géant en me tendant la petite.

Elle résiste, me traite une bonne vingtaine de fois de « pas belle » mais échoue finalement dans mes bras, faute d'alternative. Je la dépose dans sa chaise haute, ouvre le frigo et pioche dans la pile des petits plats préparés juste pour elle. Je prie intérieurement pour que ce repas se déroule sans heurts – ou du moins, mieux que les précédents. Mais il faut croire que c'est trop demander. J'ai beau faire en sorte que tout soit parfait, à bonne température, en bonnes quantités, c'est raté. La purée est trop froide à son goût, les petits pois trop chauds, le jambon « c'est pas bon ». Quant au yaourt, elle décide d'en faire un masque de beauté. À appliquer sur mon visage. Un cadeau improvisé pour « Pas Belle ».

Vingt minutes plus tard, je m'installe avec elle dans le fauteuil à bascule qui borde son lit à barreaux. Trois livres lus de bout en bout plus tard – je ne compte plus ni les insultes ni les caprices – le petit diable s'endort sur moi, la tête calée au creux de mon cou. C'est la première fois que je ressens de la tendresse pour Birdie. La première fois qu'elle semble m'accorder sa confiance. Mon cœur se serre, je tente de bloquer les images du passé qui me reviennent.

Ne pas bouger... Ne surtout pas la réveiller... Deux heures dans cette position, vraiment?

Joe s'est bidonnée pendant un bon quart d'heure, lorsque je l'ai appelée pour lui raconter mes mésaventures de la journée. Elle m'a avoué à demi-mot que je lui manquais déjà, que l'appartement était sens dessus dessous depuis mon départ – un record, sachant que je l'ai quitté ce matin – et qu'elle songeait à adopter un chat.

– Un bon gros matou caractériel, ce sera comme si tu n'étais jamais partie.

Ma sœur, un amour.

Ce début d'après-midi a défilé à toute vitesse. J'ai profité de la sieste de Birdie pour parler mauvaises herbes et potager avec Connor et Dexter, le jardinier. J'ai grignoté deux toasts beurrés en feuilletant un magazine de finances – du chinois ! Je me suis forcée à vider mes valises, puis ai installé mon ordinateur – seul vrai contact avec le monde extérieur jusqu'à vendredi. Juste avant que le babyphone ne se déclenche à nouveau, je me suis dépêchée d'essayer tous mes uniformes. Mis à part une robe un peu trop lâche, ils me vont comme un gant.

Le ciel m'est retombé sur la tête en un instant. Pendant les heures qui ont suivi, la rouquine a fait tout son possible pour me faire tourner en bourrique. Repeindre les murs de la cuisine avec sa compote de fraises. Renverser l'intégralité de sa tasse de jus de fruits sur le tapis le plus cher de toute la maison. Pas une fois. Pas deux. Trois ! Se ruer dans le jardin – afin de braver une énième interdiction – et sauter dans les flaques afin d'être recouverte de boue de la tête aux pieds. Me crever le deuxième tympan pendant le bain, parce que j'ai osé rajouter un centimètre d'eau. Ne manger que la croûte panée du poisson, se servir du reste comme de munitions. La cible étant mon front.

Ça change du nez, cela dit...

Et cette merveilleuse journée en tête à tête s'est terminée exactement comme elle avait commencé :

– Bonne nuit, Birdie. Fais de beaux rêves...

– Pas Belle !

***

Vingt heures. Connor vient de regagner ses quartiers, dans la petite mais confortable dépendance au fond du jardin. Birdie a fini par s'endormir. La maison est plongée dans un silence total, si ce n'est les gargouillis émis par mon estomac vide. Je me rends dans la cuisine, remplis une casserole d'eau et la mets sur le feu. Des pâtes au beurre : je ne rêve que de ça !

Menteuse... Comme si tu n'avais pas pensé à lui toute la journée...

La porte d'entrée claque au moment précis où je laisse mon esprit divaguer – pour rejouer la scène embarrassante de ce matin et entrevoir à nouveau le corps sculptural de Mr Rochester, sa peau dorée parcourue de fines gouttes d'eau... J'égoutte mes fusilli en me retenant de trembler. Je n'ai aucune idée de ce qui m'attend. Vais-je le croiser ? Va-t-il me rejoindre et me reprocher d'empiéter à nouveau sur son territoire ? Mon cerveau est en train de surchauffer lorsqu'il se présente dans l'embrasure de la porte. Dans son costume griffé, il est encore plus alléchant que dans mon souvenir. Son regard sombre se plante dans le mien, ses lèvres s'entrouvrent, puis se referment. Je n'ai pas le temps de le saluer, il a déjà tourné les talons.

Ma journée était formidable, merci de demander...

Je fais glisser les pâtes dans une assiette creuse, ajoute une grosse noix de beurre, mélange rapidement le tout, puis fais la vaisselle en deux minutes. Mon dîner à la main, je suis sur le point de quitter la cuisine quand Rochester fait son retour. Sans lâcher un mot, il me bloque volontairement le passage et me fait signe d'aller m'asseoir à table. Je m'exécute, m'installe sans réussir à avaler quoi que ce soit. J'ai le ventre noué. La petite bête se déchaîne à nouveau.

Je l'observe alors qu'il ouvre le frigo pour en sortir une bouteille de vin. Il est en chemise blanche et sa cravate a été desserrée. J'imagine que c'est ce qu'il appelle une tenue décontractée. Sans me demander mon avis, il remplit deux verres et vient déposer l'un d'eux sous mon nez. En s'asseyant en face de moi. Un frisson me parcourt l'échine.

– Je croyais que je n'étais pas censée boire une goutte d'alcool sous ce toit, dis-je d'une voix timide, qui a immédiatement le don de m'agacer.

Pourquoi est-ce que je me transforme en potiche décérébrée en sa présence ?!

– J'ai eu une dure journée. Vous aussi, j'imagine... murmure-t-il avant de porter le verre à ses lèvres.

Je porterais bien autre chose, à ses lèvres...

Sid !!!

– Vous ne mangez pas ? demande-t-il soudain en fixant mon assiette pleine.

– Non, je n'ai pas faim... dis-je en la repoussant.

– Il faut dire que ce n'est pas franchement appétissant. Vous mangez les restes de ma fille ? raille-t-il en piquant ma fourchette pour prendre une bouchée.

– Une recette de famille. Ancestrale. Passée de génération en génération. Si vous la dévoilez à qui que ce soit, je serai obligée de vous tuer…

– Vous avez déjà failli y arriver, lâche-t-il d'une voix rauque. Ce matin…

Je me mords la lèvre en sentant mes joues changer de couleur. Ce matin. Son regard si intense. Son corps nu, excepté cette fine serviette noire nouée autour de sa taille. Penser à autre chose. Urgemment. Birdie. Penser à Birdie. Fixer mon assiette et penser à Birdie.

– Vous avez perdu votre langue ? rit-il doucement, en cherchant mon regard.

– Non, je me disais juste que…

– Que quoi ?

– Que, sans vouloir vous manquer de respect, vous étiez un peu hypocrite.

– Pardon ? éclate-t-il de rire en reculant sa chaise pour s'installer plus confortablement. Je suis tout ouïe. Expliquez-moi tout, Sidonie.

– Tiens, vous m'y faites penser. Puisque vous venez de le prononcer, j'en déduis que vous connaissez mon prénom.

– Ne changez pas de sujet, Miss Merlin, sourit-il, goguenard.

– Sidonie, oui. Miss Merlin, pourquoi pas. Nanny, non.

– C'est un ordre ?

– Disons que c'est… une requête. Qui me tient à cœur.

– Je ne voudrais pas déplaire à votre cœur, Sidonie, chuchote-t-il en se penchant légèrement en avant. C'est entendu, nanny ne fait plus partie de mon vocabulaire.

– Merci, souris-je en buvant une première gorgée de vin.

– Bon, et si vous me disiez pourquoi je suis un hypocrite ?

– Votre tatouage…

– Oui ?

– C'est sur votre liste d'interdits, affirmé-je en reposant mon verre.

Son regard noir inspecte à nouveau le mien, un peu plus longtemps que nécessaire, et ma respiration s'accélère.

– Vous avez donc pris le temps de m'étudier…

– Non. Enfin, pas vraiment, bredouillé-je. Mes yeux se sont posés sur votre tatouage, mais nulle part ailleurs.

– C'est injuste. Vous en savez bien plus sur moi que moi sur vous, maintenant… grogne-t-il en me fixant de plus belle.

– Qu'est-ce que vous voulez savoir ? murmuré-je sans parvenir à me contrôler.

Tu vas trop loin, Sid…

Ses pupilles semblent noircir encore d'un ton alors que, face à moi, son visage et son corps se tendent. Comme si, comme moi, Mr Rochester avait parfaitement conscience que cette conversation était sur le point de déraper. Comme si, comme moi, il pouvait palper la tension sexuelle qui emplit la pièce.

Ses lèvres s'écartent et laissent entrevoir ses dents blanches, je trépigne intérieurement en attendant sa réponse – que j'imagine joueuse, osée, insolente. Mais aucun son ne sort de cette bouche diaboliquement sensuelle. Son téléphone vibre sur la table et le lien qui nous unit est rompu. Nous baissons les yeux vers le smartphone et j'ai juste le temps de voir le nom qui s'affiche sur l'écran avant qu'il s'en empare. Sept lettres que je déteste pour une raison futile, certes, mais incontrôlable. Sept lettres qui m'évoquent l'orgueil, la condescendance et la superficialité. CAMILLA.

Même absente, cette garce fait tout foirer !

Emmett décroche, m'adresse un regard vide, puis sort de mon champ de vision. Et de la pièce. Me laissant ruminer, seule face à mes pâtes froides et sans saveur.

À l'image du reste de ma soirée…

4

« *FREE AS A BIRD* »

Vendredi matin : ma première semaine en tant que nanny touche à sa fin. Birdie a donné son maximum – elle mériterait amplement le titre de mini-Miss Catastrophe – mais elle n'a pas réussi à m'achever. Entre caprices, crises d'hyperactivité et instants de complicité, je commence à mieux la cerner. À la connaître, presque. Je n'ai pas encore apprivoisé le monstre, mais je vois une petite lumière au bout du tunnel. C'est un début.

J'ai surnommé son père Mr Chaud/Froid. Emmett Rochester est aussi imprévisible et lunatique que sa fille. Il faut croire que c'est de famille. Le colosse blond aux yeux pénétrants devait être un caméléon, dans une vie antérieure. Changeant de couleur, de regard, de ton au fil de ses humeurs. Parfois distant, froid, renfermé, voire carrément ours mal léché. Parfois attentif, charmeur, joueur, voire carrément bourreau des cœurs.

Du mien, en tout cas…

Un passage express devant le miroir et je réajuste mon chignon. Un regard à ma montre et je réalise que le meilleur est à venir. Dans exactement douze heures, je serai libre. Deux jours et trois nuits sans tortionnaire en couche-culotte et surtout, sans TOB : Trouble Obsessionnel pour son Boss. Je quitterai la *townhouse* de Mayfair pour retrouver l'appartement que je partage avec Joe. Ma jumelle folle à lier, folle de joie, folle d'impatience. Le pied. Le méga extra giga pied.

Justement, mon téléphone vibre, le visage fin de ma sœur s'affiche sur l'écran. Il n'est pas encore huit heures du matin. Se lever si tôt, ce n'est pas dans sa religion. C'est même une hérésie.

– Sid, tu te rends compte dans quel état je suis ? Je n'arrive même plus à me lever à des heures convenables, quand tu n'es pas là ! gémit-elle à l'autre bout de la ligne.

– Je suis curieuse de savoir ce que tu entends par « heures convenables », ris-je en m'asseyant sur le canapé de ma chambre.

– Entre onze et quatorze heures, pardi ! D'ailleurs, Angry Bird dort encore ?

– Oui, ou alors le babyphone est mort.
– Hum… Avoue, tu as enlevé les piles !
– Non. Mais l'idée ne me déplaît pas…
– Bon, tu me rejoins au bar, ce soir ?
– Oui, mais je ne sais pas encore à quelle heure, réponds-je distraitement, en regardant par la fenêtre.
– Si ton boss te garde après vingt heures, j'appelle les flics. Ça s'appelle de la séquestration !
– Je te rappelle que c'est grâce à lui qu'on va pouvoir remeubler tout l'appart, demain…
– Et voilà, j'en étais sûre… soupire-t-elle.
– Quoi ?
– Tu veux l'épouser, lui faire huit mômes qui m'appelleront « Tata Zo » et je devrai me les coltiner jusqu'à ma mort !
– Tu divagues, je crois que je vais raccrocher, fais-je en me retenant de glousser.
– Non mais sérieusement, Sid, ne tombe pas là-dedans. Évite de passer trop de temps avec lui en tête à tête. C'est un prédateur, ce mec, je le sens ! Tout ça parce qu'il est beau gosse et que son compte en banque menace d'exploser…
– C'est reparti, râlé-je en m'étirant. Il n'est jamais seul, Joe. Je ne risque strictement rien. Son caniche royal manucuré le suit partout, les yeux vitreux et la langue pendante.
– Tu m'as perdue, là…
– Joe… grogné-je malgré moi. Je t'ai déjà parlé dix fois de Camilla !
– Ah, la prétendante au titre de Première Soumise ! Tu vois, il adore ça, ton Rochester. Avoir toutes les femmes à ses pieds, ça lui donne un sentiment de grandeur. Si tu veux mon avis, il en a une petite. Non, une minuscule !
– …
– Tu es toujours là ?
– J'appelle SOS médecin sur l'autre ligne, lâché-je d'une voix rauque.
– Pour qui ?
– Pour toi. Il faut t'interner, tout de suite.
– Je ne signerai rien.
– Tu vas gober deux ou trois Valium et le stylo glissera tout seul en bas de la page…
– Saloperie.
– Malade mentale.
– Tu m'as manqué.

– Toi aussi, tu n'as pas idée ! avoué-je juste avant de raccrocher, un sourire niais sur les lèvres.

Et ce foutu babyphone qui se déclenche. Douze heures, Sid. Plus que douze petites heures…

L'heure de l'ami Blédina a sonné. Je me rends dans la cuisine avec la petite boule de nerfs dans les bras. À ma grande surprise, la pièce lumineuse est déjà occupée. Deux voix masculines s'en échappent : celles d'Emmett et Connor. J'hésite une seconde à entrer, cachée dans l'embrasure de la porte, mais Birdie prend la décision à ma place en faisant voler son doudou. Le lapin cascadeur atterrit… à leurs pieds. Leur discussion cesse immédiatement, prouvant que nous avons été repérées. Je m'oblige à rejoindre les deux hommes et choisis de croiser le regard de Connor en premier. Son éternel sourire ne lui fait pas défaut, il m'adresse un clin d'œil en caressant la joue de la rouquine.

Les pupilles sombres m'observent, à seulement un mètre de moi. Je tente d'y résister, mais n'y parviens pas. Je tourne finalement la tête vers Mr Rochester. Nos yeux se rencontrent, je ne frémis pas. Ou si peu. Je commence à être habituée à ces face-à-face silencieux. Même si la petite bête continue à sauter dans mon estomac. Le maître des lieux ignore totalement les piaillements de sa fille – occupée à pincer le nez du majordome – et fixe désormais ma bouche, avec cette intensité qui me fait bouillonner à l'intérieur. Puis le sentiment disparaît. Ses yeux s'éteignent, s'éloignent, je tente de ne pas afficher ma déception. Cet homme a le don de me mettre dans un état second, puis de retourner vaquer à ses occupations, comme s'il ne s'était strictement rien passé. Comme si notre désir n'était pas évident. Et réciproque. Notre alchimie flagrante.

Emmett fait deux pas dans ma direction et, pendant un instant, la fleur bleue dégoulinante que je suis se met à rêvasser. À croire en l'impossible. Comme si cette fois, c'était la bonne. Comme s'il allait passer à l'action, malgré la présence de Birdie et Connor. Comme si j'allais enfin goûter à ses lèvres. À sa peau. À ce corps parfait qui me hante chaque nuit.

Réveille-toi, Sid !

C'est plus fort que moi. Ma bouche devient sèche, mes cuisses flageolent, mes paupières clignent exagérément. Des effluves d'un parfum frais et boisé me parviennent alors qu'il se penche vers moi pour embrasser… sa fille. Puis sans m'adresser un regard, la gravure de mode au costume sombre s'en va d'un pas décidé. Me laissant sur le carreau, avec mon foutu cœur d'artichaut.

Birdie s'agite dans mes bras et râle en réclamant son père. Ce nouveau caprice m'aide à reprendre mes esprits. Je l'installe sur sa chaise haute et me lance dans la préparation de son biberon. En essuyant quelques verres, Connor m'observe du coin de l'œil.

– Une question ? demandé-je en jouant l'indifférente.

– Non, pas vraiment, sourit-il. Le boss a l'air content de vous.

– Il vous a parlé… de moi ? insisté-je en déglutissant.

– Oui. Il semble confiant. C'est important pour lui, que Birdie s'attache à vous. Vous ne remplacerez jamais sa mère, personne ne le pourrait, mais elle a besoin d'affection, cette petite.

Le regard du doux géant se pose sur Boucles de cuivre – qui est en train de démonter sa chaise haute – puis revient sur moi.

– Ils ont vécu un drame, vous savez… C'est pour ça que Mr Rochester est aussi « absent », parfois.

– « Absent » ?

– Il est là sans l'être vraiment, vous voyez…

Je vois parfaitement. Mais je veux en savoir plus. Ma curiosité l'emporte sur la pudeur, parfois. C'est mal, mais incontrôlable. Tout en me posant un demi-milliard de questions, je tends le biberon au petit glouton, qui le fourre dans sa bouche en me jetant un regard furieux. J'en déduis qu'elle a trouvé l'attente interminable…

– Que s'est-il passé ? Qu'est-il arrivé à la maman de Birdie ? murmuré-je en attirant le majordome à l'écart, pour que la petite n'entende pas cette discussion.

– Robyn était une femme merveilleuse, bourrée de tendresse, d'une gentillesse peu commune. Elle a péri dans un incendie, m'annonce-t-il à voix basse, l'air éprouvé. Birdie n'avait que quelques mois.

– Quelle horreur…

– Mr Rochester n'y est pour rien, il n'aurait rien pu faire, mais il se croit responsable de cette tragédie. Il refuse de se pardonner. Et d'être heureux.

– Il est seul depuis deux ans ? demandé-je en regrettant immédiatement ma question, bien trop personnelle.

– Oui. Pourtant, ce ne sont pas les prétendantes qui manquent…

– Une certaine Camilla Bradford, vous voulez dire ? me forcé-je à sourire.

– Entre autres… lâche-t-il en me fixant avec insistance.

Un ange passe.

Par chance, le petit démon fait tomber son biberon, ce qui me donne l'occasion de m'échapper de cette conversation à hauts risques. Derrière moi, j'entends les pas de Connor s'éloigner. Je n'ai pas besoin de le voir, je sais pertinemment qu'un sourire mutin se dessine sur ses lèvres.

Il sait qu'il a visé juste…

***

Fin de matinée. Je surveille Birdie depuis le banc où j'ai trouvé refuge. Je viens de faire trois fois le tour du parc en coursant la petite pile électrique, de manger du sable, de me griffer les genoux sur le gravier, de me cogner la tête sous tous les toits des petits cabanons… bref, j'ai eu ma dose.

– Vous êtes la nouvelle nounou de Birdie ? me demande une jolie Asiatique, sur le banc d'à côté.

– Oui…

Je suis surtout complètement prise au dépourvu. Et dois avoir l'air complètement idiote, la bouche entrouverte, les yeux écarquillés. Cela fait une bonne dizaine de minutes que j'entends ce petit groupe de cinq jeunes femmes piailler et gesticuler. Que je les écoute d'une oreille, amusée par leurs propos, tout en faisant semblant d'être plongée dans mon bouquin.

Grillée…

– On vous a vue jouer avec la petite, sourit-elle.

Les cinq copines me font un petit signe de la main, soit pour me saluer, soit pour me dire d'approcher. Je me lève et les rejoins, ravie de réintégrer le monde palpitant des adultes.

– Je suis Anjali, voici Nova, Rosie, Scarlett et Esther, lance une petite brune. Bienvenue dans le cercle très fermé des « nounous en or » !

– En or ? demandé-je en répondant à tous les sourires.

– Travailler pour des millionnaires, il faut bien que ça ait des avantages ! On subit leurs caprices et leurs névroses toute la journée, ils peuvent bien nous payer en or massif ! rigole Rosie, une sublime Black qui doit dépasser le mètre quatre-vingts.

Le mien est milliardaire. Multimilliardaire. Je dis ça, je dis rien…

– Les enfants que vous gardez sont difficiles, eux aussi ? demandé-je naïvement, en acceptant le bonbon que me tend Scarlett.

– Les enfants ? Ce n'est rien comparé aux parents ! C'est bien connu, une fois la barre du million franchie, ils perdent tout sens des réalités, de la politesse et du respect pour autrui, s'enflamme Nova, en jetant un coup d'œil aux jumeaux qu'elle garde.

– La peau de vache m'a encore promis une lipo pour Noël, ce matin, soupire Esther, jolie brune un peu gothique. En matant mes poignées d'amour… Elle croit vraiment que je ne l'entends pas vomir, après chaque repas ?

– Le mien a fait pire ! Il m'a réveillée à trois heures du mat' en m'appelant sur le fixe, pour que je lui apporte un brandy au lit ! renchérit Rosie.

– Au moins, il n'a pas essayé de t'y attirer, dans son lit ! ricane Scarlett.

– Toujours se méfier d'eux, surtout quand ils ont bu… prêche la jeune Indienne.

– Et toi ? Qu'est-ce qu'il t'a fait, comme coup foireux, ton boss ? me demande ma voisine, en faisant des signes aux jumeaux.

– Rien pour l'instant, mais je ne suis en poste que depuis quelques jours…

– Regardez-la, elle est comme Imogen, elle n'ose rien balancer ! se marre-t-elle. Rochester n'est pas fou, lui, il leur fait signer une clause de confidentialité !

Qu'est-ce qu'elle veut que je lui dise ? Emmett n'est juste pas un porc tyrannique et libidineux… Quand je pense qu'elles fuient toutes leur boss comme la peste… Pendant que moi, je lui cours après… C'est grave, docteur ?

Apparemment oui, puisque mes TOB me donnent des hallucinations. À l'autre bout de la pelouse, je le vois, avançant vers moi, comme au ralenti. Quelqu'un pour me foutre une claque ? Non, personne ? Je cligne plusieurs fois des yeux, puis les ouvre à nouveau. Ma vision continue. Emmett Rochester, son costume de créateur sur le dos, une glacière sous le bras, est en train d'enjamber la petite barrière de l'espace jeux. Mon cœur bat la chamade. Mes mains sont moites. Toutes les nounous observent Mr Perfect, la mine scotchée – et gourmande – alors que Birdie le repère et se jette dans ses bras.

Soit je ne rêve pas, soit mon cerveau est vraiment très atteint…

– Emmett Ro… Rochester… bégaie Nova en le bouffant des yeux. Il est encore plus beau que dans les magazines…

OK. Je ne rêve pas.

– C'est bien lui, soufflé-je en tentant d'avoir l'air la plus normale possible.

– Le jour où tu démissionnes, tu m'appelles… lâche Esther, le regard figé sur le colosse blond.

– Je lui apporterais bien du brandy chaque nuit, à lui… ronchonne Rosie. Pourquoi est-ce que ça ne m'arrive jamais, ce genre de truc ? Tomber sur un étalon plutôt que sur un âne ?

– Moins fort, mon futur mari arrive ! chuchote Scarlett ou Anjali – j'ignore laquelle, je suis trop occupée à le reluquer.

Il s'arrête à quelques pas de moi, sa fille lovée dans ses bras. Les rayons du soleil se reflètent dans ses cheveux dorés, ses yeux semblent plus clairs, je n'y lis aucune tristesse. Je l'interroge du regard, il penche légèrement la tête en souriant et désigne une aire de pique-nique, un peu plus loin. Je fais un signe de la main à mes nouvelles collègues, puis le suis jusqu'à la première table ombragée. Sur le chemin, je me concentre sur mes pieds, pour ne pas trébucher.

Mon cerveau est HS. Je délègue.

– Ce serait déplacé de ma part de vous demander ce que vous faites là ? souris-je en m'asseyant sur le banc.

– Il fait un temps radieux, mes collègues me rendent fou, ma fille me manquait et... j'avais envie de vous voir. Ça vous convient, comme réponse ? me provoque-t-il gaiement en ouvrant la glacière sur la table.

Envie de ME voir ??

Je glousse discrètement, repassant ses mots dans ma tête. J'attrape Birdie qui tire sur ma jupe, pour la hisser sur mes genoux.

– Coca ! se met-elle à brailler.

– Birdie, comment est-ce qu'on demande ? dis-je tout bas, au creux de son oreille.

– Sivouplaît, Pas Belle !

Emmett éclate de rire, je l'imite en reposant le diablotin par terre, déjà intéressé par autre chose – une pomme de pin ou un petit tas de terre, qui sait, elle n'est pas difficile. Pas pour ça.

– Vous vous êtes déjà fait des amies, Miss Merlin ? me demande mon boss en me servant un verre de soda glacé.

– Et si vous m'appeliez Sidonie ? Ou Sid ?

– Je n'aime pas les surnoms. Par contre j'aime beaucoup votre prénom. Il est... chantant. Donc, va pour Sidonie. Mais uniquement si vous m'appelez Emmett.

– Hmm... Personnellement, j'adore les surnoms. Si ça ne vous dérange pas, je vous appellerai Emmy, dis-je d'une voix de peste, en battant des cils.

– C'est un prénom de femme.

– Vous avez des doutes sur votre virilité, Mr Rochester ?

– Vous tenez à garder votre job, Sidonie ?

– OK, va pour Emmett, ris-je en portant le verre à mes lèvres.

Une salade traiteur, du melon au serrano et un sachet entier de bonbons Cadbury plus tard, je soupire d'extase. Après avoir mangé comme un enfant de 2 ans toute la semaine, mon ventre gargouille enfin de plaisir. J'allonge mes jambes nues sur le banc et inspecte lentement les alentours. Pendant l'heure du déjeuner, le square a été déserté et la plupart des tables de pique-nique sont restées libres. Les Londoniens sont au travail. Je suis au paradis. Ou du moins, ça y ressemble.

Joe se marrerait en me demandant où est passée la nappe à carreaux... Joe est une cynique. Elle ne sait pas profiter des choses simples... Simples ? Qu'est-ce que je raconte ? Rien n'est simple. Surtout lorsqu'il est question de lui...

Emmett revient s'asseoir en face de moi, après s'être éloigné un bon quart d'heure pour passer un peu de temps avec sa fille. Il l'aime à la folie, ça ne fait aucun doute. Elle est différente, lorsqu'il est là. Plus apaisée. Presque sage. Disons moins dissipée.

Je réalise que je le fixe depuis une éternité et me mets à rougir. Il me sourit, les yeux plissés par le soleil. Une pensée m'effraie, tout à coup. Je crois que je ne me lasserai probablement jamais d'admirer les traits de son visage, les contours de son corps, la lueur changeante qui traverse son regard. Je suis en train de tomber dans la marmite. Celle qui contient la potion la plus dangereuse de toutes. Celle qui vous fait agir sans réfléchir. Et qui finit par vous briser, par vous laisser plus bas que terre.

Mathias me l'a fait, lui aussi, le coup du pique-nique champêtre. Et il ne m'a révélé son vrai visage que bien plus tard… Trop tard…

Les pupilles noires me détaillent, de l'autre côté de la table. Elles étudient mon profil, ma mâchoire qui se crispe, mon front qui se plisse.

– Tout va bien, Sidonie ? murmure Emmett.

– Je suis désolée… J'ai des migraines, parfois. Et celle-là est particulièrement violente. Le soleil, probablement… inventé-je en me relevant. Je vais ramener Birdie, c'est l'heure de la sieste, de toute façon.

– Attendez, je vais vous raccompagner, dit-il en sautant sur ses pieds.

J'attrape l'anse de la glacière en même temps que lui. Nos mains se touchent, sa peau est douce et chaude, ce contact m'électrise, lui aussi, je le sens, mais aucun de nous ne bouge. Je relève la tête et croise son regard. Sa noirceur semble s'être un peu diluée. Mon cœur se serre. Je ne sais plus où j'en suis. Je ne sais même pas ce qu'il veut, exactement. Ce qu'il attend de moi. Il y a trois mois, je me suis juré de ne plus tomber là-dedans. De ne plus me laisser manipuler par un homme de pouvoir. Emmett Rochester est mon patron. Je suis son employée. C'est ainsi et ça ne doit pas changer.

– Je dois vraiment y aller, gémis-je en fuyant son regard.

– Ce n'est pas la première fois que vous me dites ça…

Il soupire – juste une seconde, sans s'appesantir – passe la main dans sa barbe naissante, puis se tourne vers sa fille. Il l'embrasse, lui dit quelques mots puis l'installe dans sa poussette. Cinq minutes plus tard, je sors du parc, hantée par les derniers mots qu'il vient de prononcer :

– Ce soir, je voudrais vous parler…

Pas si je suis partie à temps…

***

Birdie est couchée. Profondément endormie. Mon week-end de liberté peut enfin débuter. En fanfare, j'espère ! Joe et Jasper m'attendent au Crazy Monkey. Je ne leur ai pas précisé d'heure, mais je les imagine déjà à l'entrée du bar, équipés de pancartes sur lesquelles on peut lire « *Welcome home,* Sid ». Ou un truc un peu plus drôle et un peu moins niais. Rien qu'à l'idée de les retrouver, un frisson d'impatience remonte le long de ma colonne.

J'ai décidé de franchir le seuil de la *townhouse* à vingt heures précises. Histoire de mettre toutes les chances de mon côté. Pour quoi ? Pour éviter de croiser ce regard qui me chamboule. Cette bouche que j'aimerais tant goûter. Ce corps que mon esprit a déjà tenté mille fois d'explorer. Je dois prendre mes distances, prendre une douche froide, prendre en pleine poire un énième sermon de Joe sur le sujet. Quoi qu'il en soit, je dois le fuir. En enfilant ma robe de soirée – sûrement un peu trop courte, un peu trop moulante – je prie pour qu'il n'arrive pas à temps. Ou bien est-ce tout le contraire ?

Tais-toi, inconscient de malheur. J'ai pris ma décision : mettre immédiatement un terme à ce jeu dangereux... qui n'a rien d'un jeu, d'ailleurs.

Perchée sur mes talons, mes cheveux blonds flottant librement sur les épaules, je fais un signe de la main en direction de Connor – assis dans le canapé du petit salon, le babyphone posé tout près de lui. En mon absence, il est chargé de veiller sur la petite endormie. Dès que le maître des lieux sera rentré, le majordome s'éclipsera discrètement dans sa maison au fond du jardin, pour regarder des vieux films en fumant la pipe électronique. Son passe-temps favori.

Dix-neuf heures cinquante-neuf. Évidemment, j'ai la poisse. Je suis en train de jeter un dernier regard dans le miroir du grand hall – et de tirer sur ma robe pour avoir l'air un peu plus présentable et un peu moins aguicheuse – quand Emmett apparaît sur le seuil. Beau comme un dieu, les cheveux en bataille, un léger sourire au coin des lèvres. Je me maudis intérieurement. À deux minutes près, je lui échappais.

Ni une ni deux, Connor surgit dans le couloir, nous souhaite une bonne soirée et s'en va rejoindre sa grotte de vieux garçon. Seul à seul. Mr Rochester et moi sommes vraiment seuls. Vent de panique.

– Vous alliez quelque part ? me demande-t-il en enlevant sa veste et en me fixant intensément.

Ses yeux quittent rapidement mon visage pour épouser les formes de mon corps. Au bout de quelques secondes, il se racle légèrement la gorge, puis me fait signe de le suivre jusqu'au salon. J'hésite un instant, puis réalise finalement que je n'ai pas d'autre choix. La fuite n'est pas une option. Nous arrivons dans le salon, je me poste derrière un canapé. Près de la sortie.

– Je vous sers quelque chose à boire ? propose-t-il, dos à moi, en faisant tinter des bouteilles.

– Non merci, je suis pressée.

– Quelqu'un vous attend ? se retourne-t-il, un verre de liquide ambré à la main.

– Ma sœur. Et un ami.

Son visage se contracte lorsque mes lèvres prononcent ce dernier mot. Si je ne savais pas à qui j'ai affaire, je penserais qu'il est… jaloux. Impossible. Mr Rochester est au-dessus de ça. Il ne perdrait ni son temps ni son énergie pour une fille comme moi.

Et pourtant, ce regard qui persiste à me passer aux rayons X…

– Vous êtes sûre que cette tenue est appropriée ? lâche-t-il soudain, alors que mes poings se contractent. Pour le métro, je veux dire. Vous êtes ravissante. Plus que ça, même. Mais je ne voudrais pas qu'il vous arrive quoi que ce soit…

« Ravissante… Plus que ça, même… »

Sid !!!

– Il ne m'arrivera rien, dis-je en tirant à nouveau maladroitement sur ma robe. Si ça ne vous dérange pas, je vais y aller…

Il le faut, tant que j'ai la force de résister à ces yeux noirs…

– Je peux vous déposer quelque part ? Vous appeler un taxi ? insiste-t-il en s'approchant à pas de loup.

– Non, Emmett, je vous remercie, mais je…

– Pourquoi vous obstinez-vous à me tenir tête ? murmure-t-il de sa voix rauque. À dire systématiquement non à tout ce que je propose ? À me fuir, à m'échapper en toutes circonstances ?

Il n'est plus qu'à un mètre de moi. Son regard plonge dans le mien, le gardant précieusement en otage. Je ne sais quoi répondre, je reste totalement interdite. Mes sens commencent à me trahir, à me submerger. Cette chaleur qui grandit au creux de mes reins. Cette étincelle qui se répand et embrase tout mon système nerveux. Dans quelques secondes, je ne pourrai plus lutter. Si je veux partir, c'est maintenant ou jamais.

– Sidonie, répondez-moi… chuchote-t-il en avançant un peu plus.

– Qu'est-ce que vous voulez de moi, au juste ? riposté-je d'une voix sourde, en reculant légèrement.

– Avant que vous ne débarquiez à ma porte en me traitant de « Dieu », je ne voulais rien. Maintenant, je n'en suis plus si sûr... souffle-t-il en diminuant l'espace qui nous sépare.

Mon fameux « Good Lord » du premier jour...

– N'avancez plus, dis-je d'une voix faible.

– Ne reculez plus, rétorque-t-il en lisant clair en moi.

Il sait que je le veux. Ça ne fait plus aucun doute. Je tente une dernière protestation, un dernier acte de rébellion. Qui, comme les précédents, tombe à l'eau :

– Emmett !

– Sidonie...

Sa bouche suave vient de prononcer mon prénom de la plus sensuelle et scandaleuse des manières. Il n'en fallait pas plus pour que je perde totalement la raison. Mon côté obscur, primaire, prend le dessus et je fais un pas en avant. Un seul petit pas. Et c'en est fini pour moi. Pour mes bonnes résolutions.

Son noir se fond une dernière fois dans mon bleu, puis nos lèvres se pressent les unes contre les autres, pour la première fois. Un milliard d'émotions s'entrechoquent dans mon cerveau. Et puis je ne pense plus. Je me laisse gagner par cette délicieuse volupté qui s'empare de moi. Ses lèvres sont d'une douceur infinie, d'une souplesse et d'une sensualité, qui déjà me rendent ivre de ce baiser. Il ne cherche pas un instant à me brusquer, mais plutôt à faire durer cet instant d'éternité. Lorsque j'entrouvre la bouche, il lâche un léger grognement, puis sa langue s'insère en moi, partant à la conquête de mon âme. Je presse ma poitrine contre la sienne, divague quelques secondes de plus, gémissant entre ses lèvres. Il approfondit un peu notre étreinte, je pose mes mains dans son dos pour ne pas perdre l'équilibre, caressant ses muscles saillants à travers le tissu de sa chemise.

À bout de souffle, j'arrache mes lèvres des siennes, puis me recule jusqu'à m'adosser contre le mur. Emmett respecte cette distance que je viens d'instaurer, n'essayant pas de se rapprocher. Nos regards sont imbriqués, ils s'interrogent autant qu'ils se provoquent.

– Vous faites ça avec toutes vos employées ? dis-je d'une voix éraillée.

– À part Imogen, vous êtes la seule, sourit-il insolemment en se mordant la lèvre.

– Ce n'est pas mon genre, vous savez...

– Ça tombe bien, moi non plus.

– Je ne veux pas gâcher notre relation professionnelle.

– Idem.

– Je tiens à rester libre.

Il ne répond pas du tac au tac, cette fois. Il penche un peu la tête sur le côté, les yeux perdus dans ses pensées. Puis, la tête baissée, il passe une main dans ses cheveux en bataille avant de se lancer :

– Vous connaissez l'expression *« Free as a bird »* ?

– Oui… Ça signifie être libre comme un oiseau dans le ciel. En français, on dit « libre comme l'air ».

– Exact. C'est pour ça que Robyn et moi avons appelé notre fille Birdie. Pour que toute sa vie, elle vole de ses propres ailes.

– Pour qu'on ne la mette jamais en cage… réfléchis-je à voix haute, les yeux dans le vague.

– On vous a déjà mise en cage, Sidonie, pas vrai ?

Comment… Comment le sait-il ?

Son regard est doux, cette fois. Patient. Rempli de compassion. Mais je n'ai pas envie de ça. Pas envie qu'il ait pitié de moi.

– Peut-être, mais ça n'a plus aucune importance. Je suis libre, maintenant. Pour de bon. Et cette liberté, je compte bien en profiter…

Je me lance dans sa direction, mes lèvres prêtes à recevoir les siennes. Mon corps prêt à s'offrir au sien. Mais l'une de ses immenses mains se pose sur ma poitrine et m'arrête dans mon élan.

– Je ne sais pas où ça va nous mener, Sidonie. Si vous faites encore un pas en avant, je ne réponds plus de rien. Ce désir viscéral, cette perte de contrôle, je n'ai pas ressenti ça depuis… une éternité, susurre-t-il au bord de mes lèvres.

Son souffle chaud et rauque achève de faire tomber mes barrières – déjà sérieusement affaiblies.

– Juste une fois, suffoqué-je en pressant ma bouche sur la sienne et en sentant ses mains descendre le long de mes reins. Juste cette fois. Juste du sexe…

– Juste histoire d'apaiser nos démons, grogne-t-il en me soulevant brusquement pour aller me plaquer contre le mur froid.

Mon gémissement est rapidement étouffé par sa langue entreprenante, qui débute entre mes lèvres, glisse le long de mon menton, dans mon cou, avant de s'aventurer dans mon décolleté. Quand la pulpe de ses doigts remonte le long de ma cuisse, je m'agrippe à ses épaules carrées en retenant une injure et lui susurre à l'oreille :

– Juste pour cette fois, vous pouvez m'appeler Nanny…

Ses yeux fiévreux croisent les miens, il me contemple quelques secondes, la respiration saccadée, puis s'avance doucement pour venir mordiller ma lèvre inférieure. Je gémis de douleur – et de plaisir. Il sourit, comme je ne l'ai encore jamais vu sourire auparavant.

– Baby, tu n'as rien compris… Ce n'est pas la nanny que je veux. C'est Sidonie…

Je n'ai pas le temps de m'inquiéter de ce que je viens d'entendre. Déjà, ses mains remontent brusquement ma robe, exposent mon string en dentelle, alors que sa bouche avide se relance à la conquête de chaque centimètre de peau qui enveloppe mon corps. Mes bonnes résolutions se sont définitivement envolées.

Craquement d'allumette. Je suis littéralement en train de prendre feu. C'est la première fois que je m'apprête à m'envoyer en l'air avec un étranger. Car c'est ce qu'il est, en vérité. Je travaille pour lui, je le côtoie depuis six jours, nous vivons sous le même toit, mais je ne sais presque rien de cet homme, si ce n'est qu'il éveille tous mes sens en un regard.

Ses mains, ses lèvres, son souffle chaud, le bruissement de sa chemise contre ma poitrine : chaque particule de mon corps est réceptive. Presque trop. Si je ne me surveille pas, je vais passer pour une… nympho.

Ne pas totalement perdre le contrôle… Ne pas lui laisser tout le pouvoir…

– Une semaine que tu hantes mon sommeil… murmure-t-il en passant voluptueusement son pouce sur mes lèvres. Que seul un foutu étage nous sépare. Que j'imagine ton corps endormi, en partie nu, en train de rêver juste au-dessus. De quoi tu rêves, Sidonie ?

– Je ne rêve pas, mentis-je en sentant mon cœur s'emballer. Ou je ne m'en souviens pas…

– Mes songes sont torrides, continue-t-il en s'accoudant au mur et en m'emprisonnant entre ses bras pour que nos visages se tutoient. Surtout lorsque tu es dedans.

– Je ne savais pas… soufflé-je en me mordant la lèvre.

– Il fallait que ça sorte, sourit-il de manière tout à fait indécente. Parce que ces rêves refusent de disparaître. Ils me tourmentent. Tu aimes ça, me tourmenter, Sidonie ?

Notre proximité est telle qu'il vient de prononcer ces mots entre mes lèvres. À cet instant, ses yeux me disent : « J'ai envie de toi. » Les miens tentent de résister à cet appel charnel, de jouer la carte du mystère, mais lire le désir dans son regard me procure une délicieuse sensation de… pouvoir. Pour la première fois, nous sommes d'égal à égal. Ou presque. Mes iris bleus se posent sur les muscles saillants qui m'encerclent et je réalise que je ne dois pas avoir un dixième de sa force.

Cet homme a quelque chose de surnaturel… Scoop : il est également ton patron. Bizarrement, ça ne rend la chose que plus excitante…

– Je peux savoir ce qui se passe, dans cette jolie tête bien faite ? chuchote Emmett à mon oreille, avant d'y promener sensuellement le bout de sa langue.

Oh… Mon… Dieu…

– Il ne vaut mieux pas, tremblé-je contre lui.

Déclic. Je trouve enfin le courage de me jeter sur ses lèvres. Douces, chaudes, moelleuses, ultime tentation contre laquelle je ne peux plus lutter. Nos bouches ne font qu'une. Je me plaque contre son torse, glissant mes mains sur ses flancs, il grogne sauvagement en posant les siennes sur mes reins, pour me maintenir contre lui. Ce troisième baiser est d'une intensité méconnue pour moi. Je n'ai jamais vécu ça. Jamais ressenti un désir aussi ardent à l'issue d'un simple baiser.

J'avais oublié l'excitation de faire frémir un homme… de le sentir se contracter, puis durcir…

Je ne réfléchis plus. Je ne tente plus de me raisonner. Sa respiration s'accélère, ses assauts continuent. Mes doigts tremblants commencent à déboutonner sa chemise, alors que sa bouche galvanisante se perd dans mon cou. Elle atteint rapidement mon « spot » secret. Une petite parcelle de peau, au coin de ma mâchoire. Je gémis violemment, sous les effets diaboliques de ses lèvres, de sa langue. Le colosse blond semble ravi de me voir lâcher prise. Il recule de quelques centimètres et me contemple fièrement. Son sourire gourmand déclenche en moi des frissons brûlants qui descendent tout droit vers mon bas-ventre.

Le dernier bouton saute. Cette fois, c'est ma bouche qui part à la conquête de sa pomme d'Adam, alors que mes mains écartent doucement les pans de sa chemise. Qui glisse au sol, me laissant pantoise face à une statue de chair et de peau. Ce mec est un dieu vivant. Littéralement. Ses proportions sont divines, je ne vois pas d'autre mot. Emmett Rochester m'observe alors que mes yeux affamés ne se lassent pas de le contempler. Chaque courbe, chaque ligne, chaque muscle est scanné par mes pupilles, pour rester gravé dans ma mémoire. Le tatouage noir qui lui barre le pectoral est fascinant. Et terriblement viril.

Je promène mes doigts sur ses abdominaux réguliers, sa peau bronzée se tend à leur contact.

– J'ai enlevé le haut… dit-il d'une voix rauque. C'est à ton tour, maintenant.

– Je porte une robe. Une seule pièce. Un sérieux désavantage…

– Pour toi, peut-être… sourit-il en plissant ses yeux noirs.

Nos regards s'aimantent, nos sourires s'élargissent, la chaleur continue de progresser dans ma région sud. Finalement, ses mains viennent se poser délicatement sur mes épaules. Et écartent le tissu qui les recouvre.

Mon soutien-gorge noir apparaît. Suivi de mon ventre nu, mon nombril, mes hanches. Je respire difficilement, en soutenant son regard avide. Mon string en dentelle est mis à jour, ma robe roule sur mes cuisses et échoue au sol. Il est torse nu. Je suis en sous-vêtements – affriolants, Dieu merci !

Ton pantalon de costume va devoir y passer, Rochester…

– Tu es incroyablement belle… lâche soudain l'adonis qui me fait face, en me bouffant du regard.

C'est idiot, mais sa remarque me va droit au cœur. Elle me touche. Il aurait pu se contenter de dire que j'étais sexy. Désirable. Bien foutue. La plupart des mecs me l'ont dit, ça, au moins une fois. Mais « incroyablement belle », c'est un cran au-dessus. Largement au-dessus…

Sid, mets ton cœur dégoulinant en sourdine ! On a dit du sexe, rien que du sexe.

– Il est temps d'égaliser, émis-je en déboutonnant son pantalon.

– Pas trop vite, m'arrête-t-il doucement. On a tout le temps…

– Non, je ne veux plus attendre, riposté-je en faisant coulisser sa fermeture éclair.

Je ne veux pas qu'il soit tendre, attentionné, prudent, prévenant ou je ne sais quoi d'autre. Ce serait trop dangereux. Mon esprit n'arriverait pas à faire la part des choses. Il prendrait ça pour quelque chose qui n'existe pas. Entre lui et moi, c'est purement sexuel. Et ça n'arrivera qu'une fois.

Plus je le répéterai, plus ce sera réel…

Je veux qu'il soit spontané, sauvage, brusque même. Je ne veux pas qu'il me cajole. Je ne veux pas devenir dépendante d'une quelconque affection. Ce qui explique pourquoi je suis prête à m'offrir à lui de la sorte, sans chichis ni romantisme.

Une nouvelle Sidonie ?

Comme s'il lisait dans mes pensées, comme s'il ne cherchait plus à tout prix à me préserver, Rochester devient exactement l'homme en question. Ses chaussures italiennes et ses chaussettes en soie brodée s'écrasent sur le tapis rutilant. Son pantalon griffé suit le mouvement. En quelques secondes haletantes, il se plante face à moi, avec pour seul vêtement un boxer assorti à ma lingerie. Ses yeux sombres ont changé de lueur. Une flamme démoniaque y brûle désormais. Et m'embrase instantanément.

Je savais qu'il y avait un démon en toi…

Ses mains. Immenses et impétueuses armes de chair qui s'abattent sur moi. Qui me frôlent, me caressent, me malaxent. Elles s'introduisent sous mon soutien-gorge, effleurent mes tétons avant de les pincer sans aucun ménagement. Je glapis, les expressions animales qui traversent son visage s'intensifient encore un peu plus. L'agrafe de mon soutien-gorge n'émet aucune résistance, je retiens mon souffle alors que sa langue trace des cercles sur mes seins nus.

Ma main, fine mais habile, qui glisse sous le tissu pour s'emparer du Graal. Son sexe impressionnant, bandé et dur comme du béton. Je l'extirpe rapidement de sa prison, Emmett lâche un profond soupir lorsque je commence un lent va-et-vient. Le voir prendre son pied, c'est jouissif.

La pièce plongée dans une semi-obscurité commence à tanguer. Normal, mon étalon anglais vient de franchir la frontière du plaisir. Sa main s'insinue maintenant entre mes cuisses. En faisant, sur son passage, une victime collatérale. Mon plus beau string, qu'il a réussi à craquer sans que je m'en rende vraiment compte.

Pas de doute, Mr Rochester a du métier…

Il me mord la lèvre, son pouce s'active autour de mon clitoris, je râle bruyamment. Alors qu'il me prodigue cette attention – et bien d'autres, son index s'étant immiscé en moi comme dans un gant de velours – son sexe continue de s'épanouir au creux de ma paume, gagnant encore en longueur, en largeur. En ardeur.

Entre mes yeux mi-clos – mis K.O. par le délicieux trouble qui se répand en moi – j'entrevois sa bouche s'ouvrir plusieurs fois, hésiter, puis se refermer soudainement. Il n'ose pas. Il se retient. De quoi ? De me dire des mots salaces ? Des mots qu'il craint de regretter par la suite ? Ce qu'il ignore, c'est qu'il peut tout se permettre, avec moi. C'est le deal que nous avons passé.

Notre relation professionnelle en sortira indemne. Il le faut.

– Plus vite… Plus fort… susurré-je dans son cou, alors que son majeur entre et sort en moi.

– OK ! grogne le milliardaire en m'attrapant brutalement par les hanches pour me mener jusqu'au canapé.

Ses doigts se faufilent hors de moi et une sensation de vide m'étreint. Un gémissement de frustration m'échappe. Je n'en ai pas fini avec lui. Mais ça, je crois qu'il l'a parfaitement compris. Et que c'est réciproque. Je ne suis plus qu'une poupée de chiffon. Ma pudeur s'est fait la malle il y a un moment déjà. Mon corps intégralement nu se laisse guider, puis bascule sur la surface fraîche et moelleuse. Du cuir. Quelque chose me dit qu'il ne va pas tarder à me coller à la peau…

Comme quelqu'un d'autre ici présent…

Me voilà allongée sur le dos, à sa merci. Pendant de longues secondes, je vois ses pupilles noires me détailler, s'arrêter sur ma bouche, sur mes seins érigés, sur mon ventre tendu et… sur ma féminité exposée. Son regard m'embrase. Jusqu'à me faire perdre la raison – encore. J'écarte les cuisses, lui adresse le regard le plus insolent, le plus indécent de tout mon répertoire. Mon désir est à son paroxysme. Je le veux, ici, maintenant. Mon intimité le réclame, comme jamais elle n'a réclamé un homme auparavant.

– Merde, il faut que… que j'aille chercher… s'agite brusquement Emmett.

– Pas la peine, rougis-je en tendant le bras pour attraper mon sac à main, d'où je sors un préservatif.

Il pose les yeux sur l'emballage bleu nuit, s'en empare puis me jauge du regard. Longuement. Je me demande ce qu'il pense. Probablement que je suis une fille libérée. Voire facile.

S'il savait…

Sans me laisser le temps de psychoter davantage, il me lâche un sourire de défi et enfile la capote d'un geste sûr et millimétré. Puis son corps tout en muscles s'allonge sur moi, il bloque mes jambes derrière son dos et me pénètre brusquement. Sans jamais me quitter des yeux. Je lâche un cri de surprise, suivi d'un long et incontrôlable râle. Son membre me remplit. Il est large. Long. Très long. Une première, pour moi.

En quelques allées et venues, mon corps s'habitue à son calibre et mes hanches se mettent à remuer au gré de ses percées. Il grogne, je halète, il me fixe, le regard illuminé par le désir, je suffoque. J'ai quitté la terre. La réalité ne m'importe plus, à cet instant. Seuls nos deux corps imbriqués ont un sens. Ses coups de boutoir se font plus agressifs, mes ongles se plantent dans ses épaules, il répond à ce coup bas en me mordant la lèvre, plusieurs fois. Sa barbe naissante me déclenche des frissons, à chaque fois qu'elle me frôle. Le plaisir monte, monte, jusqu'à menacer de déborder.

Sous moi, le vieux cuir se réchauffe et au bout de quelques minutes, je découvre le vrai sens de cette expression triviale : avoir le feu aux fesses. Je grimace, Emmett saisit immédiatement le problème et se redresse, sans jamais s'extraire de moi. En un tour de magie – noire, comme ses pupilles ! – j'atterris sur ses cuisses, chevauchant son sexe et remuant mes seins près de son visage.

Les règles du jeu changent. Jusque-là, c'est lui qui menait la danse. À présent, le rythme de nos ébats ne dépend plus que de ma volonté. De mon envie de lui. Nos cuisses s'entrechoquent et claquent à chaque va-et-vient. Je me cambre contre son bas-ventre et l'embrasse fiévreusement, encore et encore. Il sent terriblement bon. Ses mains se logent sous mes fesses et m'invitent à me mouvoir différemment – il tente de reprendre le contrôle, je ne lui offre pas ce plaisir.

La tête penchée en arrière, le visage pointé vers le ciel, je m'agite sur son pieu, savourant les baisers qu'il dépose sur mes seins, les petits coups de dents qu'il m'assène ici et là. Nos soupirs, grognements et halètements se font écho dans la grande pièce aux murs blancs. Je respire avec difficulté et pose le front sur l'épaule tatouée d'Emmett.

Le rythme ralentit un peu, me laissant presque l'occasion de souffler. Presque. Rochester bouge en moi sans précipitation, mais plus profondément. Les sensations sont exquises. Différentes. Plus aiguisées, plus dangereuses, aussi.

Je ne te laisserai pas me prendre par les sentiments...

La course folle reprend, à mon initiative. De langoureux, notre corps-à-corps redevient bestial, effréné. Mon amant me tient toujours d'une main de fer, comme un chef d'orchestre dirige ses musiciens. Ses pupilles se fondent toujours dans les miennes, sauf quand sa bouche se fait baladeuse et repart à la conquête de ma peau. Cet homme est délicieusement maso. Juste ce qu'il faut...

Ma jouissance approche. Une boule de feu commence à se former, au creux de mes reins. De mes deux mains, j'entoure le visage aux yeux perçants, intercepte son regard et ne le lâche plus. Son sexe me possède un peu plus fort, un peu plus vite. Tendu à l'extrême, lui aussi dans ses derniers retranchements, Emmett balaie rapidement les mèches blondes qui retombent sur ma figure. Puis ses lèvres repartent à l'assaut, fonçant sur ma bouche, forçant délicieusement le passage. Sa langue s'enroule autour de la mienne, la percute, la caresse. La boule grandit dans mon entrejambe, se multiplie, à l'infini.

Tout à coup, j'ai peur de lâcher prise. De céder totalement à cette jouissance. De lui dévoiler mon vrai visage. Des bribes de réalité me parviennent, j'essaie de me focaliser sur le tableau de maître qui occupe le grand mur d'en face, mais la houle qui monte en moi m'empêche de rationaliser quoi que ce soit. Plus je le combats et plus le plaisir monte.

Il est là. Fulgurant. Déchirant. L'orgasme le plus sublime, le plus éclatant de toute ma vie. Plantée sur le sexe de mon milliardaire, je tremble comme une feuille en sentant la jouissance m'emporter. Heureusement, ses mains me rattrapent et me retiennent fermement contre lui, alors que les ultimes frissons le parcourent, lui aussi. Nous avons joui à quelques secondes d'écart, ça ne peut pas être anodin, si ?

Mes yeux se posent sur la petite cicatrice au coin de son œil gauche. Sans que ça n'ait aucun sens, ce détail m'émeut...

Sid, souviens-toi. Du sexe. Juste du sexe...

Mon téléphone sonne, dans mon sac à main échoué de l'autre côté du canapé. En évitant soigneusement de croiser le regard de Rochester, je me lève et récupère mes vêtements, un à un. Je le sens encore en moi. Mon cœur se serre, mais je m'empêche de ressentir quoi que ce soit. J'enfile mes fringues à la va-vite, je n'ai pas le temps d'intercepter l'appel, juste celui de voir le prénom de ma jumelle apparaître sur l'écran. Le silence emplit à nouveau le grand salon. Malaise…

Emmett, qui a simplement mis son pantalon, se racle la gorge. Je me force à lever les yeux dans sa direction. La même intensité bouillonne toujours en lui, je frissonne. Ses épaules carrées, sa chevelure blonde en bataille, son buste d'apollon avancent dans ma direction. « Partir. Vite. Avant de craquer. »

Comme si Birdie avait décidé – pour la première fois – de se ranger de mon côté, elle choisit ce moment précis pour se réveiller. Sur la table basse, le babyphone se déclenche. Son père ferme les yeux, soupire – comme s'il réalisait l'erreur que nous venons de commettre. Puis il m'adresse un sourire froid, dénué de toute émotion. Quelque chose d'infime, de profondément enfoui se brise en moi. Mr Rochester s'éloigne finalement en attrapant sa chemise au vol. L'occasion pour moi de filer en douce.

Tel père, telle fille… Ces deux-là n'ont pas fini de m'en faire baver…

5

DANS LA PEAU

Emmett… Ses mains qui me pressent contre son torse nu, ses lèvres qui se promènent sur ma peau frissonnante, sa virilité qui me… qui me…

– Sid, tu peux revenir parmi nous ? râle ma jumelle.

Elle est canon dans son tee-shirt en cuir riquiqui et son slim noir, mais qu'est-ce qu'elle peut être chiante ! Je viens de m'envoyer en l'air avec l'homme le plus… le plus… et elle ne me laisse pas respirer ! Une seconde de répit, ce serait trop demander, j'imagine.

Elle s'immobilise derrière son comptoir, deux bouteilles d'alcool dans chaque main, comme des flingues prêts à dégainer. Ses yeux bleus fouineurs m'inspectent, me passent au détecteur de mensonges. Je la fixe en retour, sans me laisser impressionner. Elle a beau être plus grande gueule que moi, je n'ai pas l'habitude de la laisser me dicter ma conduite.

Pas ce soir, en tout cas. Pas après ce qu'il vient de se passer…

– C'est tout ce que ça t'inspire, ces retrouvailles ? bougonne-t-elle en se penchant pour me parler à l'oreille.

– Je suis trop crevée pour faire la danse de la joie, Joe. Crois-moi, je n'attendais que ça, te retrouver. Mais là, tout de suite, j'ai hâte de rentrer chez moi…

– Chez nous, me corrige-t-elle en fronçant les sourcils.

Puis le devoir l'appelle. Elle me balance un clin d'œil et retourne à ses obligations. Conserver son titre de *« Hottest Barmaid »*, ça se mérite. Surtout au Crazy Monkey, où tous les employés sont jeunes, beaux et totalement dépravés.

Pardon, décomplexés.

Ce soir, le bar tendance de Camden Town est carrément en ébullition. Les clients font la queue jusque dans la rue, la musique pop rock un peu barrée bat son plein, des faisceaux fluo s'échappent du plafond et s'abattent sur nous, mélange de rose scintillant, de jaune aveuglant et de grand n'importe quoi. Eux, ils adorent ça. Tous ces gens qui dansent, qui boivent, qui flirtent, qui transpirent. Cette effervescence. Cette vie. Ce bordel. Moi, c'est à peine si je remarque tout ça. Mon esprit est ailleurs. Avec lui…

– Tiens, de quoi te mettre dans l'ambiance… rigole Jasper en déposant un verre face à moi.

Je le remercie d'un petit signe de la main – en avalant une première gorgée qui me pique la gorge – et le suis du regard, alors qu'il se penche sur une jolie rousse pour lui demander sa commande. Il en fait des tonnes. Regards en coin, sourires enjôleurs : pas de doute, le beau gosse ne rentrera pas seul ce soir.

Moi, par contre… Est-ce qu'il y repense ? Est-ce qu'il regrette notre coup de folie ?

– Je peux t'offrir un verre ? Ou t'inviter à danser ? me fait sursauter un grand brun – ou châtain, impossible de savoir – aux bras nus tatoués.

Flash-back… Emmett… Ce mystérieux tatouage qui barre sa poitrine…

– Je suis Pete, insiste le quasi-sosie de Channing Tatum, en s'accoudant nonchalamment au bar.

– Désolée, je suis… occupée.

– Tu n'en as pas l'air, rit-il doucement avant de me susurrer à l'oreille : Je ne laisse jamais tomber, quand je veux quelque chose. Et ce soir, ce que je veux, c'est toi…

– Très original… ricané-je. Tu perds ton temps, Peter.

– C'est Pete, pas Peter.

– OK, salut Pete-Pas-Peter, souris-je en espérant qu'il s'en aille enfin.

– Ton prénom, c'est ?

Je soupire, tourne la tête et remarque que Joe nous observe, de loin. Je me mords l'intérieur des joues pour ne pas exploser de rire. Parce que je sais pertinemment ce qui est sur le point de se passer.

– Pas de prénom ? continue l'autre. Bon, je vais t'appeler « Sexy » alors…

Trois… Deux… Un…

– Et nous, on va t'appeler « l'homme mort » si tu ne dégages pas immédiatement. Va baratiner qui tu veux avec tes phrases à deux balles, mais fous la paix à ma sœur. Vous ne jouez pas dans la même ligue.

Joséphine Merlin… La diplomatie incarnée…

Je glousse en regardant le pauvre bougre s'éloigner, déjà à la recherche d'une nouvelle proie.

– Il s'en remettra, se marre Joe en remplissant mon verre.

– Vous cherchez à me faire tituber ? Jasper m'a resservie avant toi…

– Ouais, après la semaine que tu as passée, on s'est dit que tu aurais besoin d'un petit coup de pouce pour décompresser…

– Vivre en sous-vêtements, se faire un marathon Ryan Gosling et pioncer douze heures d'affilée, par exemple ?

– Hum… Je valide, mais surtout, boire jusqu'à plus soif… lâche-t-elle en claquant la langue.

OK. La nuit va être longue… Et agitée.

Elle l'a été. Et bien plus que ça.

Vers minuit, j'ai cédé aux sirènes du gin-fizz et suis montée sur scène pour chanter – correction : massacrer – Burn d'Ellie Goulding.

Vers une heure, j'ai eu envie de l'appeler. Rochester. De lui dire tout ce que j'avais sur le cœur. J'ai résisté, grâce à une distraction qui tombait à pic. Ma voisine a vomi sur mes chaussures.

Vers deux heures, le démon du booty shake s'est emparé de moi. Celui de la danse des canards, aussi.

Vers trois heures, Jasper a fait un strip-tease sous les yeux affamés de ses groupies. Les autres barmen l'ont fait descendre du comptoir en le menaçant avec un extincteur.

Vers quatre heures, Joe avait déjà emballé trois mecs différents – ou quatre, tout dépend si des jumeaux comptent pour un ou deux – avant de les jeter sans scrupule.

Vers cinq heures, les deux fous qui partagent ma vie ont refait le monde sur notre canapé du salon, pendant que je sombrais. Dans des rêves interdits.

Midi. Ma chambre est un four. Je me lève péniblement, la barre au crâne. En ouvrant la fenêtre, des images me reviennent. Encore lui. Ça ne cessera jamais. Je file sous la douche, me mets en apnée sous le jet d'eau puissant, puis alterne du brûlant au glacial, en espérant oublier. Comme si la douleur allait me débarrasser de lui. Pour de bon. Raté. Je hurle comme une bête sauvage en m'agrippant contre le mur en carrelage, jusqu'à ce que Joe débarque dans la salle de bains, paniquée.

– Putain de merde, Sid, qu'est-ce que tu fous ?! J'ai cru que tu étais en train de te faire trucider ! J'ai déjà une migraine d'enfer, si tu pouvais m'éviter la crise cardiaque…

– Désolée, murmuré-je en éteignant l'eau.

Ma jumelle mal réveillée me tend une serviette et détourne le regard – je suis pudique, elle le sait – pour me laisser sortir de la douche. Je m'enroule dans le rectangle en éponge et rassemble mes cheveux trempés dans un chignon mal foutu.

– Sid, tu peux tout me dire, tu sais ? me fixe Joe en attrapant sa brosse à dents.

– J'ai couché avec lui… chuchoté-je après un long silence, en sentant mes larmes affluer.

– Quoi ? s'écrie-t-elle, la bouche pleine de dentifrice. Attends !

Elle me fait signe de lui laisser dix secondes, s'active en frottant ses dents comme une forcenée, puis se rince la bouche comme un vieux routier.

– Continue… soupire-t-elle en me regardant enfiler une robe débardeur.

– Hier soir. Avant de vous rejoindre au bar, avoué-je.

– Sid…

– Non, je t'arrête tout de suite ! dis-je en posant mon index sur ses lèvres. C'était juste du sexe. Pas de sentiments. Je ne veux pas ton avis, c'est trop tôt, je ne sais moi-même pas quoi en penser. Je voulais juste que tu le saches, c'est tout.

– Mais…

– Un café ? grondé-je en optant pour une solution plus radicale : plaquer toute ma main sur sa bouche.

– Hmm hmm ! acquiesce-t-elle en bougeant la tête.

– OK. Et après ça, mission déco !

Tout le reste de notre samedi a été consacré à cette mission – presque impossible. Transformer notre appartement un peu miteux en trois-pièces cosy, lui donner une âme, le décorer à notre image. Et tout ça, sans s'arracher les cheveux. Joe ne jure que par le noir, le métal, le chromé et l'ultramoderne. J'aime la couleur, l'abstrait, le vintage. Il a fallu faire des concessions. Le frigo rose bonbon m'a coûté dix week-ends de vaisselle – en plus de tout ce que j'ai dû débourser dans le magasin d'occase le plus hype du quartier.

Avant de bosser pour Rochester, je n'aurais jamais pu me le permettre…

Le soir venu, Joe et Jasper ont retrouvé les habitués du Crazy Monkey et j'ai passé quelques heures en tête à tête avec ma télé. Une nouvelle acquisition, elle aussi. Je me suis endormie tôt, en boule sur le canapé, ma sœur m'a escortée jusqu'à mon lit en rentrant du travail.

Dimanche matin, je suis allée courir sur Whitechapel Road et dans les environs. Sous un soleil radieux, la ville était animée par les marchés d'art, les échoppes bio et les spectacles de rue. Je me suis arrêtée pour admirer les vitrines des galeries contemporaines et des boutiques rétro. Un homme assis à même le trottoir m'a demandé quelques pièces. Je suis allée lui acheter un sandwich et une grande bouteille d'eau avant de reprendre mon jogging. Me vider la tête. Il va bien falloir que j'y arrive…

Treize heures dix. Joe – qui m'a entendue arriver dans la cage d'escalier – m'accueille en attrapant les sacs de courses qui pèsent sur mes poignets.

– Tu sais que tu n'habites pas là la semaine, sourit-elle en les posant sur la table de la cuisine. Tu n'as pas besoin de jouer la nanny avec moi.

– Non, mais j'avais besoin de m'occuper l'esprit. Et puis ça t'évitera de te nourrir exclusivement de chips au vinaigre et de beurre de cacahuètes.

– Les deux ensemble, c'est encore meilleur ! ricane-t-elle en remplissant les placards.

– Je file me doucher, tu lances le poulet ?

– Sid, je viens de me lever… Comment te dire que ton poulet me donne envie de gerber…

– Tu as encore picolé, hier soir ?

– Non, une cuite par semaine, ça me suffit largement ! Allez oust, me pousse-t-elle vers la sortie. Il faut qu'on discute, mais après ta douche.

« Il faut qu'on discute. » Cette fois, je ne vais pas y échapper…

Bingo ! J'ai à peine fourré une feuille de salade dans ma bouche que ma jumelle lance les hostilités, assise en tailleur sur le canapé.

– Bon, tu me racontes ?

– On s'est regardés. On s'est parlé. On s'est embrassés. Et… tu sais, résumé-je en posant mon assiette sur la table basse.

– Sidonie Merlin, j'ai le moyen de vous faire parler… articule-t-elle d'une grosse voix.

– Ça va, Dark Vador, tes menaces, tu sais où tu peux te les mettre ! ris-je de bon cœur.

– Bon, plus sérieusement… reprend-elle en s'étirant. Tu sors d'une relation compliquée. Pire que ça : cauchemardesque. Tu as enfin réussi à larguer Mathias et à lui échapper. Tu as trouvé un job de psychopathe – dans le bon et le mauvais sens du terme. Et tu te jettes à nouveau dans la gueule du loup ? En mettant ton bien-être mental ET ton boulot en danger ? Sid, vraiment ?

– C'est toi qui passes ton temps à me dire de vivre un peu plus et de réfléchir un peu moins ! De me lâcher ! De tester de nouvelles choses. Et c'est exactement ce que tu es en train de me reprocher !

– Un : je ne te reproche rien. C'est ta vie. Tes choix. Deux : être plus spontanée, plus légère, moins frileuse ou coincée, ça ne signifie pas coucher avec ton milliardaire ! Je pensais plutôt à un mec comme Jasper. Appétissant, marrant, inoffensif, jetable.

– C'est trop tard, baillé-je en me sentant soudain épuisée. Ce qui est fait est fait. Je vais devoir assumer les conséquences.

– Sid, résiste, la prochaine fois. Si tu te sens sur le point de craquer, ferme les yeux et visualise-le avec des écailles sur tout le corps ! Tu veux te taper Godzilla ? Non, je ne pense pas ! Si ça s'arrête là, tout peut encore redevenir comme avant.

– …

– C'est bien ce que tu veux, non ?

– Je ne sais pas…

– C'est pas vrai… soupire Joe en se laissant aller en arrière.

– Hey… dis-je doucement en lui tapotant le bras.

– Ouais ?

– Je crois que l'amour, ce n'est vraiment pas fait pour moi…

– C'est ce que je me dis, moi aussi. Sauf que toi, tu as au moins le courage d'essayer… chuchote-t-elle en passant la main dans mes cheveux. Maman m'a toujours dit que c'est toi qui avais raison…

C'est ça aussi, ma sœur. La tendresse.

***

Lundi matin. Comme une envie de démissionner…

La *townhouse* est plongée dans le silence lorsque je quitte mon quatrième étage – où je suis montée dix minutes plus tôt pour déposer ma petite valise et enfiler mon uniforme. Birdie dort paisiblement, pas de Connor à l'horizon, encore moins d'Emmett. La grande aiguille s'apprête à s'arrêter sur le huit, je prends le chemin de la grande cuisine pour préparer le petit déjeuner de la rouquine.

Qui, étrangement, m'a manqué…

Je suis en train de bâiller comme une carpe quand je tombe face à face avec un dandy. Un vrai dandy. Pas juste un mec un peu snob qui s'amuse à porter des belles montres et des belles chaussures. Non. Un homme au physique racé et au flegme typiquement *british*. Celui-là a les traits fins, comme dessinés au porte-mine.

Qui est-il ? Et qu'est-ce qu'il fait là si tôt ? Un colocataire dont j'ignorais l'existence ?

Ses cheveux longs sont tirés en arrière, ses yeux bleu gris, je les distingue très clairement lorsqu'il les plonge dans les miens sans aucune gêne ni timidité. Adossé contre le plan de travail, un mug de café à la main, il me sourit immédiatement – un sourire taquin, qui me rappelle ceux que m'adresse souvent Joe – et s'avance vers moi, la main tendue.

– On m'avait pourtant dit que vous étiez distinguée, blague-t-il doucement.

– On m'avait pourtant dit de ne pas laisser entrer d'étranger dans cette maison, rétorqué-je en la serrant.

– Votre âme charitable, probablement…

– J'ignorais que j'en possédais une.

– Pour s'occuper de Birdie, il en faudrait presque deux, chuchote-t-il en se couvrant la bouche.

Mais bon sang, qui est-il ? J'imagine que je ne vais pas tarder à le savoir.

Extérieurement, tout n'est que raffinement, chez cet homme. La nature lui a offert un physique d'esthète – voire de top model – et son goût pour les belles choses n'est pas à prouver. Il suffit de poser les yeux sur lui pendant un fugace instant pour deviner que le dandy joue dans la cour des grands. Des grands couturiers, en tout cas.

– Donc vous connaissez les gens qui habitent dans cette maison ? Vous n'êtes pas entré ici par hasard ? ironisé-je en prenant une voix de potiche et en écarquillant exagérément les yeux.

– Vous avez de la repartie, je vous aime déjà, Frenchie, sourit-il. Je suis Jude Montgomery, alias le meilleur ami de votre patron et le parrain de votre petite protégée.

– Enchantée. Sidonie Merlin. Nanny et présidente de « SOS sortez-moi de là ».

– Je vous comprends. Bosser pour Emmett, ça ne doit pas être facile tous les jours…

– Alors que bosser AVEC Emmett, ça, c'est un cadeau du ciel ! balance mon fantasme blond en s'incrustant au pire moment. Quand il s'agit de gagner des milliards, ça ne te dérange plus de travailler avec moi, Montgomery…

Ça ne fait aucun doute, ces deux-là se connaissent par cœur et malgré leurs différences – évidentes – ils font la paire. Il suffit de surprendre un regard échangé pour deviner l'amitié profonde et sincère qui les unit.

Mais ce n'est pas ce qui m'obsède, à cet instant. Non, ce qui me fait frémir, ce sont ces deux pupilles noires. Emmett… La petite bête s'excite à nouveau dans mon estomac. Dans tout mon ventre, y compris en bas. Je ne sais pas si je dois faire profil bas ou me comporter normalement, comme s'il ne s'était rien passé. Comme si notre corps-à-corps endiablé n'avait jamais existé. Je lève les yeux et croise ceux de Rochester, ma gorge se serre. Son regard est habité par une flamme intense qui crépite jusqu'à m'envoyer des frissons à chaque extrémité, mais son langage corporel est froid. Glacial.

– Bonjour Sidonie. Je vois que les présentations sont faites, dit-il de sa voix rauque en faisant couler le liquide noir dans sa tasse.

– Imogen ne m'aimait pas beaucoup, me confie Jude. Mais je crois qu'entre nous, c'est plutôt bien parti…

Emmett se retourne et nous dévisage, l'un après l'autre. Apparemment, ça ne lui plaît pas que son associé et meilleur ami s'acoquine avec moi.

– Brrr, si un seul regard pouvait tuer… plaisante le dandy en posant la main sur l'épaule du colosse blond.

– On a du boulot, Jude. Le groupe Primo nous attend, grogne ce dernier en lui montrant la sortie.

L'invité n'insiste pas. Il passe devant moi et baisse la visière de son haut-de-forme imaginaire pour me saluer. En me gratifiant d'un dernier sourire de sale gosse au passage, ainsi que d'une réflexion tout à fait inappropriée :

– Psst ! Quelque chose me dit que son talon d'Achille, ce sont vos beaux yeux…

Emmett lui gifle l'arrière du crâne pour le faire taire, l'autre rigole et sort de la pièce. Mon boss est lui aussi sur le point de franchir le pas de la porte, quand il change d'avis. Le blond ténébreux fait volte-face, puis semble chercher ses mots. Finalement, quelques-uns, prononcés d'une voix douce et suave, parviennent à passer la barrière de ses lèvres :

– Au fait, tu as passé un bon week-end ?

– Oui… Enfin, j'ai eu du mal à… me concentrer.

– Sur quoi ?

– Sur ma vie. Ma vie normale. Avant tout ça.

– Je ne cherche pas à compliquer ta vie, tu sais, murmure-t-il en passant la main dans sa fine barbe.

– Je sais. Tu ne cherches rien. Et moi non plus.

Faux-cul ! C'est faux. Archi-faux.

Ses yeux se fondent dans les miens, nous restons parfaitement immobiles, à moins d'un mètre d'écart, reliés par cette intensité qui nous submerge à chaque regard. Le sien descend sur ma bouche, je retiens ma respiration. Mais un objet tombe dans la pièce d'à côté, émettant un bruit sourd. Jude lâche un juron, au loin, et les pupilles noires me quittent. Moins d'une minute plus tard, la porte claque et je réalise que mes ongles sont enfoncés dans mes paumes, depuis le début.

Aïe.

***

Rien d'extraordinaire ne se passe pendant les trois jours suivants. Birdie accapare mes journées et je ne croise Emmett que rarement, au petit matin ou en début de soirée. Il est souvent pressé, en compagnie de Camilla, de Jude ou de ses trois téléphones pro – dont les sonneries me sortent déjà par les yeux.

La tension sexuelle est toujours palpable lorsque nous sommes dans la même pièce. Mais aucun de nous n'agit ni n'ose faire le premier pas. Nos conversations ne dépassent jamais quelques échanges et ne s'aventurent pas là où elles ne devraient pas. Et pourtant, ses yeux ne cessent jamais de m'émouvoir. Et de me détailler plus que nécessaire. Il me plaît, ce n'est plus un secret. J'ai beau les retenir, leur mener la vie dure, les sentiments grandissent en moi. Emmett reste constamment présent, dans un petit coin reculé de ma tête. Et je crois que c'est réciproque.

Même s'il ne voudra jamais l'admettre…

Birdie, elle, ne cache pas un seul des sentiments qu'elle éprouve à mon égard. De la colère, souvent. De l'affection, parfois. Ses caprices sont toujours aussi nombreux, mais ils ont baissé en intensité. Et les moments complices deviennent quotidiens, même s'ils ne durent pas longtemps.

Il n'est pas rare qu'on nous prenne pour une mère et sa fille. Au parc, dans la rue, dans les magasins, j'ai fréquemment droit à ce genre de réflexions. Certaines femmes vont même jusqu'à dire que la petite me ressemble. C'est idiot, nous ne pourrions pas être plus différentes. Et pourtant, mon cœur commence à battre tout doucement pour cette enfant qui a été privée de sa mère bien trop tôt. Bien plus tôt que moi. Mais même si nos histoires n'ont rien en commun, nous partageons au moins ça. La femme qui nous a donné la vie ne nous donnera jamais sa bénédiction lorsque nous aurons trouvé le bon. Elle ne nous aidera pas à choisir notre robe de mariée. Ne verra jamais grandir nos enfants.

Bloquer la douleur. Respirer. Enchaîner.

– Pas Belle, dans l'eau ! crie le monstre en m'éclaboussant depuis son bain.

– Birdie, ça suffit ! Et rends-moi le savon.

– Non !

– Birdie ! Pas dans la bouche !

Je lui arrache le galet des mains, tente de lui rincer la bouche à l'eau claire, mais le glouton crachote de la mousse en chouinant.

– Calme-toi, ma puce, je vais t'aider, lui dis-je calmement en voulant la sortir de la baignoire.

Mais elle se débat, se tortille dans tous les sens en remuant ses bras et ses jambes et pendant une seconde, je perds l'équilibre. Une seconde de trop. Sa tête heurte le carrelage blanc du mur et ses hurlements retentissent à cent mètres à la ronde. Une bosse apparaît déjà au milieu de son front.

Au secours !

La petite emmitouflée dans son peignoir et serrée dans mes bras, j'appelle Connor en panique, puis réalise que ce n'est pas la bonne chose à faire. Je raccroche précipitamment, puis appelle la ligne privée du pédiatre de Birdie, disponible vingt-quatre heures sur vingt-quatre. Il décroche au bout de deux sonneries seulement, écoute mes explications, entend les pleurs de la petite, ressent mon stress, puis me conseille d'emmener l'enfant aux urgences. « Juste par prudence. » Connor, sûrement alerté par le bruit, débarque à la porte de la salle de bains à ce moment-là.

Les urgentistes de la clinique privée de Mayfair prennent en charge Birdie à la seconde où nous arrivons. Ils savent à qui ils ont affaire : l'enfant unique de Mr Rochester, leur plus éminent et fidèle donateur. Pendant que j'assiste aux examens en ne quittant jamais la petite des yeux, Connor se charge de prévenir son père.

Rien qu'à cette idée, j'ai envie de disparaître sous terre. Et de serrer Birdie contre moi, en lui promettant qu'il ne lui arrivera plus rien.

– L'examen clinique est parfaitement normal, Birdie ne souffre que d'un petit traumatisme bénin, m'annonce le grand ponte après vingt minutes en salle numéro 1. Ce terme est effrayant, mais je vous assure que le choc a été très léger. Ma collègue va vous recevoir pour vous expliquer la suite. Juste par mesure de précaution, vous allez devoir surveiller l'enfant pendant les prochains jours.

– Donc il se peut que ce soit grave ? soufflé-je en retenant mes larmes.

– Miss Merlin, sourit-il en posant sa main sur mon avant-bras. Je vous assure qu'elle va bien. Et vous n'y êtes pour rien, un enfant de 2 ans tombe forcément.

Je respire enfin. Birdie va bien. Elle gazouille désormais, à mes pieds, en mastiquant les oreilles de son doudou Lapin.

– Où est-elle ? Où est ma fille ? entends-je hurler à l'autre bout du couloir.

Emmett Rochester avance à grands pas dans notre direction, les yeux rivés sur le visage de sa petite poupée, qui s'agite en tendant les bras vers lui. Il arrive à notre niveau, s'agenouille et la serre dans ses bras, avant de la soulever contre son torse. Il se relève et m'interroge du regard. Ses yeux noirs sont meurtriers.

– C'était un accident… J'ai perdu l'équilibre et elle s'est cognée…

– C'est le dernier de mes soucis ! s'emporte-t-il. Ce que je veux savoir, c'est comment elle va !

– Mr Rochester, nous interrompt une jeune femme en blouse de médecin, votre fille s'en sort juste avec une vilaine bosse. Les examens sont normaux, rien de suspect, il n'y a aucune inquiétude à avoir. Je vais chercher le compte-rendu, je reviens.

Emmett soupire, dépose un baiser sur la joue de Birdie, puis son regard froid me contemple à nouveau. Son visage est grave, ses traits tendus. À cet instant, je sais que rien ne sera jamais plus comme avant.

– C'est de notre faute, tout ça, grogne-t-il en balayant son front de la main. On a dérapé, on est allés trop loin et tout a changé. Birdie ne devrait pas avoir à payer nos erreurs. Elle est tout ce que j'ai au monde, elle passe avant tout le reste. Il vaut mieux qu'on s'arrête là.

Sa voix posée et tranchante vient de m'asséner un coup de massue. Je bats des cils comme une idiote, sentant mon cœur s'emballer. Je prie pour avoir mal interprété ce qu'il vient de m'annoncer…

– Je… Je ne suis pas sûre de comprendre, bredouillé-je en faisant un pas vers lui.

Il se recule, puis affirme sans sourciller :

– Notre collaboration s'arrête là, Sidonie. Tu peux aller récupérer tes affaires, Connor te remettra ton dernier jour de salaire.

Je puise dans mes dernières ressources pour ne pas éclater en sanglots. Ce job, j'ai appris à l'apprécier. Je me suis enfin attachée à Birdie, à ses caprices, ses vilaines manies, ses sourires espiègles ou adorables que j'ai gagnés un à un, à la sueur de mon front.

Et Emmett. J'ai tout fait pour lutter, pour rester insensible, mais je l'ai dans la peau. Et cette peau si fragile, si exposée, il vient de me l'arracher en prononçant ces derniers mots.

– J'étais prévenue, ris-je nerveusement, pour ne pas pleurer. Le premier jour, tu m'as dit de ne pas me faire d'illusions. Sauf que j'y ai cru. Malgré toute ma volonté, j'y ai cru.

Sa mâchoire se crispe. Il n'est pas indifférent, je le sens au plus profond de moi. Mais cet homme est trop buté pour revenir en arrière. Alors je capitule. Je rassemble tout mon courage, fais deux pas en avant et embrasse Birdie sur la joue. Un long baiser, empreint d'émotions. Un baiser d'adieu. Je ne sais pas si elle le ressent, mais j'ai à peine tourné les talons qu'elle se met à me réclamer.

Dos à eux, je peux enfin ouvrir mes vannes. Les larmes déferlent sur mes joues, alors qu'au loin, j'entends la rouquine prononcer mon nom – ou du moins, ce qui y ressemble :

– Donie ! Donie ! Pas partir ! Donie !

Je quitte l'hôpital, hantée par les cris de la petite. Et par les images de son père. Ses yeux noirs et envoûtants. Ses lèvres que j'aurais tant aimé frôler, au moins une dernière fois. Son magnétisme, son côté obscur, sauvage, qui font encore trembler tout mon corps.

Moi qui voulais prendre un nouveau départ, c'est réussi… Trouver un job en or et le conserver : raté. Ne pas faire ressurgir les démons du passé : raté. Ne pas tomber amoureuse : raté !!!

II

CALL ME ONCE AGAIN

6

LE PACTE

– Sid, il faut que tu te secoues ! Je vais devoir utiliser la manière forte, si ça continue…

Les mots braillés par ma jumelle depuis la cuisine entrent par une oreille et ressortent par l'autre. Vivre aux côtés de Joséphine Merlin requiert non seulement beaucoup de patience, mais aussi d'inventivité. Et en vingt-cinq ans, c'est tout ce que j'ai trouvé pour l'empêcher de me rendre folle. L'entendre sans vraiment l'écouter.

– Allô, il y a quelqu'un derrière ce regard de merlan frit et dans ce corps de mollusque rachitique ? insiste-t-elle en me rejoignant dans le salon.

Je ne prends même pas la peine de lever les yeux vers elle, les images qui défilent sur notre grand écran m'ont comme hypnotisée. Ou alors peut-être est-ce seulement une excuse… Joe soupire bruyamment, puis dépose devant moi une assiette où se battent en duel quelques feuilles de basilic sur une énorme pile de spaghettis.

– Mange un peu, Sidonie. Tu commences à me faire peur…

« Sidonie ». Lorsque ma sœur m'appelle par mon prénom, c'est qu'elle est vraiment inquiète – ou dans une colère noire, mais sa voix douce m'indique que ce n'est actuellement pas le cas.

– Arrête de me materner, Joe. Je vais bien, me forcé-je à sourire en faisant tourner ma fourchette dans les pâtes.

– Tu parles, ça fait dix jours que je vis avec un zombie… Tu refuses de sortir le soir, tu passes tes journées à roupiller ou à regarder dans le vide, tu quittes l'appart uniquement pour aller courir et dépenser les calories que tu n'as pas ingérées en écoutant de la musique déprimante, tu n'as pas trouvé de boulot malgré toutes les propositions de Jasper… Bref, je continue ? me demande-t-elle, les sourcils froncés et les bras croisés sur sa poitrine.

Sa poitrine… On ne pourrait pas la rater, justement. Parce que ça ne lui suffit pas d'avoir un corps à ce point parfait sans rien faire pour l'entretenir, il faut que ma jumelle s'acharne à parader en débardeur ajouré et micro-short en jean.

Je n'aurai jamais son assurance… Ni son sex-appeal… Emmett ne l'aurait sûrement pas renvoyée, elle…

– Sid ! Tu vas y aller à ce shooting photo ? reprend la bombe en me faisant de grands signes avec ses bras.

– C'est pour de la lingerie, Joe ! Tu sais très bien que…

– Que quoi ? Que tu n'as pas assez confiance en toi ? Que tu es assez naïve pour ignorer que tu as un corps de rêve ? Qu'un connard t'a sautée, puis jetée et que ton ego est parti en fumée ?

– Joe ! m'étouffé-je, les yeux écarquillés.

– Désolée, c'est sorti tout seul, murmure-t-elle en venant s'asseoir tout contre moi. J'en ai marre que tu laisses les hommes te rabaisser. Tu vaux mieux que ça, Sid. Ton Rochester ne t'arrive pas à la cheville, tu es mille fois mieux que ce type, mais tu es trop torturée pour t'en rendre compte.

– J'ai merdé, j'ai envoyé sa fille à l'hosto et il m'a virée. Il n'a rien fait de mal, affirmé-je en prenant bêtement la défense de l'homme qui m'a brisé le cœur.

– Ça fait dix jours que tu te lamentes en pensant à lui. Ne me fais pas croire que c'est un saint homme ! Fais comme moi, Sid : quand ça devient compliqué, quand tu sens que tout va basculer, prends les devants et passe au suivant !

– Ah, oui ? Et ça rime à quoi, tout ça ? me tourné-je sèchement vers elle. Tu as un mec, toi ? Tu vis une relation stable et épanouissante ? Depuis quand est-ce que tu es experte en histoires sentimentales ?

– Je n'ai pas cette prétention, mais, a priori, le système que je me suis imposé fonctionne mieux que le tien. Contrairement à toi, mon cœur n'est pas en lambeaux. Et mon ego se porte à merveille, siffle-t-elle en quittant la pièce, vexée comme un pou.

– Mon cœur ne t'a rien demandé ! Et je ne suis pas amoureuse de lui ! crié-je bêtement, une fois seule.

Ces dix derniers jours m'ont malheureusement prouvé le contraire… J'ai rêvé de ses cheveux clairs, de ses yeux sombres et de sa voix rauque chaque nuit. À chaque réveil, mon esprit s'est amusé à dessiner et redessiner le tatouage qui lui barre le pectoral. Sous la douche, c'est sur ses lèvres chaudes, sa langue avide, ses muscles saillants que j'ai fantasmé. Et si j'ai couru un semi-marathon chaque jour, c'était pour ne pas penser à tout le reste. Pour ne pas le désirer aussi fort. Pour ne pas pleurer toutes les larmes de mon corps en réalisant que je ne le reverrai jamais.

Ni sa fille, Birdie… Mon cœur se serre à chaque fois que je croise une petite rouquine…

Depuis sa chambre, Joe m'ordonne à nouveau de me bouger. Je prends une longue inspiration et décide d'obtempérer. Pour une fois, le sermon de ma sœur n'aura pas été totalement vain. Après avoir avalé la moitié de mon assiette, je la rejoins dans sa chambre pour lui coller un baiser sur la joue, puis file sous la douche. Trente minutes plus tard, je suis habillée, coiffée et presque prête à aller m'inscrire dans l'agence d'intérim du quartier. Secrétaire, serveuse ou femme de ménage : je prendrai ce qu'on me donnera. J'en suis aux dernières retouches maquillage lorsque la sonnette criarde retentit. De l'autre côté du couloir, Joe me prévient qu'elle s'en charge et je m'attends déjà à voir débarquer Jasper, la bouche en cœur et un bonnet en laine sur le crâne, malgré la chaleur de l'été.

Je ne comprendrai jamais ces gens qui cèdent si facilement aux diktats de la mode…

Je frémis et manque de me cogner le front dans le grand miroir lorsqu'une voix familière me parvient, au loin. Je laisse mon mascara échouer sur le sol et me précipite en direction du couloir, pour mieux entendre ce qui se passe dans l'entrée. Je n'ai pas rêvé. C'est bien la voix d'Emmett. Mon cœur bat à mille à l'heure, mes mains sont moites, j'essaie d'analyser au mieux la situation, sans vraiment y parvenir. Les secondes s'écoulent et j'hésite toujours entre fuir et intervenir.

– Vous vous êtes perdu, Mr Rochester ? Ou alors vous êtes venu voir dans quel état vous avez mis Sid ? C'est très généreux de votre part, mais je ne suis pas certaine que ce soit une bonne idée, entends-je ma jumelle lui balancer d'une voix acide, de l'autre côté du mur.

– Sidonie m'a dit qu'elle avait une sœur, répond-il d'une voix amusée. J'ignorais qu'elle avait également un garde du corps.

– Garde du corps ou tueuse à gages, tout dépend du type que j'ai en face. Je suis prête à tout pour la protéger, vous savez… rétorque Joe d'une voix assassine, avant que je l'interrompe pour éviter le massacre.

– Merci, Joe, je vais m'en occuper, dis-je d'une voix neutre, en me plantant soudain devant eux.

Ma jumelle s'éclipse après m'avoir jeté un regard plein de mises en garde et je me perds à nouveau dans ces yeux noirs. Je fais tout mon possible pour ne pas avoir l'air d'un chaton terrifié. Ou émoustillé. Ces pupilles sauvages qui me hantent, depuis notre toute première rencontre… Ce magnétisme qui ne fait qu'une bouchée de ma carapace en titane… Emmett ne dit pas un mot, également trop occupé à me fixer intensément. Pendant une petite éternité, nous restons immobiles, paralysés par une force qui nous dépasse. Ses cheveux en bataille, sa mâchoire saillante, sa peau hâlée… Je pensais ne jamais les revoir.

– Tu veux entrer ? demandé-je finalement en l'invitant à passer le pas de la porte.

– Oui. On peut parler ? Seul à seul ?

Son ton est indéfinissable. Est-il en colère, embarrassé ou juste pressé ? Impossible de savoir. Il passe la main dans ses cheveux. Ses yeux quittent les miens pour la première fois et se posent sur ma jumelle, qui est en train de se vernir les ongles des orteils sur le canapé du salon.

– Oui, dans ma chambre, fais-je en sentant le rose me monter aux joues.

Résiste ! Ne rien laisser paraître. Rester digne. Froide.

Le colosse me suit jusqu'à la petite pièce – à peu près rangée, si ce n'est quelques fringues qui traînent par-ci par-là et que je récupère au passage pour les cacher dans un tiroir.

– C'est donc ici que Sidonie Merlin passe ses nuits… murmure le milliardaire en étudiant chaque mur et chaque meuble.

Le voir ici, chez moi, à quelques centimètres de mon lit me provoque des frissons incontrôlables. Je tente de prendre une douche froide mentale, mais mes neurones refusent de redescendre en température. Mon corps, lui, est un cas désespéré. Mais peu importe, j'ai décidé de ne rien lui montrer. De ne pas lui faire ce plaisir.

– Emmett, qu'est-ce que tu fais ici ? soupiré-je en feignant l'indifférence.

– À ton avis ? sourit-il légèrement, en s'adossant à ma penderie.

Penderie qui sera désormais érigée au titre d'autel sacré…

Sid !!!

– Pas de jeu. Plus de jeu. Si tu as quelque chose à me dire, je t'écoute, grondé-je en évitant son regard.

– C'est justement ce que je suis venu te proposer, affirme-t-il en passant la main dans sa barbe naissante. Birdie ne se remet pas de ton départ et je réalise que je suis peut-être allé trop loin en rompant notre accord.

– …

– Une réaction ?

– Pas pour l'instant.

– Un avis ?

– Non plus.

– Très bien, sourit-il, apparemment amusé par mon manque d'éloquence. Je voudrais qu'on reprenne tout à zéro. Le même contrat, les mêmes conditions, mais en ajoutant une sorte de pacte : pas de jeu de séduction, pas de dérapage, juste du professionnalisme, cette fois. Pour le bien de Birdie.

– Et le nôtre, précisé-je.

– Comment ça ? demande-t-il, soudain intrigué.

– Toi et moi, ça n'aurait jamais dû arriver. J'ai perdu mon job et ma fierté, tu as perdu ton temps… dis-je, le plus neutre possible.

Ses pupilles noires s'agitent, passant de mes yeux à ma bouche. Quelque chose me dit que ma dernière phrase ne lui a pas plu, mais il garde ses réflexions pour lui et se racle la gorge avant d'ajouter :

– Pas d'ambiguïté, pas d'insubordination : les règles sont faites pour être respectées.

– Entendu. Je reprends quand ?

– Lundi.

– Sept heures ?

– Sept heures, acquiesce-t-il avant de promener une dernière fois ses yeux aux quatre coins de la pièce.

Ils s'arrêtent sur le cadre photo posé sur ma table de nuit. Ma mère, Joe et moi, il y a quelques années. Il se penche, tend le bras et s'apprête à s'en emparer, quand je me mets volontairement sur son chemin.

– Emmett, ce sera tout ?

Lorsqu'il le redresse, son visage est tout près du mien. Ses traits parfaits, sa peau que je devine si douce, son parfum viril manquent de me faire défaillir, mais je ne bouge pas d'un centimètre. Cette fois, il est sur mon territoire et c'est à moi de lui dire quand partir. Maintenant.

– Oui, ce sera tout… souffle-t-il en me dominant à présent de toute sa hauteur.

Ses yeux toujours imbriqués dans les miens, il prend une grande inspiration, me décoche un sourire dont le sens m'échappe, puis se dirige enfin vers la sortie.

– Je sens qu'on ne va pas s'ennuyer… fait-il en s'éloignant dans le couloir.

– On ne s'ennuie jamais avec Birdie ! ricané-je en repensant aux frasques de la petite.

– Je parlais de nous, Sidonie, entends-je juste avant que la lourde porte d'entrée se referme derrière lui.

Il a déjà oublié notre pacte ou je rêve ?!

***

Lundi matin. Ponctualité : parfaite. Présentation : acceptable, si ce n'est le manque de sommeil causé par le stress. Objectif : remplir mon rôle de nanny de manière exemplaire. Espoir secret et inavouable : tomber à nouveau sur mon lord à la sortie de sa douche.

Connor m'accueille chaleureusement, me fait signer le nouveau contrat et m'accompagne jusqu'au dernier étage – mes appartements – en portant courageusement ma valise bourrée à craquer. Le majordome en profite pour me faire le résumé des deux semaines passées. Imogen m'a remplacée quelques heures par jour, Mr Rochester prenant le relais dès que c'était nécessaire. Apparemment, aucun entretien n'a eu lieu à la *townhouse*.

Emmett n'a pas cherché à embaucher une autre nanny?

Je fais de mon mieux pour cacher mon trouble – et ignorer mon cœur qui s'emballe. Mon plus fidèle allié continue son récit alors que je commence à ranger mes affaires dans l'immense dressing. Il me raconte en soupirant que Camilla Bradford s'est invitée chaque jour et a enchaîné les caprices de lady. Que Jude Montgomery a gardé Birdie à deux ou trois occasions – en faisant bourde sur bourde. Je grince des dents ou ris de bon cœur, heureuse d'avoir retrouvé cette complicité immédiate avec Connor. Avant de retourner à ses occupations – thé et crumpets – le doux géant me glisse que pendant mon absence, le maître de maison n'était plus le même. Un sourire polisson plus tard, il disparaît en me laissant seule avec mes joues cramoisies.

Cet homme est bien informé... Presque trop... Prochaine étape : lui demander ce qui se trame vraiment entre Emmett et Camilla. Quitte à être grillée, autant ne pas faire les choses à moitié!

Une fois mon uniforme revêtu, je me rends jusqu'à la chambre pour y apporter mes quelques affaires restantes. J'ai toujours du mal à m'y faire. Vivre dans cet espace démesuré, dans ce luxe à la limite de l'ostentatoire, je ne crois pas que j'y arriverai un jour. Et c'est sûrement mieux comme ça.

Ne pas s'habituer aux choses qui ne dureront pas...

En arrivant dans la pièce, mon regard se dirige immédiatement vers le lit *king size* où sont posés un grand carton noir griffé Chanel et un petit paquet rouge vif. Je m'approche en souriant intérieurement – s'il y a une chose que je ne dénigrerai jamais, ce sont les cadeaux – et ouvre le premier. Il contient une robe tailleur noir et blanc – uniforme oblige – d'un raffinement et d'une élégance rares. Je m'empresse de la passer et m'observe dans le grand miroir en pied. Courte sans être vulgaire, cintrée juste ce qu'il faut, dans un style intemporel et délicieusement féminin. Audrey Hepburn n'aurait pas fait mieux.

Excitée comme une gamine qui vient d'essayer pour la première fois sa robe de bal de promo, je me jette sur le deuxième paquet. J'arrache le papier sans prendre de gants – ça, Audrey n'aurait pas apprécié – et découvre un bouquin: Nounou, mode d'emploi.

Il se fout de moi?... Non, Emmett Rochester, je ne vais pas t'assassiner dans ton sommeil. Mais ce n'est pas l'envie qui me manque.

Trente minutes plus tard, c'est dans ma robe flambant neuve que je récupère le monstre dans son lit – qui lâche un cri de joie à ma vue et manque de m'étouffer en m'entourant de ses petits bras boudinés. À son contact, une réaction chimique s'opère en moi et je me mords les joues en réalisant que j'ai les larmes aux yeux. Birdie m'a vraiment manqué. La retrouver est un réel soulagement.

Qui suis-je ?

Si j'ai décidé de prendre mon rôle de nanny plus au sérieux, la petite, elle, a décidé de ne rien changer. Caprice numéro un : s'arrêter de respirer lorsque je lui interdis de tirer comme une forcenée sur le col de ma robe. Caprice numéro deux : tenter de démonter les barreaux de son lit pour récupérer doudou Lapin – qui est en repos forcé. Caprice numéro trois : gober le babyphone et le frapper violemment contre les murs une fois cette activité terminée. Tout ça en gazouillant, couinant, geignant… au choix.

– Dodie ! Ameterre ! me dit la petite, une fois sagement assise sur la moquette.

« Dodie » a donc remplacé « Pas Belle ». Une bonne chose…

– Quoi ?

– Dodie ! Ameterre ! Na-hi.

– Je ne comprends pas, Birdie, avoué-je, perdue, en rassemblant ses bouclettes dans un élastique.

– Dodie, hamster, Nanny, résonne une voix grave, derrière nous.

Je me retourne et croise les yeux vifs de Mr Rochester, qui vient d'entrer dans la chambre de sa fille. Beau comme un dieu et totalement distant et intouchable, si j'en crois son visage impassible. Il me contourne en murmurant un rapide « bonjour », puis prend la rouquine dans ses bras. Elle hurle de rire lorsqu'il se met à lui dévorer les joues.

– Birdie a un nouveau compagnon, m'explique-t-il enfin sans pour autant me regarder. Un hamster du nom de « Nanny ». Il est dans la pièce d'à côté et vous devrez veiller sur lui, toutes les deux.

– Nanny ? C'est une blague ?

– Non, c'est elle qui a choisi… sourit-il insolemment, toujours de profil, toujours tête à claques.

Mes yeux s'égarent sur sa silhouette et j'ai toutes les peines du monde à éloigner les images qui défilent dans mon esprit.

Son corps nu et sculptural, tout contre le mien, sur le mien, sous le mien…

Un hurlement strident me fait revenir à la réalité. Birdie lui pince le nez et glousse hystériquement lorsqu'il fait semblant de souffrir le martyre. Puis quelques baisers et câlins plus tard, l'enfant atterrit dans mes bras et Lord Désagréable quitte la pièce en nous souhaitant une « journée productive ».

OK. Le pacte ne lui a pas échappé, cette fois.

Je n'ai même pas pensé à le remercier pour ses cadeaux… empoisonnés.

***

Après une journée harassante – mais étrangement joyeuse – je descends dans la grande cuisine, pieds nus, en tee-shirt blanc et jean délavé. Je suis d'humeur légère. Birdie dort déjà à poings fermés, ses retrouvailles avec doudou Lapin m'ont évité le douzième caprice de la journée. Je pourrais aisément monter au quatrième et m'offrir une soirée de tranquillité, mais ce serait trop demander à mon cerveau qui refuse de se faire une raison. Je n'attends que ça depuis ce matin : croiser Emmett. Le surprendre au retour du boulot et partager un moment d'intimité avec lui. Boire un verre, « en tout bien tout honneur ». Parler de Birdie, de Nanny ou de qui que ce soit d'autre. Toutes les excuses sont bonnes pour pouvoir poser mes yeux sur mon milliardaire.

Le problème, c'est qu'il risque de se demander ce que je fais sur son territoire – le mien se situant quatre étages plus haut. Et de se douter de mon plan pathétique. Je ne tiens pas à lui faire ce plaisir : il jubilerait de me trouver là, à l'attendre comme une âme en peine. Ou pire : il me remettrait sèchement à ma place et me renverrait dans mes appartements – ce qu'il n'a jamais fait, mais je ne tiens pas à prendre ce risque.

Purée de carottes !

Le prétexte est tout trouvé. Birdie en raffole – une fois sur deux – et c'est au menu du lendemain. Je sors donc une botte du frigo et m'installe sur le plan de travail le plus proche. Dix carottes épluchées et découpées plus tard, je suis sur le qui-vive en m'attendant à ce que la porte d'entrée claque d'une minute à l'autre. Mais c'est la sonnerie de mon téléphone qui me fait sursauter. Le nom d'Emmett Rochester apparaît.

Attendre la troisième sonnerie avant de décrocher. Avoir l'air détaché. Poser ce couteau avant de me couper une phalange.

– Sidonie ? me parvient sa voix avant que j'aie le temps de prononcer « Allô ». Connor est injoignable, mais finalement c'est plus simple que je passe directement par toi ! Je voulais juste prévenir que je ne rentrais pas ce soir.

– Ah ? Voyage d'affaires ? demandé-je en ravalant ma déception.

– Pourquoi cette question ? Mon emploi du temps ne concerne que moi, réplique-t-il durement, alors que j'entends des bruits derrière lui.

Une voix. De crécelle. Encore et toujours cette foutue Camilla.

– C'est noté, dis-je en serrant les dents.

– Le babyphone doit rester allumé toute la nuit. Au cas où Birdie se réveille, précise-t-il alors que le rire de la pimbêche s'intensifie, en fond sonore.

Je m'apprête à répondre quand Rochester raccroche brutalement. Pas un « Merci ». Pas un « Bonne nuit ». Je balance mon téléphone sur le plan de travail, en tremblant de rage. Notre nouveau pacte ne stipule pas qu'il peut me manquer de respect de la sorte. Et je compte bien lui faire savoir. À l'occasion…

Complètement dépitée, je remballe les carottes et regagne mes appartements. Après une douche rapide sous laquelle je laisse couler quelques larmes – de frustration – je m'installe sur le canapé, mon ordinateur portable sur les genoux. J'ouvre ma messagerie instantanée et découvre que Joe est connectée.

– SOS nanny en détresse !

– J'espère que tu ne comptes pas me gâcher ma soirée off en me parlant de ta môme ! Je t'avais dit de ne pas reprendre ce boulot, salaire démentiel ou non…

– Joe, ta compassion et ta loyauté sont touchantes, vraiment.

– Je sais, on me le dit souvent. Bon, qu'est-ce qui t'arrive ?

– Rien, je voulais juste discuter. Jasper est là ?

– Oui, il est en train de préparer une apple pie.

– Tu rigoles ?

– Non. Je l'ai domestiqué en moins d'une journée ! Un vrai petit homme d'intérieur. Il cède déjà à tous mes caprices…

– Pauvre Jasper, il ne sait pas dans quoi il s'est embarqué en emménageant avec toi en semaine…

– Tu parles ! Pas de loyer, juste des tâches ménagères (en petite tenue, évidemment) ! J'appelle ça un deal d'enfer, moi !

– Pour toi, oui, Machiavel !

– Ne t'inquiète pas sœurette, dès que tu décideras de rentrer et de quitter ton milliardaire et sa maison de fous, ta place te reviendra. Et au moins, grâce à Jasper, elle sera toute chaude ! (rire machiavélique).

– Quand je pense à toutes les filles qu'il va inviter dans mon lit… (rire jaune).

– Non, interdiction ! Je ne ramène pas de mec, il ne ramène pas de nana ! Si on veut s'amuser, on va s'amuser chez les autres. C'est notre pacte.

– Pitié, Joe, ne me parle pas de pacte !

Ce mot me sort par les yeux…

Ses yeux noirs… Qui sont sûrement posés sur elle, à cet instant…

Camilla… Même son nom m'écœure.

7

INSTANTS VOLÉS

À force de s'agiter frénétiquement, Birdie a les cheveux collés sur le front. Le mois de juillet a eu son lot de soleil radieux et de températures estivales, mais ce n'était rien comparé à ce mois d'août. Quatre jours qu'on frôle la canicule. Que Londres se transforme peu à peu en solarium géant, où les corps assommés et affaiblis par la chaleur se traînent, à la recherche d'un coin d'ombre ou d'une brise inexistante.

Par chance, la *townhouse* est climatisée – un supermilliardaire sait faire face à ce genre de difficultés, même lorsqu'il s'agit de défier mère nature ! Le jardin, lui, est impraticable aux heures ensoleillées et c'est un problème. À force d'accumuler un trop-plein d'énergie, Birdie est sur le point d'exploser.

On approche des vingt caprices quotidiens...

Mr Rochester étant retenu à droite, à gauche, en haut, en bas – partout, sauf ici, avec moi – j'ai dû prendre une décision sans le consulter, ce matin. Une décision de la plus haute importance. Commander une *junior pool*, piscine hors-sol assez large mais très peu profonde. Emmett verra peut-être ça comme un acte d'insubordination. Je vois ça comme une nécessité absolue. Il est vital que Birdie puisse à nouveau se défouler dans le jardin. Sans ça, je ne tiendrai pas un jour de plus.

– Le « paquet » a été livré et installé ! m'annonce joyeusement Connor dans l'interphone.

– J'arrive, on est prêtes ! Enfin presque ! m'écrié-je, alors que le petit monstre vient d'enlever son maillot pour la sixième fois – en six minutes.

Elle gazouille d'impatience et se débat dans mes bras en découvrant le rectangle bleu qui trône dans le coin reculé du jardin – tout près d'une grande haie qui offre un peu d'ombre. Il est presque dix-sept heures, j'ai tartiné et retartiné sa peau de crème solaire indice 50 : les dangers du soleil sont maîtrisés. Je retire ma robe légère et réajuste mon bikini. Le mien est rouge à pois blancs. Celui de Birdie est blanc, à petites cerises. Nous sommes – grotesquement – assorties.

C'est ensemble, mes longs pieds fins accompagnant ses petits pieds dodus, que nous entrons dans l'eau, en poussant des soupirs de ravissement. L'eau fraîche me procure une sensation de bien-être instantané, alors que Birdie est déjà occupée à boire le contenu de la piscine. Je la soulève dans mes bras en riant et m'assieds dans le petit bassin en lâchant des petits cris stridents. Me voir en position de faiblesse fait glousser la petite peste, qui est apparemment totalement insensible aux chocs de températures. Mes hanches, elles, ne parviennent toujours pas à s'en remettre…

– Où papa ? me demande la rouquine trente minutes plus tard, après avoir réussi à vider la moitié du bassin.

– Papa travaille, ma puce, il va rentrer tard. Il viendra t'embrasser quand tu dormiras, lui dis-je le plus joyeusement possible.

Elle me scrute pendant quelques secondes, semblant sceptique – cette petite est bien trop mûre pour son âge – puis lâche un cri rauque et retourne à ses occupations : noyer une par une chaque fourmi qui a l'audace de s'approcher trop près.

Les insectes sont nos amis, Birdie…

Je l'observe, silencieuse, un peu peinée pour elle. Son père lui manque cruellement, c'est une évidence. Mais si j'en crois les histoires farfelues qu'elle raconte à haute voix deux minutes plus tard – malgré son vocabulaire limité – elle est déjà passée à autre chose. À son tour, mon esprit s'égare et revient sur mon sujet de prédilection de ces derniers jours. Les absences répétées de Lord Rochester.

Ses yeux perçants ne se sont pas posés sur moi depuis une éternité et cela s'apparente désormais à de la torture. Si je suis revenue, c'est pour un tas de raisons, mais je refuse de me voiler la face : c'est en majeure partie pour lui. Pour ses pupilles noires qui transpercent mon âme. Pour ce sourire parfois fier, parfois tendre, qui barre ses lèvres. Pour ce corps d'apollon qui se contracte ou se détend à mon contact. Tout ça, j'en suis privée depuis des jours. Et depuis des jours, j'imagine qu'il offre ces petits instants de lui à d'autres. Ou à une autre.

Celle-dont-je-ne-veux-pas-prononcer-le-nom.

Où dort-il quand il ne rentre pas à la *townhouse* ? Avec elle ? Pourquoi ces absences répétées, prolongées, alors qu'il a toujours – à ma connaissance – été un père très dévoué et investi ? Imogen m'avait pourtant assuré qu'Emmett mettait un point d'honneur à être un parent digne de ce nom. Qu'il pouvait se montrer très dur avec ceux qui n'assumaient pas leurs responsabilités et délaissaient leurs enfants. Ma gorge se serre lorsque je réalise que depuis mon retour – dix jours plus tôt – ce n'est pas ce rôle qu'il fuit. C'est moi.

Clairement, c'est ma présence ici qui le tient éloigné. Si ça ne tenait qu'à lui, je ne serais pas là. C'est uniquement parce que Birdie me réclamait qu'il est venu me chercher… Et je devrais trouver ça normal. Ça ne devrait pas faire aussi mal…

Ma dernière conversation avec Joe – qui date de quelques heures à peine – me revient à l'esprit. Ça donnait quelque chose comme :

– Tu devrais profiter de la vie, de ton célibat, Sid ! Te taper tout ce qui bouge, juste pour le fun et juste pour te sortir ton milliardaire de la tête. Il ne t'apportera jamais ce que tu recherches…

– Je sais que c'est une cause perdue avec lui, mais je ne vois pas l'intérêt de coucher avec n'importe qui, m'étais-je défendue.

– Coucher, embrasser, flirter : peu importe jusqu'où tu te sentiras prête à aller ! disait-elle. Joue, amuse-toi, prends conscience de l'effet que tu leur fais, ressens cette petite étincelle encore et encore… C'est bon pour le moral et bon pour l'ego, sœurette.

– Peut-être, mais ça ne me ressemble pas. J'aurais l'impression d'être quelqu'un d'autre.

– Tu crois vraiment qu'il bosse jour et nuit depuis dix jours, lui ? m'avait-elle demandé, d'une voix douce.

– Non.

– Il a toutes les femmes de la haute à ses pieds, Sid. Ouvre les yeux…

Aïe. L'argument de trop. Qui ne passe pas. Du tout.

– Je dois te laisser, Birdie vient de se réveiller, avais-je menti pour écourter cette conversation.

– OK. Tu nous rejoins au bar demain soir, ou je te retrouve plus tard à l'appart ? Je te préviens, je risque de rentrer tard. Le vendredi, c'est toujours la folie.

– Il fait beaucoup trop chaud pour picoler et danser, je crois que je vais passer la soirée dans la baignoire…

– Tu sais vraiment comment t'éclater, toi… s'était-elle moquée avant de raccrocher.

***

Il est presque une heure du matin quand je réalise que mon téléphone portable manque à l'appel. J'enfile une nuisette qui traînait là pour partir à sa recherche. Je me concentre une minute, passe en revue mes derniers déplacements et émets seulement deux possibilités : mon smartphone se trouve soit sur la table basse du grand salon, soit sur un plan de travail de la cuisine.

Je quitte mes appartements sur la pointe des pieds – nus – et m'engouffre en territoire ennemi. La maison est plongée dans le silence, pas une âme éveillée. J'ignore si Emmett est rentré, je n'ai rien entendu – les écouteurs qui étaient logés dans mes oreilles y sont sûrement pour quelque chose. Le parquet frais craque sous mes pas, je parviens à ne rien renverser sur mon passage, malgré l'obscurité. J'arrive enfin dans le salon : rien. Aucune trace de mon téléphone. Un peu agacée, je prends la direction de la cuisine en tirant rapidement sur ma nuisette.

Elle est vraiment, vraiment courte…

Je presse le pas en réalisant ce que le tissu couvre – et surtout ce qu'il ne couvre pas – et pénètre dans la grande pièce aux placards chromés. Un instant plus tard, mon cœur manque un battement et je lâche un cri bestial. Le frigo américain est ouvert, une lumière bleutée s'en échappe. Derrière la grande porte, le profil d'Emmett apparaît. Sa mâchoire est crispée, je le vois d'ici. Je tire sur la dentelle comme une gourde alors que ses yeux vifs se tournent vers moi. Un verre de lait à la main, il m'observe me liquéfier sur place. Ses pupilles me passent aux rayons X, de haut en bas, puis de bas en haut. Je crois d'abord percevoir l'esquisse d'un sourire – gourmand, joueur – sur son visage, puis ses yeux se font plus durs, plus froids à nouveau et c'est un soupir mécontent qui s'échappe de sa bouche. Cet homme est déstabilisant au possible. C'est du feu et de la glace qui courent dans ses veines. Une minute il me déshabille du regard et semble prêt à me faire les choses les plus inavouables, la minute d'après je l'exaspère et ne lui inspire que du mépris.

Un traducteur, s'il vous plaît !

– Tu as soif ? finit-il par me demander en me montrant la brique de lait.

– Non, merci, je cherche juste mon…

– Il est là, me coupe-t-il en faisant glisser le téléphone vers moi, sur le plan de travail.

Sa barbe a disparu, mais ses cheveux dorés ont poussé depuis notre première rencontre et ce côté coiffé-décoiffé le rend encore plus irrésistible. Plus viril, plus animal. À en juger par sa tenue, il vient de rentrer. Son pantalon de costard n'a pas bougé, mais sa cravate est dénouée et sa chemise blanche déboutonnée au niveau du cou. Un fantasme en chair et en os.

Il s'adosse au réfrigérateur refermé et étire son cou à droite, puis à gauche, une jambe nonchalamment croisée devant l'autre. La pose que prendrait un top model pendant un shooting photo. La pose que je ne peux m'empêcher de scruter, les yeux happés par tant de… perfection.

– Autre chose ? lâche-t-il soudain en fixant son verre.

– Non… Enfin si. Tu as eu mon message ?

– Pour la pataugeoire ? Oui. Tu as bien fait.

– Je ne voulais pas que tu penses que je m'autorise à prendre des décisions à ta place, ajouté-je en faisant clairement du zèle.

– Je ne pense rien, Sidonie, je n'ai pas le temps pour ce genre de futilités. Tu fais très bien ton travail, Birdie ne jure que par toi, je n'ai rien à redire.

Pendant une seconde, son ton s'est adouci, puis ses yeux se sont posés sur le bas de ma nuisette et son agacement est réapparu.

– Il est tard, tu devrais aller te coucher, conclut-il d'une voix autoritaire, avant de vider son verre d'un trait.

– J'ai perdu ma mère il y a quelques mois, je n'ai jamais vraiment eu de père, mais je sais une chose : je n'ai pas besoin de toi pour me dire quoi faire, réponds-je en serrant les dents.

– Tu es mon employée, riposte-t-il en plissant les yeux, pour mieux lire en moi.

– Oui, employée. Pas esclave. Ce que je fais la nuit me regarde. Birdie est censée être ta responsabilité à cette heure-ci. Enfin ça, c'était lorsque tu te souvenais qu'elle existe.

Ma voix sifflante et assassine vient de le frapper en plein visage. Je le défie une dernière fois du regard – le sien est insondable, mélange de choc, de colère et… d'une autre émotion, que je ne saurais définir. Ni une ni deux, je fais demi-tour et prends la sortie, les jambes flageolantes.

– Sidonie, reviens ici ! entends-je derrière moi.

Pour me faire virer sur-le-champ… ou pire ? Non merci ! J'ai été dure, mais après tout, il ne l'a pas volé !

– Bonne nuit, Mr Rochester, lâché-je en accélérant le pas dans l'escalier.

Six heures plus tard, je me retiens de balancer mon radio-réveil par la fenêtre du 30, St George Street. Après ma confrontation musclée avec Emmett, j'ai mis une petite éternité à m'endormir, ne sachant plus où j'en étais. Quelques heures de sommeil plus tard, rien n'a vraiment changé. J'ignore à quelle sauce je vais être mangée lors de notre prochaine rencontre. J'ignore si je vais conserver mon job et si c'est d'ailleurs ce que je souhaite. La proposition de Joe me paraît étrangement séduisante, tout à coup : quitter la *townhouse* et me rallier à « sa cause ». Envisager un tout autre futur, fait de petits boulots, de flirts à la chaîne, de bières fruitées et de totale insouciance.

Insouciance ? Pour ma jumelle, peut-être… Moi, j'appelle ça de l'incertitude. Et je la vis très mal.

Uniforme : en place. Chignon : haut perché. Maquillage : juste ce qu'il faut pour cacher ces vilains cernes et donner un peu d'éclat à mes yeux ternis par la fatigue. Il est presque huit heures et Birdie ne s'est toujours pas manifestée.

J'éteins le babyphone et l'allume à nouveau, juste au cas où. Toujours rien. Je décide d'en profiter pour préparer mon sac en vue du week-end. Ce soir, je serai libre. Que j'opte pour la baignoire remplie d'eau glacée ou pour le Crazy Monkey rempli de mecs chauds comme la braise, j'échapperai au contrôle de Mr Rochester. À ses yeux aussi fascinants qu'indiscrets, à ses manières aussi excitantes qu'horripilantes.

Je ne suis pas folle : n'importe qui serait intimidé face à ce colosse !

Correction : n'importe qui sauf Joe.

Impression que le sol s'échappe sous mes pieds. Birdie n'est pas dans son lit. Après quelques secondes de totale panique, mon cerveau tente de dresser une liste de possibilités – certaines plus plausibles que d'autres. Imogen est peut-être de passage ? Connor a voulu m'offrir une heure de répit en la sortant du lit ? Doudou Lapin a décidé de se rebeller et a englouti la petite ? Emmett m'a déjà remplacée, une nouvelle nanny est en train de lui préparer son biberon ?

J'appelle à l'interphone, personne ne répond. J'arpente les deux premiers étages à une vitesse record, en prêtant attention à chaque recoin : aucune trace de Birdie. Personne dans le jardin. Vent de panique. Il ne me reste plus qu'une chose à faire. Me rendre au troisième étage – l'étage de Lord Rochester, où je ne mets plus les pieds depuis l'incident de la serviette – et le fouiller de fond en comble. Mon cœur bat à tout rompre, mon inquiétude grimpe un peu plus à chaque pas. Qu'est-il arrivé à la rouquine ?

À ma rouquine…

Troisième niveau : me voilà Personne dans le couloir. Ni dans le grand bureau, la petite bibliothèque, la salle de télévision. J'inspire un grand coup avant d'ouvrir la prochaine porte, qui mène à la suite parentale. Je pénètre dans l'étroit couloir, passe l'impressionnant dressing, la clinquante salle de bains… Plus qu'une porte et je débarquerai dans la chambre d'Emmett. Je ne me le permettrais jamais, d'ordinaire, mais là c'est différent.

Retrouver Birdie, c'est tout ce qui compte.

J'ouvre la double porte au ralenti et les découvre là, à quelques mètres de moi. Je ne suis pas rassurée, je suis bien plus que ça. Émue, je crois que c'est le mot. Profondément endormis, le père et sa poupée occupent chacun un côté du grand lit aux draps foncés. Au centre, leurs mains se rejoignent, posées l'une sur l'autre. Les petits doigts entremêlés aux grands. J'observe ce tableau pendant de longues secondes, totalement sous le charme, lorsque les yeux sombres d'Emmett croisent les miens. Un sourire paresseux se dessine sur ses lèvres alors qu'il articule silencieusement un : « Désolé pour cette nuit. » Je lui adresse un petit clin d'œil, puis fais lentement demi-tour pour les laisser se réveiller doucement et profiter de ce moment – que je devine trop rare. Juste tous les deux.

Ils me rejoignent un quart d'heure plus tard, dans la grande cuisine du rez-de-chaussée. Connor vient justement de quitter la pièce après avoir bu son Earl Grey cul sec – une panne de réveil, pour lui aussi. Je tends son biberon à Birdie, qui me l'arrache presque des mains et se débat lorsque son père tente de l'installer dans sa chaise haute. Sans jamais hausser le ton, il parvient finalement à se faire obéir.

Et moi qui ai osé le traiter de mauvais père…

– Je meurs de faim ! me dit-il, tout sourire. Œufs, bacon et toasts pour deux ?

– Oui, mais sans le cholestérol qui va avec, si possible… ris-je doucement, soulagée de le voir de si bonne humeur.

Il va vraiment cuisiner pour moi ?

– Avec ou sans tomates, les œufs ? me propose-t-il en ouvrant le frigo.

– Surprends-moi… murmuré-je avant de regretter l'ambiguïté de ma réponse.

La tension est palpable, entre nous. Ses yeux sombres m'interrogent l'espace d'une seconde, puis ils descendent sur mes lèvres avant de se détourner. Emmett se racle la gorge, passe une main dans ses cheveux et se lance dans sa mission. Il s'empare des différents ingrédients, met le bacon à cuire, casse les œufs, les bat, coupe une tomate en petits dés et jette le mélange dans la poêle légèrement huilée. Je le regarde faire, obnubilée par sa concentration et par les muscles qui roulent sous sa peau tendue à chaque mouvement. Le géant blond prépare un demi-toast au passage et le tend à sa fille, qui s'empresse de le porter à sa bouche – en se repeignant la frimousse de beurre. Il rit en voyant le résultat et l'embrasse sur le bout du nez. En polo noir et jean brut, il semble être un autre homme. Toujours aussi beau, aussi magnétique, mais plus accessible, plus… humain.

N'en profite pas pour jouer avec le feu, Sid…

Osera, osera pas ?

*Oh, et puis mer** !*

– Je sais à quoi m'attendre maintenant, commenté-je, un sourire en coin sur mes lèvres.

Rochester coupe le feu, puis se tourne vers moi en s'appuyant sur le rebord de l'évier.

– Ce qui veut dire ? sourit-il en plissant les yeux, comme pour me mettre en garde.

– Que je t'ai enfin analysé. Ours mal léché la nuit et papa Ours au petit matin.

Son regard reste plongé dans le mien, son sourire ne s'élargit pas, rien ne semble se passer. Le silence dure de longues et pénibles secondes, puis, ne pouvant plus le retenir, mon milliardaire laisse enfin échapper un rire franc et guttural.

– Tu n'as pas toujours dit ça de moi, la nuit… souffle-t-il en remplissant mon assiette.

Il fait référence à… à… cette soirée où tout a dérapé ?

– Emmett… rougis-je en allant m'asseoir à l'autre bout de la table. Le pacte, souviens-toi…

– Justement, tu t'en souviens uniquement quand ça t'arrange, de ce pacte, plaisante-t-il en poussant le plat vers moi. Mange, maintenant.

– Encore un ordre… soupiré-je théâtralement en prenant une première bouchée – succulente.

– Dodie ! Papa ! Bisous ! lâche tout à coup Birdie en embrassant son toast mâchouillé.

Son père et moi nous regardons, interdits, avant d'éclater de rire.

– Elle est dans sa période bisous, expliqué-je. Hier, elle a demandé dix fois à Connor d'embrasser Nanny.

– Laquelle ? sourit-il étrangement en se mordant la joue.

– Nanny le hamster, soufflé-je en sentant mes joues chauffer.

– Je préfère ça. Personne n'embrasse Nanny Sidonie, dans cette maison, gronde-t-il en se levant de sa chaise.

– Beudie bisou Dodie ! s'agite à nouveau la rouquine.

– Pas même toi ! grogne-t-il en attrapant sa fille pour la faire sauter en l'air – ce qui est une excellente idée, juste après un repas.

Je pourrais les contempler pendant des heures. Voir ces deux-là si proches, si complices, si fous l'un de l'autre, ça me met du baume au cœur. Et ça me fait un peu mal, aussi. J'aimais ma mère à la folie et elle me manque atrocement. Ces petits instants de joie partagée et de tendresse me manquent plus que tout. La vie me les a volés.

– Il y a quelqu'un ? Allô, allô ? s'impatiente une voix insupportable et guindée, un peu plus loin.

La tête – de pimbêche – de Camilla passe la porte de la cuisine et le soufflé retombe. La magie s'envole, je dégringole de mon petit nuage. Dans sa robe moulante de créateur, elle m'adresse à peine un regard, fixe Birdie d'un air presque dégoûté, puis dirige ses yeux de biche vers Emmett.

– Pas de costume ? Tu crois vraiment que tu vas impressionner nos concurrents dans cette tenue ? sourit-elle bêtement, très fière de sa remarque.

– Je passais du temps en famille, Cam'. Laisse-moi juste dix minutes pour me changer, rétorque-t-il en posant sa fille par terre et en filant à grandes enjambées.

« En famille… » J'en fais partie ?

La snobinarde aussi a tiqué, si j'en crois son air de yorkshire constipé.

– D'ailleurs, Camilla, tu ferais bien de maîtriser ton dossier, cette fois ! crie-t-il, au loin. Tu as failli nous coûter soixante millions, hier…

Que la repartie de cet homme est savoureuse, quand elle ne m'est pas destinée…

***

Neuf minutes plus tard, Birdie est de retour dans sa chaise haute – l'heure tant redoutée de la compote a sonné. Emmett est dans l'entrée et ne semble pas spécialement pressé de quitter la *townhouse* – malgré les remarques acides de son « associée » qui a préféré aller l'attendre dans la berline. J'observe le colosse blond depuis le couloir. Alors qu'il passe la main dans ses cheveux, réajuste sa montre et ferme son attaché-case, je tente le tout pour le tout. Sa cravate n'est pas parfaitement droite et je compte utiliser ce prétexte pour l'interroger sur un sujet… sensible. Très sensible. Ce mystère me rend folle. Je dois savoir.

– Toi et Camilla, vous êtes… ? demandé-je en attrapant sa cravate sans lui demander son avis.

Ses sourcils s'écarquillent, il me regarde resserrer le tissu gris souris en souriant légèrement. Ce sourire de sale gosse qui me donne envie de lui arracher ses vêtements, plutôt que les ajuster.

– On est… riches, beaux et célèbres, répond-il en faisant son innocent.

– Très malin, tu sais très bien où je veux en venir, râlé-je en reculant d'un pas.

– Oui, je sais parfaitement, murmure-t-il en me ramenant soudain vers lui pour déposer un baiser sur mes lèvres.

Mon cœur fait un bond, mon cerveau est en surchauffe, toute ma peau frémit, mais c'est déjà fini. Quand la porte de la *townhouse* se referme derrière lui, je sens encore l'empreinte de ses lèvres douces et brûlantes sur les miennes.

8

ÉVIDEMMENT

Évidemment, j'ai pensé à ce baiser volé tout le week-end. Évidemment, Joe s'est rendu compte de mon état second et m'a fait passer un interrogatoire en bonne et due forme. Évidemment, la canicule s'est prolongée et mes fantasmes brûlants ont manqué d'incendier toute la ville. Évidemment, Camilla était là lorsque je me suis pointée à la *townhouse* ce matin, ma petite valise à bout de bras.

Lundi matin. Sept heures quarante-cinq. Je trouve la diva confortablement installée dans le canapé du salon, un mug de thé à la main et le *Financial Times* relevé devant son visage. La brune aux yeux perfides daigne baisser son journal pour voir qui passe par là, laisse apparaître son air renfrogné pendant une demi-seconde en constatant que c'est moi, puis – sans un mot – lève à nouveau son rempart.

Charmant… Qu'est-ce qu'elle fait là si tôt ? A-t-elle dormi ici ? « Dormi » avec ou sans lui ? Là est la question…

Emmett en est probablement à sa troisième tasse de café serré lorsque je m'invite dans la cuisine. Dans sa chemise blanche et son costume noir corbeau, il ressemble à une gravure de mode. Sa cravate fine ne fait que souligner sa carrure élancée. Ses cheveux blonds sont encore humides après la douche, sa peau est rasée de près, il sent diablement bon. Et quand ses yeux noirs se posent sur ma bouche, un flash-back de notre dernier baiser me monte au cerveau.

Faire comme si ça n'était jamais arrivé. Le pacte. Le pacte. Le pacte…

– Birdie dort toujours ?

Sa voix grave et chaude me saisit, j'acquiesce d'un signe de tête, attrape un biberon et le rince plusieurs fois, juste pour masquer mon trouble. À quelques pas de moi, il sourit en coin, comme s'il était parfaitement capable de lire dans mes pensées.

– Je prie secrètement pour qu'elle découvre les joies de la grasse matinée… marmonné-je en dosant son lait en poudre.

– Ce n'est plus secret si tu me le dis, fait remarquer le blond ténébreux en s'approchant de moi.

– Vous avez passé un bon week-end ? lâché-je soudain en reculant d'un pas, pour éviter que la conversation ne dérape.

– Vous ?

– Birdie et toi, le fusillé-je du regard.

– Piscine, zoo, *La Petite Sirène* et parrain Jude. Week-end au top, sourit-il, très fier de son insolence… et de ses sous-entendus.

Camilla a peut-être passé les deux derniers jours ici… Il adore ça, me rendre jalouse. Je peux jouer à ce petit jeu, moi aussi…

– Pendant que j'y pense, je vais avoir besoin d'un soir off, cette semaine, dis-je en me plantant face à lui.

– Lequel ?

– Jeudi.

– Je peux savoir pourquoi ? me demande-t-il en plissant légèrement les yeux.

– Un anniversaire.

– Tes réponses mériteraient d'être approfondies, Sidonie, grogne-t-il en passant la main dans ses cheveux rebelles. L'anniversaire de qui ?

Ça te regarde, Rochester ? Puisque tu es trop curieux, je vais te faire tourner en bourrique…

– D'un… ami, soufflé-je avec le plus d'hésitation possible.

Jasper sera ravi de savoir que je me sers de lui à des fins tout à fait répréhensibles…

Clairement, ma réponse ne convient pas à Emmett, qui soupire et se raidit en s'adossant au plan de travail derrière lui. Il croise les bras sur sa poitrine et me scrute de son regard perçant.

– OK, alors faisons un deal, lâche-t-il de sa voix autoritaire.

– Un deal ? répété-je, méfiante.

– Je vais avoir besoin de toi le week-end prochain. J'organise une garden-party dans le Dorset et je ne pourrai pas gérer Birdie seul, avec tous les invités.

– Le week-end entier ?

– Oui, tu seras évidemment rémunérée en conséquence.

– Il me semble que le salaire est doublé le week-end, non ? souris-je en papillonnant des yeux.

– File de là avant que je baisse ton actuel salaire de moitié, femme vénale ! rigole-t-il en me chassant de la main.

– Emmett, on va être en retard ! ronchonne une voix de crécelle.

Inutile de préciser quelle grande perche se tient juste derrière moi…

***

Mardi matin. Assise dans sa chaise haute, la rouquine est en train de mâchouiller la tétine de son biberon quand Camilla Bradford s'incruste une nouvelle fois, à la recherche d'un dossier. En la voyant faire le tour de la cuisine, Birdie fronce les sourcils, lâche son petit déjeuner et lui adresse une ribambelle de « pas belle », « méchante » et « va-t'en ». Autant dire que je jubile intérieurement, alors que la Pimbêche Royale la regarde, estomaquée, une moue de dégoût sur les lèvres. Elle finit par mettre la main sur le fameux dossier et prend la fuite en maugréant :

– Sylvie, vous serez gentille de dire à Emmett que je l'attends dans la voiture.

Camilla, tu seras gentille de tomber dans un trou et de ne jamais en ressortir.

Rochester se pointe quelques minutes plus tard. Son petit monstre a déjà réussi à parsemer mon chignon de porridge à la banane et au sucre roux et je suis en train de me recoiffer lorsqu'il pose les yeux sur moi, amusé.

– Nanny, on ne t'a jamais dit qu'on ne jouait pas avec la nourriture ? me demande-t-il en faisant un clin d'œil à sa fille.

– Il me semblait que « Nanny » était réservé à la boule de poils qui vit dans une cage, au premier ? riposté-je.

– Hmm… Ça dépend des jours, sourit-il en se servant de café.

– Ton ombre t'attend dans la BMW.

– Mon ombre ?

– Tu sais, cette chose non identifiable qui te suit partout, où que tu ailles.

– Sidonie, fais attention à ce que tu dis, me fixe-t-il en se retenant de rire. Camilla est… Camilla.

– Je n'aurais pas dit mieux, ironisé-je en nettoyant la frimousse de Birdie.

Quand est-ce qu'il va enfin se décider à me dire ce qu'ils font ensemble ? Ils sont collègues, mais encore ? Amis ? Amants ? Amoureux ? Et pourquoi est-ce que ces deux dernières éventualités me retournent l'estomac ?

En essayant de chasser ces pensées écœurantes, je libère la petite de sa chaise et lui prends la main pour l'emmener dans sa chambre. Tout près de la sortie de la cuisine, Emmett se penche pour embrasser sa fille, puis, en se redressant, il approche son visage tout près du mien. Je déglutis difficilement alors que ses pupilles noires sondent mes yeux bleus.

– Sidonie, tu vas vraiment nous abandonner, jeudi soir ? murmure-t-il d'une voix faussement peinée. Cet « ami » en vaut vraiment la peine ?

Je me contente de glousser et m'éloigne de cet homme manipulateur et buté, qui – si je ne me trompe pas – semble inquiet à l'idée que je lui échappe juste une soirée.

Inquiet et... jaloux ? Il ne se passera jamais rien entre Jasper et moi, mais après tout, s'il veut se faire des films, c'est son droit... C'est beaucoup plus amusant, dans ce sens-là !

***

Mercredi. La chaleur est telle, à seulement huit heures du matin, que je me suis accordé une petite liberté. Débardeur blanc – jusque-là ça va – et... short en jean... noir, pour faire plaisir à Mr Rochester. D'une longueur qui risque de ne pas faire l'unanimité...

Pas de Camilla dans les parages, pour une fois. Je sirote paresseusement un café glacé en compagnie de Connor qui, contrairement à moi, supporte parfaitement son uniforme par trente et quelques degrés. Je m'apprête à aborder la question qui me taraude depuis des jours, voire des semaines – Emmett et Camilla : un peu, beaucoup, pas du tout ? – quand ce foutu baby-phone retentit.

Dix minutes plus tard, je suis de retour dans la grande cuisine déjà baignée de lumière, le petit paquet grincheux dans les bras, mais le majordome ne s'y trouve plus. Une occasion ratée. Encore une...

– On étouffe ! râle Emmett en nous rejoignant. Et cette clim qui n'en fait qu'à sa tête... Birdie s'est réveillée quatre fois cette nuit, elle crevait de chaud !

Je lui sers un grand verre de café glacé et lui tends, en gardant mes regards gourmands pour moi. Sous son polo beige près du corps, je peux entrapercevoir ses muscles parfaitement dessinés. C'est la première fois que je le vois en pantalon léger. Du lin, j'imagine. Lui non plus n'a pas eu le courage de revêtir son uniforme...

– Connor a appelé l'entreprise de dépannage pour la clim, fais-je en donnant sa salade de fruits à Birdie. Ils sont censés passer ce matin.

– Tant mieux. J'imagine que vous allez passer la journée à barboter dans la piscine, toutes les deux ? sourit-il enfin.

– Évidemment ! On lutte pour notre survie, dans notre *junior pool* ! ris-je en piquant une fraise à Birdie.

Rochester me regarde fixement, puis ses yeux baladeurs descendent jusqu'à mon short. Je décide de l'ignorer et croque dans le fruit délicieusement sucré.

– D'ailleurs, je ne suis pas certain qu'Imogen aurait validé l'uniforme « micro-short ». Ni le « mini-bikini rouge à pois blancs ». Aussi agréables pour les yeux soient-ils... murmure-t-il en se mordant la lèvre.

J'écarquille les yeux et ne trouve rien à lui répondre. A priori, c'était l'effet escompté puisque le milliardaire se contente de ricaner, avant de quitter la pièce.

Il ne m'a jamais vue dans ce bikini ! À moins qu'il soit passé en milieu de journée, je ne sais quand, et qu'il nous ait observées. Moi en particulier, j'imagine…

***

Jeudi soir. Birdie dort à poings fermés depuis près d'une heure, ce qui m'a donné tout le temps de me pomponner, tout là-haut. Lorsque j'arrive dans l'entrée de la *townhouse*, je jette un dernier regard dans le grand miroir. Ma peau est bronzée, mes cheveux sont brillants et sentent le monoï, ma robe vert pâle est sexy sans l'être trop, mes talons sont compensés, pour plus de sécurité.

– Je ne sais pas qui est cet « ami », mais j'espère qu'il saura apprécier ce qu'il voit autant que moi, commente Emmett, planté derrière moi.

Je me retourne et fais tout mon possible pour le fusiller du regard – même si son compliment vient déjà d'illuminer ma soirée.

– Le pacte m'oblige à ignorer ce que je viens d'entendre, dis-je en le fixant.

– Pacte ou non, tu es belle à crever, ce soir, sourit-il simplement en portant son verre de vin blanc à ses lèvres.

Ce regard si sombre… Du désir. Pur. Dur. Et réciproque.

– Et c'est professionnel, ça ? me braqué-je bêtement en sentant mon cœur s'emballer.

– Non. Mais ton absence ce soir ne l'est pas non plus. Et je ne parle pas de cette robe…

Il serre la mâchoire. Ses yeux étincelants se promènent sur mon corps, en particulier sur mes jambes nues. Une chaleur se loge au creux de mes reins et je comprends qu'il est temps pour moi de décamper. Rapidement. Avant que ça ne tourne mal.

Ou atrocement bien…

– Ils m'attendent, je suis déjà en retard, balbutié-je en me rapprochant de la porte de sortie.

– Mon chauffeur est disponible, je peux l'appeler, propose-t-il sans bouger.

– Non, ce soir je suis libre. Tes espions n'iront nulle part avec moi, souris-je en devinant son plan caché.

– Dis-moi au moins où tu vas, que je sache où tu es en cas de problème, insiste-t-il, d'une voix douce.

– Birdie dort, la clim fonctionne, il ne se passera rien.

– Je parlais de toi, Sidonie, me corrige-t-il en passant la main sur sa barbe disparue. S'il t'arrive quelque chose…

– Ma sœur sera là. C'est mon garde du corps, tu te souviens ? blagué-je avant de lui faire un signe de la main et de disparaître derrière la porte.

Mes talons claquent en rythme sur le pavé. Je rejoins la grande avenue la plus proche et lève la main en espérant intercepter un taxi. Mes pensées s'affolent… Mathias non plus ne supportait pas que je sorte sans lui. Mais c'était juste par égoïsme. Emmett, lui, cherche à me protéger. Et je ne sais pas comment je dois le prendre…

Saloperie de cœur qui se met à battre éperdument dès qu'un minuscule espoir surgit en moi ! L'espoir que pour lui comme pour moi, ce ne soit pas juste un jeu…

***

– Joyeux anniversaire, Jazz ! crié-je en me jetant sur Jasper, trente minutes plus tard.

Évidemment, le beau brun porte un bonnet rayé et un foulard bariolé, même par trente-cinq degrés. Évidemment, pas une goutte de sueur ne s'échappe de son front parfait alors que tous ceux qui l'entourent – moi y compris – se consument à petit feu. Évidemment, je n'ai qu'une chose en tête : Emmett Rochester.

– 26 ans, tu te rends compte ? Le début de la fin, ma blonde ! titube-t-il en m'embrassant sur la joue.

Joe nous rejoint, en se frayant un petit chemin au milieu du bar bondé. En me voyant, ma jumelle lâche un long sifflement et me demande de tourner sur moi-même.

– Ce petit cul, je mise tout dessus ! sourit-elle en me tendant une bière glacée.

– Ce petit cul reprend le boulot demain matin à sept heures trente et va faire des heures sup pendant deux jours dans le Dorset ! Donc je vais y aller mollo, ris-je en levant mon verre pour trinquer avec elle.

– Ce petit cul, je pourrais lui faire des choses indécentes, un jour ? demande Jasper, un peu ivre.

– Non !!

Joe et moi avons répondu à l'unisson. Je me contente de faire une grimace, alors que ma sœur lui donne un coup de poing dans l'épaule.

– C'est bien ce que je pensais, je voulais juste en avoir confirmation. À plus, Polly et Pocket ! ricane le beau gosse en se lançant à l'assaut d'un groupe de filles, non loin de là.

L'ambiance est explosive, dans le bar de Camden Town. La musique fait trembler les murs, l'alcool coule à flots, les corps – plus ou moins sobres – s'agitent, se cherchent, se frôlent. Je suis accostée à plusieurs reprises par des hommes, plus ou moins jeunes, plus ou moins beaux, plus ou moins lourdingues. Je me débarrasse de chacun d'entre eux, en ayant parfois recours à mon argument choc : Joséphine Merlin, toujours prête à sortir les griffes et souvent plus dissuasive que moi.

De son côté, ma jumelle donne de sa personne, sans compter. Littéralement. Je ne compte plus les mecs avec qui elle a dansé, ceux qu'elle a allumés, voire embrassés. Joe n'a aucun mal à susciter l'attention de la gent masculine. Elle est belle, s'assume et n'a peur de rien. Mais ce que ses flirts d'un soir ignorent, c'est que ma sœur s'embrase et s'éteint aussi vite qu'une allumette. Lorsqu'ils croient que c'est dans la poche, en réalité, leur quart d'heure de gloire est déjà passé. La brune incendiaire a déjà les yeux rivés sur la proie suivante.

Joe a un cœur qui bat, elle est capable de s'attacher, de s'émouvoir, mais le nier est devenu son jeu préféré. Elle a confiance en elle et ça s'arrête là : elle n'a confiance en personne d'autre. Et si cette attitude la protège des « enfoirés affectifs » – tels que Mathias qui, d'après elle, en était le roi – elle pourrait aussi la priver du grand amour.

Vers minuit, un serveur apporte un immense gâteau d'anniversaire sur notre table et quasiment tout le bar se met à chanter en l'honneur de Jasper. Tout fou, le hipster qui a trop bu peine à éteindre ses bougies, puis remercie l'assemblée, la larme à l'œil. Joe et moi échangeons un sourire, et un frisson me parcourt. Je réalise qu'on est enfin chez nous, ici à Londres. Et que notre mère serait heureuse de savoir que notre nouveau départ est… réussi.

Un seul regard vers ma sœur et je sais qu'elle pense à la même chose.

***

Pitié, pas de gueule de bois. C'est la première réflexion que je me fais en tapant hystériquement sur mon réveil, le lendemain matin. Je m'étais promis de ne pas dépasser les deux bières. Je m'étais promis de rentrer à une heure convenable. Bref, j'ai merdé. La tête enfarinée et le teint grisâtre, je me traîne sous la douche et réalise que la température a baissé. Il fait doux, juste doux, pas étouffant. J'enfile mon uniforme – chemisier fin et jupe noire – enroule mon chignon, tapote mes joues et étire mon visage avant de quitter mon étage.

Birdie n'est pas dans son lit, mais cette fois, un petit mot m'indique qu'elle est dans la cuisine, en compagnie de son père. Son père, dont je crains déjà les remarques. Sait-il que je suis rentrée à trois heures du matin ? Et dans quel état ?

Tout nier en bloc, si accusée. Ou m'excuser et jurer que ça ne se reproduira plus. Ou retourner me coucher pour éviter de répondre à ce dilemme…

– Nanny, vous voilà ! me fait sursauter la voix odieuse de Camilla, à l'entrée de la cuisine. Vous avez une mine affreuse…

– Je vous renvoie le compliment… marmonné-je en français en me rendant jusqu'à la machine à café d'une démarche robotique.

– Je vous demande pardon ? s'offusque-t-elle.

– Rien. Emmett n'est pas là ? soupiré-je en caressant la joue de Birdie, installée dans sa chaise.

– Il a pris du retard à cause de vous. Vous êtes censée l'aider, pas lui compliquer la vie, vous savez, m'explique-t-elle de son air parfaitement condescendant.

Je m'éclipse en direction de l'entrée, juste pour échapper à cette donneuse de leçons – ou éviter de lui tordre le cou. Mais au bout de seulement quelques pas, je tombe face à face avec Emmett. Son costume griffé est de retour, sa barbe naissante aussi. Son visage est fermé, pas un sourire, pas un mot ni un geste amical.

Mr Freeze is back…

– Tout s'est bien passé, hier soir ? me demande-t-il froidement sans même me regarder. J'en étais à me demander si tu allais rentrer…

– Désolée, je n'ai pas vu le temps passer…

– Ah, oui ? Il s'est passé quelque chose ? se ramène Camilla, attirée par l'odeur du scandale.

La pimbêche s'approche tout près – trop près – d'Emmett et s'applique à replier le col de sa chemise. C'est idiot, mais ce détail me hérisse instantanément le poil. Leur proximité m'exaspère. Je voudrais qu'il la repousse, qu'il la remette à sa place, mais il n'en fait rien. Pire : il lui sourit… tendrement.

– Oui, il s'est passé quelque chose et ma vie sexuelle ne regarde que moi, lâché-je sans réfléchir, avant de leur jeter un regard arrogant et de m'enfuir en direction de la cuisine.

Évidemment, il fallait que j'aille trop loin…

Je regrette déjà amèrement le mensonge qui vient de s'échapper de mes lèvres, lorsque la voix de Rochester retentit quelques mètres derrière moi, assassine, méprisante, humiliante :

– J'espère que ma fille aura plus de jugeote que ça, quand elle sera grande…

– Birdie Rochester, une fille facile ? Jamais de la vie ! ajoute joyeusement Camilla.

Je me stoppe net, espérant entendre une réaction d'Emmett. Son caniche vient de me traiter de « fille facile » et il n'a rien dit. Il ne m'a pas défendue. Comme s'il validait les propos injustes qui viennent de m'assommer.

La jalousie vous rend con, Mr Rochester. Et je peux en dire autant pour moi…

9

DORSET ET COMPAGNIE

Emmett a consacré la matinée à ses affaires, pendant que je préparais ma valise et celle de Birdie. Puis, comme prévu, il est revenu aux alentours de midi pour lancer le grand départ. L'idée de respirer le bon air de la campagne anglaise pendant les trois prochains jours me ravissait, mais ça, c'était avant. Avant que ma langue trop bien pendue ne passe par là. Avant que je m'invente une aventure, juste pour faire enrager Rochester. Et que ça marche à la perfection.

L'atmosphère est pesante – c'est peu dire – dans l'énorme SUV sept places, en ce début de voyage. Un peu plus de deux heures nous séparent de l'arrivée et j'ai bien peur qu'elles nous paraissent une éternité. Emmett a choisi de s'installer tout au fond du véhicule, pour « travailler en paix ». Depuis que le moteur est en marche, je sens son regard furieux se poser sur ma nuque et son souffle enragé dans mon dos...

Pas de doute, il n'a toujours pas digéré ma « confession »...

– J'attends une cinquantaine d'invités demain, finit-il par m'apprendre, de sa voix glaciale. Ils arriveront en fin d'après-midi et resteront pour le dîner.

– Cette réception se fait en quel honneur ?

– En l'honneur de nos plus gros clients, qui seront tous là. Et du RMG qui a encore doublé son chiffre d'affaires, cette année.

– Le RMG ? répété-je bêtement.

– Le *Rochester & Montgomery Group*.

Son ton était cassant. Comme s'il fallait être la dernière des idiotes pour ignorer la signification de ces trois lettres.

– En quoi consistent vos activités, exactement ? demandé-je d'une voix encore plus timide, honteuse de ne pas m'être renseignée avant.

– Tu ne t'intéresses à ça que maintenant ? ricane-t-il d'un air dédaigneux.

Je me retourne et ose enfin le fixer, sans baisser le regard lorsque mes yeux rencontrent ses pupilles noires. Mon audace semble l'adoucir, pendant une seconde. Ou juste une fraction.

– Il y a presque dix ans, Jude et moi avons créé une entreprise de consultants financiers dans le secteur du luxe. Ça a très vite décollé et nous sommes maintenant à la tête d'un grand groupe qui s'est diversifié, mais le consulting reste notre activité principale.

– Un grand groupe ? Plutôt un empire… murmuré-je en réfléchissant à haute voix.

À en croire ses yeux rivés sur une brochure, la discussion est close. Je me remets dans le sens de la route et m'adosse à nouveau à mon siège. Les quarts d'heure défilent et je me laisse aller à une douce torpeur.

Après une nuit de quatre heures, ce trajet va peut-être me faire du bien, finalement.

En approchant de notre destination finale – Bournemouth, charmante et pittoresque ville côtière du Dorset – je découvre une campagne vallonnée et luxuriante où surgissent ici et là de jolis villages aux âmes paisibles. Alors qu'Emmett tape des tas de choses sur sa tablette tactile en gardant farouchement le silence. Birdie somnole à mes côtés, doudou Lapin au coin de la bouche. Connor – qui est assis à l'avant, à côté du chauffeur – s'amuse à jouer le guide touristique. Il me raconte les légendes de la région, me décrit les cités historiques et vante les charmes de la côte classée au patrimoine de l'humanité.

Dorset, nous voilà !

La voiture – ou le tank, selon les points de vue – se gare après avoir franchi le grand portail. J'ouvre la portière et laisse s'échapper la rouquine, qui a décidé de ne plus quitter Connor d'une semelle. À quelques mètres de moi, le doux géant se plie en deux pour la prendre dans ses bras, puis disparaît en direction du jardin. Un jardin ? Un parc, oui !

Le chauffeur ouvre le coffre pour en sortir les valises et me fait gentiment signe de ne pas l'aider. Je sens la présence d'Emmett dans mon dos et panique à moitié. Je voudrais simplement qu'on me donne quelque chose à faire, pour m'éviter de rester plantée là, comme une potiche. Lorsque je réalise que je n'ai aucune échappatoire, je finis par me tourner vers la maison. Ma tête se lève vers l'immense bâtisse, mon visage se fige et pendant de longues secondes, je parviens à ignorer ses yeux qui me détaillent.

Ce n'est pas une maison, c'est… un manoir victorien qui a tout d'un château. On y abriterait une ville entière. Une ville réservée à l'élite et aux grands de ce monde, si j'en crois les demeures de millionnaires croisées sur le chemin. Mes yeux quittent la façade et se perdent sur l'incroyable allée circulaire pavée de briques, au centre de laquelle s'élève une fontaine. Les jets d'eau tourbillonnent et sifflent dans les airs avant d'atterrir dans un bassin en marbre clair. Un peu plus loin, de chaque côté de la demeure, les pelouses sont parfaitement tondues, les massifs ont été taillés en formes géométriques, les fleurs sont blanches, rose pâle, orangées. L'impression de sérénité se mêle au raffinement et au luxe, évitant de tomber dans l'ostentation. Sous le charme. Amoureuse. C'est le mot.

Je me croirais dans un roman de Jane Austen…

Emmett met fin à ma rêverie et me fait signe de le suivre. Je m'exécute et monte la dizaine de marches qui mène à la somptueuse porte d'entrée. À l'intérieur, le plafond démesuré forme une coupole où se dessinent d'impressionnantes moulures. Une fois entrée dans le corridor, je retiens mon souffle. Mon regard se promène sur les colonnes qui se suivent, de part et d'autre de la pièce. Mais le clou du spectacle, dans cette maison d'un autre temps, d'un autre monde, c'est le double escalier qui se plante face à moi.

– De grands bals avaient lieu ici, aux siècles derniers, résonne la voix de mon milliardaire. Cet escalier permettait aux jeunes gens de faire une entrée remarquée en descendant d'un côté ou de l'autre. Ou aux couples de se séparer pour mieux se retrouver, sur ce palier à mi-hauteur.

– Tu prends à droite, je prends à gauche ? dis-je sans réfléchir.

– Pourquoi donc ? sourit-il doucement, avant de se renfrogner à nouveau.

– Pourquoi pas ? haussé-je les épaules.

– Sidonie… soupire-t-il, agacé. Qu'est-ce qui t'a fait choisir ?

– Un réflexe. Ma mère me disait toujours de choisir la gauche, avoué-je enfin.

Ses yeux me sondent, cherchant à comprendre.

– Le cœur humain se situe à gauche, précisé-je en me sentant rougir.

Il réfléchit un instant, puis un rictus se dessine sur ses lèvres.

– Très bien. Je te le laisse, dit-il en grimpant une première marche de l'escalier situé à… droite.

Salopard…

***

Je m'écroule sur mon lit vers vingt-deux heures, épuisée et soulagée de me retrouver seule dans ma bulle. L'après-midi n'a pas été de tout repos. Pendant qu'Emmett faisait un point avec son staff en vue de la grande fête de demain, Connor, Birdie et moi sommes allés voir la mer. La petite casse-cou est ensuite montée pour la première fois sur un poney – c'était ça ou un caprice intersidéral. Nous avons frôlé la catastrophe lorsqu'elle a décidé de se mettre debout sur la selle. Le dîner a été vite plié pour elle : refusant d'avaler quoi que ce soit de solide, elle s'est enfilé un biberon avant de rejoindre son lit – sans pleurer ! De mon côté, j'ai rapidement grignoté une salade composée avant de rejoindre mes quartiers. D'après Connor – qui sait toujours tout sur tout – Emmett a préféré dîner dans sa chambre, située juste à côté de la mienne. De l'autre côté du mur…

Il est juste là, à quelques mètres…

Vingt-trois heures. Malgré un état avancé de fatigue, je ne trouve pas le sommeil. Je tourne et me retourne dans ce grand lit qui sent le linge frais, fixe le plafond, observe les moulures, remonte la couette jusqu'à mes épaules, la repousse jusqu'à mes pieds… Impossible de fermer l'œil. Pas tant qu'il ne saura pas la vérité. J'attrape mon téléphone posé sur ma table de nuit et tape un texto sans me laisser le temps de changer d'avis.

[C'est probablement le dernier
de tes soucis, mais ce que j'ai dit
ce matin était faux.
Je n'ai rencontré personne hier soir.
Désolée pour le quiproquo.
Bonne nuit. Sid]

[Vrai ou faux, peu importe.
Souviens-toi : ta vie sexuelle
ne regarde que toi. E.R.]

Ouch…

J'éteins mon smartphone et me retiens de le balancer contre le mur – si seulement il pouvait le traverser et s'écraser au milieu de son visage en lui cassant une ou deux dents.

Trop loin, Sid !

Je dois reconnaître que je ne l'avais pas vue venir, celle-là. Finalement, il aurait peut-être mérité que je le laisse mariner quelques jours de plus…

Une idée de génie, de vouloir jouer la carte de la sincérité…

***

Le dos en compote – après avoir gigoté toute la nuit – je m'efforce de garder le sourire en jouant à cache-cache avec *Princess* Rochester. Je la retrouve finalement planquée derrière un rideau de la grande salle à manger, où se tient une réunion d'urgence.

– Le prestataire a fait une erreur, entends-je l'une des gouvernantes expliquer au grand patron. Il va nous manquer deux personnes derrière le bar.

– C'est une plaisanterie ? Les invités commenceront à arriver dans cinq heures ! Réglez ce problème Mary, je ne veux plus en entendre parler ! s'emporte-t-il en faisant de grands gestes.

– J'ai peut-être une solution, tenté-je en avançant dans leur direction.

– Sidonie, ce n'est vraiment pas le moment ! s'impatiente Emmett.

– Ma sœur et son colocataire peuvent sûrement se libérer, si la paye vaut le détour, insisté-je en ignorant ses soupirs. Ils sont bons. Très bons.

– Ta sœur est barmaid ?

– Oui, ça t'étonne ?

Mon ton était défiant. Il peut dire tout ce qu'il veut, mais qu'il ne touche pas à Joe. Ni à Jasper, d'ailleurs. Ses yeux noirs finissent par se détourner des miens et il capitule.

– OK, dis-leur de débarquer dès que possible. Je rembourse les frais de déplacement et le salaire est conséquent. En échange, ils devront être irréprochables. Je ne plaisante pas Sidonie, je joue gros, là…

– Et ?

– Et quoi ?

– « Merci Sidonie de m'avoir sorti de ce pétrin. En échange, je m'engage à me comporter comme un être humain chaleureux et courtois pendant tout le week-end. », récité-je d'une voix lente et appuyée.

– On verra plus tard pour les remerciements, grogne-t-il en s'en allant à grandes enjambées.

J'ai rêvé ou il a esquissé un microsourire ?

Ma jumelle et son inséparable hipster arrivent à peine trois heures plus tard, au volant d'une berline prêtée pour l'occasion.

– Ton Rochester ne rigole pas ! s'exclame Joe en me serrant dans ses bras. T'as vu cette caisse de ministre ? Et il voulait même nous filer un chauffeur ! Avec la casquette et tout !

– Tu ne m'en veux pas de t'avoir traînée jusqu'ici, alors ? demandé-je, pas très rassurée.

– Non, heureusement pour toi, ton milliardaire est généreux. Je vais me faire deux mois de salaire en une soirée ! Mais tu aurais vu notre boss du Crazy Monkey… Il était paniqué quand on lui a dit qu'on avait tous les deux la gastro !

– Évite de faire tourner cette rumeur, ce soir… ris-je en les amenant jusqu'à la salle des uniformes. Voilà vos tenues, vous commencez dans une heure !

– C'est… C'est… Hugo Boss… bafouille Jasper en me montrant l'étiquette de son gilet.

– Si tu fais ton boulot correctement, tu pourras même repartir avec ! gloussé-je de plus belle en retournant m'occuper de Birdie.

Les festivités commencent lorsque les premiers invités se présentent au manoir. Depuis la terrasse, j'observe Emmett serrer des mains et échanger des sourires, tout en gardant un œil sur Birdie d'un côté, Joe et Jasper de l'autre. Très rapidement, le terrain parfaitement entretenu, fleuri, décoré, de la demeure grouille de monde. De beau monde.

Je refuse plusieurs fois les coupes de champagne que me tendent les serveurs en tenue de pingouin, mais me venge sur les petits fours. Du côté du bar, ça ne chôme pas. Secondée par son collègue – qui a daigné laisser tomber le bonnet pour l'occasion – ma jumelle se plie en quatre pour répondre aux exigences des convives de la haute. Je la vois s'emparer de bouteilles, secouer des shakers, remplir des verres, tout ça avec le sourire. Un sourire forcé, certes, mais qui fera l'affaire.

– Je vais aller coucher Birdie moi-même, me fait sursauter Emmett en sortant de nulle part.

Dans son costume ouvert bleu marine – sans cravate – il est… outrageusement beau. Il attrape sa fille par la main, puis fait mine de s'éloigner, avant de changer d'avis.

– Ils font du bon boulot, ajoute-t-il en regardant en direction du bar. Ta sœur est étonnante. C'est fou comme vous vous ressemblez… sans vous ressembler.

– On nous le dit souvent, souris-je.

– Et Jasper… C'est lui ton… « ami » ? Je l'ai entendu parler de son anniversaire.

– Oui, c'était le sien. Et oui, ce n'est qu'un ami.

– Ça ne me regarde pas.

– Si tu le dis…

– Pardon ? rétorque-t-il en plongeant ses yeux dans les miens.

– Ça a l'air de beaucoup te travailler pour quelque chose qui ne te regarde pas.

– Ouais, peut-être, lâche-t-il nonchalamment. En tout cas tu es très belle, ce soir. Presque trop.

Et ça recommence. Il lâche ces mots qui me font l'effet d'une bombe, puis fait volte-face sans me laisser l'occasion de réagir. Alors que mes joues s'empourprent, je le regarde s'éloigner, sa fille hilare dans les bras. Des papillons dans le ventre, je me rapproche du bar et assiste à une scène plutôt comique – vue d'ici, en tout cas. Joe et Jude sont en train de se chamailler sans chercher une seconde à s'en cacher.

– J'ai demandé un virgin mojito, pas une soupe à la menthe, rigole le meilleur ami d'Emmett en posant son verre devant ma sœur.

– Si vous n'aimez pas la menthe, il suffisait de le dire, riposte-t-elle en s'agrippant au bar.

– J'adore ça. Mais, apparemment, pas quand elle est passée entre vos mains…

Les deux inconnus se jaugent du regard. Ses yeux à lui se promènent sur le visage de ma jumelle, puis descendent plus bas. Il semble apprécier ce qu'il voit et patiente, un sourire en coin sur les lèvres.

– Vous comptez rester planté là longtemps ? balance Joe en repoussant une mèche brune qui lui barre le front.

– Vous comptez me laisser mourir de soif jusqu'à quand ? répond le dandy en posant ses coudes sur le comptoir.

– OK, j'ai la solution, sourit insolemment ma sœur en débouchant une bouteille de Perrier et en s'emparant d'un bac à glace vide.

Elle le remplit puis le tend à son adversaire, très fière d'elle.

– Un litre et demi rien que pour vous. Ça devrait étancher votre soif pendant au moins deux bonnes heures, non ?

Je me retiens d'exploser de rire, mais le dandy se lâche. Son rire doit s'entendre à dix kilomètres à la ronde. En attirant tous les regards de l'assemblée. Touché : ma jumelle ne l'avouera jamais, mais elle est gênée.

– Alors à dans deux heures, Joséphine, finit-il par conclure, en faisant demi-tour.

– Joe ! Je m'appelle Joe ! enrage-t-elle alors qu'il est déjà loin.

Ces deux-là n'en sont pas à leur dernier sketch…

Quelques minutes plus tard, Emmett est de retour. Avec Camilla. Je serre les dents et avale mon verre de rosé cul sec.

Birdie est couchée, je peux enfin me détendre, non ?

Collée à ses basques, la coquette le dévore des yeux et fait tout son possible pour monopoliser son attention. Raté. Non seulement Rochester est très occupé par ses invités et associés, mais en plus il ne cesse de me chercher du regard. Et lorsque nos yeux se retrouvent, ils font des étincelles.

La nuit est déjà bien avancée lorsque je m'invite dans la ronde des derniers invités. Joe et Jasper ont presque terminé leur service, la soirée touche à sa fin. En m'approchant du groupe, je remarque qu'une brindille s'est coincée dans la tresse qui fait le tour de ma tête. Je la retire et au milieu de mon geste, je réalise qu'Emmett a les yeux braqués sur moi. Il me sourit… différemment. Pour la première fois, je crois percevoir de la tendresse dans son regard. Puis la conversation reprend, les rires fusent et je participe distraitement à cette animation – en évitant soigneusement de poser les yeux sur Camilla.

Qu'est-ce qu'il peut bien lui trouver ?

– Dis, Rochester, il faudra que tu me dises où tu l'as dénichée, celle-là ! lâche un quadragénaire ivre, en me montrant du doigt.

– Je ne le sais pas trop moi-même, sourit Emmett, un peu gêné.

– Ma femme aurait dit non, de toute façon. Elle aurait flairé le danger… Une jolie fille comme ça, même en uniforme de nanny, c'est le divorce assuré ! s'acharne le client.

Allô ?! Quelqu'un réagit ?

Camilla pouffe, sa voisine rousse boit une gorgée de champagne pour masquer sa gêne, les autres ne bougent pas d'un cil. J'hésite à m'enfuir – et à passer pour une gamine susceptible – ou rester – et entendre cet homme infect parler de moi comme d'un objet consommable.

– Un petit café, Mark ? propose mon milliardaire, en me voyant me décomposer.

– Non, mais sérieusement, tu l'as testée, j'espère !

– Mark, ça suffit ! s'élève la voix grave et menaçante d'Emmett. Excuse-toi ! Sur-le-champ !

J'ai les larmes aux yeux, mon corps est pris de tremblements, la phrase prononcée par le pervers était d'une violence inouïe. C'est en tout cas comme ça que je l'ai ressentie. J'ai l'impression d'avoir été salie.

– Je plaisantais… ronchonne l'homme en question. Pardonnez-moi, mademoiselle, mais comprenez-moi, vous êtes un plaisir pour les yeux…

Plaisir. Dans sa bouche, ce mot me donne la nausée.

– Ne vous excusez pas, monsieur, rétorqué-je, folle de rage. Je suis un bout de viande à vos yeux, mais finalement, ça nous fait un point commun. Parce que vous êtes un porc.

Le vieux dégueulasse reste bouche bée, Camilla s'étouffe à moitié, suivie par tous les autres. Certains rient, d'autres chuchotent, une chose est sûre : ma repartie cinglante a fait sensation. J'ai juste le temps de croiser le regard peiné d'Emmett avant de les planter là, en partant en courant en direction du parc.

***

Je suis adossée à un arbre, dans la pénombre, à des centaines de mètres de là, lorsque j'entends quelqu'un s'approcher. Cela doit bien faire trente minutes que je suis seule, perdue dans mes pensées. Les pas se rapprochent : je me retourne et découvre Mr Rochester, une lampe de poche à la main.

– Je t'ai cherchée partout ! s'écrie-t-il en se plantant face à moi.

– Ce n'était vraiment pas la peine… sifflé-je d'une voix acide.

– Sidonie, je suis désolé. Je peux t'assurer que Mark va passer un sale quart d'heure, lundi matin, quand il aura décuvé…

– Je n'ai pas perdu mon job ?

– Pourquoi ?

– Je l'ai insulté… C'est l'un de tes plus gros clients…

– Un seul mot déplacé de plus et je lui cassais la gueule moi-même… murmure le colosse blond en parcourant la distance qui nous sépare. Mais je dois avouer que tu te défends très bien toute seule…

– Je ne suis pas si fragile que j'en ai l'air, souris-je en sentant mon cœur s'emballer.

Ses lèvres sont près des miennes… Si près…

– Alors, comme ça, tu t'inventes une vie, parfois ? susurre-t-il tandis que l'oxygène vient à me manquer.

– Alors, comme ça, je croyais que ça ne regardait que moi… l'imité-je. Je ne sais pas ce qui m'a pris… Je… Je…

Son index barre mes lèvres, m'obligeant au silence, ses yeux me parcourent, pleins de fougue, d'ardeur. Puis sa bouche se pose délicatement sur la mienne et je gémis – de surprise, de soulagement, de joie, de désir et de tant d'autres choses encore. Quand sa langue fait son entrée – sans forcer, tout en douceur – j'incline légèrement la tête et me presse contre lui. Ses mains s'aventurent dans mon dos, descendent sur mes reins, épousent la forme de mes fesses alors que nos lèvres se lancent dans une danse enivrante, sensuelle et libératrice. Exactement ce dont j'avais besoin.

Cette fois, je crois que notre pacte vient vraiment de partir en fumée…

Ce que cet homme sait faire avec sa langue…

Notre baiser s'intensifie, nos respirations s'accélèrent, nos corps s'emballent et ma tête commence à tourner. Entre ses lèvres, Emmett laisse échapper un grognement sourd et je ne peux réprimer un gémissement aigu et ridicule – entre le miaulement maladif et le couinement plaintif. Je suis le mouvement, me laisse déporter en arrière et me retrouve finalement plaquée contre le grand chêne. La surface rêche me griffe légèrement la peau – une idée de génie, cette robe dos nu – et je gémis à nouveau. Ses paumes quittent ma cambrure et se perdent dans mon cou pour emprisonner mon visage. Le souffle court, mon lord rompt notre baiser un instant pour me détailler, puis il se penche vers moi. Impatiente de goûter à nouveau à ses lèvres, je ferme les yeux et entrouvre la bouche. Mais déjà, la sienne m'échappe, pour susurrer quelques mots au creux de mon oreille :

– Je vais te donner le temps de reprendre tes esprits, me prévient sa voix rauque. Au cas où tu changes d'avis…

– Non, viens, je…

– Rendez-vous dans une heure là-haut, me coupe-t-il en me montrant le plus grand arbre de la propriété, situé derrière la maison. Si c'est toujours ce que tu veux…

Je plisse les yeux et remarque la lumière qui s'échappe d'un côté de l'arbre, à une cinquantaine de mètres. Peu à peu, mes yeux s'habituent à l'obscurité et les formes se dessinent. J'aperçois quelque chose, en hauteur. Comme une maisonnette ronde.

– Une cabane ! réalisé-je en haussant les sourcils.

Il m'a bien regardée ?

– Et tu comptes y faire quoi, au juste ? ironisé-je en tirant sur ma robe. Griller des Chamallows en racontant des histoires effrayantes ? Me faire chanter au coin du feu ?

– Te faire chanter, non. T'entendre me supplier, te faire soupirer, gémir, je l'espère… sourit-il en coin avant de déposer un dernier baiser sur mes lèvres.

Je lui mords la lèvre par excitation, mais aussi pour le punir de son effronterie. Raté : il se fait plus fougueux encore. Mes mains se faufilent dans ses cheveux aux reflets dorés, les siennes s'immiscent sous ma robe… Finalement, alors que nous sommes tous les deux essoufflés et sur le point de déraper, Emmett me repousse et fait demi-tour sans ajouter un mot. Mon cœur ne s'est toujours pas remis. Ses baisers enflammés m'ont fait perdre la tête, encore une fois. Et cette chaleur logée au creux de mon ventre qui ne disparaît pas…

J'observe ses cheveux en bataille, son dos carré et ses jambes interminables alors qu'il s'éloigne d'une démarche pleine d'assurance – voire d'arrogance. La pelouse ne lui résiste pas, à lui. Aucun bout de bois ne se met en travers de son chemin. Malgré l'obscurité, malgré les dénivelés, il ne trébuche pas. Pas une seule fois. Non, décidément, Mr Rochester n'est pas humain.

Et non, décidément, je ne peux pas lui résister… Je serai aux pieds de cette foutue cabane, dans une heure.

« Foutue cabane », ce n'est pas le terme. Lorsque je m'en approche, à l'heure convenue – et après avoir pris un bain frais, qui n'a pas suffi à me faire redescendre en température – je découvre une sorte de nid douillet moderne, caché dans les branches. Je l'observe d'en bas, les bras croisés pour me tenir chaud. En top noir et jupe assortie, j'ai un peu froid.

Et je ressemble à un cambrioleur… sexy.

J'attends quelques minutes aux pieds de l'escalier en bois, puis n'y tiens plus. Je grimpe jusqu'à l'entrée de la maisonnette en forme de sphère et y pénètre, laissant mes yeux traîner partout. À l'intérieur, la surface doit approcher les trente mètres carrés et les murs incurvés ont dû être conçus par un éminent architecte. Mais c'est la décoration qui me laisse bouche bée. Même dans ce petit repaire clandestin, dans cette bulle noyée dans la végétation, le luxe est omniprésent. Partout sur les murs, des guirlandes lumineuses diffusent une douce lumière blanche. Le mobilier mélange les influences design et rustique – et a probablement coûté une fortune. Au centre de la pièce, un grand lit rond aux tissus clairs est illuminé par un lustre sur lequel trônent des oiseaux en fer forgé.

Je reconnais bien la touche Rochester... Il n'a pas appelé sa fille «Birdie» pour rien...

Je continue ma visite et pose les yeux sur une table haute et fine, où sont posés trois cadres photo. Emmett plus jeune – déjà terriblement beau – entouré d'un homme et d'une femme distingués. Ses parents, j'imagine. Emmett avec une jolie rousse : Robyn, son épouse. Emmett, encore et toujours, avec Birdie.

Qu'est-ce que je fous là? C'est leur bulle ici, pas la mienne...

Je suis sur le point de filer en douce quand je lâche un cri d'effroi. Je viens de croiser ses pupilles ardentes. Il se tient là, adossé à l'ouverture de la porte, depuis je ne sais combien de temps. Son noir est envahi par une lueur nouvelle. Le reflet des guirlandes lumineuses, peut-être. Ou l'ardeur de son désir...

Il m'a pris la main dans le sac en train de fouiner. Et il n'est pas en colère?

– Je ne sais pas pour toi, mais je prendrais bien un verre... murmure-t-il en se faufilant à côté de moi pour tourner les cadres.

– Tout ce que tu veux, tant que ce n'est pas du champagne, soupiré-je en essayant un trait d'humour.

C'est ça, parfait, passe pour une sale capricieuse...

– Gin? Scotch? Vodka? me propose-t-il en ouvrant un placard que je n'avais même pas remarqué.

– Baileys! m'écrié-je en reconnaissant la bouteille noire.

Il ricane, attrape la fameuse bouteille, deux verres et se rapproche d'une petite table ronde, un peu plus loin.

– Un problème? Mon choix ne te convient pas? demandé-je en suivant chacun de ses gestes du regard.

– Aucun, bien au contraire. C'est avec ça que j'ai dragué mes premières copines... se marre-t-il en me tendant mon verre.

– C'est avec ça que tu les as saoulées pour qu'elles couchent avec toi, c'est ça?

– Qu'est-ce qui te dit que ce ne sont pas elles qui ont tout fait pour que je cède à leurs avances? rétorque-t-il, d'une voix... aguicheuse.

Nos regards restent imbriqués pendant de longues secondes et ma volonté s'envole. Que cet endroit soit leur bulle ou la mienne, je réalise que je vais y vivre une nuit inoubliable. Avec lui. Une chaleur insidieuse se répand à nouveau au creux de mes reins, j'ai du mal à déglutir. L'intensité qu'il me communique me donne des frissons. Finalement, le feu aux joues, je capitule et me détourne, en portant le verre à mes lèvres. Derrière moi, je sens ses yeux me parcourir. Emmett sait parfaitement dans quel état il me met. Et il en joue…

– Tu as hésité à venir ? me demande-t-il soudain, d'une voix prudente.

– Non. Et toi ?

– C'est moi qui pose les questions, sourit-il alors que je me retourne pour lui faire face.

– Pour changer… soupiré-je en posant mon verre.

À quelques mètres de moi, il m'imite, puis me fixe à nouveau en passant la langue sur sa lèvre inférieure puis en la mordant. Je suis à la fois irritée et terriblement excitée. Il s'est changé, lui aussi, et son polo griffé sculpte ses muscles saillants à la perfection. À chaque mouvement, je vois ses biceps et ses pectoraux se mouvoir sous sa peau. Et je fonds un peu plus.

– Emmett, qu'est-ce que tu veux, au juste ?

Comme si sa réponse allait m'étonner…

Elle m'étonne, par son absence. Rochester choisit l'action plutôt que la parole. En quelques enjambées, son corps massif se plaque contre le mien, ses lèvres retrouvent leur chemin jusqu'aux miennes, ses mains se perdent le long de ma silhouette. Je gémis bruyamment lorsque ses bras me soulèvent et me déposent avec fracas sur la commode en bois blanchi. L'animal qui sommeillait en lui vient de se réveiller. Le mien n'attendait que ça. Je ne sens plus que sa langue. Sa langue qui me cherche, qui me goûte, qui me donne envie d'arracher tous ses vêtements – et les miens – juste par la pensée.

Sans crier gare, ses mains s'insinuent partout. Le contact de ses doigts sur ma peau brûlante me rapproche un peu plus de l'extase. Alors que je fais passer son polo par-dessus sa tête et que je peine à déboutonner son pantalon fluide, il fait disparaître mon tee-shirt et me soulève les cuisses pour atteindre ma jupe et ma culotte en dentelle. Dans un grognement viril, il leur fait rejoindre le sol en peu de temps. Nos bouches s'aimantent à nouveau, ses lèvres avides achèvent de me rendre folle, ses mains glissent sous mon soutien-gorge et frôlent mes tétons. Le fin tissu noir vole quelques secondes plus tard, nouvelle victime collatérale de notre jeu dangereux.

Je me laisse aller contre le mur frais, Emmett se débarrasse de ses derniers vêtements puis glisse lentement vers le bas, en promenant ses lèvres et ses mains dans mon cou, entre mes seins, sur mon nombril, mes flancs. Je halète bruyamment alors qu'il pose un genou au sol et approche son visage de ma féminité gonflée de désir. J'ai à peine le temps d'admirer ses épaules larges et musclées qu'il m'arrache déjà un râle de plaisir. Il m'écarte un peu plus les jambes, suçote l'intérieur de ma cuisse, puis atteint mon intimité. Des étoiles multicolores défilent dans mes yeux.

Son nez fin et racé effleure mon clitoris, je gémis en arquant le dos. Sa langue contourne mon petit bouton, le titille, je le saisis par les cheveux, toute tremblante. Il grogne d'excitation, de douleur et, pendant une seconde, ses pupilles croisent les miennes. Je lis un désir dément dans ses yeux et décide de lui rendre le compliment. Je me cambre davantage et lui ouvre un peu plus mes cuisses, comme pour l'encourager à reprendre sa besogne. Ce qu'il fait sans attendre et sans broncher, après m'avoir décoché un sourire diabolique.

Cette fois, sa langue s'insinue dans ma fente, en ressort, s'insinue à nouveau… Je tremble comme une feuille, incapable de contrôler les vagues de plaisir qui me submergent. Emmett gémit contre ma féminité, puis soulève ma cuisse pour la poser sur son épaule. Je renverse la tête en arrière et me retiens de pousser des cris lorsque sa langue s'attaque à nouveau à mon clitoris, lorsque ses lèvres le capturent, le pincent, le malmènent à une cadence infernale. La boule de feu progresse dans mon ventre, mes tétons sont de plus en plus durs, ma peau de plus en plus sensible.

Un doigt puis un deuxième disparaissent en moi. Je soupire d'extase, m'accroche à ses épaules de titan, en le sentant aller en moi, de plus en plus loin. Un sentiment d'urgence s'empare de moi, tout à coup. Je glisse mes mains dans son cou et lève son visage vers moi, pour qu'il me regarde dans les yeux.

– Emmett… haleté-je. Je te veux… Maintenant…

C'est viscéral. Je veux qu'il me prenne là, je veux le sentir en moi, sans attendre une seule seconde de plus. Mon corps ne supporterait pas ce manque de lui. Sous mes yeux, mon amant terrible passe la langue sur ses lèvres, puis entame sa remontée en lâchant des baisers ardents sur son passage. Mon clitoris, l'intérieur de ma cuisse, ma hanche, mon aisselle, la parcelle de peau entre mes seins, mon cou, mon oreille, puis… mes lèvres affamées qui se languissent de lui depuis trop longtemps.

À mon tour, je caresse son torse, son pectoral barré d'un tatouage, le V de son bas-ventre, puis son sexe bandé, tout en succombant à ses baisers. J'imprime quelques lents va-et-vient en lui mordillant la lèvre inférieure et l'entends gémir à plusieurs reprises. Tout en lui procurant du plaisir, je porte sa main jusqu'à mon intimité – qui s'impatiente de désir. Mais mon milliardaire décide de n'en faire qu'à sa tête – pour changer. Il se penche pour attraper quelque chose – un emballage rouge – dans une poche de son pantalon. Il le déchire entre ses dents, enfile le préservatif alors que je frémis d'impatience.

Je lâche un petit grognement de satisfaction, il s'empare de mes deux poignets pour les plaquer contre le mur, au-dessus de ma tête.

– Tout doux, Baby… murmure-t-il entre mes lèvres.

Ses pupilles noires plongées dans les miennes, Rochester passe à la vitesse supérieure. Son sexe droit comme un i entre brusquement en moi et je lâche un cri intense, bestial. Enfin, je me sens emplie de lui. Sa virilité coulisse lentement entre mes chairs et je serre les dents en faisant tout mon possible pour soutenir son regard. Emmett lâche un petit sourire en coin et augmente la cadence. Son bas-ventre claque contre le mien, mes seins pointés sursautent à chaque allée et venue et je ne crois pas avoir jamais vu quelque chose de plus érotique que nous. De plus scandaleux.

Scandaleusement bon…

Je m'étais juré de ne plus céder à sa noirceur, à son magnétisme, à sa beauté infernale. Je m'étais juré d'être plus forte, plus digne, plus intouchable. À cet instant, je remercie le ciel, la terre, les éléments, le destin, d'avoir laissé le dernier mot à mon instinct primaire. D'avoir donné raison à mon désir. D'avoir mis sur mon chemin un homme tel que lui. À qui on ne refuse rien.

– Regarde-moi, susurre-t-il en remontant mon menton.

Je m'exécute, me noyant délibérément dans ses yeux de braise. Cette intensité… J'en perds littéralement mon souffle. Les mains libres mais tremblantes, je repars à la conquête de sa peau, je dessine maladroitement ses contours du bout des doigts alors que nos sexes se rencontrent, se découvrent, s'apprivoisent encore et encore. La chaleur entêtante qui tourbillonne dans mon bas-ventre et remonte le long de ma colonne vertébrale me fait perdre l'équilibre.

Notre corps-à-corps se fait plus doux, comme si Emmett lisait clair en moi. Je niche ma tête dans son cou et croise mes jambes derrière ses cuisses. Il passe ses mains sous mes fesses et me soulève, toujours logé au fond de moi. Quelques secondes plus tard, il me dépose avec précaution sur le lit, la fraîcheur du tissu apaise un instant ma sensation de brûlure. Puis à nouveau, j'en veux plus, j'en veux encore. Je place mes mains sur son fessier rond et musclé et le presse contre moi, pour qu'il comprenne. Le rythme s'accélère, ses poussées m'électrisent, je gémis bruyamment à chaque va-et-vient.

– Assez joué… À présent, je vais te faire jouir comme tu n'as jamais joui… murmure mon amant avant de m'embrasser passionnément.

Sa peau claque contre la mienne. Emmett me pénètre en cadence, en coulissant profondément, ses yeux sombres imbriqués dans les miens. Puis il s'attaque à mes seins, lèche mes tétons, les contourne, les mordille et le rythme augmente à nouveau, ses percées m'attisant un peu plus à chaque coup de reins. J'empoigne les draps, gémis, râle, tourne la tête, crie dans son cou, lui griffe le dos : tout ce plaisir, je ne sais plus quoi en faire, j'ai besoin que ça continue, j'ai besoin que ça s'arrête. J'ai besoin de jouir, de sortir de mon corps, d'imploser, d'exploser.

À peine une minute plus tard, mon souhait devient réalité. Emmett se penche sur moi, emprisonne mon visage entre ses avant-bras, me dévore du regard et me pistonne encore une fois, deux fois, trois fois… et je décolle. Je m'abandonne à une jouissance stupéfiante, en lâchant des cris rauques que je n'entends pas. Ma gorge tremble, mes cordes vocales fonctionnent bien, mais je n'entends plus rien. Mes yeux sont ouverts, mais je ne le vois pas. Pendant une petite éternité, je décroche totalement de la réalité pour m'évader dans un monde où seuls mon plaisir et le sien existent. Lorsqu'Emmett atteint l'orgasme, à son tour, il me rejoint dans cette bulle que nous venons de créer à force de lèvres avides, de caresses et de corps offerts.

Cette fois, cette bulle, c'est bien la mienne. La nôtre.

Ma respiration revient peu à peu à la normale. Allongée à ses côtés, je savoure le contact de sa peau brûlante contre la mienne. J'ai du mal à me rendre compte. Son bras est collé au mien et il ne le bouge pas. Nous venons de nous envoyer en l'air et il ne cherche pas à fuir. Il ne condamne pas ce que nous venons de faire. Toutes les règles que nous avons ignorées. Je tourne paresseusement la tête vers lui et croise son regard. Le feu ne s'y est toujours pas éteint. Un sourire se dessine sur ses lèvres et s'élargit lorsqu'il contemple mon corps nu.

Il veut remettre ça ? Déjà ? Je ne suis pas certaine d'en avoir la force… L'envie, par contre…

Emmett appuie sur le bouton de la télécommande reliée au lit et juste au-dessus de nous, le toit s'ouvre… pour laisser entrer les étoiles.

– Elles semblent briller plus que d'ordinaire, ce soir… murmure mon milliardaire en caressant ma paume du bout des doigts.

10

JAMAIS

J'ouvre un œil, une légère douleur se ravive dans mon dos. Les petites écorchures que le bois a creusées sur ma peau. Tout me revient. Cette nuit d'une intensité incomparable. Ce corps-à-corps démentiel. Ces muscles qui roulaient sous sa peau et sur la mienne. Jusqu'à ce moment où Emmett et moi avons dû nous séparer, après avoir discuté, ri et redessiné la carte des étoiles dans le ciel anglais. Quelque chose a changé depuis. Mais quoi ?

Je m'étire longuement mais sans réel résultat : mon corps groggy m'ordonne de m'enfouir à nouveau sous la couette pour ne jamais en ressortir. Comme si j'avais le choix… Je m'assieds au bord du lit, me forçant à me reconnecter avec le monde extérieur. Ce dernier ne semble pas beaucoup plus motivé que moi. À part quelques piaillements d'oiseaux… rien. La grande demeure dort encore.

Le calme plat règne dans les couloirs du manoir lorsque je m'approche de la chambre de Birdie. Le babyphone ne s'est pas déclenché, mais je tiens à vérifier par moi-même. J'enroule ma queue-de-cheval en chignon – déformation professionnelle – une fois face à la porte où sont accrochées des jolies lettres subtilement colorées. Je baisse la poignée le plus discrètement possible et entre dans la pièce sombre à pas de loup. Surprise – et mini-crise cardiaque : deux grands yeux marron bien ouverts me dévisagent, l'air fâché.

– Dodie retard ! m'envoie la petite, déjà debout et prête à sortir de son lit à barreaux.

Je la prends dans mes bras en riant, elle attrape le pendentif qui brille dans mon cou, comme chaque matin. Deux petites cerises toutes fines, en argent. Des fruits de juin : c'est notre mois de naissance, à Joe et moi. Ma jumelle a le même pendentif, puisque c'est le cadeau que nous a fait Hélène, notre mère, pour nos 18 ans. Le bijou le plus précieux que j'aie au monde.

Dans l'immense cuisine du rez-de-chaussée, Birdie et moi retrouvons Connor et Mary, en pleine scène de ménage. Le majordome m'a juré qu'il ne s'acoquinait pas avec la gouvernante en cachette, mais j'ai des doutes. Ces deux-là se chamaillent beaucoup trop pour être innocents…

– Je vous rappelle que vous n'êtes pas à Londres, vous êtes dans le Dorset, sur mon territoire ! Mais puisque vous vous croyez ici chez vous, je vous laisse vous occuper de l'intendance, ça me fera des vacances ! lui balance la jolie rondelette avant de quitter la pièce d'une démarche… chaloupée.

– Elle roule de l'arrière-train quand elle est fâchée, rigole le géant en me faisant un clin d'œil. J'adore voir ça…

– Connor, si vous pouviez éviter de pousser mon staff à la démission… se marre à son tour Mr Rochester en nous rejoignant.

Il me sourit et me fixe de ses yeux noirs, puis me contourne et va embrasser sa fille – qui n'a que faire de lui, la bouche vissée sur son biberon. En l'observant, je lisse rapidement le tissu de ma jupe noire taille haute. Contrairement à moi, le colosse blond semble d'une fraîcheur absolue. Il a bonne mine, sent le gel douche et la mousse à raser, porte une chemise blanche aux manches retroussées et un jean brut… Un appel à mes instincts les plus primaires, en quelque sorte. Mais ce n'est ni le lieu ni le moment. Même pas lorsque ses pupilles sombres sondent les miennes et que son sourire s'élargit, comme si mon trouble et mes sentiments pour lui se lisaient partout sur mon visage.

– Je vous prépare quelque chose, Mr Rochester ? Sidonie ? nous propose le majordome, clairement amusé, en nous forçant à détourner le regard.

Mis à part le petit glouton de 2 ans, personne dans cette pièce n'est dupe.

– Merci, Connor, mais Nanny, Birdie et moi allons faire un tour. Ce serait un crime de ne pas profiter de la campagne anglaise et de ce temps magnifique avant de rentrer, lui répond son patron en me tendant une tasse de café.

– Nanny a fait tout le trajet avec ses petites pattes, depuis Londres ? ironisé-je en faisant référence au rongeur qui a été nommé après moi.

– Non, la boule de poils n'a pas pu quitter sa cage, elle, me sourit Emmett. D'ailleurs, Birdie a décidé de l'appeler « Saucisse » à partir de maintenant. Histoire d'éviter les confusions…

– Cette enfant a décidément beaucoup de jugeote… grogné-je avant de vider mon mug d'un trait.

Banane écrasée et fromage blanc. Un quart d'heure plus tard, Birdie a avalé goulûment le contenu de son assiette, chaussé ses petites baskets en toile, enfilé son bob et nous pousse en direction de la sortie. Apparemment, je suis la seule à traîner des pieds en empruntant le petit chemin de terre entouré de vertes prairies. Partager un moment de complicité avec Emmett ne me dérange pas – bien au contraire – mais tout ce grand air et ce soleil radieux, est-ce vraiment nécessaire ?

Comment fait-il pour avoir une telle énergie, après quatre heures de sommeil ?!

Petit à petit, je me laisse gagner par la chaleur ambiante et ces paysages enchanteurs. Emmett nous fait emprunter des petits chemins que lui seul connaît et pendant deux heures, nous sommes seuls au monde. Birdie court, trébuche, saute sur les fleurs, les bouts de bois, me tire par la main, répond aux oiseaux, se repose dans les bras de son père, puis repart à nouveau. Mr Rochester et moi rions souvent, fort, à l'unisson. Voilà ce qui a changé. Notre complicité. Elle existe vraiment, désormais.

Un peu avant midi, nous prenons le chemin du retour – évidemment, à ce stade, je ne veux plus rentrer ! – et c'est à ce moment-là que le téléphone du milliardaire sonne. À quelques pas de moi, il décroche, salue Camilla – je serre les dents – formule quelques réponses vagues, puis raccroche. Soudain, un silence pesant s'installe entre nous. J'attends des explications et je crois qu'il le sait…

– Camilla vient de partir. Les affaires… lâche-t-il enfin en se raclant la gorge.

– Un dimanche ?

– Oui. Le RMG ne prend pas de *day off*, lui, me sourit-il.

Je n'ajoute rien mais je sens son regard sur moi, curieux, concentré.

– Il n'y a rien entre elle et moi. Il n'y a jamais rien eu. Juste une grande amitié, souffle-t-il en passant les mains dans ses cheveux, sans s'arrêter de marcher.

– J'avoue que j'ai du mal à comprendre… murmuré-je, terriblement soulagée.

– C'est quelqu'un de bien, toutes les années que j'ai passées près d'elle me l'ont prouvé. Elle est juste sur la défensive avec toi…

– Pourquoi ?

– Sûrement parce qu'elle est possessive, parce qu'elle veut me protéger. Et elle a tout de suite senti notre… attirance.

– Elle pense que tu n'as pas le droit d'être heureux avec une autre ? demandé-je soudain, juste avant de regretter mon manque de tact.

Emmett ne répond pas. Il presse un peu plus le pas et tend les bras vers sa fille, qui s'amuse à le fuir. Finalement, quand la petite décide de déchiqueter un arbuste fleuri, Rochester me fait signe d'aller m'asseoir sur le banc qui se trouve là, tout près. Il fait de même et, sans que j'aie besoin de le provoquer, il s'ouvre :

– Cette maison, ce parc, tout ça appartenait à mes parents, dit-il en pointant du doigt le manoir, qui se dessine au loin et que je reconnais enfin. Ils sont morts il y a une dizaine d'années et j'ai hérité de tout. J'avais à peine 20 ans.

Je soupire légèrement, il caresse ma joue pendant un instant. Un instant qui suffit à faire battre mon cœur comme jamais.

– Rencontrer Robyn, c'est ce qui m'a permis de garder les pieds sur terre. Elle était entière, droite, ambitieuse, déterminée. Tout ce que je n'étais pas à l'époque. Elle adorait venir ici, elle disait qu'elle se nourrissait de la nature, qu'elle se sentait dans son élément, bien plus qu'à Londres.

Sa voix est fluide, je n'y décèle aucune incertitude, comme s'il cherchait à masquer ses émotions.

– Je parle rarement d'elle. Parce que ça fait tout remonter. Et parce que je refuse de passer le restant de mes jours à haïr celui ou celle qui me l'a enlevée. Et à me détester pour ne pas l'avoir sauvée.

La colère commence à monter en lui, ses mains tremblent légèrement, son regard est perçant, pointé vers l'avant.

– Birdie est trop jeune pour comprendre, continue-t-il en se radoucissant. Un jour, elle saura. Et j'espère qu'elle ne sera pas forcée de grandir trop vite, à cause de ça.

– D'ici là, tu auras sûrement refait ta vie, murmuré-je simplement, sans arrière-pensées. Et ta fille aimera une autre femme, sans pour autant oublier qui était sa vraie mère.

Mon cœur se serre en m'entendant prononcer cette phrase. Je repousse les images qui traversent mon esprit, refusant de mêler mon propre passé à tout ça.

– Ça n'arrivera pas. Jamais, lance-t-il en me forçant à le regarder dans les yeux. Je ne suis plus capable de vivre tout ça. D'aimer. De me mettre en danger. J'ai été terrassé par le chagrin, ce sera la seule fois.

– …

– Pas de réponse philosophique ? Pas de proverbe à la con sur l'amour et le sens de la vie ? sourit-il presque, étonné par mon manque de repartie.

– Non. Chacun sa vision des choses, fais-je en sentant la tristesse m'envahir.

– Sidonie, si tu as peur… Si tu penses que je vais te faire souffrir… Il faut partir… susurre-t-il en me fixant d'un regard qui me bouleverse.

– Je n'ai pas peur ! protesté-je en me levant d'un bond ! Je ne t'ai rien demandé Emmett, rien !

Menteuse… Amoureuse…

La balade s'est terminée comme elle avait commencé : mon milliardaire et Birdie dix mètres devant, à sautiller et crier dans le vent, moi derrière, à trottiner pour les rattraper. J'ai retenu mes larmes comme un bon petit soldat, ai fait tout mon possible pour oublier cette conversation – ou plutôt, pour la ranger dans un petit coin de ma tête, histoire de la débriefer plus tard avec mon gourou, alias ma jumelle.

Quatre heures plus tard, nous prenons la route, direction La City. Je vois la façade du grand manoir s'effacer petit à petit dans le rétroviseur et je réalise que je n'y mettrai peut-être plus jamais les pieds. Pincement. Birdie finit sa sieste à l'arrière, Emmett est au volant et je suis installée sur le siège passager. Connor est rentré avec le chauffeur en début d'après-midi, afin de préparer la *townhouse*.

– Mr Rochester sait donc conduire… me moqué-je doucement.

– J'adore ça, c'est l'un de mes petits plaisirs, me répond-il en augmentant le volume pour faire retentir Miles Davis dans tout l'habitacle.

– Birdie dort ! m'écrié-je en le baissant.

– Baby, je sais ce que je fais : les premiers mois, le seul moyen de la faire dormir, c'était de rouler avec la musique à fond…

« Baby »…

– Tout va bien ? s'inquiète-t-il en me voyant, livide.

– Tu ne m'appelles comme ça que quand on… Tu sais… Quand on… bredouillé-je.

– On quoi ?

– Tu sais !

– Oui, je sais, ricane-t-il en fixant la route.

Saloperie !

– Tu as repensé à ce que je t'ai dit tout à l'heure ? continue-t-il en reprenant son sérieux.

– À quel sujet ?

– Tu sais très bien de quoi je parle…

– Oui. Je me permets juste de te prouver à quel point ton petit jeu est agaçant.

– OK, c'est chose faite, grogne-t-il en mettant ses Ray-Ban. Donc ?

– Donc j'aime mon job et je ne compte aller nulle part.

– Et… pour le reste ? insiste-t-il.

– On s'amuse, on se fait du bien, on ne fait rien de mal, si ? dis-je d'une voix légère – et forcée.

– C'est vraiment ce que tu penses ? me regarde-t-il intensément à travers ses verres teintés.

– Les yeux sur la route ! ris-je. Et oui, c'est ce que je pense et je ne veux rien changer.

– OK, j'ai deux règles.

– Pitié… soupiré-je.

– Un : notre « relation » reste secrète. Personne ne doit savoir !

– Ma sœur est au courant…

– Personne d'autre, gronde-t-il pour me faire taire.

– OK.

– Deux : je ne partage pas.

– Traduction ? demandé-je, méfiante.

– On est exclusifs. Tu ne fais pas les yeux doux à ton Jasper ou à aucun autre, d'ailleurs. En retour, je ne me consacre qu'à toi.

– C'est si joliment dit, ironisé-je en posant un pied sur la boîte à gants, à l'autre bout du tableau de bord.

– Par terre les jambes, si tu veux les garder ! ordonne-t-il de sa voix rauque – et excitante.

– J'adore quand tu me parles mal… ris-je de plus belle.

– Sidonie, ne me cherche pas trop… me menace-t-il en se retenant de sourire. Tu acceptes ma deuxième condition ?

– Oui. À votre service, Mr Rochester.

– J'aime mieux ça, rigole-t-il en effleurant ma cuisse – dénudée – du bout des doigts.

***

Le mois d'août est passé à une vitesse folle.

Emmett et moi avons joué au chat et à la souris. Soufflé le chaud et le froid, juste pour le plaisir de se provoquer, se tester, se faire désirer. Et ça a marché, si j'en crois les séquences interdites aux moins de 18 ans qui ont eu lieu dans la *townhouse* de Mayfair. Rien que d'y penser, ma peau se réveille… Ne reste plus qu'à maîtriser mon cœur qui s'emballe un peu trop à chaque regard, chaque baiser, chaque étreinte.

J'ai repris la pilule et après en avoir discuté, nous sommes allés au labo pour faire des tests, le même jour mais pas à la même heure – discrétion oblige. Nos résultats sont arrivés quelques jours plus tard et ce soir-là, pour la première fois, nous nous sommes envoyés en l'air en toute insouciance.

Birdie et moi avons consolidé un peu plus le lien très spécial qui nous unit. Je l'ai laissée martyriser Connor, ses poupées, bouder ses carottes, me pousser dans la piscine, me vernir les pieds – pas les ongles – et en échange, elle a divisé ses caprices par deux. En nombre et en intensité.

Joe et moi avons débattu encore et encore de ma relation avec Emmett. Sans jamais réussir à trouver un terrain d'entente. Elle m'a balancé l'argument « Mathias » à la figure une bonne dizaine de fois et j'ai pris sur moi pour ne pas lui raser la tête dans son sommeil.

Le frigo rose bonbon a rendu l'âme. Puis s'est remis à marcher. Jude Montgomery m'a interrogée plusieurs fois sur ma jumelle, qui lui a apparemment tapé dans l'œil. Jasper a cassé ma lampe de chevet. Et ne l'a pas remplacée. Connor m'a avoué qu'il était gay. Ou bi. Je ne suis pas sûre d'avoir très bien compris. Camilla s'est pointée un peu moins souvent, mais toujours avec cet air arrogant.

Arrogance, c'est justement le premier mot qui me vient à l'esprit lorsqu'elle débarque à la *townhouse* à vingt heures passées, une fois de plus sans avoir été invitée. Et en interrompant notre dîner. En tête à tête…

– Une urgence ? Ou tu veux te joindre à nous ? lui demande immédiatement Emmett en la voyant se planter à côté de nous – et en voulant probablement sauver les apparences.

Et voilà, soirée gâchée !

– Non, je n'ai pas le temps, merci. Par contre tu ne m'as pas répondu pour le dossier Gold & Brown. Je l'ai déposé sur ton bureau ce matin !

– Pas eu le temps.

– Tu peux y jeter un œil ? Ils attendent une réponse dans l'heure !

Emmett me lance un rapide coup d'œil – je devine qu'il s'excuse secrètement – et se lève pour quitter la pièce à petites foulées. Même de dos, il est à tomber. Il n'est pas parti depuis trente secondes que je me prends la gifle du siècle. Verbale.

– Ça ne vous dérange pas de vous comporter comme une traînée ? me demande Lady Camilla de sa voix la plus acide.

– Pardon ? m'étouffé-je, choquée.

– Je ne suis pas idiote, je sais très bien ce que vous faites dans votre coin, tous les deux. Ce sont ses abdos en acier ou ses milliards, qui vous motivent à écarter les cuisses ? siffle-t-elle de plus belle.

– Camilla, sortez d'ici ou vous pourrez dire adieu à votre petit nez bien droit… la menacé-je.

– Pas de ça entre nous, voyons. J'ai appris quelque chose de passionnant, hier soir. J'étais à Paris, à un dîner mondain organisé par mon ami écrivain Armand Delatour.

– Qu'est-ce que ça peut me…

– Vous ne devinerez jamais qui j'y ai croisé, me coupe-t-elle en souriant de toute sa cruauté.

– Le suspense a assez duré, Camilla… grogné-je en me levant, prête à en découdre.

– Un certain Mathias Prévost. Il est plutôt bel homme… Et extrêmement bavard, ricane-t-elle en me voyant blêmir.

– Pourquoi est-ce que vous me faites ça ? murmuré-je en retenant mes larmes. Qu'est-ce que vous voulez ?

– Je sais tout, Sidonie. Je sais ce que vous avez fait. Je sais quel genre de femmes vous êtes.

Son ton est non seulement cassant, mais je lis du dégoût dans ses yeux. Mes larmes salées atteignent mes lèvres.

– Si j'apprends que vous posez le petit doigt sur Emmett une seule fois de plus, je lui déballe tout. Dans les détails. Et non seulement il ne voudra plus de vous comme maîtresse, mais il ne voudra plus de vous comme nanny. À partir de maintenant, gardez vos sales pattes loin de lui. Compris ?

– …

– Compris ? répète-t-elle, un peu plus fort.

– Oui.

– Lui et vous, c'est fini. Dites-le !

– Lui et moi, c'est fini… sangloté-je en quittant la cuisine pour me précipiter dans les escaliers.

Une fois arrivée au dernier étage, je tourne brusquement la clé dans la serrure pour m'enfermer dans mes appartements. Je me laisse glisser contre la grande porte et échoue au sol, tremblante, les joues trempées, le cœur en vrac. Comment vais-je faire pour rester loin de lui ? Pour résister à ce regard, à ces lèvres, à cette peau qui m'animent, qui me donnent plus que jamais la sensation d'être vivante ?

Je l'ignore, mais je vais devoir trouver un moyen.

Il ne doit pas savoir. Il ne doit jamais savoir.

III

CALL ME BABY

11

UNE VIE MEILLEURE

Mon secret, je vis avec depuis neuf ans. Je n'ai pas de regrets, ma conscience ne me tourmente pas, ne m'empêche pas de dormir, de respirer. Finalement, le plus dur à supporter, c'est le regard des gens. Je ne sais même pas comment il s'appelle. Où il vit. S'il me ressemble. Tout ce que je sais, c'est que je tenais à lui offrir une vie meilleure. Lui donner la chance de grandir dans une famille heureuse, épanouie, stable, qui lui apporterait le meilleur, qui lui permettrait de réaliser ses rêves. Même les plus fous.

Moi, je n'avais presque rien à lui donner. Beaucoup d'amour… Mais parfois, ça ne suffit pas.

Retranchée à mon étage de la *townhouse*, je fixe une photo de Birdie – accrochée dans un cadre argenté, sur le mur du salon – et je pense à lui. Mes larmes coulent doucement, sans torrent ni sanglot. La tristesse est bien là, mais elle ne me submerge plus. J'ai appris à la gérer, avec les années. Pelotonnée dans le canapé moelleux, je tente de me remémorer chaque détail.

À seulement 16 ans, je n'étais pas prête à être mère. Je m'étais comportée comme une gamine – que j'étais – et je n'avais même pas pensé à me protéger, lorsqu'Alex, le beau gosse du lycée, m'avait emmenée dans la salle de biologie, pendant l'heure du déjeuner. Il était drôle, charmeur, j'étais naïve, un peu timide et maladroite : ma première fois aurait dû s'arrêter à ça. Sauf que le destin en a décidé autrement, et que ces quelques minutes de sexe inconfortable m'ont valu de tomber enceinte.

Ma mère – qui nous élevait seule depuis le départ de mon père, se battait déjà avec son cancer et peinait à boucler les fins de mois – a pleuré toutes les larmes de son corps en l'apprenant, puis a remis son masque de maman en or/infirmière/assistante sociale à ses heures et m'a juré son soutien inconditionnel. Quoi que je fasse, que je garde l'enfant ou non, que je l'élève ou non, elle serait derrière moi. Avec moi.

Hélène Merlin était une sainte…

Le fameux Alex n'a rien voulu savoir, ses parents non plus visiblement, puisque toute la famille a choisi de déménager à l'autre bout de la France quelques mois avant la naissance. Le choix revenait à moi seule. J'étais tiraillée, mais au fond, je savais ce que je devais faire. Joe était du même avis que moi et déjà à l'époque, ma jumelle n'y allait pas par quatre chemins. Elle espérait un autre futur pour moi et pour ce bébé qui, je cite, « n'a rien demandé à personne, et surtout pas de naître dans cette famille de cinglés ».

La bouilloire se met à trembler, puis s'éteint. Je me lève, j'ai les jambes raides mais le dos voûté. En laissant infuser mon thé dans le mug aux couleurs de la Grande-Bretagne, un nouveau flash me revient. Après l'accouchement. Je l'ai serré quelques secondes dans mes bras, puis je l'ai tendu à l'infirmière. Lorsqu'elle l'a emmené loin de moi, j'ai ressenti une douleur aiguë mêlée à un sentiment de soulagement. Après lui avoir écrit une lettre – pour qu'il sache et surtout qu'il comprenne, dix-huit ans plus tard – je pouvais reprendre ma route, seule et sans regrets. Lui pouvait rejoindre la famille qui l'aimerait plus que tout au monde et lui assurerait le futur qu'il méritait.

C'était il y a neuf ans. C'était dans une autre vie.

La première gorgée me brûle un peu le palais. Mon esprit cesse de divaguer et revient se focaliser sur le présent. Les menaces de Camilla : « Si j'apprends que vous posez le petit doigt sur Emmett une seule fois de plus, je lui déballe tout. » La trahison de Mathias. Je ne sais même pas pourquoi ça m'étonne. Cet enfoiré de compétition n'en est pas à son premier coup bas. Pendant des années, il n'a cessé de me faire culpabiliser au sujet de l'enfant. Je ne compte plus le nombre de fois où il m'a traitée de lâche, de faible, d'égoïste. Il tenait des propos très durs sur Hélène, il la jugeait responsable et ça me rendait folle. Interdiction de toucher à ma mère, quelle que soit la raison. Il le savait et pourtant, il s'en donnait à cœur joie. Finalement, il adorait ça, me faire du mal.

Comment est-ce que j'ai pu vivre avec ce démon ? Le laisser me manipuler comme il respire ? Il n'a jamais compris mon choix. Il n'a jamais rien compris sur moi, en fait.

Mathias est un homme charismatique. Un homme puissant. Un écrivain satirique et voyeur qui enchaîne les best-sellers, qui vend ses mots sur le papier comme il vendrait son âme. Son talent est reconnu, son ambition sans limites. Si j'ai tout plaqué pour lui échapper, ce n'est pas pour rien. Si, à l'époque, je me pliais à ses quatre volontés, si j'évitais de le mettre en rogne, c'est que j'avais mes raisons. Je le savais capable de beaucoup de choses pour arriver à ses fins. Y compris me mettre plus bas que terre. Il vient d'en faire la démonstration…

Est-ce qu'il compte seulement s'arrêter là ? Il m'a retrouvée. Il sait pour qui je bosse, maintenant…

Emmett. Son nom me vient à l'esprit, son visage se dessine dans mes pensées et une larme trace un sillon sur ma joue. Mon colosse blond aux yeux noirs ne supporterait pas d'apprendre la vérité. Il me mépriserait. Il ne pourrait plus me regarder en face. Birdie, c'est toute sa vie. Il n'aurait jamais abandonné son enfant comme je l'ai fait. Je prends une longue inspiration et tente de faire passer la boule qui s'est logée dans ma gorge. Rien à faire, c'est perdu d'avance : Camilla vient de réduire à néant mes espoirs le concernant. Ma petite bulle de bonheur vient de se fissurer… et d'exploser.

À quelques mètres de moi, l'interphone retentit et la voix d'Emmett me parvient, grave et envoûtante :

– Sidonie, tu es là ? La voie est libre, Camilla est partie…

Je ne réponds pas, terrifiée à l'idée qu'il se doute de quelque chose. Alors qu'il patiente, mon cœur tambourine, menaçant de sortir de ma poitrine.

– Je suis désolé d'avoir interrompu notre dîner, reprend-il finalement. Laisse-moi me faire pardonner…

Je n'ai pas besoin de le voir pour savoir qu'un sourire polisson se dessine sur ses lèvres. Mes larmes sont de retour. Je n'ai envie que de ça, de m'abandonner dans ses bras, de tout oublier en me réfugiant contre sa peau. Mais Camilla pourrait l'apprendre. Et mettre ses menaces à exécution.

Et il pourrait me virer sur-le-champ. Me traiter de tous les noms. Je pourrais perdre tout le respect, toute l'estime, toute la tendresse qu'il a pour moi. Et je ne suis pas sûre que je m'en remettrais…

– Pas ce soir, finis-je par articuler en me rapprochant du combiné. Ne t'inquiète pas, je suis juste épuisée. À demain ?

– Dommage, j'avais de grands projets pour cette nuit, rigole-t-il doucement. Bonne nuit, Baby…

Aïe. Le mot doux qui fait mal…

***

En ce début septembre, les éléments sont contre moi. La semaine dernière est passée au ralenti quand je priais pour qu'elle passe en accéléré. Birdie est – presque – sage comme une image et me laisse du temps libre pour ressasser. Emmett ne semble pas crouler sous les chiffres, bilans ou autres meetings et quitte rarement la *townhouse* – j'ai donc toutes les peines du monde à l'éviter. Camilla rôde, je la croise fréquemment en baissant les yeux et en rasant les murs – c'est ça ou mon côté obscur risque de ressurgir et de lui arracher la langue pour l'empêcher de parler. Connor est en congés et son remplaçant ressemble à une porte de prison. Joe est tombée malade, la grippe l'a mise totalement hors-jeu – et l'a rendue indisponible pour mes séances quotidiennes de lamentation. Cerise sur le gâteau – trop cuit : le temps s'est gâté et le soleil radieux a laissé place à une pluie tiède et continue.

Si même le ciel s'y met…

Mardi matin. Birdie s'agite dans mes bras lorsque je franchis le pas de la cuisine aux alentours de neuf heures. C'est l'une des stratégies – un peu pitoyables – que j'ai récemment mise en place : retarder le petit déjeuner du monstre afin de limiter les risques de croiser Mr Rochester et son mug de café. Échec fumant. Il est là, adossé contre le plan de travail, une tasse dans la main droite, *The Economist* dans la main gauche. En nous voyant arriver, le géant blond en costard griffé lève la tête vers nous et nous sourit. De la plus tendre et la plus touchante des manières. Sa fille glousse et tend les bras vers lui, mon cœur se serre et je tente de ravaler ma culpabilité.

J'étouffe sous son regard, j'étouffe dans cette robe-tailleur trop serrée, j'étouffe de ne plus sentir ses lèvres sur les miennes depuis une éternité. Emmett embrasse sa fille et s'amuse à la chatouiller. Je me lance dans la préparation du biberon, en essayant de me mettre un peu à l'écart. Raté : Birdie est à peine installée dans sa chaise haute que deux pupilles noires et curieuses se posent à nouveau sur mon profil. Avec insistance. Il se demande probablement ce qui a provoqué mon changement de comportement. Il cherche à savoir pourquoi je le fuis. Et ces foutus yeux qui observent chacun de mes faits et gestes…

Comme si me fixer de la sorte allait automatiquement me faire parler… C'est tout le contraire, Rochester. J'ai trop peur de te perdre pour t'avouer la vérité…

Je l'ignore, je joue l'indifférence, je prends tout mon temps en préparant le repas de la petite. Mais mon adversaire fait preuve d'une patience et d'une détermination farouches, les bras croisés sur la poitrine, son regard baladeur de plus en plus affûté. Finalement, Birdie s'arrête de faire du tam-tam lorsque je lui tends son biberon et le silence devient atrocement pesant dans l'immense pièce aux placards chromés. J'ose enfin croiser le regard d'Emmett et je manque de m'effondrer en découvrant son expression attristée. Je l'imaginais dur, moqueur, peut-être même froid. Non, il n'est rien de tout ça, il semble… perdu.

Nous nous observons sans rien dire, reliés par une force invisible. Mon cœur bat à mille à l'heure. Je fais tout mon possible pour masquer toutes ces émotions contradictoires qui affluent en moi et risqueraient de se lire sur mon visage. Les secondes passent, nous nous jaugeons, immobiles, silencieux. Le colosse soupire longuement, face à moi, mélange d'impuissance, d'incompréhension et d'agacement. Il rompt notre regard et baisse la tête en passant une main dans ses cheveux. Ce geste réveille la petite bête qui sommeillait en moi. Il est beau à crever. Rester à distance s'avère quasi impossible. Correction : impossible.

Ses yeux remontent vers moi, plus vifs, plus obstinés et, tout à coup, son corps s'avance vers le mien. Il m'attrape par le poignet en grommelant je ne sais quoi et m'emmène en direction du couloir. Je le suis, incapable de résister.

– Je peux savoir ce qui se passe depuis dix jours ? murmure-t-il soudain, en se plantant face à moi. J'ai fait quelque chose ?

Prise au dépourvu, je joue bêtement la carte de la surprise.

– Comment ça ? Je ne comprends pas…

– Sidonie, aie au moins la décence de ne pas me prendre pour un con, grogne-t-il en me faisant reculer jusqu'au mur.

– Emmett, stop ! gémis-je en posant ma main sur son torse, pour l'empêcher d'avancer.

S'il s'approche plus, je ne pourrai pas me contrôler…

– Dis-moi, Sidonie, s'adoucit-il. Ce petit jeu du chat et de la souris, je ne le supporte plus. Tu ne peux pas me fuir, m'ignorer, me repousser sans explications. J'ai besoin de savoir.

Il me domine de toute sa hauteur, son parfum m'enivre, sa proximité m'empêche de raisonner. À quelques centimètres de moi, ses yeux intenses, animés par une lueur indescriptible, s'arrêtent sur ma bouche alors que je m'apprête à lui répondre. Et à lui sortir la seule excuse que j'ai trouvée pour ne pas avoir à lui révéler la vérité…

– Je veux rompre notre accord, chuchoté-je finalement, en fixant le plafond pour ne pas voir sa réaction. Je ne peux pas continuer, je veux juste m'occuper de Birdie, et ça s'arrête là.

– Tu ne veux plus… être avec moi ? demande-t-il difficilement.

– Pas comme ça. Je pensais être capable d'être juste ta partenaire de « jeux », mais ça ne me ressemble pas. Je ne peux pas être avec quelqu'un qui ne croit plus en l'amour. Ou qui refuse de le regarder en face…

Ses yeux se plissent, Rochester passe la main sur sa barbe rasée, la fait glisser jusqu'à sa nuque. J'en frémis. Il lâche un léger grognement, puis fixe mon pendentif en murmurant :

– Je respecte ta décision. Désormais, tu n'as plus à t'inquiéter de quoi que ce soit nous concernant. C'est terminé.

Un froid polaire souffle en moi. Lui ne laisse rien paraître, tente de sauver la face. Emmett est bien trop fier pour l'admettre, mais la déception s'entend dans sa voix. Déception ? Peut-être même plus.

Emmett Rochester, amoureux de toi ? Dans tes rêves, Sid !

Je retiens ma respiration – et mes larmes – jusqu'à ce que mon lord s'en aille, d'une démarche rapide et robotique. Au bout de quelques secondes, je me reprends et retourne auprès de Birdie, dont l'estomac est presque plein.

– Dodie trite ? s'écrie-t-elle en pointant la tétine de son biberon dans ma direction.

– Oui, Dodie est un peu triste, ma puce… dis-je en me forçant à sourire. Mais peut-être qu'avec un câlin, ça irait mieux…

La rouquine m'ouvre grand les bras en gazouillant, je la serre contre moi en espérant que le réconfort soit immédiat. Il l'est, mais ça ne suffit pas. De loin, de très loin. Je crois que rien ne pourrait me guérir de lui. Pas même la peur d'être découverte.

Est-ce que j'ai merdé ? Est-ce que j'aurais mieux fait de tout lui raconter ? Je ne le saurai jamais…

Les jours passent et Emmett ne se fait plus remarquer que par ses absences. Mon milliardaire a repris ses bonnes vieilles habitudes : il quitte la *townhouse* aux aurores et ne rentre que tard le soir – les nuits où il daigne rentrer. Il s'arrange tout de même pour croiser sa fille, de temps en temps, aux moments où je ne suis pas dans les parages.

C'est simple : en quatre jours, je l'ai croisé deux fois. La première, c'était au détour d'un couloir, en milieu de journée. Il ne m'a pas adressé un seul regard, trop occupé à complimenter la tenue de sa poule de luxe, alias Miss Camilla. La seconde fois, c'était ce matin, lorsqu'il m'a fait remarquer d'un ton dédaigneux que Birdie ne progressait pas assez vite en français.

Mais bien sûr… Ne pas savoir dire « bœuf bourguignon » à 2 ans, c'est un scandale…

Connor – qui est rentré cramoisi et ravi de ses vacances en Grèce – semble étonné de la froideur ambiante. Depuis quelques jours, le majordome tente absolument tout pour me faire parler, mais je l'envoie gentiment balader, décidée à ne pas céder.

Aucune envie de lui mentir, à lui aussi…

***

Lundi soir. À nouveau trois jours sans le voir. Sans croiser ses yeux magnétiques, ses cheveux dorés savamment coiffés-décoiffés, ses épaules carrées, ses bras musclés dans lesquels je rêve de me réfugier. Je pensais que m'éloigner de tout ça pendant un week-end me ferait le plus grand bien, j'avais tort. Ce que j'éprouve pour Emmett Rochester n'a jamais été aussi fort. Il a beau m'avoir rendu ma liberté, je reste sa prisonnière.

– Qu'est-ce que vous faites là, Nanny ? me fait sursauter Camilla en débarquant dans la cuisine. Il est tard, Birdie est couchée, vous êtes censée retourner dans vos appartements… À moins que je n'aie pas été assez claire ?

Les lèvres pincées, les yeux mesquins, elle m'observe. Je serre les poings, me retenant de me servir de sa tête de vipère comme d'un punching-ball.

– Je préparais les repas de demain, marmonné-je en rangeant les Tupperware dans le frigo américain.

– Vraiment ? Vous n'avez pas trouvé mieux comme excuse ? ricane-t-elle de plus belle.

– Camilla, j'ai respecté notre deal ! m'énervé-je soudain. Qu'est-ce que vous voulez de plus ?

– Je voudrais qu'il voie enfin votre vrai visage… siffle-t-elle en me regardant d'un air de dégoût. Mais tant que vous resterez à distance, je ne le ferai pas. Je tiens toujours parole. Et puis je préfère faire durer le plaisir. Ce ne serait pas amusant que je lui dise tout maintenant…

– Me dire quoi ? résonne la voix rauque d'Emmett.

Mini-crise cardiaque. Il entre dans la pièce, ses yeux intrigués se posent d'abord sur moi, puis sur elle. Mes joues doivent être écarlates, mes mains sont moites.

– Alors ? insiste-t-il.

Camilla bégaie quelques mots confus, puis se tourne vers moi. D'abord gênée, elle retrouve vite sa contenance et finit par chantonner, d'une voix joyeuse :

– C'est le moment de passer aux aveux…

– Camilla, rentre chez toi, s'il te plaît, lui ordonne son boss en la fixant durement.

– Pardon ? éructe-t-elle, outrée. Emmett, ça me concerne aussi !

Le regard qu'il lui adresse est sans équivoque. La lady en toc récupère son sac à main – en or massif – et quitte la pièce en soupirant théâtralement.

– Nous n'avons pas validé le financement VIP & CO, lance-t-elle depuis le couloir. Je ne pars pas, je t'attends dans ton bureau !

Pire qu'une sangsue… Au moins, elle n'aura pas le plaisir de m'entendre me confesser…

Soudain, cette perspective me donne envie de vomir. Je me sens physiquement incapable de tout avouer à Emmett. De lui vider mon sac sans rien laisser de côté. Je prends une grande inspiration et me jette en avant, espérant lui échapper en sortant de la pièce à toute vitesse. Encore une fois, c'est raté. Sa main m'intercepte – avec une douceur surprenante – et me retient. Je recule alors qu'il se place dans le cadre de la porte en me bloquant totalement le passage.

Cette fois, impossible de m'enfuir…

– Je savais que tu me cachais quelque chose, dit-il en me cherchant du regard. Si tu jouais franc jeu, pour une fois ?

– Et si tu arrêtais de tout prendre pour un jeu, pour une fois ?

– Sidonie, ma patience a ses limites… gronde-t-il en faisant un pas vers moi.

– Si je te dis tout, tu vas me détester. Et me virer, murmuré-je en sentant une larme couler.

– Non, c'est si tu refuses de parler que tu perdras ton job. Je ne plaisante pas : je ne peux pas confier ma fille à quelqu'un en qui je n'ai pas totalement confiance. La décision te revient, prends la bonne.

Je lève les yeux et les plonge dans les siens. J'y lis de la méfiance, de la ténacité et… serait-ce de la compassion ?

Tout lui dire ou le perdre pour de bon ? Quoi que je fasse, le résultat sera sûrement le même…

12

TE LIBÉRER

Dans cette pièce où règne soudain un froid arctique, je lui dis tout. Droit dans les yeux. La lueur qui brille dans ses pupilles noires se ravive un instant – le choc – puis s'éteint – la pitié… ou le dégoût.

Mes larmes m'empêchent de le voir clairement. La honte et l'angoisse que j'éprouve me tordent le ventre, je voudrais m'enfuir, ne jamais revenir, mais j'ai besoin de l'entendre. J'ai besoin qu'il émette un son, n'importe lequel, qu'il s'exprime d'une manière ou d'une autre, pour que le verdict tombe. Mais Rochester ne dit rien, son visage est impassible, ses yeux rivés sur ses chaussures italiennes. Un sanglot s'échappe de ma gorge, il daigne enfin me regarder. Et je parviens à discerner ses émotions.

De la pitié. De l'incompréhension. Et… de la déception. Il ne me regardera plus jamais comme avant… Pourquoi est-ce que ça fait aussi mal ?

– Donc, si j'ai bien compris, Camilla t'a fait chanter ? lâche-t-il à voix basse, en reportant son attention sur ses Richelieu.

– Oui…

– Et tu n'as pas eu suffisamment confiance en moi pour m'en parler ? continue-t-il sur le même ton, en serrant les dents.

– J'avais honte, soufflé-je en retenant un énième sanglot…

Le chantage… Il n'y a que ça qui le choque ? Ou c'est juste un prétexte pour ne pas parler du reste. Ce qui le dérange vraiment. Le fait que j'ai abandonné mon enfant…

Ses yeux me parcourent à nouveau, mais cette fois, c'est moi qui n'ose pas les croiser. J'ignore la sentence qu'il me réserve, mais je suis à deux doigts de m'effondrer. Littéralement. Mes jambes ont de plus en plus de mal à me porter. Alors encore une fois, je les prends à mon cou – il va finir par croire que c'est une habitude – et quitte la pièce comme une voleuse sans demander mon dû. Direction le dernier étage de la *townhouse*. Dans les escaliers que je survole – en manquant de m'étaler plusieurs fois – j'entends la voix d'Emmett se déchaîner. Pas sur moi. Sur Camilla. Pour une fois, la lady semble manquer de repartie.

Les mains tremblantes, je tourne la clé dans la serrure. Personne ne viendra me déranger, ici. Pas même lui. Je m'adosse maladroitement au mur et me laisse glisser au sol pour libérer mes sanglots. Au bout de quelques minutes, mes larmes s'amenuisent et je retrouve un semblant de dignité. Juste un semblant. Je me relève, regarde autour de moi, un peu hébétée et ne trouve rien de mieux à faire que d'aller me jeter sur mon lit pour enfouir ma tête sous les oreillers en plumes d'oie. Tellement cliché. Tellement nécessaire.

Impression de revenir neuf ans en arrière...

Lorsque je me réveille vers six heures du matin, tout me revient. Je lutte pour contenir mes larmes et me traîne jusqu'à la salle de bains. Le miroir en pied me renvoie une image pitoyable. L'uniforme dans lequel j'ai dormi est méconnaissable. Il manque plusieurs boutons à ma chemisette. Ma jupe est froissée et remontée jusqu'en haut des cuisses. Mais ce n'est rien comparé à mon visage... qui donnerait la frousse à un habitué de films d'horreur. Mes yeux sont bouffis. Mes joues sont creusées. Mon teint est verdâtre. Mon maquillage a coulé. Et mon chignon jadis lissé retombe désormais en frisottis incontrôlables.

La palme de la mocheté est décernée à... moi-même.

Il est presque sept heures quand je me plante à nouveau face à ce foutu miroir. Tunique blanche et jean noir : objectif sobriété atteint. Ravalement de façade plutôt réussi. Seuls mes cheveux refusent de coopérer : au lieu du chignon, je me suis contentée d'une queue-de-cheval basse.

Comme si, après le fiasco d'hier, ça avait la moindre importance...

Je tourne en rond dans mes cent mètres carrés. Le babyphone dort paisiblement – comme le petit monstre qui ne tardera pas à se réveiller. Si, par chance, mes révélations ne m'ont pas coûté mon job, je m'engage solennellement à ne plus me plaindre d'un seul de ses caprices. Quoique. Seule exception : ses crises de nerfs quand je refuse de me mettre à quatre pattes pour jouer au poney – précisons que dans cette situation, je suis l'équidé.

Oui, Birdie Rochester est précoce. Féroce, aussi...

Je suis en train de faire mentalement la liste de ses derniers exploits quand mon téléphone vibre, sur la console sombre de l'entrée. Voir le visage de ma sœur qui me tire la langue – c'est évidemment elle qui a choisi cette photo saugrenue – fait immédiatement remonter mes larmes aux yeux. Saloperie d'émotivité.

– Sid, tout va bien ? demande-t-elle d'une voix d'outre-tombe.

– Oui… Enfin non. Pourquoi est-ce que tu m'appelles à cette heure-là ? Ton mec du jour ronfle ?

– Tu sais très bien que je ne ramène personne à l'appart, ronchonne-t-elle avant de changer de ton. Promets-moi de ne pas paniquer, OK ?

– Je n'ai jamais compris l'utilité de cette phrase… soupiré-je. Évidemment que je panique, maintenant que tu m'as dit ça !

– Mathias vient de passer à l'appartement. Il tambourinait comme un taré à la porte, j'ai cru que c'était les flics ! Il m'a remis une lettre pour toi.

– …

– Sid, respire un coup. Je n'étais pas assez bien réveillée pour lui botter le cul, mais je te jure que je ne le laisserai pas te faire du mal ! Je lui ai dit de ne pas revenir, que ma kalachnikov était chargée et que j'étais prête à la dégainer…

– Il ne s'arrêtera jamais, murmuré-je. Il me retrouvera toujours.

– Comment est-ce qu'il a eu notre adresse ? m'imite-t-elle d'une voix triste. C'est ça qui me tue… On a pourtant effacé toutes nos traces.

– Camilla, réfléchis-je à haute voix. Elle a dû la trouver dans les papiers d'Emmett et lui donner.

– Quoi ? Le bichon manucuré ? Elle t'avait juré de garder le secret et de ne plus le contacter ! Je vais lui casser les dents…

– Tout a changé hier soir, expliqué-je. Emmett a surpris notre conversation. Et je lui ai tout dit… pour le bébé.

– Tu… Que… QUOI ?!

– Il ne m'a pas laissé le choix. C'était ça ou je perdais mon job…

– Sid, barre-toi de là. Tu ne leur dois rien, à ces gens ! Ils se croient supérieurs, ils te rabaissent, comme le faisait Mathias. Ils ne savent pas qui tu es, ils n'ont rien compris.

– Je crois qu'Emmett est différent, soufflé-je. Et je ne veux pas perdre mon boulot. Birdie a besoin de moi…

– Bon, ce coup de fil ne mènera à rien. Prépare tes arguments, ils ont intérêt à tenir la route : je débarque à dix heures.

– Non, je n'ai pas le droit d'avoir de la visite !

– Tu crois vraiment que ton milliardaire me fait peur ? Sidonie Merlin, n'oublie pas qui tu es, mais surtout, n'oublie jamais qui je suis !

Et sur ce, ma jumelle me raccroche superbement au nez. Je marmonne quelques mots que je préfère garder pour moi, puis vais fermer la fenêtre pour ne pas laisser entrer la pluie. Une lettre de Mathias ? Je m'attends au pire…

Et croiser Emmett à l'heure du breakfast… En voilà une autre perspective réjouissante…

***

Non seulement cette rencontre n'a pas lieu, mais Connor m'apprend que Mr Rochester n'a pas passé la nuit à la *townhouse*. Il est parti peu après notre « discussion », probablement pour aller se perdre dans d'autres bras.

Des bras qui ne lui inspirent aucune pitié. Ni mépris. Au moins, il n'a pas déchiré mon contrat. Je ne suis peut-être plus « Baby », mais je reste « Nanny ».

Comme si le chagrin se lisait sur mon visage, Birdie se comporte comme une petite fille modèle. Qui mange salement, certes, mais à seulement 2 ans elle a toutes les excuses du monde. J'ai droit à nombre de sourires, de câlins, d'applaudissements – choses qui arrivent quotidiennement, mais sont généralement entrecoupées de morsures, claques et cris bestiaux. Une première : la rouquine m'autorise à me promener avec doudou Lapin dans la poche. Un miracle.

Ne jamais sous-estimer les effets bienfaisants d'une peluche qui n'a plus de moustache ni de pompon !

Ma sœur tient toujours ses promesses. Surtout lorsqu'elles sont à vos dépens. La sonnette retentit à dix heures pile et je me précipite dans l'entrée avant que Connor ne s'en charge. Birdie – qui est enroulée autour de mon cou – observe ma jumelle sur le pas de la porte, méfiante, puis nous regarde l'une après l'autre, semblant déceler notre air de famille. Puis Joe entre – sans être invitée – et tire la langue à la gamine en prenant le chemin du salon.

– Ne t'inquiète pas pour ton boss, je ne reste pas longtemps ! chuchote-t-elle d'une voix moqueuse. S'il a foutu des caméras partout et qu'il me voit, tu n'auras qu'à lui dire que je suis l'une de ses bonnes. Il en a tellement qu'il ne connaît ni leurs noms ni leurs visages, j'imagine…

– Il n'est pas comme ça, arrête un peu… maugréé-je en lui faisant signe de s'asseoir.

– Cette petite chose a un regard mauvais, ricane-t-elle en faisant des grimaces en direction de Birdie. Remarque, on dit bien « Tel père, telle fille… ».

– Tu veux qu'on parle de notre père ? la taclé-je froidement.

– Le connard qui nous a abandonnées lâchement ? Non, ça va aller…

– Pas de gros mots ! Même en français !

Je couvre les oreilles de Birdie, qui fronce toujours les sourcils en étudiant l'intruse.

– Bon, parlons des choses qui fâchent, reprend ma sœur en admirant la pièce aux murs immenses et au mobilier d'exception. Je n'ose même pas toucher cette table basse tellement elle a dû coûter cher…

– Hum… réfléchit une voix masculine derrière nous, en nous faisant sursauter. Si tu casses, tu rembourses. En nature…

Aïe. Jude Montgomery se tient à quelques mètres de là, dans son costume rayé noir et gris. D'où je me trouve, il me paraît immense – et terriblement beau, même s'il n'est pas vraiment mon genre. Joe ne l'avouera jamais, mais elle le trouve canon. L'air dégoûté qu'elle lui adresse à cet instant n'est absolument pas sincère. Juste une manière de lui prouver qu'elle ne fait pas partie de ces femmes qui rient bêtement, dès lors qu'un homme riche et séduisant ouvre la bouche.

– L'air est lourd tout à coup, non? me demande-t-elle en se levant du canapé.

Je tremble à l'idée qu'Emmett la surprenne là, dans son salon. Jude, lui, se marre en reluquant ma sœur et récupère Birdie qui le réclame. Elle atterrit dans les bras de son parrain et pousse des petits cris de joie. C'est à ce moment que le maître des lieux apparaît. Il salue ma sœur – plutôt chaleureusement – puis me regarde froidement. Il n'a pas besoin d'en dire plus pour que les autres comprennent : son meilleur ami escorte Joe en direction du couloir et je l'entends lui proposer un café. Enfin: « Un déca, ça vaudrait mieux, non ? »

– On ne parle pas la même langue, c'est ça? soupire Emmett en passant la main dans ses cheveux cendrés.

– Pardon?

Ses yeux me détaillent, puis s'arrêtent sur ma bouche. Je frissonne, malgré moi.

– Tu sais que tu n'es pas censée inviter la terre entière ici, je me trompe?

– C'est ma sœur. Elle ne fait que passer, rétorqué-je, décidée à ne pas m'écrouler une nouvelle fois. Mais ça ne se reproduira pas.

– Je ne sais plus quoi faire avec toi, Sidonie, dit-il tout bas, en contemplant la fenêtre.

La phrase de trop. La colère monte en moi, je la retiens, je m'empêche de prononcer un seul mot, de tout gâcher sur un coup de tête. Les larmes de frustration jaillissent soudainement, sans que je puisse les retenir. Il m'entend renifler, ses épaules carrées se retournent, ses jambes musclées le portent jusqu'à moi et, en quelques secondes, je suis dans ses bras. Je le serre fort, plus fort que jamais et je respire enfin. Je promène mon nez dans son cou, il lâche un long soupir et je gémis, de soulagement, d'impuissance, de manque. Puis ses mains se posent sur mes épaules et me repoussent doucement. Je sanglote, malgré tous mes efforts pour rester digne.

– Sidonie, tu devrais prendre ta journée. Reviens demain matin si tu t'en sens capable.

– Non, je…

– C'est un ordre ! me stoppe-t-il en me fusillant du regard, avant de s'éloigner à grandes enjambées.

***

Assise en boule dans le canapé miteux de notre petit appartement de Cleveland Way, je contemple l'enveloppe blanche posée à côté de moi. Joe et Jasper sont retranchés dans la cuisine, en train de préparer le déjeuner – apparemment, mon « état » nécessite de toute urgence un burger maison accompagné de chips au cheddar et d'onion rings. J'ai la nausée, mon estomac est noué, ce n'est pas faute de leur avoir répété, mais les deux toqués n'ont rien voulu entendre.

Sid, la lettre !

Je prends une profonde inspiration et m'empare du rectangle blanc. Quoi qu'il contienne – révélations sordides, menaces de mort, anthrax – je finirai bien par le savoir. Autant le découvrir tout de suite et m'épargner un ulcère, non ? Je déplie la grande feuille et découvre quelques lignes écrites à l'encre noire. La plume élaborée et prétentieuse de Mathias Prévost.

Si tes rêves ne te font pas peur, c'est qu'ils ne sont pas assez grands.
Je pensais pourtant te l'avoir appris, Sidonie.
Ne choisis pas la faiblesse en restant loin de moi.
Ne choisis pas la facilité en faisant un métier indigne de toi.
Ne choisis pas la médiocrité en te réfugiant
dans les bras d'hommes sans esprit.
Ne choisis pas la bêtise en te laissant influencer par un double
maléfique qui a ton visage, mais pas ton âme.
N'oublie pas tout ce que j'ai à te donner.
Apprécie la seconde chance que je t'offre. Saisis-la !
Ta vie n'a de sens qu'à mes côtés.
Je t'aime suffisamment pour te pardonner.
Mathias

Tant de suffisance, de narcissisme, de mépris : du Mathias tout craché. Il a tout fait pour me changer, me façonner à son image, me « reprogrammer ». Ce qui m'a permis de lui résister ? Hélène et Joe. Il exprimait une telle haine envers les deux femmes que j'aime le plus au monde, qu'il m'est devenu impossible de l'aimer. J'ai mis un temps fou à lui échapper, mais j'y suis parvenue. Il ne m'attirera plus jamais dans ses filets.

Je suis en train de déchiqueter sa lettre venimeuse en mille morceaux lorsque mes deux colocataires débarquent dans le salon et se jettent sur moi.

– Goûte un onion ring! lâche Jasper en me fourrant la friture dans la bouche.

– Et un pickle! s'y met Joe.

– J'étouffe! ris-je, la bouche pleine. Et vous puez le graillon!

– C'est pour toi, Baby, rien que pour toi! se marre le hipster.

– Ne m'appelle pas Baby… me rembrunis-je en les repoussant.

Emmett… Il n'y a que lui qui peut m'appeler comme ça…

Comme prévu, je n'ai rien pu avaler. Nous avons passé le reste de l'après-midi à regarder des émissions débiles sur l'écran plat, en zappant un peu au hasard. On a vu des familles se déchirer sur un plateau télé, des gens se battre avec des cupcakes, des animaux dire toutes sortes d'âneries avec des voix d'humains, des femmes se faire refaire les seins, le nez, les fesses, les pommettes, le menton et… je préfère ne pas préciser. En manque de culture générale après toutes ces conneries, Jasper a décidé de s'arrêter sur une émission littéraire. Quand la sortie du prochain roman-vérité de Mathias a été annoncée, il n'a pas compris pourquoi les jumelles se sont mises à hurler. Un pétage de plombs et un fou rire plus tard, j'ai finalement accepté de les suivre au bar.

C'était ça ou ma jumelle prenait sa soirée, se faisait virer et m'en reparlait pendant les dix prochaines années.

***

Par chance, le Crazy Monkey n'est pas trop bondé. Les soirs de semaine, c'est souvent la cohue. Le week-end, je n'en parle pas : la queue remonte généralement jusqu'au bout de la rue! C'est Joe qui est aux commandes, ce soir. Derrière le bar, elle s'agite en rythme avec la musique, ses cheveux courts collés sur ses tempes, sous les yeux admiratifs – parfois lubriques – des clients. Il faut dire que son petit côté « bad girl » en excite plus d'un. Et plus d'une.

Elle a déjà testé : pas son truc.

Adossée au comptoir, je retire mon pull – on doit avoisiner les trente degrés, ici – et remarque plusieurs hommes qui m'observent, apparemment intéressés par mon décolleté. Voilà pourquoi je ne suis pas à l'aise dans les fringues de ma sœur : trop sexy pour passer inaperçue! L'un d'eux se lève et fait mine de m'approcher, je décampe sur-le-champ pour rejoindre Jasper, situé un peu plus loin. Le beau gosse barbu en profite pour m'attraper par le bras et me traîner jusqu'à la piste de danse.

– Je sais que je n'ai aucune chance et que Joe me la couperait si elle m'entendait, mais juste pour que tu le saches : avec moi, c'est où tu veux, quand tu veux ! balance-t-il en m'obligeant à me trémousser.

– Je confirme : Joe te la couperait ! gloussé-je en me laissant gagner par le démon du booty shake.

– Je sais pas ce qu'il t'a fait, ton Rochester, mais n'importe quel mec ici aurait de la chance de t'avoir ! continue-t-il à haute voix, pour couvrir la musique. Et regarde autour de toi : ils sont tous beaux et friqués !

– Oui, mais ils ne sont pas lui… souris-je tristement.

La chanson suivante est plus calme, Jasper saisit cette opportunité pour m'attirer dans ses bras et danser une sorte de slow – en toute amitié. Il sait qu'il ne se passera jamais rien entre nous et il s'en fout probablement : il a toutes les filles à ses pieds. Je me laisse aller contre lui et savoure ces minutes de tendresse en essayant de ne pas penser à mon milliardaire. Sauf qu'après avoir cligné des yeux une bonne dizaine de fois pour être sûre que je ne rêve pas, je réalise qu'il est là. À quelques mètres de moi.

Il m'a équipée d'un traqueur GPS ou quoi ?… Tu deviens folle, ma pauvre fille… Réfléchis : il sait que Joe bosse ici.

Je ne vois que sa chemise immaculée et ses yeux sombres, braqués sur mon visage. Et sur le dos de Jasper. Je m'écarte de mon ami et lui fais signe d'inviter la jolie blonde juste à côté. Il s'exécute avec le sourire. Toujours ces yeux noirs qui me suivent à la trace. Je me rapproche de leur propriétaire et fusille du regard la serveuse qui vient de lui déposer sa commande en le matant plus que nécessaire. Elle s'en va, je m'assieds sur le tabouret et frôle l'avant-bras nu et musclé de mon lord. Frissons.

– Je t'ai demandé de te reposer, pas de faire… ça, grogne-t-il en regardant en direction de Jasper.

– C'est une habitude, chez toi, de harceler tes employées pendant leurs jours off ?

– Je t'ai donné ta journée pour que tu fasses le point, Sidonie. Pas pour que tu batifoles en oubliant tes responsabilités !

Je le fixe, outrée. Il porte son scotch jusqu'à ses lèvres. En colère, j'intercepte son verre et le vide d'un trait.

– Si c'est Jasper qui t'inquiète, tu as tort, fais-je en le reposant bruyamment.

Emmett tourne à nouveau la tête en direction de mon colocataire et le voit en train de rouler la pelle du siècle à deux blondes… à la fois. Le milliardaire lâche un grognement, puis me fait à nouveau face en remontant un peu plus ses manches de chemise. Il a chaud, lui aussi. Sa peau brille ici et là, sans que ça le dérange. Le voir transpirer me rend toute chose. Il n'en est que plus… viril… bestial.

Sid !!!

Je me lève et décide de m'éloigner avant qu'il ne soit trop tard. Avant que ma libido se réveille, que mes neurones déraillent, que mes dernières défenses tombent et que j'oublie totalement pourquoi je lui en veux. Il a beau être irrésistible, l'humiliation de ce matin me reste en travers de la gorge. J'ai à peine fait trois pas que sa main s'enroule autour de ma taille et qu'il me ramène à lui. Tout près de lui. Sa bouche est juste au-dessus de la mienne. Je sens son haleine chaude balayer ma peau, lorsqu'il prend la parole :

– Tu n'as aucune idée de ce que je vois en toi. Je ne te jugerai jamais pour ton passé. Tu n'as pas à avoir honte, au contraire, j'estime que tu as fait preuve d'un courage incroyable à seulement 16 ans. Il faut que tu te libères, Sidonie. Je suis prêt à t'aider…

Il attend une réaction de ma part, mais je reste abasourdie.

– Camilla est une peste, je lui ai fait savoir ce que je pensais de son chantage. Mais tu aurais dû me le dire. On est suffisamment proches pour ça, tu ne crois pas ?

– Je ne sais pas… Je ne sais pas ce qu'on est… avoué-je.

– Vaste débat… dit-il en me souriant tendrement. On rentre ?

Je lui rends son sourire et fais un signe de la main à ma sœur, qui nous observe minutieusement depuis le bar. Je suis le colosse blond jusqu'à la sortie, puis monte dans la voiture noire qui démarre sur les chapeaux de roue. Le chauffeur me salue poliment, puis remonte la vitre qui sépare l'avant et l'arrière du véhicule.

Lovée dans les bras de mon milliardaire, je me laisse bercer par les aléas de la route. Au bout de quelques minutes, nos lèvres se trouvent, se frôlent, se caressent. Lorsque nous arrivons à destination, sa langue divine a une fois de plus réussi à me faire perdre la tête. Et cette nuit qui s'annonçait froide et interminable se révèle torride et… bien trop courte.

Mr Rochester n'est pas un enfoiré affectif. Il est juste sur ses gardes parce que la vie ne l'a pas épargné. Un peu comme moi…

13

ZOO ET AUTRES COMPLICATIONS

– C'est vraiment obligé, ce machin cucul? se plaint ma jumelle de l'autre côté de l'écran, en brandissant la robe blanche à pois noirs que je viens de lui faire livrer.

– Estime-toi heureuse, je t'ai évité le rose bonbon, les motifs fleuris et les frous-frous ! ricané-je en direction de mon écran d'ordinateur.

– Non mais franchement, célébrer en grande pompe les 2 ans et demi d'une mioche qui ne s'en souviendra même pas… Quel intérêt ? Encore une lubie de ton lord de mes fesses !

– Tu poseras la question à Emmett, personnellement je trouve ça adorable. Et ne t'avise pas de lui faire quoi que ce soit avec tes fesses… la menacé-je.

– Tu trouves TOUT ce que fait cet homme « a-do-ra-ble », fait-elle d'une voix d'écervelée.

– Joe, si je t'ai invitée, c'est pour que tu me soutiennes ! Donc garde tes réflexions pour toi et souris un peu, pour changer.

– Mais bien sûr, sœurette, répond-elle dans un rictus forcé. Je vais savourer cette journée à un point, tu n'as pas idée. Siroter des mimosas et rencontrer du beau monde en te voyant courir après deux cents gamins mal élevés : le pied !

– C'est ça, marre-toi. Jude sera là, riposté-je – pour me venger.

– Je passe sous un tunnel, s'écrie-t-elle avant de coller son visage à la webcam… et de se déconnecter.

Jude Montgomery, je compte sur vous pour lui faire vivre un enfer !

Depuis une semaine, Emmett et moi finalisons l'événement de ce mois de septembre qui fait trembler toutes les nounous de Mayfair – moi y compris : le demi-anniversaire de *Princess* Rochester, auquel est conviée la haute société – et ses petits héritiers. Mon milliardaire a vu les choses en grand puisque, pour l'occasion, il est parvenu à privatiser le zoo de Londres – en échange d'une « généreuse » donation.

Rien n'est trop beau pour sa rouquine…

Le blond ténébreux a beau être aux petits soins avec moi, je ne sais plus trop où j'en suis. Où nous en sommes. Nous n'avons plus abordé mon passé, l'affaire Mathias semble classée, Emmett m'a offert quelques nuits inoubliables et instants de complicité, mais il se montre particulièrement frileux lorsque je l'interroge sur notre « statut ». Si je me fie à son comportement, rien n'a changé : nous nous faisons du bien lorsque l'envie nous prend, point.

Sauf que, pour moi, c'est bien plus que ça...

Je suis en train de me battre avec quelques mèches folles lorsque l'interphone se met à rugir :

– Sidonie, c'est l'heure. Je t'attends dans la voiture, on fera un dernier point en route.

Clair. Concis. Professionnel. En d'autres termes, un peu froid. Apparemment, la déclaration enflammée, ce n'est pas pour aujourd'hui. Ce qui m'attend : un programme ultra-précis et minuté qui ne prendra fin qu'au coucher du soleil. Et qui risque de me laisser des traces... voire des bosses.

Deux cents enfants de moins de 10 ans. Au secours !

Je monte dans le véhicule trois minutes plus tard et constate que Birdie ne s'y trouve pas. Un coup d'œil en direction d'Emmett et il comprend :

– J'ai oublié de te prévenir : Imogen et Connor s'occupent d'elle. Ils arriveront sur place un peu après nous.

– Et je sers à quoi, moi ?

– À diriger toutes les baby-sitters engagées pour l'occasion. Il me semble que l'agence nous en a envoyé trente, dit-il en tapant quelque chose sur sa tablette tactile. Oui, c'est ça.

– Une promotion ! ris-je en posant ma main sur la sienne.

– Non, pas vraiment. La personne qui devait s'en charger vient de se désister.

Sa voix était plutôt légère, je n'y ai pas décelé d'animosité, mais il retire sa main et se met à étudier les rues qui défilent à travers sa fenêtre.

Pas de conclusion hâtive, Sid...

– N'oublie pas que nous serons en public, ajoute-t-il, sans me regarder.

OK, conclusion hâtive confirmée...

– Il me semble que je n'ai jamais trahi notre secret, jusque-là, réponds-je froidement, vexée.

– Non, c'est exact. Donc ne change rien.

– Entendu, Mr Rochester. Autre chose, peut-être ? fais-je d'une voix de peste.

– Oui. Si tu pouvais arrêter de te comporter comme une enfant dès que quelque chose ne te plaît pas.

– OK, mais uniquement si tu arrêtes de te comporter comme un...

– Comme un ? hausse-t-il les sourcils en me fixant enfin.

– Un goujat, soupiré-je.

Par réflexe, je croise les bras sur ma poitrine, comme une ado contrariée. Et je réalise qu'il a raison. Bientôt, je me roulerai par terre en criant des obscénités.

– Goujat ? Je suis sûr que tu peux faire mieux, murmure-t-il avant d'intercepter un appel.

Si c'est Camilla, je ne réponds plus de rien !... Imogen. Je préfère ça.

***

Qu'ils soient à poils, à plumes ou à écailles, qu'ils marchent sur deux, quatre ou huit pattes, ils sont tous là. Les animaux. Et les enfants. Il est à peine midi et je suis déjà sur le point de m'arracher les cheveux. Deux baby-sitters ne se sont pas pointées, celles qui sont présentes se connaissent et se détestent, et ce satané guide qui me suit à la trace...

– Les enfants sont là pour s'amuser, mais aussi pour apprendre, me dit-il de sa petite voix mièvre en trottinant derrière moi.

– La plupart ont entre 6 mois et 6 ans, James ! dis-je en essayant d'allumer mon foutu talkie-walkie.

– Et alors ? Il n'est jamais trop tôt pour...

– James ! J'ai tout retenu : ouverture en 1828, 12 000 animaux, 650 espèces. À ne pas manquer : le territoire des tigres, le royaume des gorilles, l'exposition africaine et le paradis des papillons.

– N'oubliez pas les mystères des reptiles et la nurserie des volatiles ! s'écrie-t-il alors que – par miracle – Joe débarque et parvient à l'éloigner de moi.

Les yeux plissés par le soleil, je lance un regard en direction des adultes, tranquillement installés sur une grande pelouse ensoleillée. Une immense tente au design extravagant permet à ceux qui le souhaitent de se mettre à l'ombre et de profiter du buffet gargantuesque en s'octroyant une petite coupe de champagne. Ou une demi-douzaine. Je repère Emmett, au loin, en grande discussion avec Camilla.

Il lui a rapidement pardonné...

Ce constat m'accable, mais je n'ai pas le temps de m'apitoyer sur mon sort. Une dispute de nounous explose, je dois intervenir et rétablir le calme. J'expose le programme à toutes mes collègues – qui me regardent d'un sale œil. Dix groupes d'enfants vont être formés, en fonction de leurs âges. Le premier se lancera d'une minute à l'autre dans la visite du parc zoologique : le petit train est prêt pour l'embarquement.

Joe me rejoint au moment où le troisième groupe est sur le départ. Mon organisation semble fonctionner ; pour l'instant, aucun accident n'est à déplorer, les enfants sont ravis et leurs parents profitent de leur liberté. Un peu trop, si j'en crois ma jumelle :

– Finalement, je me demande si les gosses ne sont pas de meilleure compagnie, rigole-t-elle en me tendant une petite bouteille de Perrier. Ils sont intenables, ces gens de la haute ! Les hommes ne parlent que de fric et me reluquent sans scrupule, pendant que leurs femmes fantasment à haute voix sur le *pool boy* ou le jardinier. Un vrai zoo !

– Tu m'as l'air de très bonne humeur… Tu n'as pas parlé à tu-sais-qui ?

– Non, il ne m'a même pas calculée quand je suis arrivée, il n'en avait que pour Birdie. Et puis, depuis le temps, il a dû trouver des proies plus faciles que moi !

– Bon, puisque tout ce champagne et ce caviar te sortent par les yeux, on échange les rôles ? Tu trimes et je trinque ? souris-je en buvant une gorgée d'eau gazeuse.

– Dans tes rêves, Merlin. Tu as voulu garder ce foutu job, tu assumes !

– Tant de solidarité… J'en ai presque la larme à l'œil…

– Tu veux que je te console ? J'ai entendu Emmett parler de toi, lâche-t-elle, d'une voix malicieuse avant de la boucler pour faire durer le suspense.

– Balance, Joe.

– Alors, ça donnait quelque chose comme : « nanny hors pair », « fille intelligente et intuitive », « bon modèle pour ma fille », « super bonne au pieu » et…

– Joe ! m'écrié-je en gloussant. Il n'a jamais dit ça !

– Ah, ah, je le savais ! T'es une quiche au lit !

– File de là avant que je te noie dans la mare aux canards ! grogné-je en lui claquant la fesse.

Elle s'éloigne en pouffant, mon sourire hilare se fige lorsque je croise le regard d'Emmett, au loin. Il m'observe… mais depuis combien de temps ?

Et pourquoi était-il si distant ce matin ?

– Groupe numéro quatre ! beuglé-je en me rapprochant du troupeau d'enfants.

***

Fin d'après-midi. Tous les enfants en âge de le faire ont balancé des bananes aux éléphants, des cacahuètes aux girafes, ont imité les orangs-outangs, aboyé sur les lions, tigres et autres félins – ne me demandez pas pourquoi – et rigolé en voyant une flopée d'animaux faire leurs besoins. C'est l'heure du gâteau d'anniversaire, ils sont affamés, je suis lessivée.

Je n'ai passé que très peu de temps avec Birdie, jusque-là. C'est donc avec joie que je la soulève du sol pour la prendre dans mes bras et l'approcher de son cupcake géant. Elle a les joues roses et sent bon la barbe à papa. Je lui colle un gros baiser sur la joue, qu'elle me retourne en posant sa bouche baveuse sur mon nez. Une joyeuse cohue se rassemble autour d'elle et lui chante sa chanson préférée – une histoire d'étoiles et de libellules – plus ou moins harmonieusement. Puis, rapidement, le moment des cadeaux arrive. Imogen prend le relais, pour que je puisse souffler.

– Un petit remontant ? me fait sursauter Emmett, posté juste derrière moi.

– Pas pendant les heures de service… dis-je en me retournant.

– C'est un cocktail de fruits, Sidonie, sourit-il discrètement en insistant pour que je prenne le verre.

J'obéis, le vide d'un trait et lui tends à nouveau en glissant un simple « merci ».

– Tu joues vraiment le jeu… commente-t-il en faisant référence à ma froideur.

– C'est ce que tu voulais, non ? Comme ça, personne ne se doute de rien et ton honneur est sauf, sifflé-je avant de le planter là pour rejoindre Joe et Connor.

Dans mon dos, je sens deux yeux noirs me fusiller. Et je dois avouer qu'à cet instant j'adore ça.

– Sid, je dois filer ! m'annonce Joe en troquant ses sandales chics contre des bottines usées. Par contre, il faudrait peut-être faire quelque chose, rigole-t-elle en pointant du doigt la grande fontaine, non loin de là.

Je tourne la tête et découvre une dizaine d'enfants – les plus grands – en train de s'asperger gaiement d'eau glacée. Je cherche les baby-sitters et nounous du regard et fulmine en constatant qu'elles ont toutes décidé de prendre leur pause en même temps. Les parents, je n'en parle même pas… En jurant à voix basse, je me rends à petites foulées jusqu'à la fontaine et demande gentiment aux enfants de retourner vers la tente. Rien. J'opte pour une autre stratégie : les appâter avec une double-ration de gâteau et de friandises. Moins que rien. Je les menace d'appeler leurs pères à la rescousse. Ils me rient au nez.

Je passe à l'action et attrape délicatement le petit Eliott par le bras, mais celui-ci ne l'entend pas ainsi et décide de se venger en me poussant en avant. La scène se déroule au ralenti, mais j'en devine immédiatement l'issue. En quelques secondes, j'atterris dans l'eau la tête la première et les fesses en l'air. Des éclats de rire me parviennent ici et là, je vois rouge… et je bois la tasse. Lorsque je me relève, mes cheveux ruissellent, mes vêtements me collent à la peau et pèsent une tonne. Je suis frigorifiée et ne parviens pas correctement à bouger.

C'est là que je le vois courir jusqu'à moi. Emmett. Sous les yeux de toute l'assistance. Sans hésiter, mon lord se débarrasse de ses chaussures en cuir et entre dans l'eau en me tendant la main, avec une grâce folle. Tout le contraire de moi.

– Mon héros, murmuré-je ironiquement d'une voix chevrotante, en me laissant aller contre lui.

– On ne s'ennuie jamais avec toi, Sidonie Merlin. Bordel, qu'est-ce qu'elle est froide ! rit-il doucement avant de laisser son regard se balader sur moi... et se poser sur mes tétons en béton qui pointent sous mon uniforme.

Quelque chose me dit que Mr Rochester saurait me réchauffer...

Son noir se fond à nouveau dans mon bleu et la petite bête se réveille dans mes tréfonds. Cet instant magique – et torride – ne dure que quelques secondes, mais il suffit à sauver ma journée.

***

Home sweet home... Ou presque.

De retour à la *townhouse*, je prends une douche express puis file dans la cuisine pour récupérer le petit monstre qui vient d'engloutir son biberon sous le regard attentionné de Connor. La rouquine se frotte les yeux de fatigue, mais les odeurs qu'elle dégage m'empêchent de la coucher illico. Direction le bain !

Caresser des chèvres : plus jamais !

– Beudie gâteau ! répète-t-elle une fois dans la baignoire, en m'aspergeant d'eau avec son poussin en plastique.

– Demain le gâteau. Birdie bain, puis Birdie dodo ! souris-je en rinçant ses cheveux soyeux.

– Dodie dodo ! Beudie gâteau ! s'obstine-t-elle.

– C'est ce qui s'appelle avoir du caractère, plaisante soudain Emmett, adossé contre la porte.

– Elle a de qui tenir, cette petite, lui réponds-je du tac au tac.

– Papa ! s'écrie sa fille en le montrant du doigt.

Il s'avance vers elle et dépose un baiser sur sa tête mouillée. Il s'est douché et changé, lui aussi, il sent le gel douche et la lessive, dans son jean brut ajusté et son polo rayé. Il semble plus jeune dans cette tenue. Mais son degré de sexytude n'a pas bougé : il frôle toujours l'indécence.

– Papa, recommence Birdie, avant de pointer son doigt vers moi. Mama.

Sueurs froides…

– Mama ! répète la petite en me regardant fixement.

Je suis sous le choc, ne sachant pas comment réagir. Emmett est dans le même état, si j'en crois son visage crispé. Quand il s'agenouille pour se mettre à la hauteur de sa fille et qu'il commence à lui expliquer que « Nanny » et « Mama » sont deux personnes bien distinctes, j'en profite pour filer. C'est un moment qu'il doit partager avec sa fille. En toute intimité.

Et je suis bien trop lâche pour rester…

***

Un bruit sourd me sort de ma torpeur, environ deux heures plus tard. Quelqu'un vient de frapper à la porte de mes appartements. De s'aventurer au quatrième étage. Mon étage.

Ça ne peut être que lui… Première option : faire semblant de dormir profondément. Deuxième option : lui ouvrir et se débarrasser de la discussion pénible qui aura lieu tôt ou tard. Troisième option : hésiter, tergiverser, retourner le problème dans tous les sens, jusqu'à ce qu'il s'en aille.

Les coups reprennent et s'intensifient. Je sors de mon lit et vérifie en passant devant le grand miroir de l'entrée que je suis présentable. Short en coton et débardeur : tout juste passable.

– Sidonie, je peux entrer ? murmure Emmett une fois ma porte entrouverte.

Je reconnais cette voix. Cette élocution. Celles de quelqu'un qui a un peu bu. Pas la bouteille entière, mais le petit verre de trop qui rend les idées floues.

Je m'efface pour le laisser entrer. Ses yeux se promènent partout, comme s'il ne connaissait pas les lieux. Comme s'il n'en était pas le propriétaire. Je devine rapidement qu'il fait ça uniquement pour ne pas avoir à me regarder en face.

– Emmett, je suis désolée pour tout à l'heure. Si on lui explique correctement, Birdie ne m'appellera plus comme ça…

– Tu n'y es pour rien, lâche-t-il enfin, en me fixant intensément.

Décidément, avec lui, c'est tout ou rien ! Cette mâchoire carrée, ces lèvres dessinées, ce nez droit, ces yeux profonds : il est une œuvre d'art personnifiée.

– Elle t'aime, tout simplement, continue-t-il en passant sa main dans ses cheveux. Et je la comprends…

– Tu as bu, ne dis rien que tu pourrais regretter demain, souris-je timidement.

Ses iris semblent s'assombrir, tout à coup. Comme si le ciel venait de lui tomber sur la tête.

– Les étapes importantes comme aujourd'hui, ça me rappelle ce que j'ai perdu, dit-il tout bas, comme à lui-même. Ce qu'elle a perdu. Birdie n'a plus de mère. Elle a fêté ses 2 ans et demi sans elle. Sans Robyn. Elle lui ressemble tellement…

Je lui caresse doucement la joue, il ne proteste pas mais recule d'un pas. J'enroule ma main autour de la sienne, le plus délicatement du monde, et l'invite à me suivre en direction de la chambre. Je l'aide à s'allonger sur mon lit, puis m'installe tout près de lui, mais pas trop pour ne pas le brusquer.

– Je ne sais pas si je crois en Dieu, mais je suis persuadé que quelqu'un t'a envoyée jusqu'ici, Sidonie, murmure-t-il en se détendant. Pour que ma fille se sente moins orpheline. Pour que je me sente moins brisé.

J'éteins la lumière pour qu'il ne voie pas les larmes qui roulent sur mes joues. Puis je caresse sa paume du bout des doigts et ferme les yeux. Rapidement, je me laisse bercer par sa respiration régulière.

***

Lorsque je me réveille, au petit matin, je suis entourée de ses deux bras. J'ignore si mon blond ravageur dort encore mais au moment où j'étire mon dos, j'obtiens ma réponse. De la plus délicieuse des manières. Son torse nu me caresse le dos, ses lèvres brûlantes partent à l'assaut de ma nuque, puis ses dents me mordillent l'épaule. Je gémis, excitée par ce contact.

La faible lumière du jour traverse la double-fenêtre – qui s'étend juste au-dessus de la tête de lit – et éclaire nos corps d'une lueur sépia. Je tente de photographier mentalement cet instant pour ne jamais l'oublier.

– Bien dormi, Baby? susurre Emmett à mon oreille d'une voix rauque.

– Comme un bébé… souris-je lascivement en découvrant qu'il n'est vêtu que d'un boxer.

Déjà, sa main gauche se promène sur mon flanc, en traçant une ligne imaginaire.

– Je crois que je suis réveillé depuis une éternité mais je n'ai pas vu le temps passer… J'adore te regarder dormir.

Allongées sur le même côté, toutes les deux de profil, nos silhouettes s'imbriquent à merveille.

Une partie de Tetris… pour adultes.

Il dépose une série de baisers tendres dans mon cou, en laissant s'aventurer sa main un peu plus haut. En quelques secondes, elle est sur mon sein. Elle le soupèse, le frôle, le caresse. Les baisers se font moins sages, plus fiévreux. Nos respirations s'accélèrent.

– Tu sais que j'aurais pu facilement profiter de toi… grogne-t-il à nouveau, tout bas. Tu dormais si profondément…

Rien qu'à ces mots, une vague de chaleur se libère au creux de mes reins, je sens mon excitation pointer.

– Sous vos airs de super-milliardaire bien sous tous rapports, vous êtes un vilain garçon, Mr Rochester ! soufflé-je en riant.

– Tu n'as pas idée… Mais uniquement avec toi, Sidonie Merlin, murmure-t-il chaudement, en me plaquant plus fermement contre lui. Parce que ton corps de femme me rend fou, ton visage de poupée me touche et… ton petit accent français m'excite au plus haut point.

– Je sais. C'est pour ça que j'en abuse, avoué-je en me cambrant davantage contre lui.

Le jeu peut vraiment commencer. Mon lord me retourne soudain face à lui, sans ménagement. Je lâche un cri de surprise, il sourit insolemment et s'attaque à mes lèvres. Les siennes me font l'effet d'une véritable montée d'adrénaline. Le baiser qu'il m'offre est à la fois d'une fougue et d'une langueur démentielles. Je gémis, il me fait taire en emprisonnant ma bouche, je reprends ma respiration, il me mordille, je soupire, il enroule sa langue autour de la mienne, je grogne, il se fait désirer en reculant la tête à chaque fois que je tente d'approfondir notre étreinte. Cet homme est diabolique.

Et j'en veux toujours plus.

Le baiser qui prend fin me laisse pantelante, frissonnante… insatiable. J'avance à nouveau ma bouche vers lui, mais Emmett pose son index sur mes lèvres et vient coller son front contre le mien, de la plus touchante des manières.

– Après la discussion d'hier soir, je ne veux pas que tu croies que… hésite-t-il soudain, en me fixant de ses yeux sombres. Que je me sers de toi pour oublier ou fuir ou je ne sais quoi.

– Je ne crois rien, Emmett, murmuré-je en caressant son torse tatoué. Nous voulons la même chose à ce moment présent, c'est tout ce qui m'importe.

– Il faudra que tu me racontes, un jour.

– Quoi donc ?

– Ce qu'il t'a fait, cet écrivain de malheur… sourit-il tristement. Pourquoi il t'a donné cette volonté farouche de protéger ta liberté. Comme si ta vie en dépendait.

Pas Mathias, pitié ! Sujet prohibé, surtout au milieu d'une partie de jeux… prometteuse !

– Oui, un jour je te ferai le récit de ma pauvre vie, ricané-je doucement. En attendant, tu veux bien me donner ce que j'attends ?

– Votre souhait, Miss Merlin ? me demande-t-il en plissant les yeux et en fixant intensément ma bouche.

– Un orgasme géant…

– C'est parti ! gronde-t-il en glissant lentement un genou entre les miens, pour que je m'ouvre à lui.

Je glousse un instant, mais suis vite rattrapée par le désir qui s'insinue dans chacun de mes pores. Un bruit sourd s'échappe de la gorge de mon amant lorsque je me charge de retirer mon short et mon débardeur. Enfin nue contre lui, je me fais un malin plaisir à faire glisser son boxer gris le plus voluptueusement du monde. Le tissu vole jusqu'au fauteuil Chesterfield blanc qui borde le lit.

Emmett se mord la lèvre en glissant sa main entre mes cuisses. Je gémis en sentant son pouce titiller mon clitoris et son index s'introduire délicatement en moi. Mon milliardaire prend son temps, pour que chacun de nous savoure ce moment. Il m'observe attentivement alors que je bascule ma tête en arrière, prise de frissons, puis lâche d'une voix virile :

– Regarde-moi, Sidonie.

Un deuxième doigt me pénètre. Plus loin. Plus fort. Je me force à revenir à la réalité et à braquer mes yeux sur ses pupilles noires. Elles semblent habitées par un feu incandescent. Je ne peux retenir un autre gémissement, plus aigu. Emmett expire et avance la tête pour passer sa langue le long de ma lèvre supérieure. Ce simple contact me donne le tournis.

Ses doigts s'activent à l'intérieur de moi, le sang qui se répand dans mes veines se réchauffe un peu plus à chaque va-et-vient. De sa main libre, il parvient à caresser mes tétons, à les effleurer, les titiller, les pincer, ma respiration s'entrecoupe, devenant erratique et je n'ai d'autre réflexe que d'arquer mon corps vers le sien. Le désir, le plaisir se mélangent, ils montent violemment en moi, totalement incontrôlables, déchaînés. Emmett grogne de contentement à chaque fois qu'un gémissement m'échappe, l'incitant à accélérer la cadence, à caresser plus vivement, à pincer plus fort. Mon esprit commence à quitter mon corps, ma peau devient ultrasensible, même son souffle qui balaie ma nuque se transforme en préliminaire torride.

– Viens ! soupiré-je, soudain. Maintenant…

– Patience… Laisse-toi aller, me provoque le milliardaire en jouant de ses doigts.

Ils s'extraient de moi, puis entrent à nouveau d'un coup sec, plus brusquement, plus profondément et j'agrippe les draps pour ne pas crier. C'est divin, mais ça ne me suffit plus. C'est sa virilité entière que je désire. Son sexe au garde-à-vous, qui se dresse fièrement vers moi. Incapable d'aligner deux mots, je lâche plusieurs râles, qui finissent par porter leurs fruits. Emmett se positionne enfin au-dessus de moi et je soupire d'extase, avant même d'avoir goûté à cette délivrance.

Les muscles de ses biceps roulent sous sa peau ambrée lorsqu'il s'empare de mon menton et se rapproche tout près de mon visage, pour murmurer :

– Je veux que tu te voies dans mes yeux, lorsque je glisserai en toi pour te posséder.

Il entre en moi et ce que je vois est aussi fort que ce que je ressens. Ses percées s'accélèrent graduellement, je me cambre pour aller à leur rencontre, puis croise mes jambes autour de mon amant. Lorsqu'il marque une pause pour me laisser reprendre mon souffle, je tends les bras et glisse mes mains dans ses cheveux. Lentement, je l'oblige à baisser la tête et porte ses lèvres jusqu'aux miennes. Nous échangeons un baiser tendre, pur, qui s'enflamme et s'éternise lorsque ses hanches repartent à nouveau à l'assaut de ma féminité. Tous nos sens se mélangent, pour ne former qu'un tout. Un tout somptueux, haletant, enivrant, qui nous mène loin, très loin de la réalité.

Oh... my... Lord...

Au fil des allées et venues, son souffle brûlant provoque une onde de choc sous ma peau et je m'accroche à ses épaules carrées pour ne pas totalement lâcher prise, pour rester avec lui un peu plus longtemps. Le désir est sur le point de me consumer. Chaque sensation commence à s'amplifier. Chaque regard m'électrise. Chaque frôlement me brouille l'esprit. Chaque pénétration me rapproche de la jouissance. De plus en plus vite. Impossible de ralentir.

Les images de cet homme qui me prend, ses lignes parfaites, ses muscles saillants, ses coups de reins redoutables me transforment en *sex-machine*. Les bruits répétitifs de son bas-ventre qui claque contre le mien achèvent de me rendre folle. Cette fois, je lâche le contrôle. Je m'abandonne totalement, jette la tête en arrière, plante mes ongles dans ses fesses si fermes et si rondes et crie mon extase alors que l'orgasme déferle en moi de manière brutale. Je lui mords l'épaule pour m'empêcher de hurler, il lâche un gémissement rauque – de douleur et de plaisir – en me pénétrant une dernière fois avant de jouir. Nos corps tremblent à l'unisson, chamboulés par nos respirations discontinues.

Nos peaux restent soudées dans cette position, jusqu'à ce que mon réveil sonne.

– Il faut que je me prépare, marmonné-je en me lovant contre lui. Birdie va se réveiller dans moins d'une heure.

– Avec la journée qu'elle a eue hier, elle va peut-être t'accorder un peu de répit... sourit son père.

– Si je comprends bien, j'ai ton accord pour passer la journée au lit ? haussé-je les sourcils.

– Hors de question, j'ai de l'argent à faire rentrer, pas le temps de pouponner !

grogne-t-il en me donnant une petite tape sur la fesse. À la douche, Nanny !

– Uniquement si tu m'accompagnes.

Ma voix coquine fonctionne, puisqu'en un rien de temps, il est debout sur ses pieds, le bras tendu vers moi pour m'aider à me relever. Nous courons comme des dératés jusqu'à la salle de bains, il allume l'eau alors que je me brosse les cheveux à la va-vite.

– Nanny, c'est ici que ça se passe ! me regarde-t-il, insolent, sous le jet.

Je le rejoins en gloussant, me plaque contre lui et soupire de bonheur en sentant le liquide brûlant couler le long de ma peau. La tête dirigée vers le plafond, Emmett se laisse lui aussi aller à une douce torpeur. Une petite ampoule s'allume dans mon esprit. L'heure de ma vengeance a sonné.

Je promène ma main sur son ventre plat, la remonte sur son pectoral tatoué puis… je lui pince brusquement le téton. Il sursaute, je ne lâche rien.

– Ça fait un mal de chien ! Qu'est-ce que tu fais ? grogne-t-il, mi-amusé, mi-agacé.

– Emmett Rochester, appelle-moi encore une seule fois Nanny et je ferai bien pire. En revanche, appelle-moi Baby et je saurai me montrer reconnaissante…

– Hmm, je demande à voir ça… Baby, murmure-t-il, de manière terriblement sexy.

Sans jamais le quitter des yeux, je me laisse lentement tomber à genoux et approche mon visage de son sexe bandé. Il me lance un sourire démoniaque, j'ouvre la bouche, enroule ma langue autour de son gland avant de refermer mes lèvres dessus. Il lâche un soupir, je pose mes mains sur ses fesses et sens tout son corps d'apollon se contracter.

Je le savoure, le titille, le suçote jusqu'à ce que son excitation grandisse. J'ai le feu aux joues et mon entrejambe fourmille lorsque je pose une main à la base de sa virilité et la presse, juste un peu. Je la sens durcir dans ma bouche, et ses gémissements sourds m'encouragent à passer à la vitesse supérieure. Je le fais coulisser entre mes lèvres avec un plaisir non dissimulé, il m'accompagne en allant et venant en cadence avec ses hanches.

Ses doigts se perdent dans ma chevelure trempée, il empoigne quelques mèches, tire légèrement, puis les relâche. Uniquement pour mieux recommencer, avec de plus en plus de hardiesse. Cette marque d'autorité m'excite, tout à coup, et j'imprime un rythme plus rapide. Mes lèvres sont en feu, ma langue avide, mes tétons durs et douloureux à force de frotter contre ses jambes.

L'eau qui coule et mes bruits de succion se font écho dans la pièce embuée. Brusquement, sans que je m'y attende, Emmett pose un pied sur le rebord de la baignoire et m'offre un meilleur accès. Je lui décoche un sourire gourmand puis me délecte de lui, encore et encore, grisée par ses gémissements rauques et ses mots prononcés à voix basse. Mon intimité est trempée, mon cœur bat à tout rompre, mais mes gestes sont précis, presque millimétrés.

– Tu m'avais caché ce don, Nanny… grogne mon lord en souriant en coin.

Il était prévenu ! Un petit coup de dents et son expression satisfaite et insolente disparaît. Mon milliardaire grimace, jure, puis attrape mon visage entre ses mains.

– OK, Baby. J'ai compris…

Je l'enfonce un peu plus profondément dans ma bouche, une fois, deux fois, trois fois, puis le ressors entièrement. Je m'intéresse à nouveau au bout extra-sensible de son pieu et le déguste comme une sucette. De ma main droite, je le caresse, d'avant en arrière, il semble apprécier puisque son corps se contracte encore un peu plus. Sa main crispée se perd dans mes cheveux, je lève les yeux vers lui et le fixe, en lui assenant le coup de grâce. J'accélère à nouveau, le fais glisser plus profondément entre mes lèvres, jusqu'au fond de ma gorge et au bout de quelques va-et-vient, il jouit sous mon regard, plus immense, plus viril, plus intouchable que jamais.

Submergé par le plaisir, il met un peu de temps à émerger. Je me relève et me plaque contre son dos, en nous déplaçant lentement sous le jet d'eau. Je glisse mes mains sous ses bras et vais les poser sur son torse qui monte et descend, au rythme de sa respiration saccadée. Je trace un petit cercle dans son dos, du bout de mon nez et y colle un baiser. Ce geste de tendresse lui fait tourner la tête vers moi et je l'admire, de profil, la bouche entrouverte, les yeux plissés, les cheveux en bataille, trempés.

Avant lui, j'ignorais qu'un tel spécimen existait…

Il se retourne doucement et me fait face, un sourire paresseux sur les lèvres.

– Je ne suis pas le seul à bien cacher mon jeu, finalement. « Jeune fille sérieuse, parfaitement présentable, cultivée et courtoise, je suis aussi une pro de la… »

– Emmett ! le stoppé-je en posant ma main sur sa bouche.

– Il n'y a pas de honte. Bien au contraire… se marre-t-il en m'esquivant.

– Je ne vois absolument pas de quoi tu parles, affirmé-je en mentant effrontément.

– Tu m'intrigues, Sidonie. Et je suis à peu près sûr que je ne connais que la moitié, voire le quart de tes différentes facettes.

– Vous êtes un homme patient, Mr Rochester. Vous finirez bien par tout savoir de moi. Et par vous lasser… plaisanté-je à moitié.

– Justement, je n'en suis plus si sûr, murmure-t-il, comme pour lui-même.

– Pardon ?

– Un *english breakfast* ? me propose-t-il en me tendant la main, pour changer de sujet.

Je le fixe sans bouger, puis décide de ne pas insister. Il est de si bonne humeur… Pourquoi tout gâcher ?

– Je viens déjà d'y goûter, il me semble… souris-je en rougissant.

Ses yeux sombres et luisants me dévisagent, descendent sur ma bouche pour ne plus la quitter.

Cette bouche, je crois qu'il ne peut déjà plus s'en passer…

14

PRETTY NANNY

Dans sa salopette vert pâle qui contraste joliment avec ses bouclettes rousses, Birdie babille à quelques mètres de moi, au centre de la salle de jeux. Doudou Lapin, poupée Patate – qui doit probablement détester le surnom qui lui a été donné – et poussin Rose sont assis en face d'elle et lui font la conversation.

L'imagination d'une enfant de 2 ans et demi… On ne s'ennuie jamais, à cet âge-là.

Je ne peux réprimer un sourire lorsque le petit monstre donne une correction à son lapin fétiche. J'ignore quel crime de lèse-majesté il a bien pu commettre, mais il a du souci à se faire pour ses oreilles. Après tout, il ne lui reste plus que ça à protéger, son pompon et sa moustache n'étant plus de ce monde.

Je n'échangerais définitivement pas ma place contre celle d'un doudou, quel que soit son propriétaire. Il ne faut pas croire, les peluches milliardaires non plus n'ont pas la vie facile !

Un gloussement s'échappe de la bouche de Birdie, puis elle serre sa petite victime contre elle en piaillant gaiement. Cette vision – pourtant habituelle – m'émeut. Et mes pensées s'aventurent là où elles ne sont généralement pas autorisées à aller. Elles empruntent un sentier dangereux. Celui de mon passé.

Je réalise tout ce que j'ai manqué de la vie de ce petit garçon que j'ai mis au monde et auquel j'ai dû renoncer – pour son bien, même si parfois j'ai besoin de me le rappeler. Il a neuf ans, désormais, et je ne l'ai pas vu grandir. J'ignore tout de lui. S'il préfère les jeux vidéo, les pistolets en plastique ou les petites voitures. Le football, le judo ou la danse. Si sa chambre est bleue avec des étoiles au plafond et en bazar. S'il est plutôt brownie au chocolat ou bonbons Haribo. S'il se réveille la nuit en proie à des cauchemars ou s'il dort paisiblement. S'il pleure lorsqu'il tombe ou s'il serre les dents et se relève pour passer à l'activité suivante. S'il aime partager du temps avec sa maman, son papa, ses frères et sœurs. S'il en a.

Je ne le saurai jamais. Et c'est peut-être mieux comme ça.

***

La mission du jour : constituer une garde-robe d'automne à *Princess* Rochester. Ses vêtements d'été ne seront bientôt plus assez chauds, le moment est venu d'en changer. Cette tâche étant quasiment impossible à réaliser seule – Birdie dans les magasins, ce n'est pas beau à voir – Imogen était censée m'accompagner. Un changement de dernière minute et c'est Emmett qui s'est libéré pour quelques heures.

Bizarrement, je traîne moins des pieds…

– Imogen va bien ? demandé-je au blond ténébreux en installant sa fille dans son siège-auto.

– Globalement oui, mais aujourd'hui elle n'est pas en forme. J'ai insisté pour qu'elle reste chez elle, m'indique-t-il distraitement, accaparé par l'écran de son smartphone.

– Si elle a besoin de quoi que ce soit…

– C'est généreux de ta part Sidonie, mais si je paie trois personnes pour prendre soin d'elle à domicile, ce n'est pas pour lui envoyer ma nanny, lève-t-il soudain la tête en fronçant les sourcils.

– Charmant… Je sens qu'on va passer une délicieuse matinée, ronchonné-je en montant à l'avant du véhicule.

– Si tu avais été moins lève-tard ce matin, ça aurait peut-être été le cas, rigole-t-il dans sa barbe en souriant insolemment. Je t'ai attendue… J'avais follement envie de toi.

– Emmett ! Birdie est juste derrière ! Elle pourrait comprendre !

– Elle ne fait pas encore la différence entre une peluche et un animal en chair et en os ! Je pense qu'on peut se passer du langage codé pendant encore quelques mois… se moque-t-il en faisant rugir le moteur.

La voiture se lance sur la route mouillée dans un vrombissement régulier, j'attache ma ceinture de sécurité.

– Je n'ai pas entendu mon réveil, ce matin, continué-je à bougonner alors qu'il me caresse doucement du regard. Sinon je t'aurais rejoint dans notre repaire secret…

Traduction : son bureau, qui est devenu notre terrain de jeux préféré ces derniers temps. Emmett et moi nous y retrouvons souvent, quand toute la maisonnée dort et que le monde extérieur se réveille paresseusement. Ce matin, mon manque de ponctualité m'a privée de ce corps-à-corps tant désiré. Et ma journée n'a définitivement pas débuté du bon pied.

Birdie se comporte étonnamment bien pendant la première heure de shopping. Apparemment, les bras de son père sont plus confortables et apaisants que sa poussette toutes options.

Je suis bien placée pour le savoir…

Autour de nous, les vendeuses en tenues chics et talons hauts s'affairent, nous présentant la dernière collection junior en faisant les yeux doux à mon milliardaire. Plus pour sa beauté magnétique que pour sa fortune, même si les deux arguments combinés font de lui un spécimen des plus recherchés. Emmett Rochester est connu comme le loup blanc à Mayfair, même les plus cruches ou étourdies n'ont pas besoin de voir sa carte de visite pour savoir à qui elles ont affaire.

Après trois magasins – haut de gamme, voire haute couture – la mission est terminée. Je n'ose pas jeter un œil à la note, mais je sais que Birdie a largement de quoi tenir jusqu'à l'hiver. Les vêtements riquiqui nous seront livrés dans la journée : aucun sac à se trimbaler.

L'argent ne fait peut-être pas des miracles, mais c'est tout comme…

– Passons aux choses sérieuses, maintenant, m'annonce Emmett en me forçant à traverser la rue.

– Je croyais qu'on avait terminé ! protesté-je en essayant de le rattraper.

– Après vous, Lady Merlin, sourit-il en ouvrant la porte de l'incroyable boutique Dior.

Pendant les trente minutes suivantes, il ne me laisse pas en placer une. L'index posé sur ses lèvres, il me fait signe de ne pas tenter de me rebeller. Mr Rochester a décidé de m'offrir une nouvelle garde-robe et je ne suis pas en droit de refuser.

Ça, c'est ce qu'il espère…

– Tu te crois dans *Pretty Woman* ? sifflé-je en sortant de la cabine d'essayage, après avoir enfilé une douzième tenue de ville, de soirée ou de travail – à tomber.

– *Pretty Nanny*, disons, murmure-t-il alors que ses yeux me détaillent… avec gourmandise.

Birdie se tient toujours à carreau, assise sur le parquet, un biscuit fourré dans la bouche.

– Tu sais quel métier joue Julia Roberts, dans ce film ? rétorqué-je d'une voix acide. C'est à peu près comme ça que je me sens, là, maintenant.

Le visage d'Emmett se crispe, son sourire disparaît. Le colosse se lève de sa banquette en cuir blanc et fait signe à deux vendeuses de veiller sur la petite rouquine. Il parcourt la distance qui nous sépare en me fixant intensément, puis m'attrape doucement par le poignet pour me guider jusqu'à la cabine.

– Ça te tuerait de prendre les choses à la légère, pour une fois ? me demande-t-il en tirant sèchement le rideau rouge vif. Je voulais te faire plaisir, Sidonie. C'est un crime ?

– Je n'ai pas besoin de tes cadeaux, de ton argent. Je ne veux pas être entretenue, insisté-je à voix basse.

– Tu ne me dis pas tout…

– Si, justement. Tout est dit : je veux que cette séance s'arrête, je suis mal à l'aise. Ça partait d'un bon sentiment, je ne veux pas paraître ingrate, mais…

– Mais tu es trop fière, trop bornée, pour faire confiance à un homme. Ou trop blessée, peut-être.

Ses yeux sombres m'interrogent, me sondent, sans sourciller. Emmett n'est qu'à quelques centimètres de moi, sa bouche est à ma portée et je décide de ne plus réfléchir. Je fais un pas en avant et l'embrasse, avec fougue. Il cède quelques secondes, répondant à mon baiser, puis me repousse. Tout à coup, j'ai la sensation d'étouffer.

– Ta bouche est divine, mais ça ne résoudra rien et tu le sais parfaitement, gronde-t-il doucement. Pourquoi es-tu incapable d'accepter un geste de ma part ? De me croire lorsque je te dis que je n'ai aucune arrière-pensée ? Aucun but caché ?

– L'homme qui remercie sa maîtresse à coups de belles fringues, de diamants ou de gros billets : je n'aime pas ce concept, je ne l'ai jamais aimé.

– Tout est toujours noir ou blanc avec toi, hein ? soupire-t-il en passant la main sur sa barbe naissante. Pas de juste milieu. De nuance. C'est à cause de lui ?

– Je ne sais pas ce que tu veux me faire dire Emmett, tout ce que je sais c'est que…

– C'est que Mathias Prévost était l'un d'eux, me coupe-t-il en m'attrapant par la taille pour me plaquer contre lui. L'un de ces mecs qui ignorent la beauté, la rareté de ce qu'ils ont entre les mains.

– Je ne suis pas un objet, sifflé-je en tentant de le repousser – vainement. Ni une bête de cirque.

– Non, tu es à la fois une femme stupéfiante et une emmerdeuse de première. Si ça t'amuse de te venger de lui en t'en prenant aux autres – dont moi – fais comme bon te semble, mais sache que je n'ai rien à me reprocher.

Sur ce, il colle brusquement un baiser sur mes lèvres, puis sort de la cabine en jetant en direction des vendeurs :

– Mesdames, messieurs, merci pour vos services, il est temps de nous quitter !

Mes lèvres en redemandent, mon cœur est sur le point d'imploser…

Dans la voiture qui nous ramène à la *townhouse*, le ton redevient léger. Alors que Birdie s'est assoupie, Emmett chantonne en reprenant les paroles des Rolling Stones, qui passent à la radio. Je pense avoir enfin trouvé plus lunatique que moi.

– Dîne avec moi, ce soir, me demande-t-il à un feu rouge. À la maison. Je cuisine.

– Je croyais que tu avais un rendez-vous d'affaires, m'étonné-je en lui rendant son sourire.

– Je vais décommander. Camilla ou Jude pourront me remplacer.

Je continue à l'observer lorsque le véhicule se remet en mouvement. Une question me brûle les lèvres, mais je n'ose pas la poser.

– Qu'est-ce qu'il y a ? finit-il par me demander.

– D'abord tu veux m'offrir un milliard de robes. Ensuite tu m'appâtes avec tes talents culinaires. Je me demande à quel jeu tu joues… murmuré-je, un peu perdue.

– Tu n'aimes pas qu'on prenne soin de toi ?

– Je ne sais pas. J'ai juste peur de… m'habituer. Et quand tu décideras de calmer le jeu, je m'en voudrai d'avoir besoin de toi.

– Tu es libre de refuser, Sidonie. Les robes, les dîners et tout le reste. Je te l'ai déjà dit et je le répète : tu participes de ton plein gré. Si la situation ne te convient plus, on peut tout arrêter, précise-t-il sur un ton qui se veut indifférent – mais qui ne l'est pas tout à fait.

– Ce n'est pas ce que je veux ! lâché-je un peu trop fort, effrayée par la tournure de cette conversation. Emmett Rochester aux fourneaux, je ne raterais ça pour rien au monde…

Ma dernière phrase était supposée détendre l'atmosphère et c'est plutôt réussi, puisqu'il rit de bon cœur, avant d'augmenter le volume des enceintes. De mon côté, je fais mon possible pour sauver les apparences, mais je suis complètement paumée. Il me veut, il me tient à distance, il me veut, il me propose de me rendre ma liberté… Ce cercle entêtant et déstabilisant ne va pas tarder à me rendre folle. Ou pire : malheureuse.

***

La semaine s'est à peu près terminée comme elle avait commencé. Pluvieuse : Londres vue du ciel ne serait pas la même sans tous ces parapluies déployés. Studieuse : j'ai profité des siestes de Birdie pour terminer *Nounou, mode d'emploi*. Joueuse : entre dîners complices et séances torrides, Emmett et moi avons poursuivi notre relation secrète sans nous soucier du lendemain.

Du moins, pas ouvertement…

Vendredi soir au 26, Cleveland Way. Je n'ai même pas le temps d'annoncer que je m'envole pour Dublin dans quelques jours. J'ai à peine retrouvé mon appart que Joe et Jasper me cernent pour m'emmener de force au salon. Une discussion entre personnes consentantes et un bain moussant en toute quiétude, c'était vraiment trop demander.

– Vous n'avez rien de mieux à faire que de me harceler? Aller bosser, par exemple? ris-je en sentant leurs sales pattes me pousser sur le canapé.

– Non, dégât des eaux : le bar est fermé tout le week-end, sourit fièrement ma peste de sœur en clignant l'un de ses yeux bleus.

– Une bière, un petit blanc, un shot? m'interroge Jasper en se rendant en direction de la cuisine.

– Blanc! réponds-je, parfaitement synchro avec ma jumelle.

– OK, Polly et Pocket, je reviens! ricane le hipster.

– Bon, Sid, on ne t'a pas séquestrée dans ce salon sans raison, commence Joe, en s'ébouriffant les cheveux.

– C'est bien ce que je craignais…

– Ne commence pas à te braquer, ricane-t-elle.

Je plisse légèrement les yeux, prends une position plus confortable et attends qu'elle se décide enfin à lâcher le morceau. Qui – si je la connais bien – risque de passer difficilement. Je l'encourage du regard, m'agite, soupire d'impatience, elle n'en rigole que davantage, assise en tailleur sur le tapis.

– Je ne peux pas commencer sans Jasper, m'explique-t-elle en haussant les épaules. Toujours se munir d'un témoin pour ce genre d'intervention!

– Une intervention? Je rêve, tu comptes me faire interner ou quoi?

– Hum… Pas loin.

Ma jumelle a toujours eu ce tempérament de feu. Lorsqu'elle est décidée à faire tomber un mur, elle n'y va pas à coups de pioche, elle le dynamite. Son approche n'est pas toujours très diplomate, je préférerais parfois qu'elle opte pour une méthode plus douce, mais elle est comme ça. Personne – pas même moi – ne la changera.

Maman admirait ça chez elle. Et forcément, ça me rendait jalouse…

Notre colocataire finit par se pointer, ramenant avec lui un plateau rempli de bouteilles, verres à pied, biscuits apéritif et crudités à picorer. Il s'assied à côté de moi et s'occupe des boissons, pendant que Joe se jette sur les Pringles.

Cette peste a un métabolisme hors norme : elle ingurgite tout ce qu'elle veut, quand elle veut, sans prendre un gramme!

– Bon, la séance de torture peut commencer? plaisanté-je en me vengeant sur les chips goût barbecue.

Jasper se marre, Joe arrête de se goinfrer et prend un air faussement solennel :

– Sid, ça fait trois mois que tu bosses pour Rochester, je me trompe ?

– Non, c'est à peu près ça.

– Trois mois que tu gagnes des ronds et que tu mets de l'argent de côté, enchaîne Jasper sur le même ton.

– Exact… et que je paie une bonne partie de votre loyer.

– Un détail, sourit ma sœur.

Elle m'a beaucoup aidée financièrement pendant mes études : c'est le juste retour des choses.

– Trois mois que tu t'occupes d'une mioche capricieuse… reprend-elle, sur un ton que je n'apprécie guère.

– Ne la résume pas à ça, grogné-je.

– OK, je retire. Trois mois que tu t'occupes d'une mioche insupportable.

Saloperie de sourire en coin…

– Si ça peut te faire plaisir… soupiré-je en capitulant.

– Autrement dit, que tu perds ton temps, attaque-t-elle à nouveau.

L'air devient lourd, dans cette petite pièce aux murs anciens. Je me mords la joue, pour retenir les propos assassins qui me trottent dans la tête. J'opte finalement pour une version plus… soft.

– Joe, si tu ne veux pas que je m'énerve, il va falloir changer de ton et nuancer tes propos, la menacé-je en la foudroyant du regard.

– Je ne suis pas là pour t'épargner, ma chérie, ricane-t-elle, peu impressionnée. De nous deux, c'est toi le cerveau, c'est toi qui t'es lancée dans des études pour devenir quelqu'un, faire quelque chose de ta vie. Alors arrête de gâcher ton potentiel et agis ! Ce foutu job ne devait pas t'accaparer autant, tu voulais te faire un peu de fric, pas bousiller ton avenir !

– Tu deviens aussi condescendante que Camilla, enragé-je en me levant. Fais gaffe Joe, bientôt tu seras aussi seule et pathétique qu'elle…

– Les filles, et si on redescendait d'un cran ? tente bravement Jasper.

– Non ! beuglé-je dans sa direction. J'en ai ma claque de tout ça ! Je vis ma vie comme je l'entends ! Personne ne me dictera ma conduite !

– Parce que ton Rochester ne te mène pas à la baguette, peut-être ? grogne la brune.

– C'est mon boss, c'est différent !

– Tu parles, tu refuses de l'admettre mais tu es folle de lui depuis le premier jour. Tu es à ses pieds ! C'est ça qui te fait rester, rien d'autre ! Tu vas te casser la gueule, Sid, et ça fera très mal.

– Mais on sera là pour ramasser les morceaux… complète Jasper en lui filant un coup de coude énergique.

– Tu crois tout savoir, toi, hein ? Pouvoir tout contrôler ? hurlé-je. Mais contrairement aux autres, moi, je sais ce qui se cache derrière ta grande gueule et tes attitudes de brute épaisse. Tu as un cœur, Joe, comme tout le monde. Et quand tu accepteras enfin de le laisser battre en paix, on vivra tous plus heureux ! Tu m'emmerdes avec tes jugements. Tu m'emmerdes avec ton pessimisme. J'ai envie d'y croire, à mon histoire. De tenter ma chance avec Emmett. Et si ça te pose un problème, j'ai la solution : on n'en parle plus !

Ses yeux bleus me torpillent, sa mâchoire est contractée, ses sourcils froncés : Joe n'a pas l'habitude qu'on la remette à sa place de la sorte. Satisfaite de ma repartie – et le cœur battant à mille à l'heure – je quitte la pièce en trombe, après m'être enfilé mon verre de vin blanc cul sec.

Étape suivante : de l'eau chaude, des bulles et… la porte d'entrée qui claque… Un peu de calme et de sérénité… enfin !

Du calme, j'en ai eu tout le week-end. Presque trop. Joe a fait quelques rares apparitions à l'appartement, restant muette comme une carpe en ma présence. Jasper, lui, s'est trouvé une jolie danseuse aux cheveux roses et a passé les deux jours chez elle. J'ai donc occupé mes journées et mes soirées sans grande originalité : dodo, jogging, télé, pizza, shopping, fast-food, lecture de magazines à scandales et jeux en ligne. « Vis ma vie de sans-famille, sans-ami et sans amour-propre », en quelque sorte.

C'est mal, mais ça fait un bien fou…

Dimanche soir, je suis sur le point de craquer. Emmett me manque terriblement. J'essaie de me raisonner, de m'occuper autrement, mais l'envie ne fait que s'accroître. Je suis née avec un cerveau programmé pour ne rien lâcher, impossible de lutter. Je prends sur moi d'une manière exemplaire pour ne pas l'appeler, depuis quarante-huit heures, j'estime être en droit de m'offrir un petit « extra ».

Allongée de tout mon long sur mon lit qui grince et qui couine, je passe le doigt sur mon écran tactile en hésitant à appuyer ou non. Une pression du pouce sur son numéro et sa voix délicieusement rauque viendra me bercer.

Craquera, craquera pas ?

Vibrations. Je viens de recevoir un texto. Mon cœur s'emballe. Raté : c'est Joe.

[Je ne rentre pas ce soir.
Bonne semaine.]

Je lâche un petit cri de frustration et me retourne pour donner un coup de poing – ridicule – dans le coussin. Ma sœur me sort par les yeux. Ça arrive souvent, mais pas à ce point. Non, là, son degré de mauvaise foi et de bêtise vient d'atteindre des sommets. Je ne lui réponds pas : j'estime que si je n'ai rien d'agréable à lui dire, autant me taire. Nouvelles vibrations. Je débloque mon écran, m'attendant à l'acte II de cette scène grotesque :

[J'hésite à déchiqueter
ou brûler ton contrat.
Trois nuits sans toi,
c'est un calvaire. Reviens vite,
mon corps est devenu capricieux,
il te réclame sans cesse.
E. R.]

Il a cédé avant moi… Je lui manque… Prends ça, Joe !

15

DUO EN DUEL

Un peu essoufflée par mes vingt minutes d'exercice, je descends du tapis de course et attrape le babyphone en me rendant à la salle de bains. La baignoire aux jets multiples se remplit à une vitesse folle et en un temps record, je soupire de ravissement en sentant les remous brûlants me masser le dos et les jambes.

Surtout, ne pas s'habituer à tout ce luxe. Comment ça, « trop tard » ?

La suite présidentielle du Fitzwilliam Hotel est plongée dans le silence : il n'est que dix-neuf heures, mais Birdie s'offre déjà un dodo royal. Elle dort comme une marmotte depuis notre arrivée à Dublin, sans doute en raison de nos activités physiques… incessantes. En seulement trois jours, la petite et moi avons profité des longues journées ensoleillées pour parcourir la ville en long, en large et en travers.

Elle s'est extasiée devant les gorilles du zoo de Dublin, a râlé pendant la visite du Musée d'Art Moderne, donné à manger aux canards à Stephen's Green, pique-niqué à Phoenix Park, fait un caprice intersidéral dans la cathédrale Saint-Patrick, un autre lors d'une séance de lèche-vitrines sur O'Connell Street. Malgré ses humeurs, la petite *British* a un succès fou ici, et je peux en dire autant pour moi. Les trentenaires irlandais semblent particulièrement intéressés par notre duo… détonant.

Emmett, lui, est accaparé par ses affaires – logique, pour un *business trip* – mais s'efforce de nous accorder un peu de temps. Mon milliardaire et moi nous retrouvons chaque nuit, dans le décor intimiste de l'un des plus beaux palaces de Dublin – situé en plein cœur historique de la ville aux mille et une portes colorées. Notre complicité grandit, notre relation évolue, je sens que mon blond ténébreux baisse sa garde, peu à peu.

Et, même si je tente de m'en empêcher, je me prends à rêver… d'un vrai « Nous ».

Je m'extrais de la baignoire après avoir barboté une quinzaine de minutes, puis me rends dans le dressing en consultant l'heure. Emmett m'attend dans le grand hall dans trente minutes. Afin de célébrer notre dernière soirée en terre celtique, mon lord a engagé une baby-sitter et orchestré une petite escapade secrète. Je ne sais pas ce qu'il me réserve, mais je compte le bluffer. Après tout, je n'ai pas passé tout l'après-midi à courir après *THE little black dress* pour rien !

Emmett Rochester, je te garantis que ce soir tu n'auras d'yeux que pour moi…

Dernier check-up face au miroir. La robe est parfaite : bustier, cintrée, mi-cuisses. Mes talons aiguilles *nude* complètent sobrement l'ensemble. Mes cheveux blonds sont légèrement ondulés, mes lèvres teintées de rose, mes paupières simplement parcourues par un trait d'eye-liner. J'enfile rapidement mon trench – une nouvelle acquisition, là encore – et quitte la suite après avoir échangé quelques mots avec ma remplaçante. Elle semble tout à fait compétente – une évidence : Emmett n'aurait pas engagé n'importe qui pour veiller sur la prunelle de ses yeux.

Ses iris entêtants et son sourire démoniaque m'attendent en bas des escaliers en marbre et je fonds un peu plus à chaque marche. Ma tenue fait son petit effet, si j'en crois ses pupilles déchaînées qui me détaillent sauvagement. Lui porte un pantalon sombre, une veste taupe sur une chemise dont les premiers boutons sont déboutonnés et un foulard plus clair. Avec ses traits fins, racés et ses cheveux cendrés coiffés-décoiffés, il est le parfait mélange d'élégance et d'insolence.

– Emmett, enchanté, lâche-t-il d'une voix rauque, en me tendant la main.

Je hausse les sourcils et reste légèrement à distance, méfiante. Il sourit, puis me glisse à l'oreille en faisant un pas vers moi :

– Ce soir, oublie qui je suis. Oublie Mr Rochester.

– Charmée, Emmett… murmuré-je en frôlant sa mâchoire du bout de mon nez.

Un frisson me parcourt, la petite bête fait déjà des bonds dans mon ventre.

– Allons vérifier si la légende dit vrai ! m'attrape-t-il soudain par la main pour m'attirer à l'extérieur.

– La légende ? gloussé-je en le suivant tant bien que mal.

– Il paraît que la Guinness est meilleure à Dublin fraîchement brassée ! C'est l'heure de vérité !

Nous sautons dans la berline avec chauffeur et nous installons à l'arrière, pour nous bécoter comme deux adolescents. Il me dit à quel point je suis belle, je lui réponds à quel point il a changé ma vie. J'ai très peu voyagé jusque-là – pas le temps, pas les moyens, pas le cœur à ça. Aujourd'hui, j'ai envie de tout voir, tout découvrir, m'immerger en terre inconnue pour rattraper tout le temps perdu.

– En moyenne, je fais un déplacement tous les deux mois qui nécessite la présence de Birdie. Et la tienne… me sourit-il tendrement. La liste de tes voyages va bientôt s'allonger.

J'oublie, parfois, que je suis son employée… Soupir.

Ma susceptibilité se fait la malle lorsque je pénètre dans le Temple Bar, l'un des pubs les plus renommés au monde. L'endroit est bondé, mais Emmett a réussi à nous réserver une petite table, à l'écart de l'agitation. Pendant plusieurs heures, nous testons différents breuvages, dévorons des spécialités locales en refaisant le monde et j'ai l'impression de le découvrir sous un nouveau jour. Il est plus décontracté, plus joyeux qu'à l'accoutumée. Nos conversations se terminent pour la plupart en éclats de rire et je m'ouvre, comme jamais auparavant.

– Avec Mathias, tout était dans l'apparence. Je devais me tenir à carreau, sourire et me la fermer. Il ne m'aurait jamais laissée boire autant de bières et manger toutes ces fritures, dévoilé-je enfin, en réalisant que j'ai bel et bien retrouvé ma liberté.

– C'est la première fois que tu me parles de lui, m'encourage Emmett en plissant un peu plus les yeux. Et ça ne fait que confirmer ce que je pensais : cet enfoiré ne te méritait pas.

– J'étais persuadée du contraire, justement. Je me suis toujours sentie inférieure, en sa présence. C'est en partie pour ça que je suis restée avec lui toutes ces années : je pensais qu'il me tirait vers le haut…

– Qu'est-ce qui t'a fait changer d'avis ?

– Son attitude vis-à-vis des autres. De ma famille, en particulier. Il m'étouffait, faisait tout pour me tenir à distance de mes proches, pour me formater. J'ai fini par me réveiller et par dire stop. Ça faisait des années que je ne l'aimais plus, mais jusque-là, j'étais trop faible pour le quitter.

– Il t'a laissée partir ?

– Non, j'ai dû batailler. Et apparemment, ça n'a pas suffi, soupiré-je. La preuve : il s'est servi de Camilla pour m'atteindre.

– Mais il n'est pas arrivé à ses fins, sourit doucement mon milliardaire.

– Me faire virer ? Me récupérer ? Non. Mais tant que ça l'amusera, il me torturera en utilisant mon passé, sifflé-je en sentant les larmes affluer.

– Je ne le laisserai pas te faire du mal, Sidonie, murmure soudain Emmett. Tu es en sécurité, avec moi.

– Je sais, me forcé-je à sourire. Nouvelle tournée et cette fois, elle est pour moi ! me levé-je précipitamment pour ne pas lui montrer mon émotion.

Cette nuit-là, nous avons rejoint notre chambre à une heure très avancée et le réveil fut douloureux – plus pour moi que pour lui, évidemment. Dans l'avion qui nous ramenait à Londres, j'ai beaucoup pensé à Joe. Cinq jours que nous sommes en froid : elle me manque terriblement.

Je vais devoir faire le premier pas…

***

Jeudi après-midi. Ordinateur allumé. Messagerie instantanée connectée. Cette guerre froide a trop duré. Je clique sur l'avatar de ma jumelle et me lance, optant pour un sujet neutre :

– Je suis rentrée de Dublin. Il faudra qu'on y aille ensemble, tu vas adorer : bières, haggis et rugbymen tatoués à gogo.

– La panse de brebis, tu te la gardes. Je te regarderai en manger en bouffant mes chips. À part ça, c'est quand tu veux, sœurette…

– Demain ?

– Ce soir !

Je ris doucement, soulagée par ses réactions. Le pire est derrière nous.

– Tu m'as manqué…

– Je suis désolée, Sid, j'y suis allée trop fort le week-end dernier. Je sais que je n'ai pas de leçons à donner, que je suis une chieuse aigrie et désabusée, mais je t'aime trop pour te voir souffrir à cause d'un mec.

Sans vraiment le vouloir, je lève les yeux au ciel. J'ai trop l'habitude de ce genre de discours…

– Je vais faire des erreurs, je les assumerai, c'est comme ça que ça marche. Mais il faut que tu comprennes que Mathias m'a vaccinée : je suis prudente maintenant, les connards dans son genre, je les vois venir à des kilomètres. Emmett n'a rien à voir avec lui.

– Je sais, je crois même qu'au fond, je l'aime bien ton Rochester. Il est cash avec moi, il n'essaie jamais de m'embobiner. Mais je persiste et je signe : il est trop beau, trop sexy, trop riche pour être vrai !

– Peut-être, mais s'il n'est pas réel, laisse-moi au moins rêver…

– Ouais. Et je serai là, si ton nuage se désintègre. Tu me connais : Joe Merlin, un vrai cœur sur pattes, ironise-t-elle.

– Je confirme : jamais un geste de trop, un mot qui blesse, un regard qui tue.

– Ouais, bon, merci pour l'analyse, Sid. Je suis une garce. Ça se soigne ?

– Non, il faut juste que tu te détendes un coup. Que tu arrêtes de voir le mal partout. Et que tu laisses une petite chance à ceux qui tentent de briser ta carapace.

– Ma carapace ? Ils sont nombreux, tu sais, à aller voir les trésors qui se cachent en dessous !

– Joe, je ne te parle pas de ça ! Il n'y a pas que le sexe dans la vie !

– Non, il y a le cul aussi ! D'ailleurs, mon rencard vient de se réveiller, je vais aller lui lécher les orteils…

– JOE !

– Il est fétichiste, j'y peux rien ! Allez, son gros pouce me fait de l'œil ! Go ! Je t'aime !

La fenêtre de messagerie se ferme et je me retrouve seule face à mon écran, un rictus dégoûté sur les lèvres. La hache de guerre est enterrée, mais l'image gravée dans ma tête va avoir du mal à disparaître.

Heureusement, l'interphone retentit et me sort de mes pensées. La voix distinguée d'Imogen me parvient : le tea time a sonné. Je la rejoins au pas de course, voulant à tout prix éviter de m'attirer une remarque désobligeante. Lorsqu'elle passe à la *townhouse*, je ne sais jamais à quoi m'attendre. Parfois mal lunée, parfois féroce, parfois enjouée, presque affectueuse : la lady change régulièrement de visage. Finalement, elle devait former le parfait duo avec Birdie !

Aussi adorablement invivables l'une que l'autre…

– L'aspartame est mauvais pour la santé, Sidonie, gronde-t-elle doucement en m'observant en saupoudrer dans ma tasse.

– Ma mère me disait la même chose, souris-je.

– Comment va Birdie ?

– Notre séjour en Irlande s'est bien passé, nous…

– Je ne parle pas de ça, me coupe-t-elle en posant la main sur mon bras. Les détails ne m'intéressent pas. Je veux savoir comment elle va vraiment, insiste-t-elle en me fixant profondément.

– Les caprices sont plus espacés qu'avant. Moins intenses. Je crois qu'elle ne souffre plus de votre absence, réponds-je, un peu déstabilisée.

– Elle vous a adoptée, ça ne fait aucun doute. Elle vous aime bien plus qu'une simple nanny. J'espère que vous en avez conscience et que vous agirez en conséquence.

– C'est-à-dire ?

– Votre vie privée ne me regarde pas, Sidonie, sauf lorsqu'elle met en péril le fragile équilibre qui régit désormais la vie de cette petite. Elle a besoin de vous, presque autant que de son père, vous savez.

– Imogen, qu'est-ce que vous sous-entendez ? paniqué-je à moitié, les joues probablement écarlates.

– Notre écart de génération ne m'a pas encore rendue sénile. Ni aveugle. Ce qui vous lie saute aux yeux. Et cette fois, je parle de Mr Rochester.

– …

Bien, la repartie !

– Je vous aime bien, Sidonie, continue-t-elle en posant sa tasse sur la table en bois gravé. Je vous avais mal jugée, vous êtes plus profonde, plus authentique que je ne le pensais. C'est pour ça que je ne voudrais pas qu'il vous arrive quoi que ce soit.

– Et une nouvelle mise en garde, une… murmuré-je, irritée.

– Si je ne suis pas la première à vous le dire, vous devriez en tirer des conclusions… Emmett Rochester est un homme respectueux et respectable. Mais c'est aussi une âme meurtrie, parfois instable. Ce qu'il a vécu, il n'en guérira jamais vraiment. Vous avez la vie devant vous, tout vous ouvre les bras, Sidonie. Vous n'êtes pas celle qu'il lui faut et inversement.

– Parce que vous pensez qu'il est mieux seul ? riposté-je d'une voix dure. Retranché dans son passé, dans son boulot ?

– Non, je pensais que Camilla prendrait soin de lui. Qu'il finirait par lui faire une petite place dans son cœur.

– Pourquoi Camilla ? Qu'est-ce qu'elle a de si spécial ?

– Elle a tout enduré avec lui, depuis leur enfance. Elle l'a toujours aimé, elle le cerne, le comprend parfaitement. Et elle a déjà vécu à ses côtés…

– Comment ça ? Ils étaient… en couple ? soufflé-je, abasourdie.

– Oui, juste avant qu'Emmett rencontre Robyn.

Il m'a menti… Retiens tes larmes, Sid ! Espèce de cruche, ça t'apprendra à croire au prince charmant…

***

Assise sur le fauteuil en velours beige de l'entrée, je fixe la porte. La fin d'après-midi est passée tant bien que mal, Imogen a couché Birdie puis s'en est allée en m'adressant un petit sourire contrit. Connor est occupé dans la buanderie, au deuxième étage, j'ai donc le champ libre. De l'attendre, obstinément, les yeux rivés sur la serrure blindée. Apprendre qu'Emmett m'a volontairement caché la vérité ne m'a pas attristée – pas encore. Non, à cet instant, je suis en colère. Furax.

Les secondes s'écoulent difficilement, les minutes semblent durer des heures. Finalement, aux alentours de dix-neuf heures, j'entends un véhicule s'engager dans la rue et s'arrêter tout près de la *townhouse*. Je ne bouge pas mais frémis, impatiente de le prendre entre quatre yeux. D'obtenir les réponses aux questions que je garde pour moi depuis trop longtemps. Lorsque la porte s'ouvre enfin, je constate qu'il est seul – et plutôt d'humeur légère, vu le sourire ravageur qu'il me lance.

Emmett Rochester vs Sidonie Merlin. Les paris sont lancés.

– Tu as peur qu'on te vole ta place ? rit-il doucement en me voyant accrochée à mon fauteuil. C'est un modèle allemand, une pièce unique. Je peux te le faire monter au quatrième, si tu le souhaites…

– Je me contrefous de ce fauteuil, Emmett, sifflé-je en me relevant, raide comme un piquet.

Son sourire joueur se fige, puis disparaît. Ses sourcils se froncent, son corps se tend, ses pupilles ardentes se transforment en glace. Tout en me fixant, mon milliardaire balance son attaché-case, retire sa veste et remonte rapidement les manches de sa chemise. Son port de tête altier et son regard fier m'agacent plus que tout. Il ignore ce que j'ai à lui reprocher, mais il est déjà persuadé de remporter la bataille.

– Je peux savoir ce qui me vaut cette réplique de gamine capricieuse ? finit-il par demander, d'une voix étonnamment posée.

– J'ai eu une discussion passionnante avec Imogen, cet après-midi, répliqué-je. D'ailleurs, je ne sais pas si tu es au courant, mais elle sait, pour nous.

– Je m'en doutais, se contente-t-il de répondre en s'adossant à la grande console, avant de croiser nonchalamment une jambe sur l'autre.

Position détestablement… sexy.

– Tu m'as menti ! grondé-je en me retenant de crier.

– À quel sujet ? soupire-t-il.

– Parce qu'il y a plusieurs possibilités ? riposté-je, outrée.

– Ça suffit, les devinettes, Sidonie. Dis-moi clairement ce que tu me reproches, qu'on en discute intelligemment, comme le feraient des adultes !

– Arrête de me traiter de gamine !

– Arrête de te comporter comme une gamine !

Nos regards s'entrechoquent, se testent et se fusillent, d'un mur à l'autre. Emmett ne lâche rien, son visage magnétique ne laisse pas échapper une once de doute ou de faiblesse. Je finis par balancer le prénom qui – comme toujours – est la source du problème :

– Camilla.

Il comprend. Immédiatement. Je le lis dans ses yeux, d'où s'échappe une lueur plus douce. Comme si, malgré lui, Lord Rochester donnait raison à ma colère. Comme si ses yeux reconnaissaient sa culpabilité, alors que son esprit borné s'y refuse.

– J'étais jeune, murmure-t-il. Ça n'a duré que quelques semaines, ça n'avait aucune importance. C'est du passé, je n'ai aucun sentiment de ce genre pour elle. Je n'en ai jamais eu…

– Et pour moi ? demandé-je fébrilement, en regrettant immédiatement ma témérité.

Il tourne légèrement la tête sur le côté, sans me quitter des yeux, puis se mord la lèvre. J'ai des bouffées de chaleur, des fourmillements dans les mains, le cœur qui tambourine, lui prend tout son temps. Il réfléchit. Pas à ce qu'il ressent, mais à ce qu'il s'apprête à me répondre. Un mensonge, peut-être. Après tout, ce ne sera pas son premier.

– Rien n'a changé, Sidonie, finit-il par affirmer, en feignant l'indifférence.

– Je n'en crois pas un mot. Ton regard te trahit. Tes gestes, tes propos, tout te trahit, Emmett ! On a largement dépassé le stade du flirt et de la baise sans conséquences ! Et si tu n'es pas capable de le reconnaître, c'est que tu n'es qu'un lâche. Ou que tu as sérieusement besoin de consulter quelqu'un.

– Sidonie… murmure-t-il.

Il avance, je recule, tremblante de colère et d'indignation, sous ses yeux plissés par la contrariété. Je crois que j'en ai suffisamment dit, c'est maintenant à lui de s'exprimer à cœur ouvert – et peut-être de sceller notre histoire. Mais aucun mot ne sort de sa bouche. Je patiente, droite comme un i, face à lui, espérant que le déclic vienne enfin. Au bout de très longues secondes, ce silence de mort m'achève, je perds le contrôle. La face.

Mes yeux rasent le sol et se remplissent de larmes. Le moment de prendre la direction des escaliers, en laissant derrière moi un milliardaire et un espoir secret : l'entendre me dire que je n'ai pas rêvé. Que je ne suis pas juste un passe-temps agréable pour lui. Une employée dont il dispose, selon son bon vouloir. Un corps qu'il utilise, pour combler un manque ou chasser la solitude, le temps d'une étreinte. Que moi, l'insignifiante Sidonie Merlin, je me suis tracé un petit chemin jusqu'au cœur de l'immense Emmett Rochester.

J'ai ma réponse. Joe avait tout bon, j'avais tout faux. Le refrain de ma vie.

***

À l'abri de tout, dans mes appartements, je suis sur le point d'appeler ma jumelle lorsque l'interphone se met à grésiller. La voix de Connor m'invite à le rejoindre de toute urgence au rez-de-chaussée. Je soupire, balance mon iPhone sur le canapé et m'arrête devant le miroir pour constater les dégâts. Plus de larmes, mes yeux ont un peu dégonflé et mon maquillage est resté intact. Je chausse rapidement mes ballerines et emprunte l'escalier.

– La rapidité, ça n'a jamais été son fort…

Je reconnaîtrais sa voix prétentieuse à des kilomètres. Mathias Prévost m'attend dans le petit salon et tente de dérider le majordome – qui sent pertinemment à quel genre d'enfoiré il a à faire. À cet instant, je devrais peut-être fuir. Ou me mettre à hurler jusqu'à ce que mon ex batte en retraite. Mais ma discussion avec Emmett a été éprouvante et je ne suis plus sûre de trouver assez de force en moi pour lutter.

Je pénètre dans la pièce, complètement affolée, décidée à gérer la situation au mieux, sans effusions de larmes ni de sang. Et sans attirer l'attention d'Emmett, qui risque fort de ne pas apprécier cette intrusion. Le plus calmement possible, je fais signe à Connor de disposer. Le doux géant m'adresse un regard entendu, puis se retire.

– Mathias, tu n'as rien de mieux à faire que me pourrir l'existence ? Tu es sur mon lieu de travail, ici ! fulminé-je en direction de l'écrivain.

Son nez busqué, ses cheveux longs ramenés derrière ses oreilles, ses yeux gris perfides : tout m'écœure chez lui.

– C'est tout ce que ça te fait de me revoir ? sourit-il vicieusement.

– Tu as soixante secondes, Mathias.

– J'attendais une réponse à ma lettre, dit-il sèchement en m'étudiant. Les bonnes manières non plus, ce n'est pas ton fort. Mais ça, on ne peut pas te le reprocher. Ta mère est l'unique responsa…

– Laisse ma mère là où elle est ! hurlé-je soudain, enragée.

En l'espace de quelques secondes, mon cri rameute non seulement Connor, mais aussi – à mon plus grand désespoir – Emmett. C'est la première fois que le brun et le blond sont réunis dans la même pièce, sous mes yeux. Mon ex et mon amant. Mathias ne prend même pas la peine de saluer le maître des lieux, trop occupé à débiter des flots de paroles que je n'entends plus. Mes yeux sont rivés sur le visage de mon milliardaire. Sur son regard magnétique, qui n'a jamais été aussi noir. Sa mâchoire serrée. Ses muscles tendus. Ses poings contractés.

Il se retient de lui sauter à la gorge… Et ça me rend plus folle de lui encore…

– Sidonie, tu m'écoutes ?! s'emporte soudain Mathias en me saisissant le bras.

– Trois pas en arrière, Prévost ! Reculez ! aboie Emmett en crachant le nom de mon ex.

Il est plus menaçant, plus impressionnant que jamais. Plus un bruit, jusqu'à ce que sa voix autoritaire fende à nouveau l'air :

– Dites ce que vous avez à dire et foutez le camp. N'oubliez pas que vous êtes chez moi, ici…

Mathias – qui vient de me lâcher – le regarde, hébété. Je l'ai rarement vu obéir à qui que ce soit, il me paraît pathétique tout à coup, dans ce duel improvisé, face à la force et au charisme de son rival. Un oisillon face à un aigle royal.

– Sidonie, tu ne trouveras pas mieux que nous, s'acharne-t-il malgré tout. Toi et moi, c'était chaotique, mais c'était vivant, passionnel, un défi de chaque jour ! Je te connais mieux que personne, je peux tout t'offrir, tout te donner, t'aider à devenir celle que tu voulais tant être. Tu n'es pas faite pour cette vie, pour ce pays, pour ce métier. Tu vaux mieux que ça, mieux que ces gens ! Regarde ce qu'ils ont fait de toi : une simple domestique ! siffle-t-il en direction d'Emmett. Reviens-moi. Je ne repartirai pas sans toi.

Ses yeux tentent de se noyer dans les miens, mais ils ne traversent pas la surface. Cela fait des lustres que je suis perméable à ses belles paroles, à ses regards enamourés. Que je n'aime plus cet homme. Qu'il ne m'inspire que des choses viles et honteuses. Qu'il me rappelle toutes mes erreurs, tout ce que j'essaie d'oublier.

Un mouvement attire mon regard sur ma droite, et cette fois, je plonge avec émotion dans les pupilles sombres qui m'inspirent tant de respect, de tendresse… mais aussi de peine. J'interroge silencieusement Emmett – je le fixe avec une intensité qui frôle le désespoir – espérant une réaction de sa part. Juste un « Reste ! » me suffirait. Ou un signe de la tête. De la main, même. Mais déjà, son regard me fuit et sa bouche entrouverte se referme.

Je dévisage une dernière fois les deux hommes, l'un après l'autre et sors de la pièce, en frôlant Lord Rochester sur mon passage. « Lord Rochester », c'est tout ce qu'il est, désormais. Son silence était clair : il ne veut rien avoir à faire avec moi. Avant de claquer la porte de la *townhouse*, je jette un dernier regard en arrière. Pendant une infime seconde, je crois reconnaître Emmett… Sa douceur, sa tendresse, sa compassion.

Seconde suivante : un masque d'indifférence recouvre son beau visage… Joe, Jasper, Imogen… même Camilla. Ils l'avaient tous prédit… Emmett Rochester n'est pas prêt à se battre pour moi.

IV

NANNY EN DÉTRESSE

16

NOUVELLES RÉSOLUTIONS

Le mois d'octobre équivaut à trois choses à Londres : les parcs verdoyants et bondés durant l'été adoptent des nuances cuivrées et n'attirent plus grand monde. Les fashionistas étrennent enfin leur garde-robe d'hiver – mais ne délaissent pas pour autant les couleurs criardes et motifs farfelus. La grisaille devient quotidienne, parfois accompagnée d'averses violentes ou d'un crachin monotone – qui s'obstine, gouttelette après gouttelette, à foutre en l'air votre brushing.

Quatrième particularité : les amours d'été ont fait leur temps et les cœurs sont en miettes.

Enfin, en ce qui me concerne.

Mais je ne devrais peut-être pas en faire une généralité…

La confrontation Mathias/Emmett a été éprouvante. Et le silence de mon colosse blond n'a fait qu'empirer les choses. Lorsque je l'ai interrogé – supplié – du regard, j'aurais juste aimé avoir un signe de sa part. Qu'il lâche un mot. Un seul. Qu'il fasse un geste dans ma direction. Qu'il arrache les cheveux prétentieux de mon pire cauchemar, un par un, sous mes yeux. Mais peut-être demandais-je la lune.

Une chose est sûre : il n'est pas allé me la décrocher…

Je ne l'ai pas recroisé depuis cette scène ahurissante où je tenais le rôle principal de ce triangle plus ou moins amoureux. Connor m'a raconté l'acte final, le lendemain. Apparemment, mon ex et mon amant ont tenu des mots très durs l'un envers l'autre, il a très peu été question de moi, puis, n'ayant plus d'autre choix, Mathias a pris la sortie. Lorsque j'ai regagné la *townhouse* quelques heures plus tard – après m'être confiée à ma jumelle – la maison dormait et Emmett ne s'y trouvait plus. Lendemain, pareil : aucun signe de Lord Rochester. Et ce, jusqu'à mon départ en week-end.

Que dois-je en conclure ?

À part que ce salopard de Mathias a peut-être tout gâché…

***

Quitter Londres, laisser les esprits s'apaiser pendant deux jours, peut-être lui manquer et me faire pardonner : c'est tout ce que j'ai trouvé. Un plan manigancé à la dernière minute et dont l'issue est très incertaine. Mais il paraît que l'espoir fait vivre.

Vendredi soir, Joe, Jasper et moi avons pris le train à la gare de Charing Cross, direction le Kent, « le jardin de l'Angleterre ». Le Crazy Monkey est encore en travaux, ses portes jaunes restent fermées jusqu'à nouvel ordre. Mes deux colocataires ont donc décidé de m'accompagner pour cette échappée belle. Après tout, ils jouissent rarement de leur liberté pendant les week-ends et l'air londonien est toxique, ces derniers temps. « Surtout du côté de Mayfair », a subtilement précisé ma jumelle.

Quarante-cinq minutes de train : c'est tout ce qu'il a fallu pour atterrir dans ce joyau de verdure et de tranquillité. Après une nuit passée dans un cottage charmant – et une chasse nocturne aux araignées –, mes deux compères et moi sommes réveillés par le chant des oiseaux. Une demi-douzaine de scones à la marmelade plus tard, ma sœur est enfin prête à affronter le monde extérieur – et ses « bestioles grouillantes », dit-elle.

La campagne, les animaux, la vie rudimentaire, ce n'est pas son truc.

Joséphine Merlin : une princesse qui s'ignore…

Après un intense débat – tandem ou triplette –, nous enfourchons finalement chacun un vélo de location et partons à la rencontre de Mère Nature. Ce contraste d'environnement me fait un bien fou, j'en oublie mes nœuds à l'estomac pendant quelques heures. Ici, le soleil tente encore de faire quelques percées, et l'oxygène qui emplit mes poumons ne sent ni le gaz d'échappement, ni la purée de carottes, ni les parfums écœurants des dames de la haute. Ici, tout a un sens.

Sauf son absence…

Nous pédalons à un bon rythme sur les petites routes et à travers les vergers, en nous arrêtant à chaque carrefour pour contempler les environs – et pour laisser le temps à Joe de reprendre son souffle.

– Les effets des chips et du beurre de cacahuète… blague Jasper en voyant ses joues écarlates.

– Et des heures passées sur le canapé ! ris-je en lui tendant une bouteille d'eau. Ce corps parfait, tu ne le mérites pas, mollusque !

– Ça va, Véronique et Davina, soupire-t-elle. Je ne me ridiculise pas à courir sur place sur un tapis de course, moi ! Ou à me pointer au cours de

Gym Tonic en collants fluo ! Je fais du sport de chambre et croyez-moi, c'est le meilleur cardio qui existe !

– La preuve en direct... ricane le hipster.

– J'ai trop mangé au petit déj, c'est tout ! Vous verrez dans une heure, je serai à cinq bornes devant vous ! nous balance la reine de la mauvaise foi en repartant à toute bombe... pour s'étaler dans l'herbe à la première bosse.

– Quelle merde, ce truc ! enrage-t-elle alors que je l'aide à se relever.

Notre balade reprend, agrémentée de commentaires inutiles, de blagues, de rires, de complicité. Nous ralentissons graduellement le rythme, nos cuisses commençant à chauffer, et Joe s'amuse à nous dépasser – en levant ses deux mains du guidon, jusqu'à l'inévitable chute. Six, depuis le début de cette escapade. Lorsque Miss Catastrophe daigne se tenir tranquille, j'observe la beauté paisible du paysage, les couleurs changeantes et les curieuses fermes aux tours coiffées de toits pointus comme des chapeaux de fées. Jasper m'explique que ce sont en fait d'anciens séchoirs à houblon, aujourd'hui transformés en country houses très prisées.

À la halte suivante – celle du déjeuner –, nous attachons nos destriers de fer à un poteau qui jouxte l'auberge-restaurant croisée par hasard. Après s'être pincée avec le cadenas, Joe me souffle, à voix basse :

– Au moins, je t'ai fait rire, non ?

Et là, je comprends. Et je l'aime puissance mille.

– C'est pour ça que tu joues à la cascadeuse depuis ce matin ? m'écrié-je en la serrant dans mes bras. Tu fais le clown pour me faire oublier ce qui m'attend à Londres ?

– C'est le but de ce week-end en milieu hostile, non ? sourit-elle en coin.

– Joe, tu n'es pas obligée de te briser tous les os pour moi...

– Tant mieux, parce que pour être honnête, mon cul ne supportera pas une seule chute de plus. Je ne sais même pas si je vais réussir à m'asseoir...

– Tu as bien tenu sur ta selle...

– Il était anesthésié jusque-là, grimace-t-elle en agitant l'arrière-train.

– Bon, Polly et Pocket, on va picoler ou bien ? apparaît soudain la tête barbue de Jasper, au coin du vieux bâtiment de brique.

– Une mousse brune pour moi, lui commande illico ma jumelle. Une grenadine à l'eau pour Sid ! Et sans sucres, la grenadine ! Il faut qu'elle puisse rentrer dans ses collants fluo ! se marre-t-elle alors que je lui claque la fesse.

La journée est finalement passée plus vite que je ne le pensais. Mes deux acolytes ont usé de tous les stratagèmes pour me divertir : bonne bouffe, alcool, cascades, duel de devinettes, Time's Up, chamailleries et blagues salaces.

Le soir venu, nous avons regagné nos pénates, le ventre bien plein, les jambes courbaturées et les joues rosies par cette excursion au grand air. Sur l'écran de la petite télé, les images de *Breakfast at Tiffany's* nous ont bercés. Jasper s'est endormi au bout de quelques minutes, Joe et moi – serrées dans le même lit – n'avons pas tenu beaucoup plus longtemps…

***

– Tu es sûre que tu veux y retourner ? Que tu es prête ? me demande Joe pour la douzième fois en deux minutes, dans notre appartement plongé dans l'obscurité.

Lundi matin, six heures trente. Ma jumelle m'est tombée dessus par surprise, à la sortie de la salle de bains. Les yeux cernés par la fatigue, dans son tee-shirt qui expose son nombril et son shorty qui lui moule le fessier – parfait –, elle me regarde fermer ma minuscule valise.

– Évidemment que j'y retourne, grommelé-je. Je n'ai pas fait une croix sur mon job… et encore moins sur Emmett. Va te recoucher, Joe.

– Tu vas lui parler ?

– Non, je vais attendre que ça vienne de lui. Je ne veux pas le brusquer. Pas le perdre.

J'observe ma sœur pendant quelques secondes, m'attendant à une phrase assassine ou une remarque méprisante. Elle se tait. Ses yeux n'expriment rien, si ce n'est de la compassion.

– Tu ne me traites pas de faible femme ? souris-je tristement.

– Non. À moins que ce soit ce dont tu as besoin…

– Non, tout ce dont j'ai besoin, c'est d'arrêter de pleurnicher. De respecter notre accord. Emmett veut une relation secrète, exclusive et sans promesse quelconque : il l'aura. Mes sentiments vont tout faire foirer si je continue, alors je vais les ignorer et me contenter de ce qu'il m'offre.

– Hmm…

– Tu te retiens de le descendre, c'est ça ?

Joe fronce les sourcils, puis hoche la tête. J'ai vu juste.

– Et… Mathias ? murmure-t-elle, d'une voix grave et un peu hésitante.

– Je vais le rencontrer à nouveau. Ce sera la dernière fois. Il va devoir comprendre que s'il ne me lâche pas une bonne fois pour toutes, il aura affaire aux flics. Je suis venue à Londres pour le fuir, je ne le laisserai pas me harceler. J'ai changé et je compte bien lui prouver !

– Sidonie Merlin, *angry nanny* ! se marre ma jumelle en m'accompagnant jusqu'à la porte d'entrée. Tu sais où je suis, tu sais où me joindre, je veux tout savoir. Et je vais me remettre à la boxe. Juste au cas où tu aurais besoin d'un *back-up* !

Million Dollar Baby, c'est elle.

Quarante minutes plus tard, je suis accueillie par un majordome souriant et une Birdie grognon – et terriblement matinale.

– Elle hurlait dans son lit, Mr Rochester me l'a confiée le temps de se préparer, m'explique le doux géant en installant le monstre dans sa chaise haute.

– Merci, Connor, je prends le relais, souris-je en me lançant dans la préparation du biberon. Le week-end s'est bien passé ?

– Rien à signaler. Le patron s'est occupé de son petit démon et Mr Montgomery est venu dîner. Pas de visite d'intrus. Ni de Miss Camilla, rit-il doucement en m'adressant un clin d'œil.

Mathias n'est pas revenu rôder dans les parages...

– Faites que ça dure... soupiré-je alors que Connor s'échappe pour retourner à ses occupations d'homme à tout faire.

Le biberon est englouti en quelques minutes. Pareil pour le fromage blanc vanillé et le biscuit chocolaté. Apparemment, avoir le bidon bien rempli a redonné le sourire à ma petite protégée, qui me tend les bras en criant « câlin ! ».

Si seulement c'était aussi simple avec les hommes...

Un, en particulier...

Ma jambe droite bat la mesure, mes gestes sont approximatifs, mon pouls de plus en plus rapide. Je sais que le moment crucial approche. Qu'Emmett ne va pas tarder à faire son entrée dans cette cuisine pour me saluer – ou m'ignorer – et embrasser sa fille. Impression d'être revenue trois mois en arrière.

– J'ai eu peur que tu ne reviennes pas... murmure une voix rauque, dans mon dos.

Il est là, planté à seulement quelques mètres, dans son costume griffé fraîchement repassé. Ses yeux sombres m'observent, ses lèvres sont légèrement entrouvertes, son corps me semble plus impressionnant que jamais.

– Je suis là, dis-je bêtement, faute de mieux.

– Je vois ça, sourit-il en coin, avant d'avancer vers sa fille.

Il se penche sur elle – me laissant tout le loisir d'admirer son fessier musclé, malheureusement emprisonné dans ce pantalon noir –, lui susurre quelques mots, l'embrasse en la faisant glousser, puis la prend dans ses bras. Il se dirige ensuite vers le salon, en me faisant signe de le suivre. Je m'exécute et l'observe alors qu'il pose la rouquine sur le tapis, en lui tendant un livre sonore.

– Tu vas bien ? me demande-t-il, en me prenant par la main, pour m'emmener à l'écart.

Direction le couloir. D'ici, Emmett peut garder un œil sur sa fille, sans que celle-ci ne nous voie. Je ne peux m'empêcher de le bouffer des yeux. Son visage semble moins tendu que quelques minutes auparavant, son regard plus serein. Mais il est toujours aussi insolemment beau. Comme si son charisme, son magnétisme ne suffisaient pas. Je tente de les ignorer, mais tous mes sens sont à l'affût.

– Oui, je crois, soufflé-je enfin.

Ne pas crier victoire trop vite. Le cas « Mathias » n'a pas encore été abordé. Rien n'est réglé…

– Il ne remettra pas les pieds ici, je peux te le jurer, lâche soudain Emmett, la mâchoire crispée.

– Je suis désolée, je ne savais pas qu'il débarquerait comme ça. Si j'avais pu l'en empêcher…

– Ne t'excuse pas, Sidonie, me coupe-t-il en replaçant l'une de mes mèches rebelles derrière mon oreille.

Je frissonne à ce simple contact. Soudain, cette proximité me monte à la tête. Lorsqu'il reprend la parole, je ne vois plus que ses lèvres. Ses lèvres avides, exquises, qu'il me tarde d'embrasser…

– J'aurais dû intervenir, murmure-t-il. J'aurais dû lui répondre moi-même d'aller au diable. Le foutre dehors avant qu'il puisse cracher son venin.

– Tu m'as défendue, quand il a posé la main sur moi…

– Sa main, j'aurais dû la broyer… grogne-t-il, soudain habité par une force sombre.

– Emmett, l'arrêté-je en posant ma paume à plat sur son torse. Je n'ai pas à te mêler à tout ça. Je sais où est ma place. Je sais ce que nous sommes, toi et moi. Juste du fun, de la douceur, de la légèreté. Tu n'as pas à me protéger, pas à payer pour mes erreurs passées. Je ne veux plus parler de lui, je ne veux plus polluer ce qu'on a. Restons-en là.

Ses pupilles noires me fixent intensément. Comme si Emmett cherchait à savoir si je suis sérieuse ou non. Si tout ce que je viens de dire, je le pense vraiment. Je l'ignore moi-même, je crois, mais la question n'est pas là. À cet instant, j'ai envie que tout redevienne simple. Que lui et moi, ce soit juste ça : une aventure secrète, torride et exaltante.

Mon milliardaire s'apprête à protester, je bondis en avant et plaque mes lèvres sur les siennes. Aussitôt, ses mains glissent jusqu'à mon cou, emprisonnent mon visage, son corps se plaque contre mes hanches et m'emmène jusqu'au mur. À nouveau, je suis sa prisonnière. À nouveau, je me perds dans ses effluves virils, au contact de sa bouche de velours, sous l'emprise de sa langue divine.

– À ce soir, Baby… susurre-t-il entre mes lèvres, avant de me quitter pour aller faire flamber les marchés financiers de La City.

Son regard était brillant. Brûlant. Plein de promesses…

***

Il me reste à accomplir une mission de la plus haute importance. À l'issue d'un échange de mails – froid de mon côté, ambigu du sien –, Mathias a accepté de me rencontrer en milieu de semaine. Le jour dit, je profite du début de soirée sans Birdie – elle est allée rendre visite à son parrain – pour m'échapper une heure de la *townhouse* et le rejoindre dans un café, tout près de Mayfair.

Ma relation avec Emmett étant au beau fixe, j'ai pris soin de le prévenir. Un grand pas pour moi, qui suis devenue allergique au fait de rendre des comptes – depuis Mathias. Rochester m'a regardée droit dans les yeux, avec toute l'intensité qui le caractérise, puis s'est contenté de me trouver un garde du corps. Voilà pourquoi je me ramène au lieu de rendez-vous avec Johnson, une montagne de muscles mesurant plus de deux mètres.

– Tu as bien choisi l'endroit, ironisé-je en m'asseyant en face de mon ex. Ce café lounge est aussi prétentieux que toi.

Tout est hors de prix et agresse les yeux, ici. Les boissons, les murs, le mobilier, les serveuses refaites de la tête aux pieds.

– Ton ami ne veut pas se joindre à nous ? sourit l'écrivain de pacotille. Ton milliardaire n'a pas pu se déplacer, donc il a envoyé l'un de ses chiens de garde ?

– Mathias… grondé-je en me retournant pour faire un petit signe à Johnson, installé en terrasse. Il a été bien dressé : si tu me touches ne serait-ce que d'un doigt, il te démonte.

Mon petit sourire malveillant ne semble pas beaucoup plaire au dandy qui se raidit, tout à coup.

– Je t'ai commandé du Pommery, murmure-t-il.

– Je ne suis pas venue pour ta belle gueule ou ton champagne et je n'accepterai plus rien venant de toi, sifflé-je entre mes dents, en me penchant vers lui. Je vais être très claire et ce sera la dernière fois, Mathias. Approche-moi une seule fois de plus et j'appelle les flics. Tes tentatives d'intimidation, tes jugements, tes névroses, c'est terminé. Sors de ma vie. Pour de bon.

– Les flics ? Tu crois vraiment que tu me fais peur ? Ils te prendront pour une folle…

– Pourquoi ? Parce que je serais la seule à oser m'attaquer au grand et renommé Mathias Prévost ? Ta réputation, c'est du vent ! Tu n'es pas le grand homme que tout le monde croit, bien au contraire. Tu n'es qu'un minuscule insecte, un immonde cafard que je rêverais d'écraser du bout de ma semelle !

– Du calme, chérie… ricane-t-il en tendant la main vers moi. Ton milliardaire non plus n'a pas réussi à te dompter…

Je me lève d'un bond et fais signe à Johnson de ne pas intervenir.

– Justement, j'ai beau travailler pour lui, être son « inférieure », comme tu le dis, il me respecte ! Et il pourrait te casser en deux d'un simple regard, grondé-je en fixant mon ex.

– Travailler ? C'est un bien grand mot… lâche-t-il d'une voix acide.

– Je suis libre, Mathias. C'est ça, la différence, aujourd'hui. Nous sommes à Londres, pas à Paris. Si tu t'en prends à moi, tu t'en prends à lui. Et jusque-là, tous ceux qui ont essayé y ont laissé leurs dents… et tout le reste. Emmett Rochester est un homme respecté. Comparé à lui, tu es insignifiant, tu n'as rien. Aucun pouvoir. Aucune influence. Ne joue pas avec le feu. Il ne te laissera plus jamais me faire du mal. Rien ni personne ne lui résiste.

Son air renfrogné confirme ce que j'espérais : il ne prend pas mes menaces à la légère. Je lui jette un dernier regard – le plus dédaigneux de mon répertoire – et fais demi-tour pour quitter ce lieu chargé d'ondes explosives.

– Tu crois que c'est terminé, Sidonie ? Ce n'est jamais vraiment terminé ! rit Mathias Prévost de sa voix démoniaque, alors que je m'éloigne à grands pas, persuadée d'avoir été entendue.

L'argument Rochester. Le meilleur que je connaisse…

Vingt minutes plus tard, je remercie chaleureusement Johnson et franchis le seuil de la *townhouse*. J'assiste immédiatement à une sorte de branle-bas de combat frénétique. Emmett fait les cent pas dans le couloir, un téléphone vissé sur chaque oreille. Connor fait des listes, arpentant pièce après pièce. Birdie – qui devrait être couchée – s'amuse à réduire en morceaux les pages d'un magazine financier, assise sur le tapis du salon.

Finalement, ma présence est détectée, le maître des lieux balance ses smartphones et me rejoint dans l'entrée. Après un rapide baiser, mon blond ténébreux semble se souvenir d'où je viens :

– Alors ? Tu lui as fait sa fête ? me demande-t-il, un léger sourire au coin des lèvres.

– Ouais, tu aurais vu les pains que je lui ai mis ! ris-je en faisant tournoyer mes petits poings. Johnson a proposé de m'embaucher !

– Tu crois qu'il a compris ? grogne mon milliardaire, plus sérieusement. Qu'il va te foutre la paix ?

– Oui, je crois que le grand méchant Emmett Rochester lui fait peur… murmuré-je en l'entourant de mes bras pour l'embrasser.

Ses lèvres chaudes se frottent délicieusement contre les miennes, puis sa langue s'introduit dans ma bouche et je lâche un gémissement de plaisir.

– Treize heures ! Ils arrivent dans treize heures ! s'écrie Connor, au loin.

Emmett rompt notre baiser et son regard pourtant si lumineux se voile, juste un instant.

– Qui arrivent dans treize heures ? demandé-je.

– Les grands-parents de Birdie, soupire-t-il.

Les parents de Robyn…

– Ils sont si atroces que ça ? plaisanté-je en entendant le majordome paniquer crescendo.

– Non. Ils sont pires… avoue Emmett d'une voix blême, en passant la main dans ses cheveux.

OK…

– D'ailleurs, Sidonie, pendant tout leur séjour, pas de jeux entre nous, pas de baisers volés, de rendez-vous secrets. Rien. Tu es une nanny, point.

Je devrais sûrement mal le prendre, mais je me contente d'acquiescer. Je lis dans les yeux de cet homme que j'admire, que je respecte profondément, que ces gens représentent son pire cauchemar. Qu'ils vont rouvrir sa blessure qui a mis tant de temps à se refermer.

Je m'apprête à rencontrer les vieux démons d'Emmett Rochester.

17

HELLO, GOODBYE

Beth et John Wills sont des spécimens à part.

Peut-être est-ce parce que je n'ai pas eu la « chance » de grandir dans une vieille famille aristocratique anglaise, ou parce que mes grands-parents n'étaient qu'amour et sourires bienveillants, mais depuis leur arrivée, je ne parviens toujours pas à m'y faire.

John est immense, un peu voûté, presque chauve, mais conserve une prestance naturelle qui le rend agréable à regarder. Uniquement à regarder. Parce que John Wills est surtout froid, autoritaire, impatient et ne laisse aucune émotion transparaître sur son visage.

Elizabeth est petite, menue et strictement pomponnée. Ses cheveux roux sont retenus en arrière par une large barrette. Ses yeux – planqués derrière ses lunettes – se promènent partout, surtout là où il ne faudrait pas. Elle a tout de la Lady hautaine et méprisante, qui vous snobe avant même d'avoir posé les yeux sur vous. Son point faible : sa curiosité maladive, qui l'oblige à faire preuve d'intérêt pour votre personne, aussi misérable soit-elle selon ses critères. Sa petite moue désapprobatrice ne quitte pas ses lèvres, sauf lorsqu'un rare – très rare – sourire déforme ses traits. En six heures, ce miracle ne s'est produit que deux fois.

– Vous avez amené le soleil avec vous, entends-je Emmett plaisanter d'une voix coincée, à l'autre bout du salon. Peut-être aimeriez-vous prendre le thé sur la terrasse ?

Beth le regarde d'un air pincé et refuse sa proposition. Peut-être que sa peau de cire fond au soleil. Ou qu'elle n'apprécie pas ce qu'elle voit. Les cheveux cendrés en bataille de son gendre ? Ses muscles qui jaillissent sous son polo griffé ? Son regard magnétique qui me réchauffe à chaque fois que je le croise ? Son sourire hésitant, qui tente de ne pas s'effacer malgré les remarques malintentionnées de ses invités ? Peu importe ce qu'elle lui reproche, cette vieille chouette est folle. Cet homme est irréprochable.

Il me paraît plus jeune, tout à coup. Plus fragile.

Le spectacle auquel j'assiste – Connor n'en rate pas une miette, lui non plus – n'est pas commun. Mr Rochester, qui a pourtant l'habitude de donner les ordres et de se faire servir, se plie en quatre pour ces gens qui lui adressent à peine la parole et le regardent de travers. À les voir se comporter ainsi, je devine qu'ils n'ont pas beaucoup d'affection, ni d'estime pour le milliardaire. Ou qu'ils lui reprochent quelque chose. Quelque chose de grave. D'impardonnable.

Une sordide histoire de famille ?

– Nanny, venez par ici, m'ordonne-t-elle soudain en faisant claquer sa langue.

Je m'exécute sans attendre, dans un souci de bien faire.

– Avec ma petite-fille, cela va de soi ! lève-t-elle les yeux au ciel en me voyant faire demi-tour pour soulever la rouquine du sol. Vous n'êtes pas allé la chercher à Cambridge, celle-là, murmure-t-elle en direction d'Emmett.

Calme. Zen. Silence.

On ne répond pas insolemment à une vieille harpie, Sidonie…

Même si elle l'a bien cherché.

Je m'assieds sur le fauteuil qui lui fait face et lui tends l'enfant, qui n'a pas l'air ravi d'être jetée dans la gueule du loup. Chose surprenante : la grand-mère semble déstabilisée, tout à coup. Son masque de rigueur s'étiole. Elle bredouille quelques mots, puis refuse presque poliment le « paquet » en me demandant de le garder dans mes bras. Birdie s'en félicite en tapant dans ses mains. Apparemment, ces deux-là ne se sont pas encore apprivoisées. Elles semblent à peine se connaître…

– Cette enfant ressemble de plus en plus à son père, soupire la Lady en s'adressant à son mari, assis à quelques mètres et caché derrière *The Guardian*.

– Hmm hmm… rétorque-t-il distraitement.

Birdie commence à s'agiter, je la pose par terre, elle fonce en babillant jusqu'aux jambes de son père, qui s'est délibérément posté un peu à l'écart.

– Il serait temps de lui apprendre à ne pas interrompre une discussion entre adultes, siffle Beth, en fusillant du regard le coupable idéal – Emmett, qui d'autre ?

– Elle est excitée par votre venue, c'est touchant vous ne trouvez pas ? tenté-je de la défendre, d'une voix fausse.

– Un mot poli, un sourire, voilà qui est amplement suffisant. Nul besoin de s'égosiller pour montrer sa joie, riposte-t-elle en me faisant taire d'un geste de la main. D'ailleurs, son langage ne m'a pas l'air très avancé, continue-t-elle, d'une mine effarée.

– Son vocabulaire évolue chaque jour, sa diction également. Et Miss Merlin lui apprend le français, argumente Emmett, en s'asseyant sur un canapé – le plus loin possible de la marâtre.

Il ne supporte pas qu'on critique sa fille. Papa Ours is back…

Je ne peux m'empêcher de sourire fièrement en le voyant changer de visage. De défenseur, il est devenu attaquant.

– Peut-être gagnerait-elle à nous voir plus souvent… s'obstine Mrs Wills sur un ton aigre, en ignorant platement les réponses de mon amant.

– Beth, la porte est toujours ouverte. Vous pouvez venir voir votre petite-fille quand bon vous semble et vous le savez pertinemment, siffle-t-il d'une voix abrupte.

John – qui a probablement ressenti le froid polaire qui soufflait dans la *townhouse* – lève la tête dégarnie de son journal et soutient le regard farouche de son gendre. Si un regard pouvait tuer… je ne sais lequel des deux tomberait en premier.

***

Je viens de m'échapper après deux interminables heures de torture. J'ignorais pourquoi Mrs Wills m'avait conviée au dîner. Moi, une simple nanny. L'employée. Désormais, je le sais : en m'attirant à sa table, elle a eu tout le loisir de m'interroger, m'analyser, me disséquer. Emmett n'a pas bronché, soulagé de ne pas être au centre des débats, mais il m'a discrètement couvée des yeux et je le savais prêt à intervenir en ma défense. Bilan des courses : il n'a pas eu besoin d'étrangler sa belle-mère, j'ai survécu. De justesse.

Je respire enfin lorsque je retrouve mon allié de choc à la cuisine, en train d'essuyer la vaisselle propre. En voyant mes yeux révulsés, Connor me lance un sourire compatissant, puis me tend un torchon sec.

– J'ai eu le droit de quitter la table au moment du café, soupiré-je. Comme les enfants…

– Aide-moi, ça t'aidera à te remettre, sourit-il de toutes ses dents. Ils te traitent comme une bête curieuse, moi comme un larbin. Tu veux vraiment inverser les rôles ?

– Hmm, je ne suis pas sûre d'y gagner au change, ris-je doucement.

– Toi, tu as besoin de tester mon arme secrète, murmure le majordome en ouvrant le placard le plus haut et le plus inaccessible de la cuisine.

Il sort une bouteille toute fine, remplie à moitié d'un liquide ambré.

– Si c'est de la liqueur, je passe mon tour ! m'inquiété-je en l'observant nous servir deux petits verres.

– On ne refuse pas ma potion magique, Miss Merlin. Ce serait un sacrilège… gronde-t-il en me tendant mon shot.

Son regard m'incite à le faire, donc je le porte à mes lèvres et avale le breuvage suspect d'une traite. C'est à la fois doux et amer, sucré et puissant.

Étonnamment, l'alcool me laisse un bon arrière-goût dans la bouche.

– Tu ne me diras jamais ce que je viens de boire, j'imagine... toussé-je malgré tout.

– J'emporterai le secret dans ma tombe, confirme-t-il, un sourire mutin sur les lèvres.

– Un autre ?

– Un autre ! clame-t-il en nous servant une deuxième tournée.

Je glousse lorsque le géant m'annonce que c'est l'heure de trinquer. Une fois nos verres en l'air, il prend une grande inspiration, puis déclare solennellement :

– À nos formidables métiers de servitude !

J'éclate de rire, puis bois la liqueur en une seule gorgée. Pendant près de vingt minutes, Connor et moi faisons les guignols dans la cuisine, oubliant la tension et la tristesse présentes au même étage. Puis, inexorablement, le sujet revient sur la table et le ton change. Les rigolades cessent, les confessions reprennent :

– Ils ont toujours été coincés et méprisants, mais pas à ce point, chuchote Connor au sujet des Wills. Leur fille Robyn était leur seule enfant, elle était absolument tout pour eux. Du coup, ils n'ont pas apprécié qu'un homme prenne la première place dans sa vie. Même un homme comme Emmett Rochester, qui a tout du gendre idéal...

– Ils l'ont toujours détesté ?

– Avant le drame, ils le toléraient. Maintenant, c'est différent...

– Et Birdie, là-dedans ?

– Ils n'ont pas sauté de joie en apprenant la venue du bébé, continue-t-il, toujours à voix basse. On pensait que Birdie réconcilierait tout le monde, mais ça a été le contraire : comme si la petite arrachait encore une petite part de Robyn à ses parents.

– C'est complètement délirant ! m'écrié-je, choquée.

– C'est difficile à comprendre, oui... acquiesce-t-il, en me faisant signe de ne pas trop hausser la voix. Depuis l'incendie, c'est mille fois pire. Mr et Mrs Wills ne viennent que tous les six mois, en coup de vent. Ils s'intéressent à peine à leur petite-fille et ils font tout porter à Emmett.

– Tout porter ? Comment ça ?

– Ils le jugent responsable de la mort de leur fille, m'explique-t-il tristement. Ils estiment qu'il aurait dû mourir à sa place, dans les flammes. Qu'il ne s'est pas suffisamment battu pour la sauver.

Je lâche un petit gémissement horrifié, puis réalise que je ne connais pas les circonstances exactes du drame. Je m'apprête à interroger Connor, lorsque mon colosse blond fait son entrée.

– Ils sont allés se coucher, annonce-t-il, apparemment lessivé. Plus qu'une journée à subir leur présence, leur attitude supérieure et leur cruauté… soupire-t-il en se massant le front.

– J'ai ce qu'il vous faut, Mr Rochester ! lâche Connor en se précipitant jusqu'au fameux placard.

– Quoi que ce soit, je suis preneur ! se marre nerveusement mon milliardaire… avant de m'adresser un délicieux clin d'œil.

Tout doux, Sid…

Zéro contact jusqu'à leur départ.

C'est définitif : je les déteste.

***

Lendemain matin. J'espérais passer un moment de « tranquillité » en compagnie de Birdie : raté. Je lui ai à peine servi son petit déjeuner que la Reine des emmerdeuses débarque, dans son tailleur bon chic bon genre qui empeste la rose. Son parfum suranné n'est pas mon plus gros souci, loin de là. Mrs Wills semble de plus en plus curieuse à mon sujet. Mes études, mes compétences, mes aspirations ont été abordées durant le dîner des supplices, hier soir. Ce matin, ses questions sont un cran au-dessus. Du genre personnel. Ultra-personnel.

– Nous voilà seules, jeune fille. Mon mari dort encore et Emmett est probablement occupé à faire je ne sais quoi… Trop occupé pour prendre soin de ses invités, d'ailleurs, glisse-t-elle méchamment en sirotant son thé.

– Il me semble pourtant qu'il a adapté son emploi du temps en fonction de vous, rétorqué-je d'une petite voix – qui se veut innocente, mais qui ne l'est pas.

– Occupez-vous de cette enfant au lieu de dire des âneries, me rembarre-t-elle en désignant Birdie – qui, je l'admets, est en train de se faire un soin du visage au porridge bio.

Je profite de cette excuse pour me lever et lui nettoyer la frimousse. Je prie pour que la rouquine fasse un caprice – ce qui « m'obligerait » à sortir de cette pièce hantée – mais la traîtresse en couche-culotte me réclame une compote.

– Dites-moi, Miss Merlin, sourit malicieusement la grand-mère en me voyant nourrir l'enfant à la cuillère, vous ne croyez pas que vos parents espéraient mieux pour vous ?

– Mes parents m'ont toujours dit qu'il n'y avait pas de sot métier, riposté-je, en me retenant de l'insulter.

– C'est bien dommage. Car ils ont tort.

– C'est votre opinion, me forcé-je à sourire.
– Que font vos parents, Nanny ?
Change de sujet, vieille fouine !
– Si ça ne vous ennuie pas, je préférerais ne pas en discuter.
– Vous avez honte du milieu d'où vous venez, si je comprends bien…
– Non, justement, vous comprenez mal, Mrs Wills, dis-je en serrant les dents.
– Je vous demande pardon ? siffle-t-elle.
– Sidonie, tu peux disposer, m'annonce froidement Emmett, en débarquant de nulle part.
Sa spécialité…
« Disposer », vraiment ?!
Je le fusille du regard – impossible de m'en empêcher – puis prends la direction de la sortie, les poings crispés. Si seulement je pouvais la gifler. Juste une fois…
– Figurez-vous que Miss Merlin vient de me manquer de respect, entends-je grommeler Lady Dragon. Une nanny devrait être sélectionnée en fonction de ses aptitudes intellectuelles, de ses valeurs mais aussi de son degré de soumission. Pas en fonction de ses charmes. Celle-ci est une sauvageonne qui ne semble avoir que son physique pour elle !
Je m'arrête un instant, sur la première marche de l'escalier, en tendant l'oreille. Je rêve qu'Emmett lui rentre dans le lard. Qu'il remette cette terreur du troisième âge à sa place. Mais il n'en fait rien :
– Beth, j'ai prévu un brunch à Hyde Park, autour du lac. Nous partons dans une heure.
Je perçois des bouts de voix de crécelle qui lui répondent, mais je n'écoute plus, je suis déjà loin. Je réalise qu'il vient de me décevoir, une fois de plus. Il n'a pas pris ma défense. Il s'est contenté de passer au sujet suivant.
Après l'épisode Mathias, je pensais que quelque chose avait changé…
Retour à la case départ.
Je n'ai pas été invitée au brunch et je ne m'en plains pas. J'en ai profité pour me relaxer dans un bain massant, discuter avec Joe, dévorer un BLT, feuilleter quelques revues et – prise d'un sentiment de culpabilité – réorganiser les jouets de *Princess* Rochester en fonction de leurs tailles, couleurs et utilités.
Lorsqu'ils rentrent, en milieu d'après-midi, je n'entends que des cris. Des pas qui se bousculent dans les escaliers. Des portes qui claquent au deuxième étage. Je sors de la chambre de Birdie et tombe sur Connor, qui se dirige à toute vitesse vers le rez-de-chaussée.
– J'emmène la petite dans le jardin, me chuchote-t-il en me faisant signe de monter au deuxième.

Mission acceptée !

Je me rapproche discrètement des voix qui s'entrechoquent, là-haut. Les bruits proviennent de la chambre du fond – celle qui a été attribuée aux Wills depuis deux jours. À l'intérieur, Emmett, Beth et John s'en donnent à cœur joie, jusqu'à ce que mon amant obtienne enfin le dernier mot. Il rugit littéralement :

– Si vous ne venez que pour me rappeler ce que j'ai perdu, semer la pagaille et porter des jugements, vous pouvez partir ! Votre petite-fille n'a pas besoin de ça, elle s'épanouit parfaitement sans vous ! Vous êtes durs comme la pierre, vous ne faites preuve d'aucune affection, d'aucune tendresse envers elle et ça a assez duré !

Je fais demi-tour sur la pointe des pieds, prête à décamper, quand le miracle se produit :

– Ah, j'oubliais ! reprend Emmett, de plus en plus furieux. Ajoutez un seul mot de travers sur la nanny et je vous jure que vous serez dehors dans la minute ! D'ailleurs, elle a un prénom : SI-DO-NIE !

Victoire !!!

Il arrive ! Courir ! Vite !!!

***

Je sors de ma cachette vers minuit. À première vue, toute la *townhouse* est endormie, mais je tiens à le vérifier par moi-même. Je descends les escaliers en prenant soin de ne pas faire craquer les marches sous mes pieds, puis m'aventure jusqu'au rez-de-chaussée. Au bout du couloir, une lumière filtre sous la porte du bureau.

Bonne pioche, Sid : Emmett fait des heures sup'...

Je toque doucement à deux reprises, puis patiente. La porte s'ouvre. Une main de fer se saisit de mon poignet et m'attire à l'intérieur. Je glousse. Mon blond ténébreux plaque sa paume sur mes lèvres et murmure :

– À ce que je vois, tu aimes ça, jouer avec le feu…

Je me dégage de son emprise et lui souris insolemment.

– Pas du tout, c'est juste une visite de courtoisie.

– Je ne suis pas vraiment d'humeur « courtoise »… grogne-t-il en me faisant reculer jusqu'au mur.

– Je t'ai entendu, tout à l'heure… soufflé-je contre ses lèvres. Mon héros…

– Hmm… soupire-t-il en se mordant la lèvre. J'adore t'entendre dire ça…

– Mon héros… répété-je avant d'être assaillie par ses baisers.

Une seule nuit, deux jours à rattraper…

18

CŒURS MEURTRIS

Je devrais créer un blog.
Il s'intitulerait « S.O.S. Nanny en détresse ».
Ou « Save me, I'm a Nanny ! ».
Et faire un sit-in devant Buckingham Palace !

***

Birdie est infernale depuis que les tensions et les ressentiments ont envahi la *townhouse*. Les enfants sont des éponges. Sans vraiment le comprendre, ils arrivent à percevoir le malaise. Ils se remplissent des ondes négatives qui traînent un peu partout. *Birdie l'Éponge* m'en fait voir de toutes les couleurs depuis son retour du « brunch maudit ». Depuis qu'Emmett et ses beaux-parents se sont balancé leurs quatre vérités à la figure. Et malgré le départ de Mr et Mrs Wills, la petite persiste et signe. Elle tient à tout prix à nous le faire payer.

Les caprices, hurlements et regards qui tuent rythment à nouveau mes journées. Ça ne fait que trois jours, mais je suis déjà sur le point de craquer. *Princess* Rochester ressemble désormais plus à un diablotin qu'à un ange et s'acharne à me pourrir l'existence. Et ça, dès le petit matin. Je l'habille, elle se déshabille en me fixant droit dans les yeux, d'un air de défi. Trois fois, dix fois, vingt fois de suite. Sa nourriture échoue systématiquement au sol – ou entre mon œil droit et mon œil gauche. Ses jouets se transforment en projectiles – inutile de préciser qui en est la cible. Ses siestes en chaos intersidéral. Ses balades en courses-poursuites. Ses bains en tsunamis.

Elle me bouffe toute mon énergie…

Emmett, lui, ne s'est toujours pas remis de la visite cauchemardesque de sa belle-famille – qui n'a vraiment rien compris sur lui. Il se consacre corps et âme à son empire, préférant jongler avec les chiffres plutôt qu'avec ses émotions. Malgré ça, il trouve toujours le moyen de me surprendre, de m'exprimer sa tendresse, sa fougue… surtout lorsqu'il vient m'arracher des bras de Morphée, au beau milieu de la nuit.

Aucun homme n'a jamais eu cet effet sur moi…

Ce constat remue beaucoup de choses en moi. Il réveille mes espoirs, mais aussi mes doutes. Je réalise que trop d'éléments m'échappent. Je voudrais en savoir plus. Sur lui. Sur elle. Sur eux. Sur cet accident tragique qui a coûté la vie à la mère de Birdie… et a sonné le glas de leur existence idyllique. Si seulement mon blond ténébreux voulait bien s'ouvrir. M'aider à comprendre, m'aider à y croire.

Je pourrais être celle qui le guérira de son passé. Mais pour ça, il faudrait qu'il me laisse entrer dans son jardin secret…

Si Birdie Rochester est farouche, rebelle et caractérielle, son père est… hors concours.

***

Quatrième jour de terreur. La terreur, c'est elle : ce bout de chou à la frimousse et aux bouclettes adorables… qui me donne des envies de meurtre. Heureusement pour moi, Emmett a décidé d'agir et de participer à la « rééducation » de sa fille. Et pour ça, quelle meilleure idée qu'une sortie au parc ? Mon milliardaire imagine un pique-nique joyeux et ludique au bord du lac aux canards… Je prévois une attaque de boue, une roulade dans les orties, un concert de cris bestiaux et des cadavres de volatiles.

Oui, mon imagination va loin, mais Birdie l'a déjà surpassée…

Hyde Park mi-octobre, c'est quitte ou double. Sous quelques rayons de soleil qui éclairent ses quatre mille arbres dorés, c'est d'un romantisme fou – et parfaitement cliché. Sous la grisaille, c'est une autre histoire. *No man's land*, froid, humidité, visages renfrognés. Dieu merci, le soleil parvient à faire quelques percées ici et là, pendant le semi-marathon que nous débutons. Le but, si j'en crois le programme improvisé de Lord Rochester :

– Un : la laisser librement se défouler, m'annonce le colosse blond en passant les grilles. Deux : la nourrir jusqu'à ce qu'elle soit rassasiée. Trois : lui faire parcourir quelques kilomètres en poussette, pour l'endormir progressivement. Quatre : ne pas lésiner sur le grand air qui devrait la mettre K.O. pour les deux prochains jours.

– Deux jours ? Tu ne sais pas à qui tu as affaire ! ris-je en la voyant se jeter sur un pauvre chihuahua qui passait par là.

Emmett court jusqu'à sa fille et passe les dix minutes suivantes à lui expliquer qu'on ne tire ni la queue, ni les oreilles, ni la langue des êtres vivants.

Surtout lorsqu'ils peuvent se venger en vous dévorant tout cru.

Belle leçon de sciences naturelles, papa de l'année !

Évidemment, cette remise au point échoue lamentablement. La preuve en est lorsque deux carlins ont la malchance de croiser notre chemin. Cette fois, nous apprenons à Birdie que les yeux globuleux ne sont pas faits pour être enfoncés dans les orbites. Aussi vilains soient-ils.

Il est un peu plus de midi lorsque nous nous installons au Serpentine pour nous mettre quelque chose sous la dent. Emmett me fait le cadeau inespéré de prendre les rênes de ce déjeuner. Par miracle, son caban noir évite les giclées de tomates, purée courgettes-poulet et crème au chocolat. Ses tympans, en revanche, n'échappent pas aux cris désapprobateurs émis par la petite bouche pleine. Mais mon amant reste parfaitement attentionné, patient, stoïque, avec sa petite peste.

Je crois que plus elle dépasse les bornes, plus il l'aime...

Il la voit comme une force de la nature et en oublie parfois qu'elle n'aura jamais la même chance que les autres enfants...

– Ta présence lui fait du bien, dis-je à Emmett en observant la rouquine ramasser de l'herbe, plus loin. Elle est plus calme que ces derniers jours. Moins en colère.

– C'est ma faute, soupire son père en s'allongeant sur notre grande couverture. J'aurais dû prendre sur moi, ne pas exploser devant elle.

– Pas facile. Beth et John sont...

– Intenables ? Invivables ? Intolérants ?

– Un mélange de tout ça, je crois, souris-je en croisant ses yeux noirs plissés par la luminosité.

– La souffrance. C'est ça qui les a rendus si rigides. Depuis que leur fille leur a été enlevée, ils refusent de ressentir quoi que ce soit. Si ce n'est de la colère.

Je l'observe de profil – dans cette position, on croirait un top model en plein shooting photo pour la collection automne-hiver. Il regarde distraitement en direction de sa fille, qui s'amuse maintenant à déraciner un arbre centenaire, mais semble songeur, perdu dans ses pensées – dont il tient à me tenir écartée.

– Qu'est-ce qu'il s'est passé ? soufflé-je tout bas.

Ses yeux se baissent vers le sol. Il arrache quelques brins d'herbe et se met à les triturer.

– Un violent incendie dans l'une de nos maisons secondaires. En pleine nuit. Un court-circuit électrique, murmure-t-il, au compte-gouttes.

Je ne l'ai jamais vu aussi tendu. Aussi fragile. Je me retiens de m'allonger à ses côtés, pour le prendre dans mes bras.

– Nous passions des vacances avec Jude. Birdie n'avait que quelques mois. Il a réussi à sauver la petite… Je n'ai pas réussi à sauver Robyn.

Jude ? Un héros ? Un sauveur d'enfants ?

Sa voix change au fur et à mesure de son récit. Elle s'emplit de douleur. Ma gorge se serre.

– Quand ils sont arrivés, les secours m'ont sorti de force. J'essayais d'accéder au deuxième étage mais les flammes étaient trop hautes. J'ai été escorté dehors. J'ai regardé la maison brûler, être réduite en cendres. Robyn était encore à l'intérieur. Elle a péri dans les flammes, sous mes yeux. Sous les yeux de notre enfant… Je vivrai avec ce fardeau, avec ce sentiment de culpabilité toute ma vie.

Une larme coule le long de ma joue, je regarde au loin, j'observe les reflets de l'eau, comme pour lui rendre un peu d'intimité. Lui offrir un instant de solitude.

Il a vécu l'enfer.

Emmett met fin à notre pause quelques minutes seulement après ses révélations. Il saute sur ses pieds, me demande d'aller récupérer *Birdie l'Exploratrice* et nous reprenons notre chemin en direction de la fontaine commémorative de Lady Di. Mon milliardaire arbore à nouveau un visage serein, illuminé par un beau sourire, mais je devine qu'il lutte intérieurement pour repousser les images qui le hantent. Cet homme est devenu maître dans l'art de masquer ses sentiments.

Quand la douleur est trop forte, c'est la seule alternative.

C'est ça ou laisser la vie défiler sous vos yeux…

Je suis la première étonnée lorsque, sur un petit sentier à l'abri des regards, le géant blond me prend par la main. Je dois faire une tête ridicule, puisqu'il rit doucement en m'observant, puis me glisse à voix basse :

– Tu permets ? Ça me fait du bien…

– Tout ce que tu veux… murmuré-je, en rougissant comme une débutante.

– Tu sais, maintenant, ajoute-t-il un peu tristement. Le mystère n'est plus. Je suis un livre ouvert…

– Je crois que je ne saurai jamais tout sur vous, Mr Rochester. Mais je compte bien m'accrocher pour essayer, souris-je en plissant les yeux.

– Il paraît que le meilleur moyen pour faire parler un homme, ce sont les confidences sur l'oreiller… ricane-t-il.

– Ce n'est pourtant pas faute d'essayer ! Presque chaque nuit !

– Pas les week-ends…

– Tu ne m'enlèveras pas mes jours de congé ! ris-je en me débattant pour l'empêcher de m'enfermer dans ses bras.

Je m'échappe aux commandes de la poussette et quitte le petit sentier pour atterrir à nouveau sur la grande artère. Emmett est quelques pas derrière moi, je m'attends à ce qu'il me rattrape, lorsque j'entends une voix amicale s'adresser à lui :

– Emmett ! Emmett !

Je me retourne et découvre une grande blonde en train de l'étreindre. Piqûre de jalousie instantanée. Mâchoire crispée, sourire de politesse figé. Et on avance pour la saluer.

– Felicity, je te présente Sidonie, la nanny de Birdie. Et voici ma fille, que tu n'as pas vue depuis des lustres, lui sourit mon amant.

La jeune femme me serre gentiment la main et se penche sur la poussette pour admirer la petite à moitié endormie. Je jette un coup d'œil à Emmett. Il semble totalement impassible. Je n'arrive pas à m'y faire. Cette indifférence, comment fait-il ? Mon ego est blessé, j'ai de plus en plus de mal à supporter ce secret. À être présentée comme la nanny. Uniquement.

– Elle est magnifique, Emmett, s'émeut la jolie blonde. Je suis contente de te croiser. Il faut qu'on aille dîner ! Finn me parle souvent de toi, on a de tes nouvelles par Jude, mais ça ne suffit pas ! C'est terrible, on est tous trop occupés et on ne prend même pas le temps de s'appeler… La semaine prochaine, disons lundi ?

– Je t'appellerai, Felicity, sourit le milliardaire pour lui faire comprendre que rien n'est tranché.

Les deux amis se regardent un long moment. Ils semblent proches. Ou du moins, ils devaient l'être, à une autre époque. Peut-être une époque où la tragédie n'avait encore rien décimé. Finalement, ils se serrent à nouveau dans les bras, puis la blonde décampe au pas de course sur ses talons aiguilles, après m'avoir fait un petit signe de la main.

Ce qui m'agace le plus, c'est que je l'aime bien…

– C'était une des meilleures amies de Robyn, m'explique Emmett, après de longues minutes de silence. On était un groupe très soudé. Maintenant, ça me fait plus de mal que de bien de les voir.

– Peut-être que tu as passé un cap, sans le savoir. Tu devrais essayer d'aller à ce dîner.

– Si seulement je pouvais t'emmener… me sourit-il.

– Emmett, tu ne peux pas me faire ça. C'est cruel.

– Te faire quoi ?

– Me présenter comme ton employée et plaisanter sur le sujet cinq minutes après. Je sais que le secret fait partie du deal, mais tu n'es pas obligé de remuer le couteau…

– Je suis désolé, ce n'était pas dans mes intentions, murmure-t-il d'une voix douce.

– C'est plus fort que moi… C'est tellement cliché : « Le grand homme tout-puissant qui se tape sa petite employée en cachette. » Je n'aime pas l'image que j'ai de nous, parfois…

– Je ne suis pas tout-puissant, tu n'as rien de « petite ». Ni en taille ni en caractère.

– Pourtant, c'est ce que je ressens, parfois. Quand tu m'obliges à vivre dans un placard…

– Tu es libre, Sidonie, soupire-t-il doucement. Tu peux…

– Je sais, le coupé-je, agacée. Changeons de sujet…

La balade se termine dans une ambiance morose, sous un ciel menaçant. Nous rentrons à la *townhouse* dans un silence inconfortable, puis reprenons chacun nos activités. Birdie : sieste. Emmett : milliards. Moi : Joe.

– Tu viens vraiment de lui faire une crise après tout ça ? s'offusque-t-elle, de l'autre côté de l'écran. Sid, il vient de te raconter le pire moment de sa vie et tu l'emmerdes pour trois secondes de mensonge ?

– Joe, tu es beaucoup trop imprévisible ! Tu passes ta vie à dénigrer Emmett mais quand je décide de le critiquer, c'est là que tu prends sa défense !

– Son histoire me touche. Tes chichis ne valent rien, à côté. Tu es consciente des limites de votre relation, tu les as acceptées. Donc fais avec ou arrête tout. Point.

– Tu es nulle comme épaule pour pleurer.

– Un : tu ne pleures pas, je te vois. Deux : mon épaule, c'est de la gnognote en comparaison avec mes vrais atouts.

– Allô ! Sœur de l'autre côté de l'écran, pas un obsédé prêt à tout pour te sauter !

– Comme s'il n'y avait que des obsédés qui en avaient envie. Je couche aussi avec des mecs bien !

– Hors sujet. Merci pour tes conseils, Judas. Birdie va se réveiller, je te laisse.

– Attends ! J'en ai un, de conseil.

– Hmm ?

– Tu me donnes quoi en échange ? négocie-t-elle, un sourire mutin sur les lèvres.

– La promesse de ne pas te casser la gueule la prochaine fois que je te vois.

– OK. Ajoute quelques cupcakes de Connor et je suis preneuse.

– Joe ! Balance !

– Rends-le jaloux. S'il le faut, invente-toi une vie, des prétendants. Quoi que, si tu sortais un peu plus, tu n'aurais pas besoin de les inventer, avec ton joli petit cul bombé.

– Tu ne comprends rien ! Il me quittera le jour où il aura le moindre doute. Il ne rigole pas avec ça. Je suis jalouse. Lui, est possessif.

– Non, si la compétition est à la hauteur, il voudra se battre pour toi. Et officialiser votre relation.

– Vive la psychologie de comptoir, Joe, me marré-je.

– Tu te fous de moi ! Tu es la première à lire tous les magazines féminins à la con…

– OK. Un point partout.

– La suite devra attendre. Je dois aller ouvrir le bar. Va retrouver ta mioche, je vais retrouver mes poivrots.

– Nos vies sont épouvantables, gloussé-je. On devrait écrire un bouquin autobiographique à quatre mains.

– *Les Ravages de la gémellité*, éclate-t-elle de rire.

– *Ma sœur ne sait pas pédaler !*

– Quel rapport ? Et surtout, quel intérêt ?

– C'est une métaphore, Joe.

– Qui sous-entend quoi, exactement ?

– Aucune idée. Je voulais juste me moquer, avoué-je.

– Tunnel ! Toujours le même ! lâche-t-elle avant de couper sa webcam et de se déconnecter.

J'ai ri. Beaucoup ri.

C'est toujours ça de pris…

***

Emmett est rarement dans les parages. Nos échanges sont limités – et catégorisés « tout public » – depuis deux jours. Depuis que ma grande bouche a trouvé le moyen de me faire passer pour une gamine égoïste et capricieuse. Je suis lucide, j'admets que j'ai dépassé les bornes. Il s'est ouvert à moi ce jour-là et moi, je me suis comportée comme une diva. Le secret est lourd à porter, certes, mais ce n'était ni le lieu ni le moment d'en parler.

Birdie semble plus sereine depuis notre balade à Hyde Park. S'il lui arrive encore de piquer des colères, elle a finalement décidé que me faire tourner en bourrique n'était plus sa priorité. Les cris de fureur ont laissé place aux rires – et à des râles de protestation, parfois – et j'ai à nouveau droit à mon lot de câlins, baisers baveux et caresses – un peu brutales, certes, mais à 2 ans et demi, on n'est pas très adroit.

Ce matin, un gros camion est venu livrer un bac à sable flambant neuf, une maisonnette aux volets rouges et un toboggan avec double vague et arrivée en pente douce. En les découvrant quelques heures plus tard, le petit monstre a littéralement sauté de joie avant de se ruer sur les nouvelles attractions. À l'heure qu'il est, pas d'accident à déplorer, de sable ingéré, de matériel cassé : Birdie s'éclate, un sourire extatique sur les lèvres. La voir comme ça me donne du baume au cœur.

La crise est passée, j'ai retrouvé ma petite protégée…

Une fine pluie se met à tomber. Je cours après le bambin pour l'attraper. Elle hurle de rire lorsqu'enfin j'arrive à la déloger de sa maisonnette. La tenant fermement dans mes bras, je fais demi-tour pour prendre le chemin de la maison et c'est à cet instant que je l'aperçois sur la terrasse, son appareil photo braqué sur nous.

Emmett ?

J'avance rapidement avant que la pluie ne s'abatte plus violemment sur nous et le rejoins en trente secondes. Mon milliardaire nous sourit et nous invite à rentrer dans le salon, sans jamais cesser de nous mitrailler. Ce n'est pas la première fois qu'il nous prend en photo. Par contre, c'est la première fois qu'il le fait à mon insu.

Je me demande s'il le fait souvent…

– Tu comptes te reconvertir ? Marre de tous ces zéros, tenté par une vie d'artiste ? ironisé-je.

– C'est tout un art de gagner des milliards, Baby, murmure-t-il en m'aidant à retirer mon manteau.

Je me retourne brusquement et croise son regard sombre… et ardent. Ses yeux descendent sur mes lèvres et ne les quittent plus. Mon cœur s'accélère, un frisson me parcourt.

Game is on.

Je suis Emmett jusqu'à la cuisine, où il s'enfile un café, pendant que je prépare un biberon de lait chaud à Birdie. Je sens son regard sur moi, insistant, curieux, et mes gestes n'en sont que moins précis. J'installe rapidement la petite au salon, sur son tapis de jeu et lui tends son goûter. Elle fourre immédiatement la tétine dans sa bouche. Connor, qui est installé près de la cheminée, un roman à la main, me fait signe qu'il prend la relève. Je lui colle une bise et rejoins mon Lord dans la cuisine.

Il est en train de passer en revue les photos qu'il vient de prendre, sur l'écran numérique.

– C'est bien, dis-je soudain. Birdie aura de quoi se souvenir de moi, quand elle sera grande.

Ma phrase était spontanée, sans aucune arrière-pensée, mais je réalise qu'elle peut être interprétée différemment. Comme un appel du pied… qui démontre un besoin urgent d'être rassurée. En un mot : pathétique.

Ce que je suis, sans vouloir l'admettre…

À nouveau, les yeux vifs de Rochester se plongent dans les miens et ses lèvres s'étirent doucement, dans un sourire en coin. L'insolence à l'état pur. Il pose l'appareil et passe rapidement la main dans ses cheveux blond cendré, avant de s'approcher tout doucement de moi.

– Elle n'aura peut-être pas besoin de photos pour se souvenir de toi…

Méfiante, surprise – et le cœur battant –, je le regarde avancer au ralenti, l'air tellement fier de lui.

Il vient vraiment de sous-entendre ce que je pense ?

– Si d'ici là, tu es toujours dans ma vie… continue-t-il, ses lèvres à un centimètre des miennes.

Tout mon corps frémit. Mon cœur tambourine. Si je pouvais me jeter sur lui, l'embrasser, le respirer, le déshabiller, le sentir contre moi, l'accueillir en moi, je le ferais, là, tout de suite, sans me soucier de qui que ce soit aux alentours. Mais la voix de Birdie nous provient du salon et le soufflé retombe. Avant même de m'avoir embrassée, Emmett me lance le sourire le plus désarmant du monde, puis tourne les talons pour retrouver sa progéniture – qui, à mon avis, vient de foutre en l'air le meilleur baiser de l'univers.

Timing parfait, petite peste…

19

C'EST DIT…

Les bras chargés du linge de la rouquine – Connor est souffrant et je suis une bonne poire –, je pénètre dans le salon en soufflant sur cette satanée mèche qui s'obstine à me barrer les yeux. Mouvement de recul. Il est presque quatorze heures, je ne m'attends pas à la trouver là en plein milieu de journée, installée de tout son long sur le canapé, comme si elle était chez elle.

Il ne manque plus que les charentaises et la pipe au bec…

Non, Sid, pas de blagues sur les pipes.

– Non mais franchement, Sidonie, vous aimez votre job ? se marre Camilla en fixant la pile de bavoirs et de petites culottes.

– Ça dépend des jours, grommelé-je en posant la panière au sol. Et des visites surprises… Vous vous êtes perdue en chemin ? J'ai les instructions pour vous rendre au *Rochester & Montgomery Group*, si vous les avez oubliées. Ou pour une autre destination. Les enfers, par exemple ?

La Lady au brushing impeccable et tailleur rose pâle lâche un petit rire dédaigneux, puis décide de lever son microfessier pour me tendre une main… manucurée et parsemée de pierres précieuses.

– Oublions le passé, Sidonie ! sourit-elle en attendant une réaction de ma part.

– Vous vous sentez mal ? En manque de sang frais ? Besoin d'un nouveau manteau en poil de dalmatien ?

Elle explose de rire et attrape ma main sans que j'aie le temps d'y échapper – ou de lui envoyer dans la figure. Elle la secoue une bonne dizaine de fois – pas très élégant, pour une Lady – et daigne enfin la lâcher, pour aller se rasseoir.

Toujours cette foutue pose de pin-up de la haute !

– Emmett y est pour quelque chose, réalisé-je à voix haute avant de me tourner à nouveau vers elle. Il vous a demandé de faire un pas vers moi, c'est ça ?

– Qu'insinuez-vous ? Vous ne me croyez pas capable de faire pénitence de mon plein gré ? rétorque Miss U.K.

– Je ne suis pas Dieu et il ne me semble pas avoir entendu d'excuses… souris-je, en fronçant les sourcils.

– Très bien, dit-elle sèchement après un long silence. Je m'excuse, Sidonie…

– Pour quoi, exactement ?

– Pour m'être servie de votre passé douloureux pour vous nuire. Pour vous avoir fait du chantage. Vous ne méritiez pas ça. Et cette attitude était indigne de moi, récite-t-elle, comme un robot.

– Quelqu'un vous a écrit votre speech ? ris-je doucement, sans pour autant vouloir la vexer.

– Non, mais j'évite d'improviser, on ne sait jamais ce qui pourrait sortir de ma bouche. Le manque de compassion coule dans mes veines, c'est une tare familiale, murmure-t-elle d'une voix grave.

Les secondes s'écoulent, nos regards se croisent à maintes reprises, sans animosité ni affection particulières et je me dis bêtement que si elle n'était pas si guindée, si hautaine, cette fille serait d'une beauté assez exceptionnelle. Finalement, j'apporte la note finale à cette conversation, en ramassant la panière qui gît à mes pieds.

– Merci pour vos excuses, Camilla. Je vais prendre le temps d'y réfléchir, mais en attendant, si vous voulez bien, j'ai des petites culottes à faire sécher.

Je quitte la pièce en entendant un petit ricanement derrière moi. Toujours moqueur, mais un peu moins fort et un peu moins long que les précédents.

OK pour la trêve…

Mais je ne suis pas dupe.

Fouine un jour, fouine toujours !

– Sidonie ? entends-je alors que je m'apprête à grimper les escaliers.

Je me retourne, Camilla est accoudée à la rambarde.

– Emmett et vous… c'est sérieux ? articule-t-elle difficilement.

– Vraiment ? On se fait des confidences, maintenant ? soupiré-je. Je vais vous raconter mes histoires de cœur et vous allez m'offrir un bracelet de l'amitié ? On pourrait même s'échanger nos fringues et se trouver des surnoms comme « Lala » et « Donnie » !

Ma voix est acide. Je suis en colère, sans trop savoir pourquoi. Enfin si. Le raisonnement est simple – et me met hors de moi. Cette femme s'imagine qu'un demi-mot d'excuse lui vaudra toutes les confessions du monde. Son chantage était ignoble. Ses méthodes étaient cruelles. Et maintenant elle pousse le bouchon encore plus loin en jouant la carte de l'amitié – fausse, hypocrite, comme sa mine réjouie. À cet instant, d'ailleurs, elle ne sourit plus. Ses yeux froids se posent sur le mur, dans mon dos, et ne le quittent plus. Je lui parle, mais c'est comme si elle n'était plus là.

– Ne faites pas l'erreur de me prendre pour une débutante, une écervelée, une idiote finie, lâché-je en montant lentement, marche après marche. Vous perdez votre temps avec moi, Camilla.

Une minute plus tard, la porte d'entrée claque à en faire trembler les murs. Le babyphone se met à rugir.

Camilla Bradford, je vais te les faire bouffer, ces petites culottes !

***

Camden Town. Le Crazy Monkey est bondé sept jours sur sept, depuis sa réouverture. Joe et Jasper n'ont jamais eu autant de travail – ni de pourboires –, ce qui est une bonne chose pour moi, vu le peu de loyer qu'ils payaient jusque-là. Mais peu importe, ce soir est un soir particulier. Ma jumelle vient de se voir offrir une belle promotion : *bar manager*. Cette garce a déjà prévenu tout son staff : désormais, ils devront l'appeler « le tyran ».

Lorsque j'ai proposé à Emmett de m'accompagner, je m'attendais à un énième refus suivi d'une promesse de « se rattraper à mon retour ». Traduction : commencer la soirée seule, mais finir la nuit en sa compagnie. Je n'ai rien contre ce concept quatre-vingt-dix-neuf pour cent du temps – bien au contraire – mais là, c'était différent. Ma sœur allait être la reine de la soirée. Je voulais qu'il voie ça. Mon blond ténébreux a su lire entre les lignes, puisqu'il s'est invité à la seconde où je lui en ai parlé. C'est donc à son bras que je me faufile au milieu de la foule, pour accéder au comptoir et embrasser Mussolini – alias ma sœur –, à qui les cheveux noirs donnent un petit air rital.

– *Congrats*, manager ! m'écrié-je en la serrant dans mes bras.

Elle rit en me faisant tourner dans les airs, puis me repose pour échanger quelques mots – pêchus – avec mon milliardaire. Je les observe, accoudée au comptoir, un sourire stupide sur les lèvres, en attendant les deux verres de vin blanc que j'ai commandés. Lui est à tomber dans son jean brut et son polo noir qui fait ressortir chaque muscle de son torse. Il passe régulièrement la main dans ses cheveux dorés, sûrement à cause de la chaleur, mais surtout par habitude. Ma jumelle n'a rien de ridicule à côté d'un homme de cette trempe. Dans son tee-shirt en cuir et son slim noir, sa silhouette attire tous les regards. Quant à ce visage, on lui donnerait le bon Dieu sans confession.

– Ta sœur, c'est quelque chose… sourit mon amant en me rejoignant.

– Ouais. Je plains ses employés, rigolé-je en sirotant une gorgée de chardonnay.

– Elle leur a déjà attribué un numéro chacun, m'explique-t-il en ignorant les regards appuyés qui se tournent vers lui, sur notre passage.

– Comment ça ?

– Dans un souci d'efficacité, elle a décidé de laisser tomber les prénoms. Trop « personnels », trop « contre-productifs », apparemment.

– Même Jasper ? halluciné-je.

– Oui. Mais ce veinard a écopé du Numéro Un, se marre Emmett.

J'éclate de rire à mon tour, puis me laisse convaincre de suivre mon colosse sur la piste de danse. Nous tenons la cadence pendant une dizaine de chansons – résolument rock : la marque de fabrique de la maison – et nous nous déhanchons sensuellement en laissant nos mains se promener partout, nos corps se frôler, nos regards s'attiser. Ici, Emmett ne risque pas de croiser une quelconque connaissance. Nous pouvons nous octroyer cet instant de totale liberté…

Rochester danse bien. Il fait partie de ces hommes qui n'ont pas vraiment de technique ni de don particulier pour les chorégraphies, mais qui sont tellement à l'aise avec leur corps que chaque mouvement fait son petit effet. Rapidement, je me trémousse dangereusement contre lui, enivrée par cette assurance farouche qu'il dégage. Et je ne suis pas la seule : je ne compte plus les clins d'œil et les bouches en cœur qui se dirigent dans sa direction. Mais mon milliardaire n'a d'yeux, de caresses et de désir que pour moi. Et nous nous envolons une dernière fois sur Muse, en nous offrant l'un des baisers les plus passionnés de toute ma vie.

J'en tremble encore en revenant m'asseoir au comptoir, quelques minutes plus tard. Emmett discute avec un groupe d'amateurs de scotch, un peu plus loin, tandis que Jasper me sert une vodka tonic en se plantant face à moi.

– Ton mec est un phénomène. Il a mis le feu à toutes les petites culottes, ce soir, blague-t-il. Je ne vais pas te demander dans quel état est la tienne…

Je le fusille du regard et mime un haut-le-cœur. Il se marre et passe au sujet suivant :

– En parlant de petites culottes, tu sais comment Joe a eu sa promotion ?

– Fais gaffe à ce que tu dis, Jasper, grogné-je.

– Ça va, elle n'a pas couché, si ça peut te rassurer ! Mais je suis persuadé que Jack est fou d'elle.

– Jack ?

– Le proprio du Crazy Money.

Je hausse les épaules et trempe les lèvres dans ma boisson – mélange amer et sucré.

– C'est tout ce que ça te fait ? bougonne le hipster. Je t'offre un scoop et tu t'en fous. C'est Jack, quand même ! Il est jeune, il est beau gosse, il est pété de fric… et il est dingue de Joe !

– Comme tous les hommes qui la connaissent depuis à peu près un quart d'heure, philosophé-je en souriant.

– Ouais. Pas faux. En tout cas, on va en chier avec elle aux commandes ! conclut Jasper en mimant un égorgement, avant de m'abandonner pour reprendre son service.

Ma sœur… Un tyran… Et un aimant à mecs…

– Et si on rentrait ? me souffle Emmett à l'oreille, en se plaquant contre mon dos. Cette robe rouge me provoque depuis le début de la soirée…

Il fait glisser l'une de mes bretelles, puis l'autre. Je glousse et me retourne vers lui, pour savourer la chaleur de ses lèvres sur les miennes. Lorsque sa langue aventureuse commence à me faire perdre la tête, je le repousse doucement et lui glisse :

– Qui provoque qui, maintenant ?

Mon milliardaire m'adresse un sourire des plus évocateurs, puis m'attrape par le poignet. J'ai juste le temps de faire un petit signe de la main à ma jumelle avant de passer la porte de sortie. Je m'engouffre dans la berline, suivie de mon Lord, dont les lèvres se promènent déjà dans mon cou. Je lâche un long gémissement lorsque ses mains remontent le long de ma cuisse, mais la voiture pile brusquement et je reprends mes esprits.

La vitre noire qui sépare l'avant et l'arrière du véhicule descend subitement, le chauffeur nous indique qu'il y a eu un accident et que nous allons rester immobilisés un petit moment. Emmett le remercie et lui fait signe de nous rendre notre intimité. Dix secondes plus tard, nous sommes à nouveau seuls dans l'habitacle.

– Tu es venu avec moi… murmuré-je en me lovant dans son cou. Tu es venu avec moi pour féliciter ma sœur.

– Oui, sourit-il tout bas. C'est si incroyable que ça ?

– Tu n'aimes pas tout mélanger en général. Ni te montrer avec moi.

– Tu sais pourquoi, Sidonie, souffle-t-il en jouant avec le pendentif qui surmonte mon décolleté. Le secret, c'est ma priorité. Mais ça n'empêche pas que…

– Que quoi ? l'encouragé-je à poursuivre.

Il sourit légèrement, puis plisse les yeux comme si ses propres pensées le dérangeaient. Il se penche en avant pour m'embrasser, je pose mon index sur ses lèvres pour l'en empêcher.

– Pas avant d'avoir parlé…

– Et si je n'ai rien à dire ?

– Pourquoi est-ce que tu me tiens à l'écart de tout ? Je voudrais rencontrer tes amis. En savoir plus sur eux, sur toi, sur tout… susurré-je avant de déposer un furtif baiser dans son cou. Ils ne sauraient rien. Je serais juste la nanny. Pour l'instant…

– C'est compliqué, soupire-t-il.

– Pourquoi ?

– Parce que je suis en train de céder. De prendre des risques inconsidérés. D'enfreindre petit à petit mes propres règles…

– C'est-à-dire ? insisté-je en sentant mon cœur s'emballer.

– Je suis en train de tomber amoureux de toi, Sidonie, dit-il d'une voix douce et posée.

Malgré moi, mes yeux s'écarquillent, mon corps se tend, ma gorge se noue. Mon blond incendiaire rit dans sa barbe, amusé par mon malaise, puis m'oblige à me détendre, en m'attirant dans ses bras.

– Tu devais forcément t'en douter. De tels sentiments, c'est impossible à cacher.

Je devrais lui répondre que c'est réciproque. Dix fois. Cent fois. Mille fois réciproque. Mais mon cerveau déraille et mon cœur tambourine tellement fort que plus rien ne fonctionne en moi. Les mots refusent de sortir. Alors je verse une larme, faute de mieux.

– Ça ne change rien pour nous, finit-il par préciser en caressant mon front du bout de son nez. Rien d'officiel. Je vais t'aimer en cachette, Baby. Comme ça, nous serons intouchables…

Réponds-lui, idiote !!!

« Je t'aime aussi, Emmett. Tendrement, passionnément, éperdument, même si je n'en peux plus de ce secret. »

Quelque chose !

– Je sais, Sidonie. Je sais… murmure-t-il en voyant mes larmes se déchaîner et en me serrant un peu plus fort. Il a brisé quelque chose en toi. Et ça, justement, je vais le réparer…

***

Emmett m'a entendue. Pour la première fois, je vais me rendre chez Jude Montgomery en tant qu'invitée. Pas en tant que nanny. Lors d'un dîner, je vais découvrir mon amant à travers les yeux de son meilleur ami. Entendre des anecdotes qui remontent à leur adolescence, découvrir de nouvelles facettes de l'homme que j'aime – mais à qui je n'ai pas encore trouvé le moyen de le dire.

Pathétique.

Tout sourire, le dandy en costume rayé me fait visiter son « humble demeure », comme il la surnomme. Une maison d'architecte sur trois étages, dans le secteur le plus recherché de Notting Hill. Je le suis dans les cuisines où s'affairent trois chefs. Je reconnais immédiatement l'un d'eux, juré de l'émission *Masterchef* – version *british*. Puis je découvre le grand salon, le petit, la salle à manger, celle de réception, celle de cinéma, celle de jeux, l'immense terrasse en bois clair, le jardin à plusieurs niveaux et je m'étrangle – de ravissement – presque à chaque fois. Jude Montgomery semble apprécier les belles choses et l'art abstrait, si j'en crois la décoration originale qui donne une âme particulière à chaque pièce. Finalement, sa demeure est à son image. Flamboyante, vivante, mais pas seulement. Elle est également subtile, presque intrigante.

Les plaisanteries vont bon train pendant tout le dîner. Emmett en prend pour son grade, mais je ne suis pas mise à l'écart. Jude se montre franc avec moi, j'apprécie particulièrement ça, chez lui. Il est à l'aise en toutes circonstances, ses beaux yeux vifs me fixent sans détour, il ne cherche pas à instaurer une quelconque distance. Il le dit lui-même :

– Quand le courant passe, pourquoi se faire des courbettes et se comporter comme des étrangers ? La vie est trop courte et ma politesse trop limitée.

– C'est de la diplomatie que tu aurais dû faire, pas du business, se marre son meilleur ami.

Je dévore le contenu de chacune de mes assiettes et sens le regard amusé, tendre ou bienveillant, d'Emmett se poser sur moi, à de nombreuses reprises. À chaque fois, la petite bête se réveille dans mon ventre, mais je me force à la maîtriser. Je ne lui ai toujours pas répondu. Il s'est dévoilé, pas moi. Ma lâcheté me dégoûte. Je ne mérite pas toutes ses attentions.

En fin de soirée, mon colosse s'éloigne pour appeler Imogen et s'assurer que Birdie dort paisiblement. Jude en profite pour m'attirer sur la terrasse, d'où je découvre un jardin illuminé à couper le souffle. Mais lorsque le dandy lance la conversation, j'oublie rapidement ce décor enchanteur :

– Emmett est comme mon frère, je sais quand il part en vrille ou quand il fait les bons choix.

Je le regarde, un peu hébétée, m'attendant au pire, mais le visage songeur de Jude n'exprime aucune rancœur, aucun jugement.

– Je sais tout, au cas où tu te demandes, me sourit-il soudain.

– Tout ?

– Absolument tout. Depuis le jour où il t'a embauchée. Je lui ai tout de suite dit qu'il se foutait dans le pétrin, mais je l'ai encouragé à continuer.

– Pourquoi ?

– Parce que tu es la meilleure chose qui lui soit arrivée depuis des années.

Ses mots me touchent profondément. Jude Montgomery n'a jamais eu l'air aussi sincère qu'en cet instant. Et je m'en veux plus que jamais de ne pas avoir révélé mes sentiments – tous mes sentiments – à Emmett.

– Ne renonce pas, Sidonie, continue le dandy. Ne prends pas peur au premier obstacle. Parce que je te préviens, il y en aura…

– Il y en a déjà eu. Et je suis toujours là, murmuré-je en souriant.

– C'est bien ce que je dis depuis le début. Les sœurs Merlin sont des filles à part !

– Je le savais ! Joe t'a ensorcelé. Tu as succombé à son petit charme…

– Petit charme ? Bien plus que ça ! Ta sœur est sacrément chiante, mais putain, qu'est-ce qu'elle est belle !

Je glousse en ayant le réflexe de mettre ma main devant ma bouche – comme une potiche – pour ne pas faire trop de bruit. C'est à ce moment-là qu'Emmett revient, intrigué par notre hilarité. Je croise son regard lumineux et suis prise d'une soudaine euphorie. D'une envie folle. Je suis prête. Je suis enfin prête à lui dire à quel point je l'aime. À quel point il joue un rôle capital dans ma vie.

– D'ailleurs, salopard, rebondit Jude en donnant un coup d'épaule à mon blond ténébreux, tu t'es bien gardé de m'inviter à sa soirée de promotion ! Joe aurait adoré que je sois là. J'aurais pu la féliciter en personne. Ou juste l'emmerder. Elle est tellement mignonne quand elle est en colère…

Pas le moment, Jude. Pas du tout le moment…

– Hmm… lui répond distraitement Emmett en me bouffant des yeux. Jude, merci pour ce dîner. Je crois que c'est l'heure de rentrer…

***

La pluie s'est mise à tomber au moment où le chauffeur a refermé la portière. Le regard de mon amant continue à me poursuivre dans chacun de mes gestes, dans chacun de mes plus infimes mouvements. Finalement, le cœur battant à mille à l'heure, je trouve le courage de lui faire face. Il est beau à crever, dans son costume noir, sans cravate, sa chemise légèrement déboutonnée.

– Je l'ai toujours pensé, tu sais, commencé-je en bredouillant à moitié. Ça ne voulait pas sortir.

– Sidonie, tu n'es pas obligée… murmure-t-il en caressant ma joue, probablement touché par mon émotion.

– Si. J'en ai envie. J'en ai besoin, réponds-je, la voix un peu plus assurée. Et toi aussi…

Je passe ma langue sur mes lèvres, comme si ce réflexe allait me donner la force de prononcer ces mots – que je n'ai adressés qu'à un seul homme… et qui me l'a tant fait regretter.

– Je t'aime, Emmett, soufflé-je en retenant mes larmes. Ça me fait atrocement peur, mais je t'aime…

Ses bras d'acier se referment autour de moi et je me réfugie contre son torse, sentant ses mains m'agripper avec une intensité nouvelle. Je relève la tête après quelques profondes inspirations et nos regards se croisent, ardents, passionnés, presque désespérés.

Ma bouche frôle la sienne, nos souffles brûlants et saccadés s'entremêlent, puis la délivrance arrive enfin. Je m'abandonne à lui dans un baiser déchaîné et je savoure cette vérité qui vient d'éclater. L'amour était déjà là, il nous pourchassait depuis longtemps, mais l'admettre à voix haute fait toute la différence. C'est plus réel. Plus fort. Plus effrayant, aussi.

Emmett rompt notre baiser quelques secondes, juste le temps d'appuyer sur un bouton et de lâcher en direction du chauffeur :

– Nous ferons le grand tour pour rentrer, Alec.

Puis ses lèvres avides s'abattent à nouveau sur les miennes et, d'une voix de velours, mon amant infernal m'annonce le programme…

– Il me semble que cette nouvelle robe a besoin de respirer. Elle a fait son boulot, tu étais sublime ce soir, mais il faut lui rendre sa liberté.

Ses mains s'aventurent sur ma peau, j'en tremble de la tête aux pieds. Ma robe, elle, est sur le point de nous quitter.

Cet homme… veut… me… tuer…

« Nous ferons le grand tour pour rentrer, Alec. »

Je comprends mieux, maintenant. La limousine roule à vive allure, sans à-coups, sans arrêts brusques ou virages serrés et cette vitesse nous monte déjà à la tête.

Vitres teintées : check !

Séparation conducteur-passagers : check !

Insonorisation : check !

Mon Lord en profite pour dézipper lentement, sensuellement, la fermeture à glissière qui se trouve dans mon dos. Peu à peu, le tissu s'écarte, ma peau est mise à nu et les frissons brûlants remplacent le satin frais qui emprisonnait mes seins.

– Pas de soutien-gorge, s'extasie Emmett en découvrant mes tétons aux bouts durcis. Ces jolies pommes parfaitement rondes, je pourrais les croquer…

Il s'exécute. Je gémis – plus de plaisir que de douleur – et je fourre mes mains dans ses cheveux rebelles. Je tire au hasard, sans précaution. Il lâche un cri rauque, presque bestial, qui me donne des ailes. Je me débarrasse du reste de ma robe – qui a échoué sur mes hanches – sous le regard gourmand, ardent de mon amant. Puis, dans un élan un peu fou, je saute sur lui et atterris à califourchon sur ses cuisses. Je glousse d'excitation alors que ses mains emprisonnent brusquement mon visage. Il susurre des mots incompréhensibles contre mes lèvres, ses yeux sombres n'ont jamais été aussi noirs, je crois. Aussi sauvages, virils, intimidants. Ses dents s'attaquent à ma lèvre inférieure, la mordillent, grignotent mon menton, se promènent dans mon cou en m'arrachant ici et là des cris de surprise.

Ses mains de fer, immenses et habiles, se posent sur mes reins, remontent le long de ma colonne vertébrale, tirent légèrement les mèches qui se sont échappées de mon chignon tressé pour me faire lever la tête, puis redescendent au sud, très au sud. Elles empoignent ma croupe, la malaxent, la pétrissent, jusqu'à ce que je reprenne le contrôle.

– Mains en l'air, Rochester, grondé-je en capturant ses poignets.

Amusé mais pas impressionné, le colosse blond m'adresse son sourire en coin le plus malhonnête, puis s'empare voluptueusement de mes seins. Juste histoire de prouver qu'il n'est pas près de se soumettre à ma volonté. Je ne lâche rien, si ce n'est un grognement réprobateur. Je tente à nouveau. Cette fois encore, ses poignets échappent à mon emprise et ses paumes vont se loger au creux de mes cuisses. Emmett se mord la lèvre et me fixe intensément, apparemment très fier de sa rébellion – qui me met, je l'avoue, dans un état second… d'excitation.

– Tu es déterminée, Baby. Presque trop… ricane mon amant en caressant ma peau extra-sensible. Mais tu t'attaques à pire que toi. Je suis une forteresse. Tu n'obtiendras rien de moi comme ça.

– C'est ce qu'on verra… soufflé-je en commençant à me balancer sur lui, d'avant en arrière.

Je joue ma carte maîtresse. Ma féminité – recouverte d'un petit morceau de dentelle claire – part à la conquête de sa virilité, elle-même enfermée dans son pantalon de costume. Et je ne sais quoi, en dessous.

Il me tarde de le découvrir…

Je m'agite, me cambre, me frotte, ondule le plus lascivement possible. Mes inhibitions se sont fait la malle : je suis une déesse de l'amour, une duchesse scandaleuse, une maîtresse charnelle. Je vois dans ses yeux que mon petit manège fonctionne. Sa respiration le trahit. Il perd de sa superbe, tout à coup. Le grand Lord se transforme en mâle en rut. Et j'adore ça.

Tout en continuant à le torturer d'avant en arrière, de droite à gauche, je m'attaque à ses vêtements, qui me séparent de sa peau, me privent de sa chaleur. Sa veste noire coopère et échoue sur le cuir un soupir plus tard. Les boutons de sa chemise me demandent un peu plus d'agilité, mais j'en viens à bout et arrache brusquement le tissu – sous le regard mi-bluffé, mi-moqueur de Mr Rochester. Son torse sculptural apparaît enfin et je ne peux réprimer un gémissement gourmand. Lorsqu'il se met à ricaner dans sa barbe naissante, je me jette sur ses lèvres à la vitesse de l'éclair – et utilise mes dents acérées – pour le faire taire.

Objectif atteint.

Je m'attaque à la ceinture de son pantalon griffé. Là, monsieur Je-Te-Nargue ne rigole plus du tout. Son expression se durcit… le reste aussi. Je sens son sexe se tendre comme un arc à chaque contact, même infime. Je prends mon temps, défais la boucle, tire lentement sur la bande de cuir pour la faire coulisser dans chaque passant, mon amant devient de plus en plus impatient. L'agrafe de son pantalon saute, je me recule et pose mes pieds à terre, il lève son bassin pour m'aider à faire glisser le tissu le long de ses jambes. Ne reste plus que son boxer. Noir. Comme ses yeux, qui me fixent et m'interrogent à la fois. Ils me lancent un défi.

Aller à la rencontre de ce qui brûle en dessous ? Pas besoin de demander, mon Lord…

Son pieu est enfin libre. Enfin à ma portée. Sa raideur extrême, preuve de son désir, ne fait que décupler le mien. En m'installant à nouveau sur lui, je le prends en main et commence un doux va-et-vient, mes yeux plongés dans ses pupilles sombres et dilatées. Emmett actionne un bouton sur sa gauche et immédiatement, des notes jazzy, lentes et sensuelles s'infiltrent dans notre bulle.

Je continue mes caresses, recommence à me dandiner sur lui, le frottement de sa peau sur ma féminité me procurant des vagues de plaisir de plus en plus intenses. Ses grognements rauques m'incitent à accélérer la cadence. Mon blond ténébreux lève les mains vers mon visage et les glisse dans mes cheveux. Il détache les barrettes qui les retiennent en l'air, jusqu'à ce que ma crinière retombe sur mes épaules.

– Tu es tellement belle, murmure-t-il d'une voix un peu essoufflée. Quel con, je n'aurais jamais dû t'imposer le chignon…

Je glousse, ravie de percevoir tant de désir dans sa voix, puis augmente le rythme de mes allers et retours. Son sexe coulisse parfaitement dans ma paume. En quatre mois, j'ai appris à maîtriser une bête de ce calibre. Nos lèvres se retrouvent, aimantées par la même soif de l'autre, la même envie. Nos langues s'effleurent, puis s'enroulent et se lancent dans une danse endiablée. Je me recule afin de reprendre ma respiration. C'est à ce moment qu'il passe à l'action.

Je pousse un cri aigu lorsque la dentelle qui cache mon intimité se déchire. Le sourire d'Emmett en dit long : il est satisfait de l'effet que son acte de barbarie a eu sur moi. Mon string – ou du moins ce qu'il en reste – dans sa main, il fait son malin. Je tente de le remettre à sa place en me vengeant sur son sexe – un petit pincement bien placé, rien de plus – mais il ne m'en laisse pas l'occasion.

La limousine roule sans fin sur le bitume de la M25, qui fait le tour de Londres. Mon colosse me soulève et m'allonge sans ménagement sur la banquette qui doit avoisiner les quatre mètres de long.

Et moi qui me demandais à quoi pouvait servir cette banquette en U…

Le cuir froid me mord le dos et les fesses. Le contraste avec mon sang qui bout, mon intimité qui palpite, est saisissant. Je reste immobile, anesthésiée par ce choc des températures. Mon bourreau des corps en profite pour se débarrasser en un geste de ses vêtements – échoués à ses chevilles – ainsi que de ses chaussures et chaussettes. Sublimement nu, face à moi, il me donne tout un tas d'idées. Plus inavouables les unes que les autres.

Mène la danse, Rochester… Surprends-moi…

Il avance vers moi comme un prédateur s'approcherait de sa proie. En se léchant les babines. Ses yeux brillent, sa peau frémit, ses muscles sont contractés, plus visibles au gré de ses mouvements. Appuyé sur ses mains, sur ses genoux, mon amant s'installe au-dessus de moi, me dominant de toute sa hauteur. Je suis à sa merci, allongée sur le dos, offerte à lui. Son sexe est toujours aussi alléchant, dressé à l'extrême.

Son regard me balaie de bas en haut, à plusieurs reprises, la lueur dans ses yeux grandissant un peu plus à chaque fois. Il dépose un baiser brûlant sur mon front, l'arête de mon nez, mon menton, la naissance de mon décolleté… Je frissonne, en redemande, mais il ne cède pas à mes supplications.

Un homme en mission…

Puis, dans un mouvement fluide, le visage et le corps de mon amant reculent lentement pour atteindre ma zone la plus secrète, la plus intime.

– Je ne t'ai jamais dégustée dans une limousine… murmure-t-il au loin. Grave erreur.

Ses mains écartent un peu plus mes cuisses, ses lèvres se promènent sur ma peau sensible, humide, jusqu'à approcher dangereusement de mon clitoris. Je lâche un long gémissement lorsqu'enfin, il s'en empare en douceur. Puis il le relâche, s'aventure plus bas, glisse sa langue en moi. Je m'accroche comme je peux à la banquette – qui soudain se réchauffe et me colle à la peau – et me retiens de crier. Mon bassin s'agite, mon corps est parcouru de soubresauts. Ce qu'il me fait avec sa langue… c'est divin. Plus que ça. J'en perds le fil de mes pensées. Impossible de trouver mes mots. Ce qui est en train de se passer, je n'ai pas besoin de l'analyser.

Mais je veux en garder tous les souvenirs…

Graver chaque sensation en moi, pour ne jamais les oublier…

Ah… C'est… si… bon…

Tais-toi et profite, jacasse !

Ma respiration est de plus en plus rapide, de moins en moins régulière. Je me cambre, m'ouvre davantage, lâche des râles incontrôlés alors que mon blond ténébreux ne fait qu'une bouchée de mon sexe. Il me titille, me frôle, me suçote, me gobe, me dévore. Mais il ne s'arrête pas là : un Lord se doit d'être multitâche… Il parvient insolemment, à bout de bras, à s'emparer de mes tétons pour les attiser en même temps.

C'en est trop. Sous ces assauts innombrables, mon corps est au bord de l'explosion. Mes gémissements sont plus fréquents, plus intenses. Je fourrage mes mains dans les cheveux d'Emmett, pour lui exprimer l'urgence de mon désir. Je tire sa tignasse un peu trop fort, il se venge en donnant un petit coup de dent qui me rapproche encore un peu plus de l'orgasme…

Il connaît mon corps. Il est parvenu à déchiffrer son langage. Il sait quand je suis sur le point de succomber. Ses lèvres avides quittent ma féminité trempée et commencent leur ascension érotique. La pointe de sa langue remonte le long de mes hanches puis fait un large détour. Il dépose un baiser sur mon nombril puis sur chacun des grains de beauté qui l'entourent. Sa bouche enflammée se promène sur mon ventre, embrasse, lèche, mordille : j'ai beau protester, le supplier de mettre fin à ce supplice, il fait ce qu'il veut de moi, un sourire impertinent illuminant son sublime visage.

Penser à me venger…

Ah ! Mon téton droit n'est pas comestible, Mr Rochester !

Son imposante silhouette surgit au-dessus de moi. Enfin, la délivrance ! Son torse, son tatouage, ses pectoraux, ses biceps, ses veines saillantes qui marquent son cou : je vois tout, je fantasme sur tout, je désire tout chez lui. Ses dents – particulièrement joueuses, ce soir – s'attaquent au lobe de mon oreille, tandis que sa main droite relève soudainement ma cuisse pour ouvrir le passage.

Emmett échange un regard furtif avec moi – passionné, farouche, fier – puis il me pénètre enfin, en grognant dans mon cou. Je frissonne de tout mon corps, une vague de chaleur infernale déferle dans mon intimité, je meurs de chaud, de désir, de plaisir. Le rythme est soutenu, il l'a compris :

je n'ai envie ni de douceur ni de tendresse. Cela peut paraître étrange, mais après les mots d'amour qu'il m'a adressés, j'ai plus que jamais besoin qu'il soit fougueux, bestial, déchaîné.

Ce soir, je veux que la passion l'emporte sur l'amour…

Les notes qui sortent de ma bouche ne parviennent pas à recouvrir la musique, mais presque. Aiguë, grave, rauque, cassée : ma voix fait les montagnes russes. Je suis en transe. Emmett glisse en moi de plus en plus vite. Il redresse son buste, remonte mes deux cuisses et cale mes mollets sur ses épaules. Je gémis de le voir si grand, si vaillant, face à moi. Il m'empoigne les hanches, coulisse à nouveau entre mes chairs et me possède de plus belle, un peu plus fort, plus loin.

Son va-et-vient m'ensorcelle. La manière dont il me transporte, à cet instant, c'est de la magie noire. Ses iris sombres me jettent des sorts. Ses mains qui m'empoignent marquent la peau de mes hanches, la brûlent. C'est presque douloureux, mais j'aime ça. Son torse sculpté se gonfle un peu plus à chaque pénétration. Son sexe grandit en moi, me remplissant de toute sa force, de tout son venin.

Mes gémissements et ses grognements se font écho. De la buée apparaît peu à peu sur les vitres. Cette étreinte dure depuis une petite éternité, mais je n'en ai jamais assez. L'adrénaline coule dans mes veines, le plaisir brut, sans artifice, me donne la force de suivre la cadence infernale qu'impose mon homme. Sa peau brûlante claque contre la mienne, encore et encore et bientôt, je n'entends plus que ça.

Tout devient flou, ma respiration entame un sprint, mes ongles s'enfoncent dans sa peau, mon intimité se transforme en un brasier que rien, si ce n'est la jouissance, ne pourrait éteindre. Un, deux, trois derniers coups de reins, son regard planté dans le mien, et je m'envole, en criant son nom. Un courant électrique ultra-puissant déferle dans tout mon corps, allumant au passage toutes mes terminaisons nerveuses. L'orgasme surnaturel, qui dure… et dure encore.

Emmett me rejoint, au milieu de cette décharge électromagnétique d'un nouveau genre. Il se penche sur moi, grogne tout près de mes lèvres dans une dernière percée. Ensemble, nous laissons la jouissance atteindre des sommets.

Nous restons imbriqués l'un contre l'autre, pendant de longues minutes, savourant le calme après la tempête. Emmett me caresse tendrement l'épaule, je redessine son tatouage du bout du doigt et découvre qu'il renferme un message. C'est alors que le véhicule s'immobilise. Mon Lord se relève d'un bond et me tend la main pour m'aider à me relever.

– Je suis sûr qu'Alec serait ravi de te voir nue, murmure-t-il en faisant glisser ses paumes sur mes reins. Mais s'il le fait, je serai obligé de l'abattre…

– Ce serait dommage, ris-je doucement. Il conduit si bien. Je n'avais jamais vécu un trajet aussi… divertissant.

– Enfile ça avant que je te divertisse à nouveau, grogne mon blond ténébreux en ramassant ma robe.

L'orgueil de cet homme… Un vrai aphrodisiaque…

20

HÉROÏNE OU VICTIME

Emmett dort paisiblement, allongé sur le dos, ses deux bras musclés remontés en direction de la tête de lit. Il n'est pas encore sept heures du matin mais sa présence à mes côtés – dans mon lit – est plus efficace que tous les radios-réveils jamais testés.

J'ai ouvert un premier œil il y a quinze minutes, l'ai découvert là – nu, immense et serein – ai filé dans la salle de bains sur la pointe des pieds, me suis fait une rapide beauté – juste l'essentiel – et suis revenue me glisser sous les draps, l'air de rien. Il n'a pas bougé d'un millimètre, son visage est toujours tourné vers moi. Du bout des lèvres, je frôle son nez, sa bouche, sa barbe naissante. Puis, toujours de profil, je m'installe délicatement au plus près de lui, posant ma tête sur la peau douce et claire de son dessous de bras.

Parce que sa beauté sauvage ne suffit pas, il faut qu'il sente diablement bon...

J'ai enfin l'occasion d'admirer l'œuvre d'art sur sa peau, qui forme un large tourbillon. Son pectoral se gonfle régulièrement, au gré de sa respiration et pour la première fois, mes yeux plissés détaillent avec insistance le tatouage sombre qui le barre. Les courbes abstraites et esthétiques sont régulières, dans un noir profond qui jaillit sur sa peau ambrée. Après quelques secondes d'observation assidue, je réalise que ce cyclone comporte un message, écrit en lettres légèrement modifiées – pour qu'on ne les déchiffre pas trop facilement, j'imagine.

« I carry your Heart in my Heart. »

« Je porte ton Cœur dans mon Cœur. »

– C'est une citation d'un poème d'E. E. Cummings, murmure la voix rauque d'Emmett.

Ses yeux noirs sont braqués sur moi, son intensité me glace, j'ai un mouvement de recul mais il me retient par la taille en esquissant un sourire arrogant.

– Tu crois vraiment que tu peux scruter ma peau, lorgner ma chair comme si j'étais une vulgaire pièce de bétail ? ricane-t-il en me ramenant contre lui.

Je respire l'odeur enchanteresse qui émane de son cou, mon esprit commence à tanguer, ma volonté à faillir… puis je me reprends et décide de ne pas me laisser faire. Je le repousse et me redresse sur mes coudes, pour le dominer d'une tête. Lui reste paresseusement allongé, son visage fier – sa tête à claques – dirigé vers le plafond.

– Ne joue pas à la victime, Lord Supermilliardaire. Tu ne sais pas ce que ça fait d'être traitée comme un bout de viande !

– Lord Supermilliardaire ? Elle est nouvelle, celle-là, se marre-t-il en tendant la main vers moi pour me caresser la joue.

Je repousse son poignet mais ris de ce surnom ridicule avec lui.

– Tu me parles de ton tatouage ? demandé-je soudain, en admirant à nouveau l'encre noire. Qu'est-ce qu'il signifie ?

– Beaucoup de choses, sourit subtilement mon amant.

– « Je porte ton Cœur dans mon Cœur. » Il s'agit de… ?

– Non, il n'est pas destiné à Robyn, tranche Emmett, sans me laisser le temps de formuler ma question.

Il se relève contre la tête de lit et passe énergiquement la main dans ses cheveux.

Mal à l'aise, Mr Rochester ?

Ému ?

Ses yeux brillent… différemment.

– C'est Birdie qui est visée, murmure-t-il enfin. Quand sa mère est morte, je me suis juré de protéger notre fille. J'ai voulu graver cette promesse sur mon corps. Son cœur, c'est le mien. Je le protégerai coûte que coûte, jusqu'à mon dernier souffle. Tu comprends ?

Sa question n'était qu'un soupir. Je ressens la détresse, mais aussi tous les espoirs d'un homme prêt à tout pour que son enfant ne soit jamais la victime d'un monde où les pires injustices vous frappent dès la naissance. Birdie ne connaîtra jamais sa mère, mais elle aura un héros pour père.

– Je comprends, susurré-je en me blottissant contre lui. Pourquoi un tourbillon ?

– Parce que c'est viril, indomptable, déchaîné… comme moi ! s'écrie-t-il en m'emprisonnant soudain dans ses bras.

J'aurais mieux fait de me taire…

Quoi que… Ces lèvres… Cette langue… Cette arrogance !

***

J'étais sur le point d'installer la rouquine dans sa chaise haute quand Connor lui a donné la bonne idée de se lancer dans une grande partie de cache-cache.

Il est presque dix-neuf heures, le riz parfumé est prêt, le poulet aux abricots est cuit et patiente dans le four tiède depuis un bon moment. Ce soir, j'ai décidé de cuisiner pour toute la maisonnée. Cette recette, c'était celle de ma mère. L'un des seuls plats qu'elle réussissait à tous les coups, malgré son niveau culinaire désastreux – Hélène avait parfaitement conscience de ses limites et préférait en rire.

Ce qui explique la passion de Joe pour les chips et tout autre produit en boîte ou en sachet…

Dix-neuf heures quinze. Je pars moi-même à la recherche du petit monstre pour accélérer le processus. Connaissant Connor, il serait capable de jouer avec elle une bonne partie de la nuit. Je la retrouve au fin fond du placard de l'entrée – tandis que le majordome est à quatre pattes dans le salon, en train d'inspecter sous les canapés.

Bien, la surveillance, Connor…

Birdie se débat lorsque je la prends dans mes bras, mais j'échappe au caprice grâce à l'appel du ventre. Le petit glouton m'entend dire « poulet » et la crise passe. Sur le chemin de la cuisine, une odeur me parvient. Une odeur de brûlé. Je presse le pas, dépose Birdie dans sa chaise haute et ouvre le four en catastrophe. Une épaisse fumée s'en échappe, je plisse les yeux, la chaleur me picote le visage et… des alarmes stridentes se déclenchent.

Les détecteurs de fumée…

J'appelle Connor à la rescousse, ouvre les fenêtres en grand, puis agite frénétiquement le premier torchon qui passait par là en direction du four. Comme si ça allait changer quelque chose. Le majordome m'annonce qu'il va chercher l'échelle, seul moyen pour atteindre les détecteurs et les désactiver. Il disparaît, les alarmes rugissent toujours, stressantes, assourdissantes. À l'autre bout de la pièce, Birdie est en pleurs. Je la rejoins en me forçant à lui parler le plus calmement du monde, quand la tornade Emmett se rue sur nous. Débarqué de nulle part, il s'empare de sa fille – qui hurle de plus belle – m'attrape fermement par le bras et nous trimbale en direction de l'entrée. Dans la panique, j'ai juste le temps de voir l'expression figée qui déforme son visage : il est comme possédé.

Il revit la scène cauchemardesque qui lui a enlevé sa femme.

Sauf que cette fois, il n'y a aucune flamme : juste de la fumée.

Les alarmes, c'est ce qui a déclenché son état de transe…

Je tente de lui faire entendre raison, de lui assurer qu'il n'y a pas d'incendie, que nous ne sommes pas en danger, mais il continue à me traîner jusqu'à la sortie, en beuglant des bribes de phrases qui n'ont aucun sens. Nous sortons de la maison, courons jusqu'au trottoir d'en face. Emmett place sa fille dans mes bras, puis m'ordonne d'appeler les pompiers. Lui, de son côté, s'est mis en tête d'aller chercher Connor.

Cette fois, je ne le laisse plus délirer. Je hausse le ton, le force à me regarder dans les yeux et à se concentrer sur ce que je lui dis. Au fil de mon explication, son regard fou revient à la normale, sa respiration se calme, mais son corps tremble toujours autant.

– Ce n'est rien, Emmett. Juste de la fumée… répété-je pour la douzième fois.

De l'autre côté de la rue, les alarmes se taisent. Connor a probablement réussi sa mission.

– Quand je suis sorti de la voiture et que j'ai entendu ça, j'ai cru que j'allais la perdre, murmure-t-il en caressant les bouclettes de sa fille. Te perdre… ajoute-t-il durement, en me fusillant du regard. Qu'est-ce qu'il s'est passé ?

– Mon poulet a cramé… avoué-je, terriblement gênée. Je pensais qu'il réchauffait doucement, mais Birdie a dû augmenter la température du four en passant devant. D'habitude, je la surprends, là, ça m'a échappé…

– Je vais faire installer une sécurité. En attendant, n'oublie pas tes responsabilités, Sidonie. Tu es la nanny, pas la cuisinière. Connor aurait dû être aux commandes. S'il n'arrive pas à tout gérer, je peux lui embaucher un second, grommelle mon milliardaire en fixant la *townhouse*. Allons-y, rentrons.

Sa dernière phrase était plus douce et lorsque je trouve le courage de lui dire que tout ça était mon idée – le dîner surprise, moi aux fourneaux, Connor en apprenti baby-sitter –, il ne me fait pas de reproche. Finalement, le soulagement l'a emporté sur la colère.

Et je réalise à quel point son passé est toujours présent.

Les flammes le hantent. Cette phobie ne le quittera jamais.

***

La table interminable de la salle à manger brille de mille feux. La vaisselle des grands soirs trône sur la nappe blanche aux finitions dorées, des compositions florales décorent le centre de table, les chaises anciennes aux armureries centenaires – toutes retapées pour un confort optimal – attendent leurs visiteurs. Ils seront dix à déguster les mets les plus fins préparés par une horde de chefs étoilés. Emmett Rochester, P.-D.G et actionnaire majoritaire du Rochester & Montgomery Group sait recevoir. Surtout lorsque ses meilleurs associés figurent sur la liste des invités.

Les premiers arrivés s'envoient quelques coupes de champagne dans le grand salon. Je ne peux m'empêcher de me demander ce qui s'y raconte. Si quelques éclats de rire fusent, les discussions restent secrètes. Depuis la cuisine – notre repère préféré malgré l'effervescence qui y règne ce soir –, Connor et moi observons un à un les hommes en costard et femmes en robe de grands couturiers qui passent la porte. Jude et Camilla sont arrivés les premiers. Lui en costume bleu marine et cravate fuchsia. Elle en robe fourreau dorée – parce que « humilité et sobriété » ne font pas partie de son vocabulaire.

Dit la nanny en tailleur noir strict, en maudissant son uniforme et la prestance de cette femme…

– Je ne suis pas fâché de ne pas être de service, ce soir, se félicite mon complice. Andrew a du pain sur la planche, d'ici à ce qu'ils partent ! Lui, c'est Dave Garvin, un génie du calcul mental, m'explique-t-il en évitant de justesse un plateau d'escargots sauce piquante. Il est déjà venu dîner, il s'est amusé à additionner tout ce qui lui passait sous le nez. Pas de bol, ce soir-là, on servait des petits pois en gelée…

La séance de potins dure une bonne trentaine de minutes. Je pouffe à chaque récit – légèrement exagéré – de mon fidèle allié. Nous grappillons quelques amuse-bouches au passage, sous les regards consternés des grands chefs qui se démènent derrière nous.

Vingt heures trente. Le dîner devrait démarrer, mais il manque un dernier invité. Je m'attends à voir débouler un businessman affolé – on ne fait pas attendre Lord Rochester sans conséquences… – mais c'est tout l'inverse. Une femme sublime d'une quarantaine d'années – peut-être un peu moins – fait son entrée et la terre entière s'extasie. Moi y compris. Sa crinière brune et flamboyante tombe en cascade sur ses épaules nues, sa robe noire décolletée et fendue sur le côté laisse entrevoir une poitrine de rêve et des jambes de gazelle. Sa voix est séductrice, ses attitudes enjôleuses… Cette femme est le danger personnifié.

– Ce doit être la fameuse Serena Drummond, souffle Connor, lui aussi sous le charme.

– Qui ?

– La nouvelle associée. Elle vient de rejoindre le RMG. J'ai entendu dire que c'était une redoutable femme d'affaires mais j'ignorais qu'elle ressemblait à ça… siffle-t-il, admiratif.

– Connor ! grogné-je en lui donnant un coup de coude.

– Désolé, se reprend-il en lui tournant le dos.

– Je rêve ou elle vient de… ? m'écrié-je, incapable de terminer ma phrase.

Je n'ai pas rêvé. Elle vient bel et bien d'embrasser Emmett sur la bouche. Un baiser furtif, échangé naturellement, comme s'il s'agissait d'une bise classique. Sauf que cet homme est à moi. Il m'appartient corps et âme et je suis à deux doigts d'aller le lui rappeler…

Et d'arracher les yeux aguicheurs de cette effrontée!

Et encore, je surveille mon langage...

Je me ravise et redescends en température lorsque je vois Emmett se reculer brusquement et sa collègue s'excuser platement, en riant.

C'était un accident. Juste un accident.

En me le répétant, je vais finir par le croire...

Mon Lord passe rapidement en cuisine – pour vérifier que tout est en place, ses troupes opérationnelles – et annonce le lancement du dîner. Juste avant de s'éclipser, il m'adresse un clin d'œil mutin et chuchote un minuscule « Bye, Baby... ». Mes joues reprennent des couleurs, mon cœur se déleste d'un poids d'une tonne. La cuisine se transforme en champ de bataille : les cuistots se mettent à l'action, les serveurs entrent et ressortent en file indienne.

Connor et moi devons trouver une nouvelle cachette.

– J'ai une idée, sourit le doux géant en me faisant signe de le suivre.

Je pénètre derrière lui dans la petite pièce attenante au bureau d'Emmett. Un regard en direction du majordome et il comprend :

– On est en zone libre, ici. J'ai l'autorisation officielle d'y traîner, donc par extension, toi aussi.

Il allume le double écran plat de l'ordinateur et lance un logiciel. Aussitôt, des images apparaissent. Il clique sur l'une d'elles et mon cerveau fait enfin la connexion.

– Des caméras! dis-je à haute voix.

– Oui. Mr Rochester me demande parfois de jeter un coup d'œil, quand on a de la visite.

– Je comprends pourquoi tu sais tout sur tout...

– J'en sais même peut-être plus que tu ne le crois, sourit-il.

– Quoi? Qu'est-ce que tu as vu? Tu nous as épiés?! m'offusqué-je en faisant semblant de le taper.

– Non, je n'allume cet écran que lorsque nous avons de la compagnie. Tu fais partie de la maison, Sidonie. Tu n'as rien à craindre.

– J'aime mieux ça...

– Bon, et si on se taisait? Pour entendre quelque chose...

– Bonne idée.

– Tu as parlé!

– Toi aussi!

C'est sans fin...

Rien de palpitant ne se passe à l'écran, si ce n'est ce foie gras poêlé qui me met l'eau à la bouche. Serena est assise à côté d'Emmett, mais ne tente rien, si ce n'est quelques mains posées sur son bras – qu'il dégage, à chaque fois. Mon complice et moi finissons par nous lasser et quittons la pièce environ une heure plus tard. Il file regagner sa petite maison, je m'apprête à gravir les escaliers pour retrouver mon dernier étage.

– Bonsoir, Sidonie, entends-je la voix prétentieuse de Lady Bradford.

– Bonne nuit, Camilla.

Une façon polie de l'envoyer paître...

– Ces dîners m'épuisent, soupire-t-elle en m'empêchant de m'échapper. Sourire à tous ces gens, juste parce qu'ils me rapportent de l'argent, ce n'est pas pour moi... Et cette Serena me sort par les yeux!

Elle s'arrête brusquement de pester, consciente qu'elle en a probablement trop dit. Personnellement, je me délecte de cette confession, résolue à la faire parler davantage...

– Qu'est-ce que vous lui reprochez?

– C'est pourtant évident, non? Cette femme est une manipulatrice de première. Une robe moulante par-ci, un battement de cils par-là et elle se met tous les hommes dans la poche!

Je ricane intérieurement en réalisant qu'elle vient de se décrire elle-même.

– Elle est dangereusement déterminée, vous savez, reprend-elle en baissant le ton. Je parle de ses vues sur Emmett...

– Camilla, je me passerais franchement de votre avis, fais-je en levant les yeux au ciel.

– Comme vous voulez. En attendant, sachez que si j'étais une quelconque menace à vos yeux, Serena est... une bombe nucléaire. Je suis désolée d'être si abrupte, mais vous ne jouez pas dans la même cour. Avec elle dans les parages, vous pouvez dire adieu à votre charmante idylle...

Sur ce, la Lady en habit de lumière tourne les talons et reprend la direction de la salle à manger en agitant la main.

Je lui ferais bien bouffer son papier d'alu doré.

***

Le silence m'oppresse, à cet étage où – mis à part moi – rien ne bouge, rien ne vit, rien ne respire. J'ignore ce qu'il se passe autour de la table animée du rez-de-chaussée, si la diablesse en robe noire tente quoi que ce soit pour attirer mon colosse blond entre ses griffes. Seul moyen pour éloigner ces sombres pensées de mon esprit qui tourne en boucle : Joe. On est jeudi soir, elle est généralement de repos – mais sera-t-elle à l'appartement?

Je file tout droit au salon, m'affale sur le canapé moelleux et fais glisser l'ordinateur sur mes genoux. Pas de chance : le pseudo de ma jumelle apparaît, mais il est déconnecté. Je lui envoie un message de S.O.S. – en précisant tout de même qu'il ne s'agit pas d'une question de vie ou de mort. Ma sœur prend les choses trop à cœur, parfois. Elle a tendance à débarquer n'importe où, n'importe quand et à tout péter sur son passage si elle me pense en danger.

Qu'est-ce que je l'aime, celle-là...

J'ouvre ma boîte mail. Parmi tous mes messages non lus – des pubs et des spams pour la plupart – l'un d'eux attire immédiatement mon attention. Et me fait grincer des dents. Il est signé Mathias Prévost.

Il ne me foutra jamais la paix, celui-là...

À moins que ce soit un message d'adieu ?

L'espoir fait vivre.

J'ouvre le satané e-mail et commence ma lecture, un peu crispée. Je découvre une trentaine de lignes écrites dans une police fine et serrée. Je les survole, j'y reviendrai plus tard. En bas du long paragraphe, je découvre une mention :

Extrait de mon prochain roman-vérité :
La Nanny et le Milliardaire – Liaison maudite

Je frissonne, un creux se forme dans mon estomac. Encore un peu plus bas, un message m'est adressé :

Ma douce et tendre briseuse de rêves,
Quitte ton Rochester ou sa réputation sera bousillée à jamais. La tienne également.
Le monde entier pensera que tu es une call-girl sans âme, une manipulatrice sans cœur qui a abandonné son enfant par lâcheté et décidé d'élever ceux des autres pour soulager sa conscience.
Le monde entier saura que ton Lord est un comédien de première qui joue le veuf éploré pour attirer des gamines naïves et désespérées dans son lit. Il n'a pas sauvé sa tendre Robyn des flammes, peut-être parce qu'elle ne lui était plus d'aucune utilité ?
Pour une fois, fais ce que je te dis. Sors de sa vie ou je ferai en sorte que vos pires démons vous hantent pour l'éternité...
Avec tout mon amour,
Tu sais qui

Je remonte le curseur de ma souris jusqu'en haut du mail. Les yeux remplis de larmes, je me force à lire le paragraphe dont je suis l'héroïne. Ou plutôt la victime.

Emmett et moi passons pour des monstres…

Je refuse de le faire sombrer avec moi…

V

LIAISON MAUDITE

21

MENSONGES ET VÉRITÉS

Mathias a encore frappé.

Extrait de mon prochain roman-vérité :
La Nanny et le Milliardaire – Liaison maudite

Cet e-mail sordide, je l'ai relu cent fois. Autant de fois que ce paragraphe qui s'acharne sur moi, ma personnalité, mon passé. L'auteur vénal et sans cœur avec qui j'ai gâché six ans de ma vie ne sera jamais à court d'idées pour me persécuter. C'est le prix que j'ai à payer pour être tombée sous le charme d'un menteur professionnel. Pour lui avoir accordé ma confiance à une époque où je ne discernais pas totalement le vrai du faux, le bien du mal.

Je suis en partie coupable de mon sort. J'ai laissé Mathias me mener à la baguette. J'ai fermé les yeux trop de fois, préférant ne rien savoir plutôt qu'admettre qu'il était un sale type. Malveillant, cupide, froid, irrécupérable. Je suis apparue à son bras à des soirées où l'élite littéraire lui remettait un prix pour son prétendu talent – surtout pour son regard acerbe, ses mots venimeux, sa cruauté envers les personnages publics qu'il disséquait et démembrait page après page. Mathias Prévost est un auteur qui gagne des millions en brisant des vies. Et tandis qu'il fait le mal autour de lui, les lecteurs en redemandent.

Cette fois, je suis sa cible… Mais je ne suis plus la seule : Emmett est visé également.

Contrairement à moi – qui ne suis qu'une sombre anonyme, Dieu merci – Lord Rochester est connu. Très connu. Sa réputation de génie de la finance a déjà fait le tour du monde, l'idée que Mathias puisse la ternir me donne des haut-le-cœur. Emmett est un homme bon, un homme de famille qui a souffert, qui a des valeurs : lui et mon ex ne pourraient pas être plus diamétralement opposés. Mais son passé tragique fait de lui une proie facile pour un affabulateur comme Mathias.

Si seulement ils pouvaient se battre en duel ou tout régler en un bras de fer… Emmett le pulvériserait… Il a la force, l'intelligence, l'honnêteté. Mathias n'a que ses mots corrompus, sa perversité.

***

Je n'ai pas fermé l'œil de la nuit. Enfin si, plusieurs fois, mais uniquement pour me réveiller en sueur, quelques secondes plus tard, en proie à des cauchemars – qui se révélaient être la réalité.

Inspire. Expire.

Vers cinq heures du matin, je finis par quitter mon lit, épuisée nerveusement par ces épisodes de panique. La *townhouse* a beau être bien chauffée, ce début de mois de novembre me donne littéralement la chair de poule. La douche brûlante qui jaillit sur ma peau ne suffit pas à la réchauffer. Les trois couches de vêtements, le thé bouillant et la grosse couverture en pilou en vrac sur le canapé non plus. Il est presque six heures et demie et je suis toujours frigorifiée. Je suis en train de souffler sur mes mains lorsque le babyphone retentit. Birdie est réveillée.

Je saute sur mes pieds – instables, vu ma fatigue – mais suis stoppée dans mon élan lorsque la voix rauque et délicate de mon Lord vient s'ajouter à celle – gazouillante – de la rouquine. Emmett est en train de lever sa fille, probablement pour m'offrir un peu de tranquillité. À cette idée, mon cœur se serre. Mon blond protecteur va prendre du retard dans son emploi du temps de ministre, juste pour me laisser dormir. En échange, je suis sur le point de foutre sa vie en l'air.

Je vais devoir le quitter. Sinon Mathias n'en fera qu'une bouchée. Même mes larmes sont glacées…

Emmett était dans l'entrée lorsque je suis descendue, vers huit heures. Pressé mais souriant, mon colosse en costard Lanvin s'est contenté de m'embrasser tendrement, puis il m'a glissé qu'il tenterait de rentrer tôt ce soir, pour me voir avant mon départ en week-end. J'ai pris sur moi pour paraître le plus normal du monde, puis la porte s'est refermée derrière lui et je me suis écroulée, seulement une minute, avant d'aller retrouver Birdie en compagnie de Connor, dans la buanderie.

– Tout va bien, Sidonie ? me demande le majordome en me tendant l'enfant – qui se débat dans les airs.

Il me fixe dans les yeux, les siens sont inquiets, les miens bouffis par les larmes.

– Rien de grave, me forcé-je à sourire. Je couve juste quelque chose, je pense.

Le doux géant n'en croit pas un mot, il continue de m'inspecter quelques secondes, mais n'insiste pas. Je m'échappe avec Birdie, direction le salon pour une séance de lecture en français. Je passe la porte quand Connor ajoute :

– Au fait, j'attends deux visiteurs cet après-midi ! Des hommes de l'entretien de la piscine.

– La *junior pool* ? ris-je. Birdie l'a crevée depuis longtemps !

– Non, pas celle-là, se marre-t-il à son tour. La piscine du sous-sol, Emmett a décidé de la rouvrir. Elle n'a pas servi depuis… Robyn, chuchote-t-il.

– Je ne savais même pas qu'elle existait, dis-je simplement en haussant les épaules.

– C'est bon signe, tu sais. La vie reprend le dessus, dans cette maison. Et je crois que tu y es pour quelque chose, me confie-t-il en reprenant son repassage.

– Ce n'est qu'une piscine, Connor.

– Non, c'est bien plus que ça. Emmett va un peu mieux chaque jour. Et c'est grâce à toi.

Gênée, je lui adresse un sourire forcé, puis reprends la direction du salon. Birdie s'y trouve déjà et s'amuse à grimper sur chaque canapé, l'un après l'autre. Ses petites fesses tentent de se soulever gracieusement, ses jambes et ses bras tentent l'exploit, mais elle ressemble plus à un bébé hippopotame qu'à un petit rat de l'Opéra.

Et j'ai toujours aussi froid…

J'arrive à l'appartement vers dix-huit heures, ma petite valise à la main et des larmes plein les yeux. Connor m'a proposé cent fois de s'occuper de Birdie jusqu'au retour d'Emmett, j'ai fini par céder et j'ai quitté la *townhouse* avec deux heures d'avance. J'ai des comptes à régler. C'est urgent.

– Salut, ma blonde ! me lâche Jasper en ouvrant la porte. Qu'est-ce qui t'arrive ?

– Rien, j'ai chopé la crève, murmuré-je en passant devant lui.

– Je dois filer au Crazy Monkey, Jack m'a proposé un extra, m'explique-t-il en enfilant son bonnet – qui a enfin une raison d'être ! Joe va prendre soin de toi, elle doit rentrer d'une minute à l'autre.

– Elle ne bosse pas ce soir ?

– Elle a posé sa soirée pour toi. Tu ne savais pas ?

– Non.

Elle a dû lire dans mes pensées… Comprendre à quel point j'ai besoin d'elle…

Le hipster me lance un bisou au loin, puis fait claquer la porte derrière lui. Je me traîne jusqu'à ma chambre, troque mon uniforme contre un survêt et un sweat GAP et m'affale sur mon lit. Je suis en train de somnoler quand mon téléphone vibre, quelques minutes plus tard.

[Il paraît que tu es malade.
Je peux faire quelque chose ? E.]

[Merci mais j'ai besoin de dormir.
Je t'appelle ce week-end. S.]

[Bonne nuit, Baby.
Et n'oublie pas, je suis là… E.]

Comment est-ce que je pourrais oublier ? Son visage tendre, son regard si doux m'apparaissent dès lors que je ferme les yeux. Quand je pense au mal que je vais lui faire…

La porte d'entrée couine, puis claque, au bout du couloir. J'entends un trousseau de clés tomber par terre, un sac s'écraser sur le meuble de l'entrée, des chaussures glisser en freestyle sur le parquet. Pas de doute, Joe est rentrée.

– Ce soir c'est *cheese naan*, poulet korma et ces boules au jasmin orgasmiques au nom imprononçable ! s'écrie ma jumelle hystéro en me sautant dessus. Pourquoi tu es au lit ?

Je me retourne sans prononcer un seul mot, la brune explosive m'étudie, s'adoucit et me prend dans ses bras. Elle a compris.

– Petite, qu'est-ce qui t'arrive ? chuchote-t-elle en me sentant sangloter. Qui que ce soit, je vais le buter…

Au bout de longues minutes, je parviens à me ressaisir et à articuler quelques mots en reniflant contre son épaule.

– Mathias. Il a écrit un nouveau roman bourré de mensonges.

– Rien de nouveau, sourit-elle tristement, sans comprendre.

– Les héros, c'est Emmett et moi.

Ses yeux bleus sont à deux doigts de sortir de leurs orbites. Ma sœur reste immobile, mais sa respiration s'accélère. Je m'apprête à voir de la fumée sortir de ses oreilles. Je continue mes explications, ne laissant rien de côté.

– Cette pourriture, grogne-t-elle une fois que tout a été déballé. Ce putain d'enfoiré de…

– Joe, il ne t'entend pas l'insulter… ris-je presque.

– Je sais, ça ne sert à rien mais ça me fait du bien. Qu'est-ce que tu vas faire ?

– Aller le voir.

– Quand ?

– Demain.
– Je t'accompagne !
– Jamais de la vie.
– Pourquoi ?
– Parce que tu vas lui casser la gueule et que ça ne réglera rien.
– Je vais faire pire que ça ! s'excite-t-elle soudain. Je vais appeler mes potes boxeurs, on va lui casser les dents et les doigts ! Il ne pourra plus parler ni taper sur sa putain de machine à écrire…
– Joe, il y a un truc magique qui s'appelle l'ordinateur…
– Ouais bon, tu as très bien compris.
– Je vais y aller seule, soupiré-je en fixant le plafond. C'est sûrement peine perdue, mais je veux essayer de lui faire entendre raison. De lui donner pitié de moi, ou je ne sais quoi. Le menacer ne fera qu'empirer les choses. Il sortira son bouquin et Emmett sera ridiculisé, humilié… trahi.
– Trahi ? Par qui ?
– Par moi. C'est ma faute si Mathias s'est intéressé de si près à sa vie.
– Arrête de te croire responsable de tout, Sidonie ! s'énerve ma jumelle. Tu t'es laissée berner par un mec égocentrique et manipulateur, et alors ? Tu étais jeune, tu voulais changer de vie, tu as cru en lui. Mais c'est fini, ça. Tu as évolué depuis et ce qu'il fait maintenant pour pourrir la vie des gens – et la tienne – tu n'y es pour rien ! Compris ?
– Si je continue mes conneries, tu vas me casser les dents, à moi aussi ? souris-je malgré moi.
– Pas que les dents, ronchonne-t-elle en me tirant du lit. Allez, viens manger, mon estomac est prêt à engloutir un mammouth.
– Un mammouth au jasmin, alors, précisé-je en la suivant jusqu'au salon.
– Ouais, les mammouths, c'est pas ce qu'on croit, ricane-t-elle en se jetant sur son plat. Sid ?
– Oui ?
– Tu sais que tu vas devoir le prévenir, dit-elle soudain la bouche pleine. Emmett et toi, vous êtes dans le même bateau. Et Mathias, c'est l'iceberg…
– Je sais Joe, réponds-je vaguement, sentant l'angoisse monter. Si tu as d'autres métaphores dans le genre, je m'en passerai…
Mon sourire triste l'a convaincue. Ma jumelle n'ajoute plus un mot sur le sujet.

***

Après le repas – au cours duquel je n'ai rien pu avaler – Mathias a accepté mon rendez-vous mais pour le surlendemain midi, histoire de se faire attendre.

Son texto ne disait rien, à part ça. Étrange, venant d'un beau parleur qui aime tant vous noyer sous des flots de mots savants et prétentieux.

Joe m'a donné quelque chose pour dormir. Ce n'est pas dans mes habitudes, je n'aime pas me gaver de comprimés – quels qu'ils soient – lorsque ce n'est pas absolument nécessaire. Cette fois, ça l'était. J'ai réussi à dormir neuf heures d'affilée, sans me réveiller. Lorsque les vibrations de mon téléphone me font rouvrir les yeux, il est presque dix heures du matin. Le nom d'Emmett s'affiche sur l'écran.

– Allô ? dis-je, d'une voix ensommeillée.

– Merde, je te réveille ? Je suis désolé...

– Pas grave. Merci de prendre des nouvelles, réponds-je sur un ton robotique.

– Je pourrais passer te voir demain matin ? Birdie passe le dimanche avec Jude.

Panique totale ! J'ai rendez-vous avec Mathias pour le déjeuner...

– Emmett, ce n'est pas une bonne idée.

– Tu veux bien me dire ce qui se passe ? demande-t-il, après un long silence. Tu n'es pas toi-même depuis hier, Sidonie. C'est à cause du dîner ? De Serena ?

La revoilà, celle-là... Je n'ai même plus le temps d'être jalouse !

– Rien à voir, je suis malade, c'est tout. Je ne veux pas que tu me voies comme ça.

– Sidonie, je t'aime, tu te souviens ? Je me fous que tu...

– Je ne m'en fous pas, moi, le coupé-je sèchement.

– Ne me prends pas pour un con ! Tu prends encore tes distances à cause de ce foutu secret ? gronde-t-il, soudain en colère. Je ne peux pas avouer au monde entier qu'on est ensemble, ça ferait trop de dégâts ! J'ai besoin de temps, tu le sais ! Ça ne change rien au fait que ce que je ressens, ce que tu ressens, c'est vrai, c'est sincère ! Ne gâche pas tout, s'il te plaît...

– Je dois te laisser, articulé-je froidement.

– Sidonie...

– À lundi, Emmett. Je t'aime aussi.

Je raccroche, sentant les larmes affluer. Il a compris que je n'étais pas vraiment souffrante. Il a compris qu'un autre mal me rongeait de l'intérieur. Mais il se trompe : cette fois, il ne s'agit pas de ce secret qui nous empêche de nous aimer librement, mais d'un problème bien plus grave. D'un homme incontrôlable qui a décidé de nous pourchasser. De nous rouler dans la boue et de nous séparer, coûte que coûte. Je refuse de le laisser faire, de signer notre arrêt de mort sans broncher. Je suis prête à tout pour éviter le désastre, même à mettre ma fierté de côté.

Je passe la journée à traîner chez moi, entre mon lit et le canapé du salon, en m'empiffrant et en regardant des émissions « culturelles » à la télé.

***

Le pub de Wigmore Street est quasiment vide. Un vieux couple s'est installé en face de l'écran géant et grignote en fixant les images qui défilent. Deux jeunes dévorent un burger, au comptoir, en faisant des pronostics sportifs. Mon ennemi juré est assis à la table du fond, son costume beige s'accordant parfaitement au mur jauni. Mathias me sourit à mesure que je m'approche, ma main me démange mais reste au chaud dans ma poche de manteau.

– Toujours aussi jolie, même si je te préfère les cheveux attachés, lâche mon ex en me voyant m'asseoir. Ça fait plus femme, plus sophistiqué.

Toujours aussi con. Si seulement tu pouvais faire un AVC…

Ne pas réagir. Ne pas lui manquer de respect. Sourire faussement, jusqu'à nouvel ordre. Jusqu'à ce qu'il dépasse vraiment les bornes. Ce qui arrivera forcément…

– Qu'est-ce que tu as pensé de l'extrait ? sourit-il mesquinement en appelant le serveur.

Je garde le silence pendant qu'il commande deux plats du jour. Steak, *peas* et *mashed potatoes*.

Saignant, mon steak. Comme ce qui te sert de cœur, quand j'y planterai ce couteau affûté…

– Tu n'es pas très loquace, remarque le dandy ouvertement snob en rabattant une mèche de ses cheveux en arrière.

– Je ne sais pas quoi dire, soufflé-je. Je ne comprends pas pourquoi tu t'acharnes, Mathias. Toi et moi, c'est terminé…

– Pas forcément. Pas si tu changes d'avis. Je suis prêt à tout oublier, à tout recommencer, dit-il en se penchant en avant pour me fixer plus intensément.

– Ce livre, c'est la preuve ultime que ça ne fonctionnera jamais entre nous, insisté-je le plus calmement possible. Si c'est vraiment comme ça que tu me vois, alors tu ne me connais pas.

– Non, tu te trompes, Sidonie, comme toujours. J'avais juste besoin d'un moyen pour te faire ouvrir les yeux. Ça a marché, puisque tu es là en face de moi… ricane-t-il d'un air satisfait.

– Ce n'est pas en me menaçant que tu me récupéreras, Mathias. Le chantage n'est pas vraiment une arme de séduction… Et même si je le voulais, je ne pourrais pas t'aimer. La place est prise.

– Tu es venue pour me dire quoi, au juste ? plisse-t-il les yeux, soudain hargneux.

– Pour te demander de ne pas publier ce livre bourré de mensonges. D'arrêter de me faire du mal. De tourner la page, définitivement.

Mon cœur bat à tout rompre. Le serveur nous amène nos plats, Mathias le congédie sèchement. Ses yeux me matraquent, sa mâchoire est crispée, ses poings serrés.

– Je crois que je n'ai pas été assez clair, gronde-t-il d'une voix méprisante. Ou que tu n'es pas assez maligne pour comprendre toute seule. Alors je vais faire simple : tu as deux semaines pour dégager de cette *townhouse* et quitter ton Rochester, ou mon prochain best-seller s'arrachera dans toutes les librairies le mois suivant.

– Tu n'as pas eu le temps de l'écrire en entier ! Chaque roman te prend plus d'un an… le provoqué-je, incrédule.

– Il ne me manque que la chute, chérie, murmure-t-il d'une voix sournoise. Je l'ai commencé quand tu m'as quitté, donc bien avant que je sache pour toi et ton Lord. Mais un bon écrivain sait s'adapter, se réinventer. Rajouter un personnage en cours de route, c'est d'une facilité déconcertante !

Son rire me fait le même effet que des ongles qui crisseraient sur une ardoise.

– Quoi que je fasse, ce bouquin, tu le sortiras ! m'écrié-je en sentant la colère me gagner. Tu n'as jamais tenu une seule promesse en six ans et tu vis pour l'argent ! Tu n'as aucune intégrité, Mathias.

Mes larmes coulent, désormais, sans que je cherche à les retenir. Un mélange de frustration, de peur, de rancœur est en train de former une énorme boule dans ma gorge. Je n'ai jamais autant prié pour qu'un homme meure sur-le-champ, en face de moi. Mais j'ai beau cligner des yeux en espérant un miracle : rien ne se produit, si ce n'est son sourire infâme qui s'étend.

– Que je te récupère ou non, peu importe finalement, reprend-il. Je préfère ne pas prendre les restes d'un autre. Mais quitte-le, sinon je ferai en sorte que *La Nanny et le Milliardaire* vous pourrisse la vie. Je veux que tu paies d'une manière ou d'une autre, Sidonie. Pour ta médiocrité, ton ingratitude. Et plus que tout, je veux qu'il regrette d'avoir fait l'erreur de prendre ce qui m'appartenait.

Des sanglots s'échappent de ma bouche, je prends ma tête entre mes mains, assaillie par un sentiment d'impuissance. Le désespoir grandit en moi, mes sanglots se transforment en gémissements. Malgré tout, il s'acharne à me torturer davantage :

– N'essaie pas de m'amadouer, souffle-t-il en se penchant à nouveau vers moi. Tu pourrais ramper à mes pieds que je ne changerais pas d'avis. J'en ai fini avec toi. Maintenant, ton sort et celui de mon roman sont entre tes mains. Fais le bon choix.

Il se lève, jette quelques billets sur la table – ni lui ni moi n'avons touché à notre assiette – puis s'en va de sa démarche nonchalante, en sifflotant un air de Mozart. Cet homme n'a rien d'humain. Il est né sans cœur, sans conscience, sans empathie. Et il s'obstinera éternellement à me gâcher la vie.

En emportant Emmett dans ma chute...

***

J'ai deux semaines pour prendre une décision. La cruauté, selon Mathias Prévost, c'est aussi ça : me laisser le temps d'hésiter, de douter, de me retourner le cerveau, de pleurer toutes les larmes de mon corps, jusqu'à trouver une réponse à mon dilemme.

Quitter Emmett ou affronter l'ouragan Mathias avec lui ? Il me quittera sûrement, vu les dégâts que je vais lui causer...

En attendant, je n'ai besoin que d'une chose : me perdre dans les bras de mon Lord. Oublier, le temps d'un regard tendre, d'un mot doux, d'une étreinte passionnée, cette épée de Damoclès qui trône au-dessus de ma tête. Et de la sienne, bien qu'il l'ignore.

Je me jette hors du taxi et glisse la clé dans la porte blindée de la *townhouse*. Il est à peine quatorze heures, Birdie doit être profondément endormie, Connor en pleine partie de Scrabble en ligne, dans sa maison au fond du jardin. Emmett est probablement seul, scotché à son téléphone, penché sur un dossier, une revue financière ou un roman – un grand classique, sa bibliothèque en regorge.

Je me précipite tête baissée, arpente chaque pièce, l'une après l'autre. Rez-de-chaussée : pas une âme qui vive. Premier étage : rien à signaler – mis à part Birdie qui dort sur le ventre, les fesses en l'air, autrement dit dans sa position préférée. Deuxième étage : toujours personne. Troisième : définitivement personne.

Cette partie de cache-cache a assez duré... Le sous-sol !

L'idée finit par me traverser l'esprit lorsque je visite la buanderie et me remémore la discussion que j'ai eue avec Connor. Emmett a peut-être décidé de piquer une tête dans la piscine intérieure... qu'il me tarde de découvrir. Mon blond ténébreux en short de bain, sa peau hâlée parsemée de gouttes d'eau, ses cheveux en bataille... Ce fantasme parvient presque à me faire oublier tout le reste.

J'ouvre la fameuse porte qui mène à l'étage inférieur et la referme derrière moi. Les escaliers s'allument sur mon passage, je les descends doucement, sans me précipiter malgré mon impatience qui grandit. Des bruits d'eau me parviennent, je reconnais la voix d'Emmett, puis mon sang se glace lorsqu'une femme lui répond. Cette voix. Parfaitement reconnaissable, parfaitement irritante. Serena Drummond, la brunasse qui vient de rejoindre le RMG et qui a des vues sur mon milliardaire.

Notre histoire est condamnée, et pourtant… l'imaginer avec une autre, ça me révulse !

Sur la pointe des pieds, je continue de descendre, sans faire le moindre bruit. Je me penche en avant, jusqu'à me plier en deux, en accédant aux dernières marches et observe la scène, en me mordant les joues. La Kim Kardashian *made in London* patauge allégrement dans l'eau tiède, arborant un micro-bikini argenté. Je la vois minauder, puis lever son verre de vin en direction d'Emmett… Qui se contente de nager sur le dos dans la direction inverse, les muscles de son torse nu se contractant à chaque mouvement, un sourire insolent sur les lèvres.

C'est à moi qu'il est adressé, généralement…

Soudain, ses pupilles sombres et alertes se rivent sur moi et son sourire disparaît. Il se redresse brusquement dans l'eau, passe les mains dans ses cheveux trempés et semble hésiter : venir vers moi ou pas ? Cela mettrait notre secret en danger, son invitée pourrait se douter de quelque chose. Dominée par ma colère, je ne lui laisse finalement pas le temps de se décider, je fais volte-face et fuis la scène du crime à toute vitesse.

J'ignore ce qui se trame dans mon dos, mais je préfère ne pas savoir. Je n'ai pas la force d'affronter la réalité, quelle qu'elle soit.

22

ELLES ET LUI

– Vous auriez vu la manière dont ils se fixaient dans cette grotte des désirs, balancé-je, un peu ivre. Cette Lara Croft en bikini brésilien était prête à lui sortir tout son attirail ! 85 D et croupe de rêve !

Joe et Jasper pouffent malgré eux. Ils ont bien vu dans quel état je suis rentrée, une heure auparavant, ils ont tenté de me remonter le moral, de me raisonner, de me persuader d'aller mettre les choses à plat avec Emmett, mais tout ce que j'ai retenu de cette longue conversation, c'est… « buvons » !

– Une grotte des désirs ? rigole ma jumelle en haussant un sourcil.

– Ouais, c'est à ça que ça ressemblait. Des grands murs frais en pierre, une immense piscine-jacuzzi à peine éclairée, quelques flambeaux qui brûlaient autour, l'écho de leurs voix… Un vrai décor de film érotique ! ronchonné-je en me resservant de tequila.

– Mollo sur la San José ! se marre Jasper en tentant de me chiper ma bouteille.

– C'est seulement ma troisième ! Et vu les circonstances, entre Mathias la Menace et Serena la Bomba, j'ai tous les droits ! Y compris de me noyer dans l'alcool, de délirer toute la nuit et d'avoir une gueule de bois monstrueuse demain matin ! Emmett sera ravi de me voir dans cet état… ajouté-je en ricanant comme une hyène.

– Sid, je crois qu'il faut que tu arrêtes de fuir ce genre de situations, murmure ma sœur en passant sa main dans mes cheveux. Tu aurais dû rester. Lui parler.

– Serena se serait doutée de quelque chose, récité-je, lasse de répéter le même argument pour la cinquième fois. Le secret, n'oubliez pas le secret !

Ce foutu secret qui complique tout… Se venger sur la montagne de chips au fromage qui me fait de l'œil : done !

– Vous êtes vraiment faits l'un pour l'autre, ton milliardaire et toi, en fait, déclare Joe avant de s'enfiler son verre. Un grain chacun. Un bon gros grain qui vous empêche de vous comporter comme des gens sensés.

– Tu peux parler, toi ! m'écrié-je en riant. Avec ta phobie de l'engagement, ton intolérance pour tout ce qui va à l'encontre de tes idées…

– Ton déni quand il s'agit d'un certain Jude Montgomery… enchaîne le hipster en nous resservant une tournée.

– Bien dit, Jaz ! ris-je en voyant la mine déconfite de l'accusée.

– Rien à déclarer, se contente-t-elle de marmonner en dépiautant nerveusement une pistache.

– Joséphine a un *crush*… chantonne doucement notre coloc, pour la faire enrager.

– Joséphine veut voir le loup du dandy… l'imité-je, en oubliant soudain mes propres problèmes.

– Ce que vous pouvez être immatures quand vous vous y mettez à deux ! grogne-t-elle en levant les yeux au ciel. Oui, il est beau, il est canon, il est hyper sex', même ! Et alors ? Ça ne l'empêche pas d'être un sale con prétentieux.

– Il n'est pas que ça, Joe. Je crois qu'il joue un personnage, il est bien plus profond et complexe que tu ne le penses. Bien plus humain, aussi…

– Peu importe, il devrait porter une pancarte « Fantasmer mais pas toucher ». Je n'aurais plus besoin de me le répéter en boucle quand je suis face à lui. Cette bouche, ce sourire joueur, qui me nargue en permanence, j'ai envie de… envie de lui sauter au cou, de l'embrasser jusqu'à en perdre mon souffle et, le meilleur pour la fin : de le gifler si fort que sa joue s'en souviendra encore à notre rencontre suivante ! Voilà ce qu'il me fait, ce salopard.

Jasper et moi observons la brune *on fire*, bouches bées, assommés par toutes ces confidences. Joe n'est pas du genre à partager ce genre de pensées. D'ordinaire, elle garde tout pour elle, jusqu'à ce que ça passe… ou explose.

– Conclusion : tu finiras par te le faire, lâche Jasper, avant de se prendre une tape derrière la tête.

– Ouais, un peu plus et il brisera ta carapace de *Million Dollar Bitch*… ris-je doucement.

– Qu'il essaie, pour voir… gronde-t-elle en remuant les poings.

– Et si on passait à la vodka ? demandé-je soudain, alors que des images de Serena me reviennent.

– Ouais, mais bien diluée, alors, rétorque ma jumelle en étudiant mes yeux – déjà imbibés d'alcool.

***

Mon téléphone n'a pas vibré, pas sonné, pas moufté de la soirée. Ni de la nuit. Emmett n'a pas tenté d'apaiser les tensions en m'envoyant des mots doux. Peut-être qu'il n'en a plus en stock. Que ses « Je t'aime » sont à conjuguer au passé. Ou que sa sirène maléfique l'a monopolisé non-stop depuis mon départ – correction : depuis ma fuite théâtrale et ridicule.

Après une cuite pareille, sortir de mon lit à six heures du matin se révèle tout simplement inhumain. Ma tête cogne, mes idées sont brouillées, mon ventre fait des bruits douteux, mes jambes sont en coton. Je me traîne sous la douche, puis tente de me rendre présentable. Un café serré avalé cul sec et un trajet en taxi plus tard : me voilà de retour à la *townhouse*.

Espérons qu'elle n'y soit plus, ELLE…

Uniforme, chignon, sourire de courtoisie : tout y est. Je m'inspecte une dernière fois dans le miroir, puis sors de mes appartements sous les toits. Je n'ai encore croisé personne, le babyphone est resté muet, je n'entends pas Connor s'activer en cuisine.

Peut-être que Serena l'a fait fuir, lui aussi… Tu parles, un homme reste un homme… Face à une bimbo : tout dans le pantalon, rien dans le cerveau…

Emmett est adossé au plan de travail lorsque je pénètre dans la grande pièce aux placards chromés. Le jour se lève, une douce lumière commence à filtrer à travers les fenêtres et il fait étonnamment doux dans cette cuisine gigantesque où j'ai l'habitude de me plaindre du froid – sauf lorsque les fourneaux sont en marche. Dans son costume ouvert, les cheveux encore humides de la douche, il me regarde. Plus que ça. Ses pupilles noires m'observent attentivement. Ne sachant pas quoi dire, j'hésite à lui parler de l'ultimatum de Mathias, mais me ravise et file en direction de l'évier sans lui adresser un mot. Muette, je me lance dans la préparation du biberon.

– Tu trembles… résonne soudain la voix rauque et légèrement cassée du milliardaire. Pourtant, j'ai demandé qu'on augmente le chauffage.

– Ce n'est pas pour ça que je tremble, réponds-je, sans le regarder.

– Serena, j'imagine, souffle-t-il en croisant une jambe sur l'autre. Tu veux en parler ?

– Non.

– Même si j'ai une très bonne explication ?

– Toujours pas.

– Sidonie, soupire-t-il. Il va falloir que tu apprennes à me faire confiance.

– Je suis humaine, j'ai des failles, rétorqué-je sèchement en me tournant brusquement face à lui. Et tu sais pertinemment que c'est mon point sensible. La confiance, ça ne me vient pas au naturel. J'ai été suffisamment menée en bateau. Les explications bidon, les excuses toutes trouvées, les coïncidences à la con : j'en ai trop entendu.

– Tu ne me confondrais pas avec quelqu'un d'autre, là ? grogne Emmett, décontenancé, en se passant la main dans les cheveux. Tu ne peux pas tout mélanger. Je ne suis pas lui. Je n'ai rien à voir avec Mathias.

– Tout ce que je sais, c'est que ça m'a fait un mal de chien de te voir dans cette piscine avec une déesse à moitié à poil, murmuré-je en retenant mes larmes. Votre petit jeu n'était pas innocent. Et je doute que la situation inverse t'aurait plu… Notre relation est peut-être secrète, Emmett, mais je ne compte pas souffrir en silence.

– Je ne te le demande pas… Et c'est la dernière chose que je souhaite, s'adoucit-il en avançant vers moi.

– Tant mieux, parce que si ça devait se reproduire, je ne serais plus là, lâché-je en sentant la colère battre dans mes tempes.

Le colosse blond s'immobilise en écarquillant les yeux. Il croise les bras sur sa poitrine et articule lentement, la mâchoire serrée.

– Ce sont des menaces ?

– Non, juste un fait.

Je hausse les épaules, pour lui montrer que je ne tiens pas à aller plus loin dans cette discussion. Que le ton n'a pas besoin de monter. J'ignore si mon Lord est furax… ou s'il tente d'analyser la situation. Ses iris s'embrasent d'une lueur intense, éclatante, son visage tendu me domine d'une tête. Je suis à peu près persuadée que ses lèvres s'apprêtent à fondre sur les miennes et… le babyphone se met à beugler. Je lui lance un dernier regard triste, il se mord la joue, sans jamais cesser de me fixer. Puis je le dépasse et quitte la pièce, sans qu'il cherche à me retenir.

Au fond, qu'est-ce que ça change ? Je vais le perdre, quoi que je fasse…

***

Connor a pris sa journée, Joe et Jasper sont au ciné, Imogen ne répond pas à son téléphone portable – archaïque – Birdie est d'une humeur de chien. Finalement, quand on pense que ça ne peut que s'arranger, on a tort. On peut toujours tomber un peu plus bas. La preuve en direct : le monstre vient de laisser Saucisse s'échapper et hurle après moi pour que je retrouve la bestiole poilue.

Jouer à cache-cache avec un hamster dans une maison de cette taille… Je regrette amèrement de ne plus avoir d'alcool dans le sang… Et la rouquine qui vient encore de monter d'une octave… Même le chantage aux jelly beans ne fonctionne pas… Te voilà, maudit rongeur !

Je passe une grande partie de la journée à ressasser la scène de la piscine, les intentions de Serena, les menaces de Mathias, cette saloperie de livre qui pourrait m'anéantir et flinguer la réputation d'Emmett, le fait que je vais peut-être devoir le quitter – à cette idée, mon cœur se serre et la petite bête se meurt, à l'intérieur.

Je ne me sens plus capable de vivre sans lui. L'envisager une seule seconde me donne envie de hurler…

Les humeurs de la petite sont à l'image de ma relation avec son père : des hauts – très hauts – des bas – très bas – jamais de juste milieu. L'autre partie de ma journée est donc consacrée à ignorer les provocations de *Princess* Rochester et ses caprices incessants. Finalement, elle parvient fréquemment à me changer les idées. Bien que mon cerveau s'acharne à tout ramener à lui. À ses yeux sombres. À cette cicatrice qui trace une petite ligne blanche au coin de son œil gauche. À ce tatouage émouvant qui lui barre le pectoral.

Désormais, je porte son cœur dans mon cœur, moi aussi.

Après avoir fait les quatre cents coups jusqu'au coucher, Birdie s'endort en un souffle. Ses grands yeux marron se ferment sans résistance et sa respiration devient régulière. Je l'observe depuis le fauteuil rembourré qui jouxte son lit à barreaux. La mutation a été rapide. Démon il y a encore quelques secondes, elle s'est transformée en ange. Un ange qui serre son doudou Lapin contre sa joue et fait des petites bulles avec sa bouche.

Elle aussi, je vais peut-être devoir l'abandonner…

Je quitte la pièce sur la pointe des pieds, des larmes chaudes plein les joues. Je m'apprête à monter les escaliers pour regagner mon étage quand Emmett apparaît derrière moi et m'attrape par le bras.

– Tu pleures ? Pourquoi ? lâche-t-il alors que je me débats. Arrête Sidonie, arrête je te dis !

Je parviens à m'échapper et m'élance dans les escaliers. Arrivée en haut, je pense l'avoir semé, mais ses mains de fer reviennent à l'assaut de ma taille. Il me tire en arrière, en direction du mur et me barre la route. Je suis cernée. Tremblante. En pleurs. Triste. En colère. Tout se mélange.

C'est le moment de lui dire pour Mathias !… Non, c'est trop tôt… J'ai encore le temps de réfléchir… De trouver une solution… D'espérer un miracle…

– Sidonie, regarde-moi, réponds-moi, fais quelque chose, bon sang ! s'énerve Emmett, à quelques centimètres de moi.

– …

– C'est encore à cause de Serena, c'est ça ? murmure-t-il en s'approchant tout près.

Je le repousse une nouvelle fois, il voit rouge.

– Bon, ça suffit ! hurle-t-il en s'approchant à grands pas de l'interphone. Connor ! Connor, vous m'entendez ?

– Oui, monsieur, je peux vous aider ? répond la voix lointaine du majordome, après quelques secondes de silence oppressant.

– Miss Merlin et moi devons nous absenter. Je vous laisse Birdie. Nous ne rentrerons pas tard. Merci, Connor.

– Entendu. Bonne soirée, monsieur.

Lord Rochester coupe la conversation, soupire et revient à la charge en me prenant par la main.

– Toi, tu viens avec moi.

– Où ça ?

Je dévale les escaliers derrière lui, complètement dépassée par les événements.

– Tu verras ! Ne me dis pas non, Sidonie. Par pitié, fais ce que je te demande…

– Je déteste les surprises… dis-je doucement, alors que ma colère se dissipe.

Il se stoppe dans son élan, se retourne et me dévisage une seconde. Ses yeux sont éblouissants.

– C'est maintenant que tu te décides à sourire ? s'exclame-t-il, mi-agacé, mi-surpris. Vraiment ?

– On m'a souvent dit que j'étais imprévisible, minaudé-je bêtement, en sentant à nouveau sa poigne m'emporter en avant.

– Les femmes françaises, je vous jure… l'entends-je bougonner en claquant la porte de la *townhouse* derrière nous, après avoir attrapé nos manteaux au vol.

***

Pas de chauffeur, pour cette escapade impromptue. Au volant de son SUV, Emmett fixe la route, klaxonne, règle le chauffage, s'impatiente, répond à l'appel d'un investisseur, envoie un texto à un destinataire inconnu. C'est comme si je n'existais pas. Ça ne me dérange pas, j'aime l'observer discrètement, invisible mais curieuse. Nous quittons Mayfair pour aller plus à l'ouest, dans le quartier cossu et réputé de Chelsea. Finalement, Emmett emprunte une petite rue aux façades colorées et jardins fleuris. Il se gare précisément devant l'une d'entre elles. La plus grande de toutes, aux baies vitrées, balcon filant et murs vert pâle.

Mon Lord sort de la voiture, fait le tour et m'ouvre la portière. Je descends, un peu intimidée par tant de mystère. Je le fixe longuement pour l'interroger, il m'adresse un petit sourire en coin avant de préciser :

– Bienvenue chez Serena Drummond !

– Tu plaisantes ? me braqué-je immédiatement. Emmett, si c'est une blague…

– Ça n'en est pas une. Et avant de me traiter de tous les noms, essaie de comprendre.

– Je t'écoute.

– Non, pour ça, il faut que tu entres.

Je soupire, secoue la tête de frustration et avance, tête baissée, en direction de la grande bâtisse. Nous passons le portail, marchons sur le sentier en graviers, puis arrivons sur le porche. Emmett sonne, je serre les dents.

Je m'attends à voir apparaître une crinière brune, mais c'est une immense femme au carré court qui nous accueille. Tout sourire, la jolie blonde fait un clin d'œil à mon Lord, puis me tend la main en se présentant :

– Je suis Paige. Sidonie, c'est ça ? Ravie de vous rencontrer.

– Merci… Bonsoir… De même, bredouillé-je, troublée.

Elle nous fait signe d'entrer, je découvre une maison design et coquette, où trônent un peu partout des photos en couleurs et en noir et blanc. La fameuse Paige et… Serena. La blonde s'en va en cuisine pour nous chercher « un petit blanc aux notes acidulées », je fonce vers Emmett, les joues rosies par l'embarras.

– Paige et Serena… Elles ne sont pas sœurs, j'imagine ? Ni colocataires ?

– Non, en effet. Elles sont en couple. Depuis plus de dix ans.

– Serena est lesbienne ?

– Oui, cent pour cent ! rit Paige en nous rejoignant. Et n'allez pas la traiter de « bi », elle serait capable de vous arracher la langue. Elle n'a jamais couché avec un homme. On appelle ça une « gold star ».

Et Camilla qui me jurait que Serena était ma plus grande rivale… Elle s'est bien foutue de moi, la garce ! Encore une fois.

J'accepte le verre que me tend notre hôte et tente d'ignorer le regard amusé de mon amant. OK. Pour cette fois, il a gagné.

– Elle va être déçue de vous avoir ratés, commente la blonde. Surtout qu'elle est très curieuse. Elle se demandait à quoi ça ressemblait, un Emmett amoureux…

Mon cœur fait un bond dans ma poitrine. Je dévisage Paige, qui m'adresse un regard bienveillant, puis s'éclipse.

– Elles savent ? chuchoté-je en direction d'Emmett.

– Oui, depuis le tout début. Et tu peux parler à voix haute, on ne risque rien ici, murmure le colosse en m'attirant dans ses bras.

– Je me sens doublement idiote, m'excusé-je en m'enfouissant dans son cou.

– Tu peux.

– Merci pour la compassion.

– Merci pour la confiance.

Je relève la tête, croise le regard tendre de cet homme qui me rend chèvre – ou pire – la moitié du temps et je me détends enfin. Je ris, doucement d'abord, puis à gorge déployée, en le serrant contre moi. Nous partageons ce fou rire – ô combien nécessaire – jusqu'à ce que nos lèvres s'aimantent et se caressent, nos respirations s'accélèrent, nos corps se serrent et se retrouvent. Contre lui, rien ne peut plus m'atteindre. Il n'y a que nous. Lui et moi.

23

LIENS DE SANG

Cette fois, c'est moi qui ai barboté – et batifolé – dans la grotte des désirs avec Lord Rochester. L'air était frais, l'eau était tiède, nos corps étaient brûlants. La nuit enflammée.

Le clapotis de la pluie m'extirpe de mes songes. Un coup d'œil au réveil : il est sept heures quarante-trois. Birdie doit être sous la supervision de Connor. Quoi qu'il arrive, dans quelques minutes, je devrai me défaire de cette couette chaude et moelleuse pour affronter le froid et la grisaille du mois de novembre.

En attendant, je porte toute mon attention sur le géant endormi de l'autre côté de mon lit. Son parfum boisé – aphrodisiaque – me chatouille les narines. Son visage est détendu. Ses cheveux cendrés sont en partie rabattus sur le côté, en mèches anarchiques. Son torse nu et musclé se soulève au gré de sa respiration, j'observe avec gourmandise le tourbillon gravé sur sa poitrine. Le reste est caché sous la couette, mais je me remémore chaque centimètre carré de sa peau. Un picotement naît entre mes cuisses.

Je me retiens de glousser et me concentre sur autre chose pour ne pas être trop tentée de le réveiller. Quoi donc ? Les *poppies* – coquelicots – que je croise un peu partout sur mon chemin, en ce moment. En souvenir. Les Britanniques accrochent ces broches en plastique sur leurs manteaux pour commémorer les soldats morts au combat pendant la Première Guerre mondiale. Cette tradition m'a touchée et lorsque je l'ai dit à Emmett, il m'offrait un *poppy* le soir même. Autre chose ? Joe a repris la boxe. Apparemment elle s'est un peu esquinté les mains – « seulement » son principal outil de travail – lors des premières séances, mais « putain, si tu savais comme ça fait du bien » ! Depuis qu'elle est à nouveau autorisée à taper sur plus gros qu'elle, ma jumelle revit.

Mon esprit prend un virage à cent quatre-vingts degrés. J'essaie de résister, de ne pas m'aventurer sur ce terrain miné, de le contourner en pensant à des choses positives, légères, ou même sans intérêt… Mais rien n'y fait. Mathias débarque dans ma tête et envoie tout valdinguer. Une nouvelle vague de froid s'insinue en moi lorsque je repense à son ultimatum. Plus qu'une dizaine de jours avant qu'il mette ses menaces à exécution. Je fixe à nouveau mon milliardaire, qui rêve paisiblement.

Il n'a aucune idée du cauchemar qui l'attend… Il a le droit de savoir. Je dois lui dire. Maintenant.

Je promène mes doigts sur son épaule, les laisse glisser sur son biceps tendu, puis son avant-bras. Rien, mon amant ne bouge pas d'un pouce, il reste imperturbable. Je me rapproche davantage, plaque mon ventre contre sa hanche et dépose quelques timides baisers dans son cou. Je meurs d'envie d'en faire plus, mais l'imminence de cette conversation me paralyse. J'ignore quelle sera sa réaction. Il pourrait trouver les mots, me rassurer. Il pourrait s'inquiéter, m'en vouloir. Il pourrait s'emporter, me rejeter.

Je mise sur cette dernière éventualité. Ce qui explique ma réticence à tout lui révéler…

Son grand corps s'étire tout contre le mien. Emmett émet quelques sons qui ressemblent plus à des soupirs qu'à des mots et me serre contre lui, encore à moitié endormi. Lovée dans son cou, je me sens à l'abri de tout. Et je suis en train de faire machine arrière, de perdre le peu de courage que j'avais réussi à réunir. Aux prises avec le doute, je tente de dresser rapidement la liste des « pour » et des « contre ». Mon blond ténébreux s'assoupit à nouveau, je sens chacun de ses muscles se relâcher.

On ne peut pas dire qu'il me soit d'une grande aide… À moins que ce soit un signe…

Je secoue légèrement la tête – en espérant que ça me remette les idées en place – et décide d'ignorer toutes ces raisons de garder le silence, qu'elles soient bonnes ou mauvaises. Je dois lui dire. Je vais lui dire. Je m'éclaircis la gorge et m'apprête à le réveiller en douceur pour la seconde fois, quand Connor frappe à la porte de mes appartements.

Trois petits coups secs, répétés deux fois : sa marque de fabrique.

Je profite – lâchement – de cette échappatoire pour me glisser hors du lit. Je me fais une queue-de-cheval, enfile mon jean clair qui gît au sol, mon pull taupe boyish – « emprunté » définitivement à Joe. Une fois présentable, je m'éclipse de la chambre en fermant la porte derrière moi, trottine jusqu'à l'entrée et fais tourner la clé dans la serrure. Le majordome me salue gentiment en caressant son crâne chauve. Il est seul.

– Birdie n'est pas avec toi ? m'inquiété-je.

– Elle dort comme un bébé, elle a dû faire la nouba toute la nuit elle aussi, ricane-t-il doucement.

– C'est bon pour la santé et pour le moral, tu sais ? rétorqué-je. Je peux savoir à quand remonte ta dernière «nouba»? Et qui utilise encore le mot «nouba», de nos jours?

– Les vieux décatis comme moi… sourit-il en s'éloignant lentement. Et pendant que j'y suis, Sidonie, ma vie sexuelle est bien plus passionnante que tu ne le crois!

Je le savais! Connor est un «player»!

– Au fait, j'oubliais! se retourne-t-il soudain. Tu as un visiteur.

– Mathias? demandé-je d'une voix étranglée.

– Bien sûr que non, je l'aurais foutu dehors! L'homme qui est en bas est plus âgé. Il s'appelle Marc Lemay. Et il m'a affirmé que tu l'attendais.

Marc? Mon père! Enfin… mon géniteur.

– Tu peux le faire patienter quelques minutes? Je me prépare rapidement et je descends, murmuré-je, dépassée par les événements.

– Compte sur moi.

– Connor! m'écrié-je alors que le majordome descend les premières marches.

– Oui?

– Surveille-le de près, OK?

Le doux géant me regarde, sans vraiment comprendre. Je décide de lui expliquer, le plus simplement du monde – et le plus froidement :

– Mon père est cleptomane. Et ce n'est que l'une de ses nombreuses qualités.

***

Je ne porte pas son nom, en grande partie parce que je ne l'ai pas vu depuis presque dix ans. Un coup de fil annuel – mi-août, le jour de son anniversaire – ça s'arrête là. Il était absent à l'enterrement de ma mère. Pour l'occasion, il a tout de même trouvé le temps de nous envoyer un texto, à Joe et à moi : « Toutes mes condoléances pour Hélène. » Ça nous a fait chaud au cœur, vraiment.

Grincement de dents…

Il y a une vingtaine d'années, mon père est allé s'acheter des clopes et il n'est jamais revenu. Cette version ou une autre, peu importe, le résultat est le même : il n'a jamais assumé son rôle de père. Sa petite personne comptait plus que les nôtres. Ça ne lui a pas posé de problème de laisser ma mère dans une merde noire, quand lui roulait sur l'or. Sauf que la famille reste – la vraie, celle que l'on chérit – mais l'argent, ça va, ça vient. Lui qui n'a jamais juré que par sa fortune, il a fini ruiné. Ironique, n'est-ce pas?

Je n'aurais jamais dû lui communiquer mon adresse. Décidément, je les accumule…

Lui demander ce qu'il veut. Lui faire comprendre qu'il n'est pas le bienvenu ici. Le voir passer la porte et ne jamais revenir. Voilà le plan d'action que j'élabore en descendant les marches. Lorsque j'ai quitté ma chambre, Emmett était toujours endormi. Espérons que rien ne l'attire par ici. Ça me ferait mal de le voir serrer la main de Marc. Un homme qui se prétend père, qui n'a aucune idée de la souffrance qu'il nous a causée.

Je le retrouve assis dans le canapé du petit salon, en train de lire un article relatant le dernier exploit d'Emmett Rochester. Une grande marque au bord de la faillite, qui engrange maintenant des milliards grâce à sa seule expertise.

– Marc… dis-je d'une voix sèche, pour qu'il réalise ma présence.

Mes yeux tristes se posent sur lui… et je pense à ma mère. Ma pauvre maman qui a tant voulu y croire. Qui a fondé tant d'espoirs en cet homme. Et qui s'en est mordu les doigts.

Le visage fin du revenant se tourne vers moi, ses yeux bleus se plissent légèrement. Il est toujours aussi bel homme, bien qu'il ait vieilli. Dans son costume noir – un peu défraîchi et de médiocre qualité – il se lève et s'apprête à me prendre dans ses bras. J'hésite un instant à reculer, mais le malaise ambiant est tel que je préfère ne pas broncher. Je laisse ses bras me serrer un instant, puis il me relâche.

– Appelle-moi papa, Sido, dit-il de sa voix cassée – qui fait un malheur auprès de la gent féminine.

– Appelle-moi Sidonie, Marc, riposté-je sans me laisser amadouer par son petit sourire innocent. Qu'est-ce que tu fais là ? Me prévenir, c'était trop compliqué ?

– Je voulais que ce soit une surprise ! Un père ne peut pas rendre visite à sa fille préférée ?

Je hausse les sourcils à sa remarque stupide – et hypocrite – il lâche un petit rire gêné.

– Tu vis vraiment ici ? Cette villa est incroyable ! Ma fille travaille pour un milliardaire, quelle classe ! Je savais que tu…

– Je n'ai ni le temps, ni l'envie de m'énerver, le stoppé-je, agacée par son obsession pour l'argent. Ce n'est pas l'endroit pour des retrouvailles. Je peux m'arranger pour me libérer ce soir. On pourrait se retrouver à l'appartement de Joe ?

– Tu crois qu'elle me laissera entrer ? se raidit-il. J'ai toujours peur qu'elle m'accueille avec un fusil de chasse à la main… Ta sœur est terrible.

– Non, ma sœur a seulement le bon sens de ne pas se laisser manipuler.

– Tu me défendras, hein ? lâche-t-il d'une voix douce, comme si j'étais de son côté.

– Tu as 50 ans, Marc. Grandis ! m'agacé-je en le menant jusqu'à la porte.

Raté. Des bruits de pas résonnent derrière nous. Je me retourne et croise le regard d'Emmett. Un regard appuyé, curieux.

– Mr Rochester ? rapplique mon père, des étoiles dans les yeux.

– Oui, enchanté. Monsieur ? sourit mon Lord, sans savoir qu'il serre la main d'un salopard de première.

– Marc Lemay, mon père, soupiré-je.

Je ne lui ai rien dit de mon père, justement. Un peu par pudeur, mais surtout parce qu'il n'y avait rien à dire.

– Tout ce que vous possédez est sublime, le flatte l'intrus en laissant traîner ses yeux un peu partout. Je n'ai jamais été d'accord avec l'adage qui dit que l'argent ne rend pas heureux. Ça nous fait un point commun, j'imagine…

– Il y a plus important dans la vie, se contente de répondre Emmett, sûrement choqué par l'impolitesse de mon père.

Je prends justement Marc par les épaules et le force à se diriger vers la sortie. Quelques remarques superficielles et gênantes plus tard, il est dehors.

Je l'ai vraiment invité à l'appart', ce soir ? Joe va me haïr…

– Toi, tu as des choses à me raconter… lâche mon blond, les bras croisés sur sa poitrine. J'ai dû louper un chapitre.

– OK… soupiré-je en lui souriant timidement. Mais avec un litre de café !

Emmett rigole tendrement, puis passe son bras autour de mes épaules pour m'emmener vers la cuisine.

– Birdie hiberne ou quoi ? m'écrié-je soudain en réalisant qu'elle est toujours au lit.

– Non, Connor est avec elle, au premier. Pas la peine de chercher une excuse… Je compte bien te faire parler, souffle-t-il en m'emprisonnant dans ses bras et en déposant un baiser sur mes lèvres.

Nos mugs remplis de café dans une main, un bagel au *cream cheese* dans l'autre, nous nous installons autour de la table. Emmett mange avec appétit, je me contente de quelques bouchées. Au bout de plusieurs minutes de silence et de regards mutins, interrogateurs puis impatients, je me lance.

– Mon père n'a jamais assumé ses responsabilités. Il a abandonné ma mère du jour au lendemain en lui laissant la charge de ses jumelles de 6 ans. C'était un requin des affaires, il gagnait très bien sa vie, plus ou moins légalement, mais il ne lui a jamais versé de pension alimentaire. Il s'est totalement détourné de nous, nous a laissées dans la misère quand il roulait au volant de ses Ferrari et vivait dans des résidences de luxe.

Le visage de mon Lord se crispe, sa mâchoire devient saillante tellement elle est serrée. Il éprouve de la colère.

Tant que ce n'est pas de la pitié…

– Et puis son business a coulé, il y a quelques années. Il s'est mis à jouer de l'argent, à faire des paris, il a accumulé les dettes. Je le sais, parce qu'il a tenté de réclamer de l'argent à ma mère. Ils étaient toujours mariés. Elle n'a jamais voulu divorcer.

– Pourquoi ? lance Emmett, effaré.

– Elle en riait quand les gens lui demandaient, justement, me souviens-je. En disant qu'elle n'avait tout simplement pas le temps.

– Mais elle aurait pu porter plainte ! Obtenir ce qui lui revenait !

– Elle était trop fière, je crois… dis-je tristement. On ne roulait pas sur l'or, mais elle a toujours fait en sorte qu'on ne manque de rien.

– Elle doit terriblement te manquer… murmure-t-il en tendant la main vers moi.

Les larmes commencent à monter, je les retiens et hausse les épaules, à court de mots. Emmett pose délicatement ses lèvres sur les miennes. Il sent bon le café.

– Je connais mon père, soufflé-je enfin. S'il est là, ce n'est pas pour moi. Les liens du sang ne signifient rien, pour lui. Je suis prête à parier que c'est sa cupidité qui l'a mené jusqu'ici. Il va forcément tenter quelque chose.

– Ne t'inquiète pas, Baby, susurre mon bel Anglais en essuyant une de mes larmes. Il n'aura rien, sauf si tu me le demandes.

– Quoi ?

– Je donnerais tout ce qu'il faudra pour que tu retrouves le sourire, la paix. Si l'argent peut éloigner tes démons, je suis prêt à en donner. Beaucoup.

– Je ne te demanderai jamais ça ! Et plutôt mourir que de donner à Marc ce qu'il attend… grogné-je tout bas.

– Revoilà ma guerrière, mon insoumise, rit-il tout doucement en m'embrassant sur le nez.

Je plonge mon regard humide dans ses pupilles noires et la réalité me frappe en plein visage.

– Je me dis souvent que je ne te mérite pas.

– Alors c'est que tu n'as rien compris.

– Qu'est-ce qu'il y a à comprendre ?

– Que je suis dingue de toi, Sidonie. Que je t'admire pour ta force, ton entêtement, ta sensibilité, ton humanité. Que ma vie a recommencé le jour où je t'ai embauchée. Qu'avant toi, je me contentais de survivre. Que tout était gris. Sans goût ni odeur. Je t'aime, putain, et je ne veux plus entendre ce genre de conneries ! gronde-t-il en m'attirant sur ses genoux et en me secouant jusqu'à me faire glousser hystériquement.

Il m'aime tant que ça ? Il est fou à lier… Et je suis folle de lui.

***

L'appartement sent la fumée. Gauloises rouges, c'est ce que fume Marc depuis toujours, sans se soucier de son futur cancer, et encore moins de celui qu'il pourrait refiler à tout le monde.

Vingt heures. Joe m'accueille en me massacrant du regard. Cheveux, tenue, maquillage, regard : tout est noir corbeau, ce soir. Je lui tends le bouquet ridicule que je lui ai acheté sur la route – en sachant pertinemment que rien ne pourra la calmer.

– Des roses jaunes ? lâche-t-elle d'un air dégoûté. Symbole de l'infidélité, tu as tapé dans le mille, Judas !

– Il est arrivé quand ?

– Il y a dix minutes, répond-elle sèchement. Il fume clope sur clope dans le salon, on s'est à peine dit trois mots. Ce *loser* n'a rien à foutre ici.

– Joe, je me suis déjà excusée dix fois, soupiré-je, impuissante. Quand il a débarqué à la *townhouse*, je…

– C'est bon, j'arrête de faire la garce, m'arrête-t-elle soudain. On est dans la même *team*, toi et moi. Les jumelles vengeresses face au blaireau qui nous a engendrées !

– Je propose qu'on fasse juste en sorte de le dégager vite fait bien fait.

– Ouais, enfin si on peut le torturer un peu au passage… sourit-elle d'un air machiavélique.

Je ne suis plus si sûre de vouloir monter sur le ring…

Marc me fait un signe de la main, Joe lui demande de s'asseoir où il veut. Il opte pour le fauteuil en cuir un peu défoncé, face au canapé où nous prenons place, ma sœur et moi. L'air est pesant, pollué par le tabac et les mauvaises ondes.

– On t'écoute, balance Joe en fixant ses pieds, pour ne pas avoir à le regarder.

– Vous êtes sur vos gardes avec moi et je ne peux pas vous le reprocher, démarre-t-il, d'une voix plaintive. Je voudrais me rattraper…

– Laisse-moi deviner… se marre Joe. Tu veux recoller tous les morceaux, mais pour ça, tu as besoin de blé.

– Tu n'auras pas un centime, lâché-je à mon tour. Si c'est ce que tu es venu chercher, tu peux retourner d'où tu viens.

– Rien à voir avec l'argent, s'agace notre père.

– Besoin d'un rein, peut-être ? l'enfonce un peu plus la brune.

– J'ai changé, murmure-t-il tristement. Je ne m'excuserai jamais assez pour tout le mal que j'ai causé, mais j'ai repris ma vie en main, j'ai rencontré quelqu'un de bien, je voudrais juste retrouver mes filles.

– Tu n'avais pas l'air différent ce matin, à la *townhouse*. Tu étais pareil à toi-même, obnubilé par le fric. Tes yeux brillaient d'envie… commenté-je, méfiante.

– Aimer les belles choses ne fait pas de moi un monstre, se défend-il.

– Si, lorsque tu en viens à oublier les gens qui t'aiment, ça fait de toi le pire des salopards ! Maman était une sainte mais tu l'as détruite ! Elle a souffert le martyre avec toi ! enrage Joe.

– Elle est partie trop tôt… Et après quoi ? Une vie où chaque jour était un combat, ajouté-je en sentant à nouveau le chagrin me gagner. Par ta faute.

– Laissez-moi une chance, nous supplie presque mon père. Sidonie, tu me crois ?

Il se tourne vers moi et me prend à partie, de ses yeux de chien battu. Je n'ai pas l'habitude de m'acharner sur un homme à terre. Alors, lâchement, j'acquiesce, sous le regard outré de ma sœur.

– Il t'a droguée, c'est pas possible ! s'emballe-t-elle en sautant sur ses pieds. Marc, la sortie c'est par là ! Dehors ! À dans vingt ans, à ton enterrement ! Et ne compte pas sur moi pour venir pleurer sur ta tombe !

– Joe ! m'écrié-je en la tirant par le bras. Calme-toi, tu pètes un plomb !

Elle se tourne vers moi brusquement, son visage se tord dans une grimace de mépris. Si sa colère est si extrême, si violente, c'est parce qu'elle la libère. Elle est bien trop fière pour montrer sa peine, pour assumer ses faiblesses. Plutôt que verser une larme, ma sœur préférera toujours cogner. Faire mal la première. Pour ne plus être blessée.

Côte à côte, nous observons notre père rassembler ses affaires et, sans un regard, quitter l'appartement. Ses épaules sont voûtées, son visage fermé. La porte se referme. Joe a remporté ce combat haut la main.

C'est d'une tristesse…

– Tu vas continuer longtemps à gober toutes ses conneries ? m'agresse-t-elle.

– Fous-moi la paix, Joe. J'ai vécu la même chose que toi, je te rappelle. J'étais là, moi aussi. Maman était sa première victime et elle n'a jamais dépassé les bornes comme tu le fais. Je n'oublierai jamais, je ne pardonnerai jamais, mais Marc est peut-être sincère, il a peut-être changé !

– Un homme de plus qui te manipule… Ça m'aurait étonnée ! siffle la peste en se barrant dans sa chambre pour s'y enfermer.

Et une claque de plus, une !

24

TIC TAC

– Livré aux aurores, grommelle le majordome. J'imagine que je dormirai quand je serai mort…

Connor me remet l'énorme bouquet et retourne dans la buanderie où l'attendent des montagnes de vêtements à repasser. Un peu gênée, je le remercie, lui souris de manière compatissante, puis m'éloigne à petits pas en serrant les sublimes roses blanches contre moi.

Peu importent les épines, je suis d'humeur romantique. Emmett, pour toi je suis prête à me vider de mon sang… OK. Ne jamais lui dire un truc pareil. JAMAIS.

Je voudrais prendre quelques secondes pour lire la carte qui accompagne le bouquet, mais Birdie trépigne d'impatience et insiste pour retourner dans la salle de jeux. J'opte pour la prudence : les mots doux peuvent attendre trois minutes, *Angry Bird* par contre… Je décide de ne pas la contrarier et la suis en fourrant ma tête dans ces roses qui sentent divinement bon et font battre mon cœur un peu plus fort.

Le pouvoir des fleurs…

Princess Rochester installe ses doudous en file indienne – en les martyrisant un peu au passage. J'en profite pour m'asseoir en tailleur sur le grand fauteuil en cuir et découvrir le contenu de la mystérieuse carte. Finalement, faire durer le suspense, ça a du bon. Je suis excitée comme une puce pour un vulgaire bout de carton.

Tic Tac,
Plus que quelques jours et ta vie volera en éclats.
À moins que tu fasses le bon choix…
M.

Je viens de me casser la gueule de mon nuage et d'atterrir sur le cul. Je m'attendais à une déclaration de mon milliardaire, je me retrouve face aux menaces de mon ex psychopathe. Un frisson de dégoût me parcourt l'échine, je laisse tomber le bouquet et déchire la carte en mille morceaux avant de les ranger dans la poche de mon slim noir.

Emmett ne doit pas tomber dessus. Il ne sait toujours pas.

J'ai été incapable de tout lui avouer... Plus l'échéance approche et moins je trouve le courage. Et je sais que je vais le payer. Cher. Très cher...

***

Camilla est arrivée à la *townhouse* en fin de matinée. Je le sais, parce que sa voix haut perchée a immédiatement réveillé le démon qui sommeillait en Birdie. Ces deux-là n'ont jamais caché leur animosité l'une envers l'autre et lorsque la Lady est dans les parages, la petite a tendance à se venger sur tout ce qui bouge. Moi y compris.

La pimbêche et mon blond ténébreux finissent par se retrancher dans le bureau présidentiel et je peux installer la rouquine à la cuisine. Elle couine pendant l'entrée : tomate et concombre. Grogne pendant le plat principal : dinde et purée. Pleurniche pendant le dessert : compote de pruneaux. J'use de tous mes charmes pour rendre cette tâche moins pénible, mais c'est peine perdue. Le déjeuner expédié, je n'ai qu'une envie : plonger ma tête dans une baignoire pleine et hurler sous l'eau jusqu'à vider mes poumons. Bien sûr, je ne le ferai pas. Non, je vais me contenter de serrer les dents et de prétendre que tout va bien.

Mathias compte les jours. Et sûrement les heures. C'est pire que ce que je pensais...

Sur le chemin de l'escalier, Birdie renverse le sac à main Chanel qui était posé sur la console de l'entrée. Celui de Camilla. Je réagis rapidement et demande à la petite de ne toucher à rien pendant que je rassemble toutes les affaires qui ont échoué au sol. Stylo argenté, rouge à lèvres Givenchy, flacon Coco Mademoiselle, calepin en cuir, petite pochette de maquillage et... des photos petit format. Prise d'une crise de curiosité aiguë, je me permets d'y jeter un coup d'œil, en regardant tout de même par-dessus mon épaule. Aucun bruit, personne aux alentours : Miss Snobinarde n'en saura rien !

Un portrait récent d'elle et d'une femme plus âgée, qui lui ressemble comme deux gouttes d'eau – ou deux gouttes de fragrance Cartier. Un cliché de Camilla adolescente, dont les bords sont usés. Et le meilleur pour la fin... Une photo d'elle en robe scintillante, dans les bras d'un grand homme. Il fait nuit, la scène se passe dans un jardin à peine éclairé. Ils s'embrassent, quelqu'un rit derrière eux. Je plisse les yeux, ce cliché m'intrigue.

Stupeur… Je vois Birdie, dans un coin de la photo. Elle est assise dans l'herbe, elle doit avoir presque 2 ans. Je rapproche le petit rectangle de mon visage, quelque chose m'incite à le faire. L'instinct, peut-être. La jalousie, aussi. L'homme qui embrasse Camilla, ce ne peut être qu'Emmett. Je ne distingue pas bien son visage, mais tout le reste colle. Ses cheveux blonds, sa carrure, son costard ouvert, même sa façon de se pencher légèrement à droite lorsqu'il approfondit un baiser. Et sa fille, qui se tient juste derrière lui.

Ça s'est sûrement passé quelques semaines avant que je sois embauchée ! Il m'a menti, encore une fois… Il ne me dira jamais toute la vérité sur lui et Camilla !

Je prends sur moi pour ne pas débarquer dans le bureau et faire un esclandre. Non, chaque chose en son temps : je couche Birdie pour la sieste, puis je débarque dans le bureau pour faire un esclandre !

Leurs yeux m'observent en s'écarquillant, alors que je débite mon speech en montant dans les aigus. Ni Emmett ni Camilla ne s'attendaient à ce que je les interrompe de la sorte, ils n'ont pas l'air de bien suivre. Lorsque je balance finalement la photo sous leur nez, le bichon groomé se contente de lâcher un petit rire gêné. Mon Lord, lui, ne rigole pas du tout. Il regarde à peine le cliché et se lève de son fauteuil, clairement irrité.

– Sidonie, tu peux me laisser en placer une, s'il te plaît ? grogne-t-il en avançant vers moi.

– C'est bien toi avec elle, je ne me trompe pas ? Et ne me fais pas croire que vous étiez ados, sur cette photo ! m'écrié-je de plus belle. Birdie est dessus, c'était il y a quelques mois.

– Oui, c'est bien moi. Et effectivement, cette photo date de juin dernier.

– Un mois avant que j'arrive ici…

– Je ne vois pas le problème, Sidonie, se contracte Emmett.

– Tu ne le vois pas ? sifflé-je. Tu me jures qu'il n'y a jamais rien eu entre vous, pas récemment en tout cas. Et voilà sur quoi je tombe !

– Tomber ? commente Camilla, d'une voix sarcastique. Fouiner, plutôt…

– Cam' ! la stoppe mon amant d'un signe de la main.

Il se tourne à nouveau vers moi, ses pupilles incandescentes braquées sur mes yeux affolés.

– Sidonie, ce baiser ne voulait rien dire, il était totalement innocent. Nous étions à une soirée, je ne me souviens même plus ce qu'il s'est passé. Sûrement un défi stupide de Jude… Camilla et moi sommes amis, rien d'autre, je peux te le jurer.

– Je confirme, ajoute la jeune femme en souriant malicieusement. Je suis passée à autre chose.

– Pourquoi trimballer cette photo partout, alors ? la rembarré-je.

– Vous avez vu ma robe ? Une pièce unique de Stella McCartney !

Je soupire face à la bêtise et la superficialité de cette femme. Emmett, lui, me décoche un petit sourire et tend la main vers moi. Je me défile, lasse de tous ces rebondissements, impatiente de sortir de cette pièce remplie des ondes de Miss First Lady. Moins je la vois, moins je la sens, moins je l'entends… mieux je me porte. Mon milliardaire se rembrunit en me voyant reculer. Je hausse les épaules, lui souris du mieux que je peux et quitte le bureau.

Il me dit la vérité, je lui mens… et je trouve quand même le moyen de lui en vouloir… Joe Merlin, sors de mon esprit !

***

Enfouie dans son manteau noir à double épaisseur, ma jumelle s'amuse à faire rire Birdie en grimaçant de froid. Joe a accepté de m'accompagner au parc, cet après-midi. Ces derniers jours, les températures ont chuté, le temps s'est fait plus rude, mais les tensions se sont estompées entre nous. Le départ de notre père y est pour quelque chose. Nous avons reçu le même texto, dans lequel Marc nous annonçait qu'il quittait Londres. Mais qu'il souhaitait toujours se faire pardonner :

[La balle est dans votre camp.
C'est quand vous voulez.]

– Jamais ! balance ma sœur, alors que je remets tout ça sur le tapis. Et tu es hors sujet, parle-moi plutôt de Mathias.

– Je t'ai raconté pour le bouquet de ce matin. Et mon dilemme, tu le connais… soupiré-je en surveillant Birdie – qui s'est fait un copain et lui a aussitôt piqué son ballon.

– Ton milliardaire ou tes secrets, résume Joe.

– Non, c'est bien plus vicieux que ça. Si je choisis Emmett, mon passé sera exposé et transformé, mais pas seulement ! Lui aussi en souffrira. Tout le monde pensera qu'il est un menteur, un manipulateur, un mec qui n'a jamais pleuré sa femme, qui se tape des jeunettes en abusant de son pouvoir… Tout ce qu'il n'est pas.

– Les gens savent que c'est faux, renifle la brune en haussant les épaules.

– Tu sais très bien que les lecteurs vont tout gober. Mathias en a fait sa spécialité : ruiner des carrières, des réputations, des familles entières !

Je tremble de frustration, d'impuissance, ma sœur me prend dans ses bras et me donne une petite tape dans le dos.

– Alors il faut qu'on le fasse plonger ! Qu'on l'empêche une bonne fois pour toutes de nuire !

– Comment ?

– Corde, cyanure ou machette ?

– Joe, je suis sérieuse !

– Je ne sais pas, mais on va trouver, me sourit-elle (presque) tendrement. On a combien de temps ?

– Quatre jours.

– Ah oui, en effet… grimace-t-elle. Et tu vas faire quoi si on ne trouve rien contre lui d'ici là ?

– Je ne veux pas chambouler la vie d'Emmett, murmuré-je. Si notre secret était exposé, si toutes ces choses atroces étaient dites sur lui, il ne me le pardonnerait jamais…

– Donc tu serais prête à le quitter ? lâche ma jumelle, abasourdie.

– Je crois, oui… Ce n'est pas comme si j'avais le choix.

Je tente d'avaler la boule de chagrin qui m'obstrue la gorge. Impossible : une première larme trace une ligne glacée sur ma joue.

– Il faut que tu en parles à Emmett, Sid, me souffle Joe. Ça ne peut plus attendre ! Prenez cette décision à deux !

– Je sais, mais ça ne veut pas sortir… Si tu savais le nombre de fois où je me suis préparée…

– Ce soir ! Tu te plantes face à lui et bam ! tu lui dis ! Comme une dent qu'on arrache d'un coup ! Ça fait atrocement mal, mais il n'y a pas plus efficace.

– Il n'est pas là ce soir, me souviens-je. Un dîner de charité, il rentrera tard.

– OK, j'ai ton programme ! Un : tu appelles Imogen pour qu'elle garde le machin. Deux : tu sors avec moi pour ne pas mourir d'angoisse dans ton coin. Trois : tu rentres en fin de soirée. Quatre : tu fais le pied de grue derrière la porte jusqu'à ce qu'il arrive. Cinq : bam !, la prémolaire !

– J'ai compris, Joe, souris-je enfin. Tu m'as convaincue. Je vais le faire.

– Vraiment ? insiste-t-elle en me fixant de son regard bleu électrique.

– Vraiment.

Imogen a dit oui. Je ramène Birdie à la *townhouse* et lui confie la rouquine pour aller me préparer. Un bain brûlant et un brushing approximatif plus tard, je m'inspecte dans le miroir. Pull échancré gris clair, jean brut moulant et boots noires. Pas franchement recherché, féminin mais passe-partout : je suis parée pour le Crazy Monkey.

Étouffante en été, la chaleur qui règne dans le bar est la bienvenue, ce soir. Je me fraie un chemin jusqu'au comptoir et choisis le tabouret central, pour être au plus près de la barmaid en chef : alias ma jumelle. Dans sa combi noire sans manches qui lui moule le fessier, elle est à tomber. Elle me décoche un sourire ravageur, puis dépose un verre devant moi. Je l'attrape en imaginant qu'il s'agit d'un alcool bien concentré, histoire de me changer les idées... Erreur : soda !

– Il faut que tu aies toute ta tête, pour ce soir... sourit-elle avant d'aller servir mes voisins.

Je me force à y repenser. À répéter intérieurement les mêmes mots qui, à force, me paraissent vides de sens. À imaginer le visage d'Emmett – son si beau visage – lorsque je lui annoncerai que mon ex est déterminé à tout foutre en l'air. Et que ça fait dix jours que je lui cache l'existence de cette menace.

Son regard va changer. Se durcir. S'éloigner. Et une part de moi va mourir, à l'intérieur...

J'en suis à mon troisième verre de bulles – sans alcool mais bourré de sucre – quand Joe m'annonce un peu fébrilement qu'il est temps que je rentre. Je consulte ma montre : vingt-deux heures. Je ne pensais pas partir avant au moins trente minutes.

– Un dernier pour la route ! plaisanté-je en tendant mon verre vide.

– Tu as assez bu, poivrote ! La sortie, c'est par là !

Elle contourne le bar par la droite et vient doucement me tirer par le bras pour que je descende du tabouret. Son comportement est étrange. Joe n'est pas du genre à vous prendre par la main pour obtenir ce qu'elle veut, mais plutôt à vous botter les fesses. J'ignore pourquoi, mais son regard est fuyant et reste pointé vers la porte de sortie.

– Joe, qu'est-ce qui t'arrive ? Tu as oublié de prendre tes petites pilules vertes ?

– J'ai tout pris, crois-moi ! riposte-t-elle sans sourire. Allez zou, votre discussion n'attend pas !

– Qu'est-ce que tu... ?

Ses yeux s'aventurent pendant une demi-seconde de l'autre côté du bar, vers les banquettes en cuir, puis reviennent vers moi, l'air coupable. Je tourne la tête dans la même direction et comprends enfin ce qui se tramait dans mon dos. Joe essayait de me faire décamper pour que je n'aie pas à voir ça.

Jasper affalé sur une banquette, en train de rouler la galoche du siècle à... Camilla !

Le stress me donne des hallucinations ! Cette robe scintillante... C'est bien elle... Stella Fucking McCartney !

Ma jumelle tente de me retenir mais je file à toute allure. Plus je m'approche d'eux et plus j'ai envie de vomir. Elle se sert de lui, il ne peut pas en être autrement. Camilla se tape des altesses royales, des ducs, des milliardaires au sang noble. Pas mon Jasper, pas mon hipster au grand cœur.

– Rien ne t'arrête ! hurlé-je, hors de moi. Sauf que ce soir, c'est moi qui dis stop !

J'attrape la Lady estomaquée par le bras et la tire de toutes mes forces. Jasper se lève immédiatement et nous sépare, en tentant de me faire entendre raison.

– Sid ! Du calme ! Tout va bien !

– Tu ne sais pas qui elle est ! tremblé-je comme une feuille en montrant Camilla du doigt. Ce dont elle est capable ! Elle est avec toi pour m'atteindre. Elle veut…

– Tu te trompes, dit-il doucement alors que Joe nous rejoint et me prend par la main.

– Tu savais ? éructé-je en m'arrachant à elle.

– Seulement depuis ce matin… Jasper voulait te le dire lui-même, avoue ma jumelle.

– Si tu crois qu'elle est sincère, tu te fous le doigt dans l'œil ! grondé-je en fixant à nouveau mon ami.

– Tu ne sais pas de quoi tu parles, rétorque Camilla. Tu n'as aucune idée de ce qu'il y a entre Jasper et moi !

– Laisse-moi deviner : un vrai conte de fées des temps modernes ? me moqué-je en papillonnant des yeux.

– On peut dire ça, acquiesce-t-elle en le regardant. Je suis tombée sous son charme dès la garden party, cet été.

Les deux tourtereaux se dévorent du regard et se sourient niaisement. Ce que je trouve généralement touchant me semble répugnant, à cet instant. Je ne comprends pas. Et je ne veux pas comprendre. Je les observe une seconde de plus, puis fais volte-face sans ajouter un mot. « Cataclysme », c'est le seul qui me vient à l'esprit lorsque les portes du Crazy Monkey se referment derrière moi.

***

La *townhouse* est profondément endormie. Comme je le craignais, Emmett n'est pas encore rentré.

Je me défais de mon manteau dans l'entrée, range mes boots dans le meuble à chaussures et monte les marches une à une. Rien ne me déprime plus que l'idée d'aller m'enfermer au dernier étage, dans mes appartements vides.

Arrivée au troisième, je prends une décision sans songer aux conséquences… J'emprunte le couloir qui mène jusqu'à la tanière de mon milliardaire. J'ouvre la porte de sa chambre et y pénètre, guidée par une force inconnue.

J'ôte mon jean, mes chaussettes, puis mon pull en frissonnant et m'allonge dans le lit king size aux draps sombres. Les effluves de son parfum me parviennent, je pose ma tête sur l'oreiller d'Emmett et tente de m'évader. J'imagine notre vie, sans secrets, sans interdits, juste lui, moi et Birdie. J'imagine que nous formons une vraie famille. Et là encore, mes vannes s'ouvrent pour ne plus se refermer, jusqu'à ce que je sombre dans les bras de Morphée.

Ses lèvres dans mon cou me réveillent, quelques heures plus tard. Il écarte la couette pour me rejoindre, je suis prise de tremblements. J'ai beau être à l'abri du froid, mon corps ne parvient pas à se réchauffer. Mon colosse blond s'en rend compte, me susurre quelques mots tendres, puis ses bras me soulèvent. Lovée contre son torse, je me laisse aller. Nous traversons le couloir, entrons dans la bibliothèque où brûle un feu ardent, dans la cheminée.

– Je ne sais pas ce que tu me caches, Sidonie, murmure-t-il doucement à mon oreille. Mais avant de m'en soucier, je vais faire en sorte que tu n'aies plus froid…

Il me dépose sur la moelleuse banquette en cuir, tout près de la cheminée ancienne, puis va tourner la clé dans la serrure pour que nous ne soyons pas dérangés. Le bois crépite, une chaleur vive se répand déjà sous ma peau. Lorsqu'Emmett s'accroupit pour me faire face, lorsque son visage n'est plus qu'à quelques centimètres du mien, je vois les flammes se refléter dans ses yeux.

Je me penche pour l'embrasser, nos lèvres se pressent, nos langues se caressent, nos respirations s'accélèrent et déjà, le désir coule dans nos veines.

Le cuir est frais, sous ma peau, mais la température commence à monter.

Notre baiser s'approfondit, s'éternise, se fait moins tendre, plus sauvage. Les mains d'Emmett – qui enserraient mon visage – commencent leur descente. Elles frôlent mon cou, effleurent mes épaules nues, s'immiscent sous mon soutien-gorge en fine dentelle. Comme nous, la cheminée s'embrase crescendo, les flammes montent plus haut, les bûches se désintègrent pour devenir des braises incandescentes.

Face à ce feu ravageur, entre les mains de mon Lord, je n'ai plus froid.

– Et maintenant, je vais caresser, embrasser, dévorer chaque millimètre de ton corps… murmure mon colosse blond d'une voix rauque, emplie de désir.

Je frissonne, passe mes doigts dans ses cheveux en bataille, excitée, impatiente. Ses mains puissantes – et pourtant délicates – m'invitent à me pencher en arrière, jusqu'à m'allonger sur la méridienne en cuir. Il se relève et vient se placer au-dessus de moi, en plongeant son regard sombre dans le mien.

Nouveau frisson.

Emmett Rochester est un fantasme vivant. Dans son tee-shirt moulant gris clair et son boxer blanc, il en ferait rougir plus d'une. Sa peau est ambrée, parsemée de quelques grains de beauté. Son regard est percutant, ses traits envoûtants, ses muscles saillants, sa carrure indéniablement imposante.

Et il s'apprête à faire de mon corps son terrain de jeux... Oh, my...

Chose promise, chose due. Ses lèvres, sa langue, ses dents s'aventurent sur ma peau. Il dépose une salve de baisers sur mon épaule, en allant jusqu'au sternum. Quelques morsures disséminées ci et là m'arrachent un cri, un soupir, puis les baisers reprennent. Il se perd entre mes seins, sur cette petite peau fine qu'il aime tant, puis sa bouche joue avec moi, encerclant mes tétons érigés, les approchant au plus près, sans jamais les toucher. Je gémis, je râle, il sourit en coin. Par vengeance, j'attrape son fessier à pleines mains et y enfonce mes ongles. Ça fonctionne : il grogne brusquement, puis daigne enfin caresser, titiller, suçoter mes petites pointes dressées.

– Comme quoi... haleté-je sous ses coups de langue. Il suffisait... de... demander...

Sa bouche quitte mes seins – qui se sentent désespérément seuls, tout à coup – son regard remonte jusqu'au mien, puis son torse sculptural fonce vers moi.

– Recommence ça une seule fois et je t'attache les poignets, Baby... susurre mon amant au creux de mon oreille, en couvrant ma bouche de sa main.

Lord Dominant is back...

Que quelqu'un m'enlève cette petite culotte !

Sa mission reprend. Ses baisers enflammés descendent le long de mon ventre, jusqu'à mon nombril, alors que ses mains s'occupent à nouveau de mes seins – qui revivent. Je suffoque lorsque sa langue vorace glisse sur mes hanches, de l'une à l'autre, puis s'aventure sur mes cuisses. Folle de désir, à ce stade, je m'apprête à arracher moi-même ma culotte lorsqu'il intercepte mes mains.

– Pas touche. C'est mon job... sourit-il insolemment.

Nos regards sont imbriqués, il me défie, me teste et son petit manège semble beaucoup l'amuser. De mon côté, je suis toujours au bord de l'implosion. Je meurs de chaud, d'impatience, d'excitation.

Ses pupilles noires ne quittent pas les miennes mais le jeu des regards a assez duré. Enfin, sa bouche remonte en haut de ma culotte et... s'en saisit avec les dents. Tout doucement, en me fixant de son air arrogant, mon milliardaire fait glisser mon sous-vêtement en serrant la mâchoire. Cette vision me fait chavirer. Je ne crois pas avoir jamais vécu quelque chose de plus érotique...

Je suis… trempée.

Me voilà enfin nue, offerte, à sa merci. Lui se débarrasse rapidement de son tee-shirt – la chaleur le terrasse autant que moi – mais garde son boxer. Je me mords la lèvre en remarquant l'énorme bosse qui le déforme.

C'est mal de me mettre ça sous le nez sans me laisser y toucher…

Tout en me bouffant du regard, mon amant m'écarte les cuisses. Je n'ai qu'une envie : qu'il apaise la tension qui occupe désormais chaque cellule de mon corps, qu'il me fasse perdre la tête une bonne fois pour toutes. Mais Emmett Rochester est joueur. Très joueur. Il esquive mon sexe – qui est enfin à sa portée et qui ne demande qu'une chose… – et il s'amuse à embrasser voracement l'intérieur de mes cuisses, au creux de l'aine. Sa barbe naissante pique légèrement ma peau – extra-fine, à cet endroit – ce qui ne fait qu'accroître mon plaisir… et ma frustration.

Tout à coup, sa bouche quitte mon corps, ses mains se posent sur mes hanches et me retournent. Je lâche un petit cri de surprise et sens rapidement sa bosse buter contre mes fesses. Ce simple contact me donne environ un milliard d'idées. Toutes plus salaces les unes que les autres. Je tourne la tête de profil, pour essayer de comprendre ce que mijote Emmett. Quand ses dents se plantent au beau milieu de ma croupe, jusqu'à y laisser une marque, je comprends.

– Ce cul… murmure-t-il alors que je couine sous l'effet de sa morsure. Bon Dieu, ce cul !

– Vas-y doucement, si tu veux qu'il en reste… gémis-je.

– Oui, je crois que c'est plus sage, ricane-t-il doucement.

La pointe de sa langue remonte lentement, voluptueusement le long de ma colonne vertébrale. Elle change parfois de trajectoire, dévie légèrement, puis retrouve son chemin. Le cuir de la banquette est brûlant sous mon ventre, mais ce n'est rien comparé aux frissons qui me traversent de part en part. Emmett dépose à nouveau des baisers sur mes flancs, remonte sur mes épaules, promène ses lèvres dans mon cou. Mon intimité le réclame de plus en plus. Je ne suis pas sûre de survivre à cette torture beaucoup plus longtemps.

– Emmett. J'ai envie de toi. En moi…

– Patience, Baby. Patience…

J'hésite à protester, mais finis par poser ma tête entre mes bras croisés pour m'en empêcher. Me rebeller serait totalement vain. Je lui concède le pouvoir, afin qu'il laisse libre cours à son imagination fertile, à sa douce perfidie. Je connais cet homme : plus je le presserai, plus il s'évertuera à me faire languir.

Ses baisers s'aventurent partout, son souffle chaud m'électrise. Puis, sans crier gare, ses mains s'en prennent à nouveau à mon fessier. Elles le caressent, l'explorent, pétrissent ma chair. Mon désir n'en est que décuplé. Dans cette bibliothèque surchauffée, mes gémissements font écho aux crépitements de la cheminée. Et à ses râles. Rauques. Virils. Entêtants.

Ses doigts se font plus précis. Ils longent la fente de mes fesses, puis se faufilent plus à l'intérieur. Je me cambre, m'offre entièrement, succombant à ce contact des plus intimes, charnels. Allongée de la sorte, sur le ventre, je me sens totalement à sa merci. J'aime ça. Même si je le pouvais, je ne changerais rien.

Mon corps se réveille entre ses mains. Notre osmose est parfaite.

La respiration d'Emmett s'accélère, je devine que son désir le submerge. Il m'écarte les cuisses avec ses genoux. Je suis ouverte. Tout en mordillant mon flanc gauche, il pénètre ma féminité d'un doigt, d'abord. Je soupire violemment, soulagée par cette récompense qui se faisait tant attendre.

Quelle lueur anime son regard ?

Ne pas le voir, ne pas croiser ses iris ardents est à la fois frustrant et terriblement excitant. Je le devine, parcourant ma croupe de ses yeux noirs, l'air habité, la mâchoire contractée, la peau luisante et les cheveux désordonnés. Cette vision me rend plus dingue encore.

Un deuxième doigt me pénètre et commence un va-et-vient progressif. Lent, sensuel, d'abord. Puis ses percées sont plus rapprochées, plus bestiales. Elles se bousculent au rythme de mes halètements. Sa langue me caresse d'un côté, puis de l'autre. Ses dents me croquent. Je sens qu'Emmett cherche à me posséder tout en s'affairant à mon plaisir.

Ma jouissance approche, une violente vague de chaleur monte en moi, mes idées deviennent floues, des mots incohérents se chevauchent dans mon esprit. Mon amant sent que je suis à deux doigts – littéralement – de lui échapper. Il glisse hors de moi – je râle et remue le fessier pour qu'il reprenne son activité – il s'empare de mes hanches et les remonte pour que je m'appuie sur mes genoux. Je ne suis plus allongée dos à lui, je suis… à quatre pattes.

Et plus prête que jamais.

– Tu ne vas quand même pas me filer entre les doigts… plaisante-t-il à moitié, de cette voix éraillée qui me rend folle.

Il me donne une claque sur la fesse, légère mais cinglante. Ma féminité se resserre, mon cœur bat la chamade, un frisson de plaisir me parcourt.

– Encore, murmuré-je, moi-même étonnée par cette requête.

Me prendre une fessée… Je n'ai jamais aimé ça, avant. En fait, je n'aimais pas grand-chose, avant lui…

Sa grande main s'abat à nouveau sur ma peau, sans une once de violence. Je me surprends à gémir. De plaisir.

– Tu aimes ça, Baby ?

– Oui… soupiré-je en sentant mon entrejambe devenir de plus en plus humide.

Emmett recommence – je suis prête à parier que ma fesse porte la marque rougie de ce jeu érotique auquel je viens d'adhérer – puis me pénètre à nouveau, de deux doigts. Je suis soufflée, ma respiration se stoppe pendant de longues secondes, alors que mon amant coulisse en moi. Je grogne de plaisir en expirant à nouveau, en le suppliant d'accélérer la cadence. Il s'exécute et je gémis à répétition, jusqu'à ce que son autre main me force à tourner la tête de profil et que sa bouche recouvre la mienne. Sa langue brûlante m'enveloppe, ses doigts me fourragent, son sexe bandé bute contre mes fesses. Prise dans cette spirale érotique, je ne réponds plus de rien.

Au bout d'une divine éternité, tout s'arrête. Emmett se place à nouveau derrière moi, à genoux sur la banquette. Un bruit de tissu m'indique que son boxer n'entrave plus sa virilité – qui doit pointer en direction du plafond. Je passe ma langue sur mes lèvres – un réflexe – persuadée que je ne vais pas tarder à miauler entre ses griffes.

Oh… Lord… !

Sensation intense, brûlante, délicieuse. Indescriptible, en fait. Son sexe dressé me pénètre lentement, jusqu'à atteindre mes tréfonds. Ses mains m'agrippent les hanches et nous gémissons ensemble, mus par le même plaisir, le même ravissement.

– C'est à chaque fois meilleur, avec toi… grogne-t-il en augmentant la cadence. Jusqu'où est-ce que tu vas m'emmener, Sidonie ?

– Où tu voudras… gémis-je en jetant ma tête en arrière.

Il resserre son emprise sur mes flancs, ses mains marquent ma chair alors que sa fougue m'emporte toujours plus loin. À chaque va-et-vient, mes seins s'agitent, frôlent le cuir de la méridienne et m'excitent un peu plus. Il me prend à un rythme infernal, maintenant, me possède, me remplit de lui comme jamais auparavant. Notre corps-à-corps a quelque chose de sauvage, bestial et c'est tout ce dont j'avais besoin. Pour oublier tout le reste. N'appartenir qu'à lui, me consacrer juste à nous, le temps d'une étreinte grisante et passionnée.

– Dis-moi si c'est trop, souffle mon milliardaire, alors que nos peaux claquent l'une contre l'autre à toute allure. Trop vite, trop fort ?

– Non, ne t'arrête pas. Pas encore ! m'écrié-je, portée en avant, en sentant l'orgasme pointer.

– Baby, tu es si serrée… grogne-t-il en me pénétrant plus violemment, d'un grand coup.

C'est la cerise sur le gâteau. Le coup de boutoir qui provoque mon envol. Tout mon corps se tend, se met à trembler, ma féminité se contracte, un courant électrique me parcourt, une chaleur étouffante m'envahit : la jouissance me catapulte dans un autre monde. Fait de sensations lubriques, exquises et de cris de plaisir. Je prononce son nom à plusieurs reprises, alors qu'Emmett vient rapidement flotter à mes côtés. Nous atterrissons ensemble, nos corps se relâchent, nos esprits s'apaisent. Nous nous affalons l'un sur l'autre, l'un contre l'autre, une jambe dessus, un bras dessous, dans un chaos orgasmique.

– Non, ne bouge pas, dis-je alors qu'il tente de changer de position pour ne pas m'écraser. J'aime bien te sentir contre moi.

– Ça, j'avais remarqué, soupire-t-il en essuyant une goutte de sueur qui perle sur sa tempe.

– Tu es si dominant, parfois… ris-je doucement en admirant son visage, à quelques centimètres du mien.

– Tu aimes ça ?

Sa voix s'est brisée sur la fin. Il sourit presque timidement, comme s'il avait un doute. Pourtant, je pense que mon orgasme prodigieux a été clair.

– À ton avis ?

Je ris franchement, cette fois. Son sourire s'élargit et il s'approche doucement de mes lèvres – rougies, à force d'avoir été embrassées – et susurre :

– Qu'est-ce qui te plaît dans le fait d'être dominée ? Tu es un esprit libre, pourtant, Sidonie Merlin. Tu me l'as suffisamment prouvé…

– Justement, Emmett Rochester, avec toi je n'ai pas peur. Pas besoin de garder en permanence le contrôle. J'ai assez confiance pour m'abandonner. Et ce que tu me fais, quand je me laisse vraiment aller, c'est… délirant.

Le milliardaire plisse légèrement les yeux, écarte une mèche blonde qui barrait mon visage, puis se mord la lèvre en m'observant. Un picotement naît entre mes cuisses.

Quoi… déjà ?

– Délirant ? riposte mon blond aux muscles bandés en me fixant plus intensément. Voyons voir si on peut faire encore mieux…

Oui, déjà !

La nuit est bien avancée, mais notre étreinte torride pourrait bien nous mener jusqu'au petit matin. Le feu s'apaise peu à peu dans la cheminée de marbre, puis dans nos corps. Les braises rougeoient un peu moins fort, nos baisers, nos caresses, se font plus doux, plus tendres.

Les aiguilles du cadran tournent, mais Emmett et moi restons cloîtrés dans ce lieu majestueux et secret. Un lieu qui, soudain, a un petit quelque chose du paradis… et des enfers.

25

SACRIFICES

[Ce soir, si tu n'as pas quitté ton Rochester,
tu pourras dire adieu à tes secrets… M.]

Le message est sans équivoque. Il est brutal, direct, glacial. À l'image du sombre individu qui me l'a envoyé. Je ferme les yeux quelques secondes, luttant contre la sensation de vertige qui manque de me faire vaciller.

En glissant mon téléphone portable dans la poche de mon pantalon noir, j'observe le seul homme qui aurait été capable de me sauver. De Mathias, de mon passé, de la vie médiocre qui se profile devant moi. Je réalise une nouvelle fois qu'Emmett Rochester était ma chance. Mon nouveau départ. L'amour de ma vie.

– Tu es bien pensive… remarque mon blond en costard en m'apportant un mug de café fumant.

– Non, juste pas bien réveillée, souris-je en m'asseyant à table.

Avant de s'éclipser, Connor a trimé aux fourneaux pour nous offrir cet *english breakfast* gargantuesque et je culpabilise déjà de ne rien pouvoir avaler.

– Tu as vu ? Imogen est métamorphosée, se réjouit Emmett en partageant un toast grillé en deux. Beurre ou poison ?

Disons qu'Emmett n'est pas vraiment fan du beurre de cacahuètes…

– Poison, ris-je doucement. Oui, elle a bien meilleure mine, même si elle continue à distribuer ses sourires au compte-gouttes, fais-je remarquer.

Mon Lord ricane dans sa barbe naissante, puis me tend la tartine en m'adressant un sourire ravageur. Mon cœur se serre, je me force à prendre une bouchée.

– Programme libre pour toi, aujourd'hui, puisqu'elle a insisté pour s'occuper de Birdie ! reprend-il en s'étirant en arrière de la manière la plus sexy qui soit. J'espère que tu comptes en profiter…

– Emmett, murmuré-je en me retenant de pleurer.

– Pourquoi cette tête d'enterrement ? Ça te fait tant de mal que ça de te faire piquer ta rouquine pendant une journée ? se marre-t-il. Si tu veux, j'ordonne à Imogen de…

– Emmett, insisté-je pour l'interrompre.

Cette fois, il semble comprendre que l'heure n'est pas aux plaisanteries. Que j'ai besoin de vider mon sac. Il lâche ses couverts dans un bruit métallique, puis repousse son assiette. Ses beaux yeux sombres se plissent, ses sourcils se froncent légèrement. Il est parfaitement attentif et concentré sur moi.

– Vas-y, je t'écoute…

– J'aurais dû… te le dire avant, soufflé-je d'une voix chevrotante.

– Sidonie, quel que soit le problème, je suis là. Je peux t'aider.

Son calme, son ton rassurant et la main qu'il tend vers moi devraient me donner du courage. Mais c'est encore pire. Entendre la tendresse, la compassion dans sa voix me fait d'autant plus regretter ma lâcheté. Il méritait de savoir. Depuis quinze jours.

– Mathias a écrit un roman, me lancé-je enfin, en regardant ailleurs pour ne pas flancher. Un « roman-vérité », c'est comme ça qu'il le décrit.

Je prends une petite pause, consciente de la tension qui monte de l'autre côté de la table. Emmett est un homme intelligent, perspicace, il a probablement compris. Ou pas loin.

– Le titre ? lâche-t-il soudain.

– Pardon ?

– Comment s'appelle ce nouveau chef-d'œuvre ? précise-t-il d'une voix sarcastique… qui ne me dit rien qui vaille.

– *La Nanny et le Milliardaire – Liaison maudite*, dis-je, livide. C'est sur toi et moi, Emmett. Enfin, c'est ce qu'il prétend…

– Putain, j'aurais dû m'en douter ! gronde le colosse en prenant sa tête entre ses mains et en les faisant glisser dans ses cheveux, lentement, furieusement.

– J'aurais dû…

– Il nous refait le portrait, c'est ça ? me coupe-t-il. À tous les deux ? En retournant les situations pour nous nuire, en transformant tout ce qui lui chante pour nous humilier ?

– Il ne sait faire que ça, acquiescé-je en haussant les épaules d'impuissance – geste malheureux qu'Emmett interprète mal.

– Et toi tu fais quoi ? Tu t'en contrefous ? Tu attends paisiblement que ça passe ? s'emporte-t-il soudain en me fusillant du regard. Depuis quand tu sais ça ?

– Deux semaines, avoué-je en essuyant mes premières larmes.

– Tu te fous de moi ? Deux semaines que j'aurais pu éviter le désastre et tu ne me dis rien ! Sidonie, sur quelle planète est-ce que tu vis ?

Cette question n'appelait pas de réponse. Il se lève d'un bond et se met à faire les cent pas dans la cuisine chromée. Je lutte pour ne pas m'effondrer. Ça n'aiderait pas, je crois.

– Ça sort quand ?

– Mathias m'a proposé un deal. Si je te quitte, le livre ne sortira pas, récité-je en me concentrant sur chaque mot.

– Et tu le crois ?

– Pas vraiment, mais je n'ai pas d'autre choix, si ?

– Tu aurais dû me le dire, Sidonie ! beugle-t-il à nouveau. Regarde dans quelle merde tu nous as mis !

– Je comprendrais, tu sais… murmuré-je en retenant un sanglot.

– Que quoi ? Que je te demande de dégager de ma vie ?

– Oui.

– Birdie… Elle est tout pour moi… gémit-il presque. Tu le sais.

Je fais « oui » de la tête, en me mordant la lèvre. Les larmes ruissellent sur mes joues. Il pose ses mains sur la table, face à moi, ses pupilles noires fouillant au fond des miennes. Il est sublime. Et bouleversant.

– Je ne peux pas prendre un tel risque, tu comprends ? Je ne tiens pas à ce que le monde entier sache tout de ma vie, surtout si cet enfoiré sans scrupule noircit le tableau. Toi et moi, tu imagines tout ce que ça va engendrer ? Le veuf milliardaire qui se tape sa nanny !

– On est amoureux, non ? pleuré-je de plus belle.

– Oui, mais ça, Mathias le salira aussi. Ça ne peut pas se savoir… Pas dans ces conditions ! C'est un manque de respect pour Robyn. Et qu'est-ce que Birdie pensera de moi, plus tard ? Et mes beaux-parents qui pleurent encore la mort de leur fille ! réfléchit-il à haute voix, de plus en plus furieux.

– Je sais tout ça ! hurlé-je presque, soudain en colère.

– Tu le sais mais tu ne m'as rien dit ! Tu savais pertinemment que tu avais une bombe à retardement entre les mains, qu'il fallait la désamorcer au plus vite, mais tu n'as rien fait ! rugit-il à en faire trembler les murs. Je suis un homme secret, Sidonie. Je ne supporterai pas qu'il dissèque ma vie privée, qu'il ruine ma réputation. Ma fille n'a pas de mère. Elle a besoin d'un père digne de ce nom. Droit. Respectable. Pas d'un pantin qu'on sacrifie sur la place publique.

– Alors c'est terminé… chuchoté-je, hébétée par cette vérité.

– Je t'aime, Sidonie, mais j'ai des responsabilités envers une petite fille de 2 ans, parfaitement innocente, qui a déjà vécu un drame inhumain, m'achève-t-il, en serrant les dents. Si tu savais comme ça me tue !

Totalement désemparée, je ne trouve plus les mots et me contente d'essuyer mes joues trempées. Mon colosse, lui, continue à faire les cent pas et à vociférer. Ses mots sont durs, mais ils sont justifiés. J'ai tout brisé.

– Tu nous as mis dans cette situation ! Tu as cherché à te protéger, sans penser aux conséquences pour nous ! Si j'avais su plus tôt, si tu m'avais fait confiance, j'aurais pu agir à temps et l'issue aurait peut-être été différente… Mais tu ne nous as pas laissé cette chance. Tu nous as condamnés.

Dans son regard se mélangent la rage, la déception, la tristesse.

– Entre elle et toi, c'est Birdie que je choisis, souffle-t-il. Ça ne peut pas être autrement.

– Je vais partir aujourd'hui, murmuré-je, abattue, vaincue. Imogen est là, elle prendra la relève.

Je me lève, vais machinalement poser mon assiette dans l'évier, puis me rends jusqu'à la sortie. Je ne pleure plus. Je suis sous le choc. Je suis sur le point de refermer la porte de la cuisine quand Emmett me retient d'un « Attends ! ». Je me retourne.

– Ne fais rien, pour Mathias. Je vais m'occuper de lui personnellement. Il va regretter de vouloir s'en prendre à ceux que j'aime.

Un ricanement s'échappe de ma bouche, sans que je cherche à le retenir.

– J'ai cru que tu allais me demander de rester. Quelle conne, hein ?

Ses yeux intenses, perçants, noirs me fixent, mais aucun son ne traverse ses lèvres serrées. Je choisis cet instant pour disparaître. De sa vie.

***

C'est à nouveau en larmes, environ une heure plus tard, que je m'apprête à quitter la *townhouse*. J'ai rassemblé toutes mes affaires, les ai fourrées dans deux grosses valises et je les ai descendues. Connor est en mission à l'extérieur, je ne pourrai donc pas lui dire au revoir. C'est sûrement mieux comme ça. Quant à Birdie, je n'ai tout simplement pas eu la force. Embrasser ses joues rebondies pour la dernière fois m'aurait fait trop mal.

Le coffre du taxi est chargé, j'ouvre la portière arrière, sur le point d'y monter. Des cris stridents me font changer d'avis : depuis le seuil de la maison, la rouquine me montre du doigt et semble sur le point de pleurer. Ses bouclettes orangées brillent au loin, lorsqu'elles rencontrent le timide soleil de novembre. Je ravale mes larmes et m'oblige à sourire en lui faisant des grands signes de la main. Un « au revoir », plutôt qu'un « adieu ». Imogen apparaît à son tour, se poste derrière l'enfant et lui parle tout bas en me souriant. Un sourire d'une douceur, d'une tendresse que je ne lui connaissais pas. Un sourire triste, aussi, qui me fait exploser en sanglots. Son air ressemble à celui que prenait souvent ma mère.

Quitter tous ces gens, c'est aussi quitter un peu d'elle... La douleur est indescriptible.

***

Joe et moi partageons le même canapé – et théoriquement, le même pot de Nutella, bien que je n'y aie pas touché – depuis trois bonnes heures. Ma jumelle est connue pour son manque de tact, d'empathie aussi, parfois. Mais pas aujourd'hui. Non, aujourd'hui, mon double a pleuré avec moi. S'est révolté avec moi. A choisi mon camp, plutôt que celui du « Je te l'avais bien dit... ».

– Il reviendra, ma douce, me chuchote-t-elle alors qu'une nouvelle crise de larmes me submerge. Il n'est pas assez con pour laisser filer une poulette de ton calibre !

– Il a cru que je ne pensais qu'à moi. Que ça me laissait de marbre, tout ça. Lui nuire et blesser toute sa famille... Et voilà où j'en suis : je l'ai perdu. Je dois faire une croix sur ma plus belle histoire. La seule qui ait vraiment compté ! sangloté-je misérablement.

– Je peux te promettre quelque chose, grogne Joe en me caressant le dos. Mathias va en chier...

– Je veux qu'il crève ! aboyé-je. Et surtout, qu'il souffre le martyre avant d'aller pourrir dans son cercueil !

– Ouais ! Que quelqu'un l'étouffe en lui faisant bouffer ses romans toxiques !

– Que ses chats siamois rongent sa carcasse !

– Qu'il se fasse broyer par un car de touristes !

– Dépecer par une meute de chiens sauvages !

– Électrocuter en rasant ses... bijoux de famille !

Un fou rire nerveux s'empare de nous pendant une bonne dizaine de minutes, puis, à court d'idées stupides, nous laissons à nouveau le silence s'installer dans le salon peu éclairé. Joe me serre la main pour me soutenir, mais déjà, le manque de lui m'étouffe. Je suis à deux doigts d'aller me cacher pour appeler Emmett et le supplier de me reprendre quand mon téléphone vibre dans ma poche.

– Décroche ! s'impatiente Joe.

– C'est un texto. De Jasper.

[On a peut-être une solution pour Mathias,
ramène tes fesses pronto au bar ! Jaz]

J'oublie l'affaire Camilla, les ressentiments et toutes ces choses contre-productives. Je ne pense qu'à mon but : récupérer mon Lord. Je ne fais pas non plus attention au « On », trop focalisée sur le timide espoir qui renaît en moi. Pour une fois, je me montre plus efficace que Joe pour héler un taxi, plus déterminée, aussi, à lui faire prendre des raccourcis.

– Tu devrais te faire larguer plus souvent, chérie, lâche-t-elle, à un feu rouge. J'adore cette nouvelle Sidonie…

– Joe, je vais vraiment t'emmener voir un psy. C'est pas normal de sortir des trucs pareils, de manquer autant de compassion… grommelé-je en fixant la route. Blaguer sur ce taré de Mathias, OK, mais pas sur ce qui fait mal. Pas sur Emmett !

– Je plaisantais, Sid. Je sais que tu souffres, je cherche juste à te faire sourire. Désolée si je m'y prends à l'envers…

Je la regarde quelques secondes, pensive.

– Te voir foutre une bonne droite à Mathias, ça, ça me ferait sourire, soupiré-je finalement en me retournant vers la vitre.

– Pourquoi tu ne le ferais pas, toi ?

– Je serai déjà trop occupée à lui broyer… tu sais quoi, dis-je en joignant le geste – déplacé – à la parole.

Le chauffeur me regarde différemment dans le rétroviseur central, visiblement choqué. Je lâche un petit rire – absolument pas gênée.

Finalement, Joe n'a pas tort. Cette version de Sid, je devrais peut-être la garder…

Le Crazy Monkey est étonnamment peu fréquenté, en cette fin d'après-midi. Joe sur mes talons, je fonce en direction du bar où s'agite Jasper. Il lâche tout en nous voyant arriver et nous fait signe de le suivre un peu plus loin. Derrière le grand miroir à néons, je découvre la tête fine et racée de Miss Pimbêche.

Non merci. Pas aujourd'hui.

– Arrête tes conneries ! m'attrape Jasper alors que je fais demi-tour. C'est la seule qui peut t'aider !

– Et croyez-moi, ça ne m'enchante pas… rétorque Camilla, assise sur sa banquette rouge – bien trop rock'n'roll pour elle !

Je daigne m'approcher d'elle, entourée de Joe d'un côté, de Jasper de l'autre. Je me laisse glisser sur le cuir en serrant les dents, puis affronte le regard de la mégère. Elle ne sourit pas mesquinement, pour une fois. Elle semble juste mal à l'aise.

– C'est pour toi que je fais ça, râle-t-elle en direction de son *toy boy*. Et un peu pour Emmett…

Ce nom me donne des frissons. Et je réalise que je suis prête à tout pour le rattraper au vol. Quitte à faire un pacte avec le diable.

Qui, je le confirme, s'habille en Prada.

– Alors, c'est quoi, tous ces mystères ? demandé-je froidement en fixant mes mains.

– Je sais quelque chose sur Mathias. Quelque chose que je suis censée garder pour moi. Quelque chose qui pourrait mettre fin à son odieux chantage.

– C'est vrai que Camilla Bradford ne s'abaisserait jamais à faire un truc pareil… ricané-je d'une voix mauvaise. Le chantage, c'est mal !

– Je me suis excusée, soupire-t-elle. J'ai mal agi à l'époque, je le reconnais, passons au sujet suivant !

– C'est quoi, cette révélation ? intervient Joe pour faire avancer les choses.

Camilla lance un regard étrange à Jasper, comme si elle se demandait encore si elle était prête à plonger pour lui, oui ou non. La réponse est oui.

– Le premier roman de Mathias a été une réussite phénoménale. Ce bouquin a lancé sa carrière en quelques semaines, il a fait de lui un auteur remarqué et reconnu. Un auteur convoité par toutes les plus grandes maisons d'édition. Sans ce premier succès, il n'en serait pas là aujourd'hui.

– Pour la biographie, il y a Wikipédia… grommelé-je.

– Oui, si on pouvait arriver à la chute… m'imite ma jumelle.

– Quelle paire vous faites, toutes les deux ! ironise Camilla, vexée comme un pou. Bref, tout ça pour dire que Mathias ne l'a pas écrit, ce premier roman. Il a fait appel à un nègre à l'époque.

– Quoi ? Mais c'est une mine d'or, ça ! s'exclame Joe en cognant sur la table. Si ça venait à se savoir, il…

– Il aurait enfin ce qu'il mérite, terminé-je à sa place, d'une voix chargée de colère. Je peux me fier à cette information ? insisté-je en me tournant vers Camilla.

– Oui. Il m'a fait cette confidence à un dîner trop arrosé, et depuis il meurt de trouille que je le raconte à qui que ce soit.

– Sid, tu es libre ! Fais-le chanter avec ça ! s'écrie Jasper en souriant à sa Lady.

Je prends quelques secondes pour me recentrer, pour assimiler toutes ces informations et décider de la démarche à suivre. Pas le temps de réfléchir. Agir. Pour Emmett. Pour Birdie. Pour nous trois.

Je me lève comme une furie, remercie la terre entière, envoie des baisers dans les airs et décampe du bar sans me retourner. Il est presque dix-huit heures. Mon blond ténébreux doit être au RMG. Je balance l'adresse au chauffeur de taxi – une femme d'une quarantaine d'années, cette fois – et le véhicule démarre en trombe.

***

Plongée au cœur de la City.

Je lève les yeux et observe distraitement le Gherkin qui surplombe les façades modernes. Aux alentours, les imposants bureaux rivalisent à la fois de design et de sobriété. Je me fraie un chemin parmi la foule de travailleurs qui fêtent intérieurement la fin de leur journée. À peine une minute de marche et je pénètre dans l'antre de mon milliardaire. Le Rochester & Montgomery Group.

La multinationale s'étale sur trois immeubles et occupe quatre étages. Emmett n'est pas à la tête d'un bataillon, mais d'une armée. Je gravis rapidement les quelques marches en marbre et atterris à la réception. Le décor ne me surprend pas, bien qu'agréable à regarder : grands murs blancs parsemés de larges baies vitrées, mobilier frais et design de première qualité, béton ciré impeccable, quelques plantes ici et là, mais rien de trop extravagant.

Business : le seul mot d'ordre.

Derrière le *desk* central, quatre jeunes femmes en tenues strictes s'activent, répondent aux différentes lignes qui ne cessent de sonner. Je m'approche de l'une d'elles. La plus excentrée. La plus jeune, aussi. Elle doit avoir mon âge. Elle me salue poliment, puis me demande en quoi elle peut m'être utile. C'est idiot, mais je suis impressionnée. Je ne suis jamais venue dans ces locaux. Je n'ai encore jamais rencontré ce Mr Rochester-là, le fondateur et actionnaire majoritaire.

– Mr Rochester est en rendez-vous à l'extérieur, répond la secrétaire. Vous êtes ?

– Sidonie Merlin, j'ai besoin de le voir de toute urgence ! Pouvez-vous me dire où il se trouve ?

– Impossible, je ne suis pas autorisée à…

– Je suis la nanny de sa fille Birdie, m'impatienté-je en décochant mon seul argument valable. Et c'est une urgence !

– Ah, la petite Birdie ! Ça change tout ! Je vais tâcher de me renseigner, ne bougez pas…

Elle s'éclipse dans ses ballerines fleuries qui semblent flotter sur le sol ciré, puis revient presque illico, en agitant les mains – ce que j'interprète comme un « Victoire ! »

– Ce n'était pas indiqué sur son planning, donc je suis allée interroger son assistant personnel, me raconte-t-elle, ravie de sa petite aventure. Apparemment, il y a de bonnes chances pour que Mr Rochester soit au Albion. Il invite beaucoup d'investisseurs là-bas.

– Espérons que la chance soit de mon côté, alors ! dis-je en la remerciant.

– Oui. Puisse le sort vous être favorable… sourit-elle en me faisant un clin d'œil.

Fan de Hunger Games : check !

Mon marathon-taxi reprend : cette fois, je tombe sur un jeune Black à dreadlocks, qui écoute du Bob Marley à fond. Excitée comme une puce à l'idée de retrouver Emmett et de lui annoncer la bonne nouvelle – j'ai enfin de quoi museler Mathias – je me prends au jeu et chante « No Woman, No Cry » à tue-tête.

Ce qui me vaut des regards langoureux depuis le siège conducteur… Se taire, c'est bien aussi.

Quinze minutes plus tard, je remarque à peine la décoration raffinée, la douce musique jazzy et les odeurs divines qui valent au bar lounge une solide réputation. Je m'y suis engouffrée avec pour seul objectif de localiser mon milliardaire et de parvenir à lui parler.

Mes yeux se promènent absolument partout. Rien dans la salle principale, mais je ne me laisse pas abattre. Je prends le couloir, direction les « petits salons privatifs » et observe discrètement ceux qui les occupent. Emmett se trouve dans le dernier, le plus isolé, le plus sélect. Et il est en compagnie de Mathias.

Le blond et le brun face à face. Encore… Emmett va-t-il lui arracher la tête ou seulement la jugulaire ?

Je n'ai pas vraiment le temps de me poser la question. Ni de paniquer, ni de faire des pronostics, ni de les interrompre. Mon cœur manque un battement lorsque, depuis ma cachette, je vois les deux hommes faire un échange. Mon Lord remet une mallette noire à mon ex et reçoit une grande enveloppe en retour. D'où je suis – dissimulée derrière un grand paravent, juste à l'entrée de la pièce – je peux tout entendre et tout observer, à travers les fines rainures.

Ils ne me voient pas, je vois tout.

La mallette contient des liasses de billets. Un bon gros paquet de dollars. L'enveloppe, elle, renferme le manuscrit – sûrement l'original – ainsi qu'une petite clé USB argentée. Je me mords les joues pour ne pas crier, préférant attendre avant d'intervenir. Ces deux-là ont peut-être encore des choses à se dire…

– On est d'accord que cette ignominie ne paraîtra jamais ? gronde Emmett en agitant le paquet de feuilles d'une main et en serrant la clé USB de l'autre. Que votre idée folle de me tourner en ridicule est bien morte et enterrée ?

– Si les dix millions y sont, vous ne risquez rien, sourit froidement Mathias. Et j'ai signé vos documents. Je suis dépossédé de mon roman.

– Cachez votre joie, monsieur Prévost… Et les dix y sont, je suis un homme de parole.

– C'est ce qu'il paraît. Sidonie n'a pas manqué de me l'affirmer. D'ailleurs, comment va-t-elle ?

Elle t'enfoncerait bien un pic à glace dans le cœur ! Ou n'importe quel objet pointu, aiguisé ou tranchant, d'ailleurs.

– Laissez-la en paix, Prévost, grogne Rochester. Vous l'avez suffisamment accablée. Elle ne méritait rien de tout ça…

– Comme vous voulez, hausse-t-il nonchalamment les épaules. En tout cas, si vous souhaitez en savoir plus sur elle, n'hésitez pas à jeter un œil à ces lignes, avant de les brûler.

Qu'on me donne un bidon d'essence et des allumettes !

– Vous croyez vraiment que je compte vous faire ce plaisir ? riposte Emmett, agacé.

– Ne le faites pas pour moi, faites-le pour vous. Croyez-moi, ça pourrait vous être utile. Sidonie Merlin n'a rien d'un ange. Or, il me semble que vous lui avez confié le vôtre…

– La page est tournée entre elle et moi, il est temps qu'elle se réalise, qu'elle vole de ses propres ailes. Fichez le camp, Mathias, soupire le géant blond. Vous avez eu votre argent, cessez de vous acharner.

Le cœur piétiné par ce que je viens d'entendre, je continue à les épier, ne sachant pas quoi faire de mieux – ni de pire. Le brun véreux ricane, caressant le contour de sa mallette. Face à lui, Emmett se penche en avant et ajoute tout bas, en le massacrant du regard :

– J'oubliais. Refaites une seule fois référence à ma fille et je vous arrache les yeux.

Mathias se tend perceptiblement, hésite à prolonger la joute verbale, mais préfère se retirer. Il se lève et sa grande silhouette longiligne disparaît de l'autre côté des tentures. Heureusement pour moi, il est sorti de l'autre côté. Heureusement pour lui, aussi…

Tout ce que je sais, c'est qu'Emmett ne veut plus de moi.

Une fois encore, je ne pensais pas pouvoir tomber plus bas. Et pourtant… Mes poumons se remplissent de cristaux de glace, ma respiration se bloque lorsque je découvre l'homme de ma vie penché sur l'immonde manuscrit. Ses yeux voient défiler les lignes, sa main tourne lentement les pages. Il connaîtra bientôt des détails de ma vie, de mon passé, qui n'appartiennent qu'à moi.

Mathias a tout gagné. Emmett a sauvé sa réputation. Et moi, j'ai tout perdu.

VI

SOLITAIRE

26

NOBODY PUTS BABY IN A CORNER

Emmett, c'était un peu mon Patrick Swayze à moi…

Sublime, hypnotisant, sombre, brûlant…

Sauf que le Dirty Dancing avec lui, c'est terminé.

« Entre elle et toi, c'est Birdie que je choisis. » Comment aurait-il pu en être autrement ? Mon Lord a agi comme l'aurait fait n'importe quel père – excepté le mien : protéger sa fille à tout prix, quitte à ce que tout le reste s'écroule, s'évapore en fumée.

Je devrais le comprendre, l'admirer, même, pour cet acte courageux, ce sacrifice, cette ultime preuve d'amour. Mais les jours passent et je ne l'admets pas. Emmett a géré la crise, il s'est débarrassé de la menace Mathias, le roman-vérité ne paraîtra jamais… Alors pourquoi ne revient-il pas me chercher ?

Il sait où je suis. Il sait que je n'attends que lui…

Mon esprit torturé s'égare beaucoup trop loin, depuis que j'ai quitté la *townhouse*. J'imagine ma petite rouquine dans les bras d'une autre que moi. Une nanny qui m'aura remplacée. Une jeune femme d'une beauté incroyable, aux manières irréprochables, au phrasé parfait, dont le chignon ne se défait jamais. J'ignore qui elle est, mais je la hais. Surtout lorsque j'imagine mon colosse blond lui rendre visite, la nuit.

Il ne ferait jamais ça…

Avec moi, c'était différent.

« À moins que »… C'est ce qui me fait déraper. À moins qu'il ressente le besoin de s'abandonner avec une autre que moi, pour m'oublier ? À moins qu'il ait lu les horreurs de Mathias et qu'il me déteste, qu'il veuille me punir ? À moins qu'il ne m'ait jamais réellement aimée, que je n'aie été qu'un pion, dans toute cette histoire ?

Ça, je ne peux pas y croire !

– Sid, reviens parmi nous et bouge-toi, on va être en retard !

Je sursaute en voyant la tête de ma jumelle passer l'encadrement de la porte. Depuis une semaine, j'ai récupéré ma chambre – Jasper a écopé du canapé du salon – et j'en ai fait mon sanctuaire. Tous mes souvenirs des Rochester y sont entreposés, à droite à gauche. J'ai tout emporté avec moi : photos, vêtements, bijoux, livres, petits et gros cadeaux. Je les garde précieusement près de moi, revivant chaque moment. Ils sont la preuve que je n'ai pas rêvé. Que ces six derniers mois ne sont pas un fantasme. Qu'il m'a aimée.

– Sid, j'ai eu du mal à t'avoir ce job ! Magne-toi, mets ton uniforme et *let's go* !

La voilà repartie en direction de la salle de bains. Assise sur mon lit, je contemple une seconde l'idée de l'y enfermer pour le reste de la journée. Histoire d'avoir tout le loisir de ressasser encore et encore, dans cette même position, dans cette même pièce qui me confronte à tous mes regrets. Mais Joe me le ferait payer tellement cher, que je capitule. J'enlève mon pyjama en pilou et enfile la robe noire ultra-courte et ultra-moulante qui me sert d'uniforme. Des collants couleur chair, des escarpins et un duffle-coat plus tard : je suis prête avant ma sœur. Un record.

– C'est pas possible, t'as vu ta tronche ?! s'écrie la brune en me trouvant dans l'entrée. Viens !

Elle me plante devant le miroir de la salle de bains. Je confirme, ce n'est pas beau à voir. En un claquement de doigts, Joe est partout à la fois et grommelle en s'activant autour de moi. Laque. Fond de teint. Mascara. Eye-liner. Rose à lèvres. Quelques gouttes de Guerlain.

– Je sais que Noël approche, mais si je pouvais ne pas ressembler à un *Christmas tree*...

– Si tu me fais arriver en retard, tu vas voir ce que je vais faire à tes boules, sourit-elle malicieusement.

– Ce job est naze, Joe.

– Je sais, mais pour l'instant c'est tout ce que je t'ai trouvé, soupire-t-elle en me faisant signe de récupérer mon sac à main.

– Je n'ai pas besoin d'argent, j'ai beaucoup mis de côté. Je pourrais...

– Tu pourrais quoi ? Te morfondre pendant les trois prochains mois ? Rester assise sur ce foutu lit et fixer le mur ? Je sais que ce boulot d'hôtesse n'est pas l'idéal, mais au moins ça t'oblige à sortir de chez toi ! À parler, sourire, marcher, bouger, vivre ! Et je peux garder un œil sur toi...

– Ça veut dire quoi, ça ? haussé-je vivement les sourcils.

– Que je ne sais pas de quoi tu es capable. Tu l'aimes tellement, ce con, que... Bref, je préfère ne pas le dire à haute voix.

Elle ouvre grand la porte, crie à Jasper qu'on « se taille », puis me fait signe de sortir avant elle. Je m'exécute mais m'arrête à mi-chemin pour me retourner vers elle.

– Joe, je ne ferai jamais ça. J'ai le cœur en morceaux, mais je t'ai toi... Je ne te ferai jamais ça, insisté-je en retenant mes larmes.

– Tant mieux, sourit-elle doucement. N'empêche que tu viens bosser avec moi, pas le choix ! grogne-t-elle à nouveau en me poussant vers les escaliers.

– Talons de douze ! crié-je en manquant de m'étaler.

– Oups, désolée, parfois j'oublie que tu es sapée comme une… une… rigole-t-elle.

– Une quoi ?

– Une fille de mauvaise vie !

– Ouais, lui réponds-je en souriant jaune. La faute à qui ?

C'est mon troisième soir au Crazy Monkey et je constate que c'est toujours le même refrain. Postée à l'entrée du bar, je réceptionne les clients qui ont pensé à faire une réservation. Les tables du fond s'arrachent et je passe mon temps à refouler les petits malins qui tentent de s'incruster sans y être invités. J'ai souvent droit à des regards enjôleurs ou excédés, à des paroles aguicheuses – parfois outrancières – mais je fais tout mon possible pour rester digne et courtoise. Ce boulot, je n'en ai pas besoin au sens strict, mais Joe a raison : il m'aide à garder les pieds sur terre.

Pendant que je cavale sur mes talons, ma jumelle fait – littéralement – flamber le bar. Son attitude impériale, son sex-appeal, son magnétisme rassemblent des foules. Des dizaines d'hommes profitent du spectacle, s'en mettent plein les yeux – pendant que Joe s'en met plein les poches. Je ne sais pas comment elle parvient à rester impassible. À supporter tous ces regards braqués sur elle. À sentir le désir de ces hommes, à les provoquer, sans avoir peur. À sa place, je serais terrifiée.

Elle sait pourtant de quoi certains sont capables…

Vers deux heures du matin, les portes jaunes se referment enfin derrière nous. Joe plaisante quelques minutes avec ses collègues, puis place son bras sur mes épaules en prenant la direction de la borne de taxis. Une nouvelle vague de tristesse vient d'emporter mon sourire – elles surviennent sans prévenir – ma jumelle l'a senti.

Elle ouvre la portière du premier taxi. On s'engouffre à l'intérieur.

– 26, Cleveland Street ! Et pas de détours ou de faux raccourcis, on est d'ici, balance-t-elle au chauffeur en même temps qu'un clin d'œil.

– Dommage, rigole le trentenaire. J'ai rarement une aussi belle cargaison…

– Le feu est vert, grince Joe en lui faisant signe de conduire.

Je pouffe légèrement, sans savoir où j'en suis entre rires et larmes.

– Tu sais, ça ne fera pas toujours aussi mal, chuchote-t-elle en faisant grincer la banquette en cuir à côté de moi.

– Il paraît… articulé-je, la gorge serrée.

– Tu ne dois rien regretter, chérie. Les regrets, ça empêche d'avancer. Ton histoire avec Emmett t'a apporté plein de choses. Des bonnes choses.

– Comme ? demandé-je, un peu inquiète de la réponse.

– Du fric à gogo. Des goûts de luxe…

– Joe… soupiré-je.

– Sérieusement, je pense que t'occuper du machin, ça t'a aidée à laisser partir maman.

– Oui, je crois aussi. Ça m'a apaisée, soufflé-je, à nouveau au bord des larmes.

– Ah, et surtout ! bondit la pile électrique à ma gauche. Mathias a disparu pour de bon ! Pas de news depuis la transaction avec Emmett ?

– Non, rien du tout. Il a eu ce qu'il voulait, je crois que je ne l'intéresse plus. À ses yeux, je n'ai plus aucune valeur, je suis un produit périmé, maintenant.

– Voilà, Emmett a pris la fuite, mais au moins il a emmené l'autre psycho dans sa course ! résume ma sœur.

– Youpi ! souris-je faussement en secouant les mains.

– Sid ?

– Hmm ? marmonné-je, la tête tournée vers la vitre.

– Tu veux te faire un petit extra, cette nuit ? murmure-t-elle en ricanant.

– Quoi ?

Je me tourne vers elle et suis son regard. Le chauffeur est en train de mater mes jambes. Mes cuisses, plus précisément, à peine recouvertes par ma micro-robe.

– Seulement si on fait ça en famille, souris-je vicieusement en fixant son décolleté plongeant.

– Sidonie Merlin, tu as l'esprit aussi mal placé que moi ! Tu ne peux pas savoir comme je suis fière !

Quelques rues plus loin, nous pouffons encore en descendant du taxi – après avoir payé le conducteur en monnaie, plutôt qu'en nature.

***

Deux semaines. Les deux semaines les plus longues de ma courte existence. Aucune nouvelle de lui, ça me tue. Mon corps souffre de ce manque. Ne plus le voir, le sentir, le toucher, le goûter. Mon estomac est en berne : d'aussi loin que je m'en souvienne, l'aiguille de la balance n'a jamais pointé si bas. Les tentatives de gavage de Joe restent vaines.

Moralement, c'est pire. Les crises de larmes sont toujours aussi imprévisibles, toujours aussi nombreuses. Je broie du noir matin, midi et soir. J'essaie de ne pas être un total cliché, de lutter, de profiter des choses simples, mais sans jamais y parvenir. Mes nuits sont agitées, mes songes remplis de visions effrayantes. Et de lui. Ténébreux, magnétique, tendre, dominant. Je caresse ses cheveux blond cendré dans mes rêves. J'embrasse ses lèvres pleines. Je me love dans son cou, m'agrippe à ses épaules carrées, le supplie de ne plus jamais me quitter. Chaque réveil est un peu plus douloureux.

Mais je n'ai pas le choix, je dois m'accrocher...

– Jus d'oranges pressées par mes petites mains ! annonce joyeusement Jasper en venant déposer un grand verre sur ma table de nuit.

– Joe fait la grève ? souris-je pour le remercier.

– Elle est de grasse mat', ce matin. Je me suis dévoué, rigole doucement le hipster aux yeux doux.

– Je sais la chance que j'aie de vous avoir tous les deux. Je n'oublierai jamais tout ce que vous...

– Tss, m'interrompt-il en s'asseyant sur mon lit. On t'aime, c'est aussi simple que ça. Et de nous trois, tu es la seule à être assez courageuse pour croire en l'amour. Tu as tenté ta chance, Sid, tu as voulu y croire et c'est tout à ton honneur ! Et rien ne dit que c'est vraiment terminé...

– J'essaie de m'en persuader... pour ne pas me casser la gueule une millième fois.

– On ne sait jamais de quoi demain sera fait... philosophe-t-il en me tendant mon verre.

– Merci pour cette séance, Dr Jaz. Je vous dois quelque chose ? souris-je.

– Bois ça cul sec et on sera quittes.

Mon colocataire a finalement accepté de couper la poire en deux avant de s'éclipser : nous avons partagé les vitamines C. À nouveau seule, avec pour ligne de mire un plafond sans intérêt, je tente de me secouer. Mentalement, parce que l'énergie me fait atrocement défaut.

La sonnerie aiguë de mon téléphone me sort de ma bulle. Un coup d'œil sur l'écran et je suis en transe : le numéro de la *townhouse* s'affiche. « EMMETT » défile dans mon esprit en lettres capitales. Mon cœur tambourine, mes mains tremblent. Je me redresse contre la tête de lit, me racle la gorge plusieurs fois, humecte mes lèvres, puis décroche, totalement en panique :

– Allô ?

– Bonjour Sidonie, Imogen à l'appareil, entends-je en me mordant la joue pour ne pas pleurer – de déception. Je ne vous dérange pas ?

– Non, Imogen, vous ne me dérangez pas, réponds-je robotiquement, au bord des larmes.

– Vous manquez à tout le monde ici, dit-elle tristement. Birdie vous réclame sans cesse, j'ai fini par craquer, j'espère que vous ne m'en voulez pas. Mr Rochester m'avait demandé de ne pas vous contacter, mais…

– Et j'ai insisté pour qu'elle le fasse ! la coupe Connor en s'emparant du combiné. Sidonie, il a fait une erreur monumentale en te laissant partir ! Reviens ! Tout peut encore s'arranger…

– Connor… pleuré-je en riant, à présent. Tu me manques aussi mais je ne suis plus la bienvenue là-bas.

– Il regrette sa décision, j'en suis certain. Il est allé s'isoler dans le Dorset pendant une éternité, il vient de rentrer. Et je suis prêt à parier que vous avez la même mine à faire peur, tous les deux !

– Connor, ça ne se fait pas ! entends-je Imogen grommeler, puis récupérer le combiné. Sidonie, Birdie veut vous parler…

Je renifle discrètement, ravale mes larmes et affiche un faux sourire – comme si le petit monstre pouvait me voir…

– Dodie ! Ici Beudie !

Les vannes s'ouvrent. Les larmes ruissellent sur mes joues alors que je tente de puiser dans mes dernières ressources pour lui parler joyeusement. Je lui raconte que je suis en voyage, que je pense à elle tous les jours, qu'elle doit continuer à apprendre le français avec Imogen, que doudou Lapin me manque et que je mange parfois de la purée de carottes en pensant à elle. Elle me demande si je vais revenir. Je pleure de plus belle, serre les dents et lui réponds qu'un jour, on se retrouvera. Elle sera peut-être grande, mais ça arrivera.

Connor pique à nouveau le téléphone, me dit d'y croire, de ne rien lâcher, de faire le premier pas s'il le faut. Il me dit que ma place est parmi eux. Qu'Emmett n'est plus que l'ombre de lui-même depuis mon départ. Que si je veux le récupérer, je vais devoir aller le chercher.

Lorsque je raccroche, mes larmes ont séché, mon esprit grouille d'idées et mon énergie est miraculeusement de retour.

Emmett Rochester, je suis prête pour le duel !

***

Ses yeux de loup, légèrement plissés, c'est tout ce que je vois en tournant la poignée. Je m'apprêtais à arpenter tout Londres pour le retrouver… il est derrière ma porte.

L'une de ses grandes mains posée à plat contre le mur en crépi, Emmett me fixe intensément et attend que je l'autorise à entrer. Ses yeux descendent sur ma bouche, mais le choc m'a rendue muette. Mon cerveau affolé est trop occupé à parcourir chaque millimètre de son visage pour produire le moindre son, la moindre phrase intelligible.

– Je peux ? finit-il par souffler en faisant un signe de tête vers l'intérieur de l'appartement.

Je m'écarte lentement, acquiesce. Il entre en me frôlant au passage. Ma peau est en feu. Mon cœur menace de s'extraire de ma poitrine tellement il bat fort.

– J'allais partir à ta recherche, murmuré-je enfin en maintenant une distance entre nous – alors que je rêve qu'il fasse le contraire.

Ses iris noirs me parcourent sans cesse, Emmett guette chacune de mes réactions, analyse chacun de mes mouvements. Son teint est pâle, ses cernes creusent des sillons sous ses yeux, son costume est froissé, sa cravate desserrée, il a l'air épuisé. Ce qui nous met à égalité.

– Tu m'as… horriblement manqué, soupire-t-il en passant sa main dans ses cheveux en bataille.

– Tu as fait ton choix, Emmett.

Notre danse habituelle reprend : il fait un pas vers moi, je recule. Et vice versa.

Je ne sais pas quelles sont tes intentions, Rochester…

– J'ai la tête dure, je le sais. J'ai merdé, Sidonie. Je suis allé beaucoup trop loin en te chassant de ma vie, c'était une erreur monumentale. J'ai cru un instant que tu ne te préoccupais pas du sort de Birdie ni du mien. Que tu t'en foutais, de nous… murmure-t-il tristement, en haussant les épaules.

Son regard noir paraît si clair, si pur…

Frissons.

– Mais j'ai eu le temps de réfléchir, continue-t-il en faisant tourner sa montre suisse autour de son poignet. Et j'ai fini par réaliser que tu n'étais pas égoïste, que tu n'étais pas faible, que tu étais juste… humaine. Et que tu avais peur que les manigances de Mathias réussissent à nous séparer, à nous briser. Que si tu ne m'as rien dit avant, c'est que tu étais terrifiée. Et ça, je l'ai compris en étant plongé dans la même obscurité. Loin de la femme que j'aime. Le manque de toi, la crainte de t'avoir perdue à jamais, d'avoir tout fait foirer : c'est un fardeau trop lourd à porter. Je ne sais pas comment, Baby, mais je vais me faire pardonner…

– Merci de confesser tout ça, souris-je timidement. Te pardonner, c'est une chose, mais où est-ce que tout ça va nous mener ? demandé-je, trop perdue pour prendre conscience de la ferveur de ses mots.

Son regard se promène partout sur mon visage, à la fois soucieux et perçant.

– J'ai vu Mathias, avoue Emmett de sa voix rauque et profonde. Il ne peut plus nous nuire. J'ai fait en sorte que son roman disparaisse, il a signé tout ce qu'il fallait pour enfin nous foutre la paix.

Je l'observe et devine la tempête intérieure qui se déchaîne en lui. Je sens qu'il est aussi déstabilisé que moi, à cet instant. Qu'il est dépassé par ses sentiments. Mon Lord n'est pas le genre d'homme à céder sous la pression, à qui l'on fait dire une chose, puis son contraire. Emmett Rochester est l'homme le plus droit de l'univers, et moi, Sidonie Merlin, je l'ai fait zigzaguer. Il n'a pas pu faire autrement. Je comprends qu'il m'aime encore. Vraiment.

Et je suis sous le choc tellement j'ai du mal à y croire...

– On est libres, Sidonie.

– Mathias n'était pas le seul obstacle, dis-je tristement. Il n'est pas le seul à nous avoir détruits.

– Non. Il y avait aussi...

– Le secret, le coupé-je d'une voix acide.

– Je ne sais plus faire, Sidonie... murmure-t-il, un peu fébrile.

– Faire quoi ? M'aimer en cachette ? Nier qui je suis vraiment ? Me réduire à néant ?

– Te mentir.

– Qu'est-ce que je suis censée comprendre ?

– Que je ne peux plus vivre sans toi, susurre-t-il, en s'adossant prudemment au mur. Que je t'aime comme je n'ai jamais aimé.

J'écarquille un instant les yeux, touchée en plein cœur. Robyn était la femme de sa vie jusque-là.

Il est vraiment en train de sous-entendre que...

– Je suis malheureux comme les pierres, sans toi. Je suis inquiet. Je me demande à chaque instant ce que tu fais, avec qui, ce que tu ressens... Birdie ne s'en remet pas non plus, continue-t-il sans jamais me quitter des yeux.

Sa voix est voilée, j'y décèle un mélange de force et de fragilité. Il n'a aucune idée de ce que je vais lui répondre. Il se met à nu, mais reste méfiant. Même lorsqu'il doit se faire pardonner, Lord Rochester refuse de totalement s'abaisser. Sa fierté, encore et toujours.

Je n'en suis que plus folle de lui...

– Birdie m'aura oubliée dans quelques mois... reprends-je, en faisant l'obstinée.

– Non, justement. Parce que tant que je t'aimerai, nous serons liés tous les trois.

– Un jour, tu ne m'aimeras plus... soufflé-je, tout bas.

– Quand, Sidonie ? Dis-moi quand ! hurle-t-il soudain, les yeux traversés d'éclairs. J'ai beau lutter, tu es là, dans ma tête ! Tu refuses d'en sortir, tu t'accroches ! Et je ne veux pas que tu disparaisses, tu m'entends ! Je veux que tu restes ! Avec moi ! Avec nous !

Il se redresse et avance vers moi, le regard sombre, habité par une lueur éblouissante. Mes premières larmes coulent, ce que je viens d'entendre était au-delà de mes rêves les plus fous.

– J'ai essayé de t'effacer, Baby, grogne-t-il doucement en me serrant dans ses bras. Mais tu es en moi, tu es gravée…

Je me laisse aller contre lui, m'accroche à sa taille, enfouis mon visage dans son cou brûlant. Emmett est mon pilier, mon point d'ancrage. Je ne veux plus jamais m'en décrocher.

– Je m'étais juré de ne plus aimer, de ne plus souffrir, murmure-t-il à mon oreille. Je m'étais juré de ne pas chambouler Birdie, mais ces deux dernières semaines, c'est comme si elle avait perdu sa mère à nouveau. Sauf que cette fois, c'est toi. Et tu es là, bien vivante, tu es la pièce manquante du puzzle. Sidonie, je veux qu'on soit une famille, qu'on fête notre premier Noël ensemble. Je veux qu'on soit tous les trois, jusqu'au bout…

Je relève mon visage pour que nos yeux bouleversés se croisent, pour lui montrer à quel point je veux la même chose que lui. Un regard échangé et nos bouches s'abattent l'une contre l'autre. Ce baiser dure une éternité. Mon colosse et moi tournoyons dans la pièce en nous dévorant, jusqu'à notre dernier souffle. Dans ma tête, le même refrain…

« Je veux qu'on soit tous les trois, jusqu'au bout… »

27

ENSEMBLE, C'EST NOUS

Trois jours que je me réveille à ses côtés. Que je ne me lasse pas d'admirer son corps sculptural, que j'observe son torse se gonfler au rythme de sa respiration, que je caresse du bout des doigts le tourbillon gravé sur sa peau. Emmett m'a fait une place dans sa vie. Une vraie, cette fois. Imogen et Connor sont officiellement dans la confidence et d'après mon Lord, le mot va peu à peu s'étendre. Bientôt, toute la haute société de Londres saura que nous sommes un couple.

Que le milliardaire est tombé amoureux de la nanny.

Et qu'il assume ce coup du sort.

Mieux : qu'il en est fier.

– Tu crois que Birdie se doute de quelque chose ? murmuré-je d'une voix ensommeillée, en me blottissant contre lui.

– Oui, elle a beau être haute comme trois pommes, je crois qu'elle a très vite compris. Elle a senti qu'on était liés, toi et moi. Mais il faut qu'on y aille en douceur avec elle.

– Tu crois qu'elle pourrait être jalouse ?

– Je ne sais pas, mais je ne veux pas en arriver là. Je refuse de choisir à nouveau entre elle et toi… sourit tristement mon blond ténébreux.

Il m'embrasse sur le front, puis ses lèvres se posent sur mon nez, mon menton, mes lèvres. Je me serre un peu plus contre lui, il soupire de bonheur.

– Ça ne te fait pas peur, tout ça ? demandé-je en traçant une ligne imaginaire de ses pectoraux à son nombril.

– Quoi ?

– Que tout le monde sache.

– Non, je suis prêt. On se cache depuis trop longtemps.

– Tes associés, tes clients, tes beaux-parents… Ils risquent de…

– D'être heureux pour moi, point, me coupe-t-il en enfouissant son visage dans mon cou. Et s'ils ont quoi que ce soit à ajouter, je suis prêt à les remettre à leur place. Crois-moi, j'ai réalisé qu'ils ne faisaient pas le poids face à toi…

– Charmant ! ris-je pour le taquiner.

– Tu vois ce que je veux dire… Je me suis trop laissé guider par les convenances, le regard des autres, la crainte d'être jugé. Mais être privé de toi pendant deux semaines m'a fait un mal de chien. C'était l'électrochoc dont j'avais besoin.

– Tu dis ça maintenant, mais si tes amis te tournent le dos…

– Jude, Camilla et Serena sont déjà au courant et ils ne se sont pas enfuis dans la direction opposée, si ? rigole-t-il doucement.

– Jude se taperait bien ma sœur, Camilla se tape mon meilleur ami et, si tu veux mon avis, Serena a des vues sur moi. Logique qu'ils soient toujours là ! pouffé-je alors qu'il se plaque sur moi en grognant.

– Vous prenez un peu trop confiance, Miss Merlin. Je vais devoir vous recadrer !

Je glousse, alors que ses mains me maintiennent allongée sous lui et que sa bouche se met à me faire toutes sortes de sévices impardonnables et… exquis. La température grimpe à une vitesse folle dans mes appartements retranchés au dernier étage – que j'occupe encore pour l'instant, pour ne pas perturber Birdie –, nos soupirs longs et brûlants se font écho, nos mains, nos bouches, nos peaux se déchaînent, jusqu'à ce que…

Saloperie de babyphone !

Princess Rochester a toujours un timing impeccable…

En parlant du louveteau… Birdie s'est tenue à carreau le jour de mon retour – la joie de me retrouver, probablement – mais elle a vite retrouvé ses bonnes vieilles habitudes. J'ai d'ailleurs dressé un baromètre très spécial en son honneur :

0 à 5 caprices quotidiens : incroyable, mérite récompense !

6 à 10 caprices quotidiens : journée basique, tenir bon.

11 à 20 caprices quotidiens : comment s'appelle la SPA pour enfants, déjà ?

Imogen et moi nous partageons le boulot, de sorte que je puisse profiter de ma « nouvelle » idylle, et elle de sa semi-liberté. La nanny en chef est en rémission, mais ce n'est pas une raison pour se tuer à la tâche. Surtout que, malgré ce que je pensais, Birdie se révèle plus féroce avec elle qu'avec moi.

Jeune Étourdie vs Vieille Chouette : 1 – 0 !

Soyons honnête : Connor nous est bien utile, lorsque l'une et l'autre nous retrouvons démunies – ou que nos batteries sont à plat à force d'avoir été sollicitées. Le majordome semble flotter sur son petit nuage, ces derniers temps. Je le suspecte de plus en plus d'être amoureux – Imogen pense qu'il se drogue et fait partie d'une secte. « Bien trop guilleret pour être vrai », me répète-t-elle tout bas, lorsque le doux géant nous fait son show. Quoi qu'il arrive, il est toujours le seul à se dévouer pour les parties de cache-cache avec la rouquine. Et le pire, c'est qu'il le fait avec le sourire.

– Sidonie, j'ai une urgence ! beugle-t-il justement dans l'interphone. Ce foutu Dexter veut déterrer tous mes rosiers ! Les jardiniers sont censés aimer les plantes, non ? On ne va pas me faire croire qu'un véto tuerait un adorable chaton sans défense par plaisir ?!

– Toutes mes condoléances Connor, mais qu'est-ce que ça à voir avec moi ? ris-je en me retenant tout de même de glousser.

– Birdie est planquée quelque part au deuxième, viens la récupérer que je puisse aller sauver mes Madame A. Meilland !

– Madame quoi ?

– Les roses, Sidonie, les roses ! Elles ont un nom, comme nous, figure-toi ! Et comme les chatons ! Sauf qu'eux, on ne les…

Je lâche le bouton de l'interphone et abandonne le babycook pour trottiner jusqu'aux escaliers, en continuant de pouffer. J'ai parfois du mal à suivre Connor, nous n'avons pas forcément le même avis sur un tas de choses, mais j'éprouve une telle tendresse pour cet homme profondément humain – et un peu lunaire – que je m'exécute sans réfléchir. Je le croise justement au deuxième palier, il me remercie d'une tape dans le dos et me donne un indice pour retrouver la petite fugueuse :

– Dressing.

Je m'engouffre le long du couloir, passe chaque pièce jusqu'à la chambre d'Emmett, puis pénètre dans le fameux dressing – quinze mètres carrés, normal. J'appelle Birdie, tente de l'appâter, de la faire rire, mais le petit monstre est devenu maître dans l'art de se cacher – la faute à l'heure du bain et à celle de la purée de brocoli. Je m'accroupis pour inspecter le bas du dressing, fais glisser ma main le long des grandes étagères, elles sont vides, pour la plupart. Je répète mon geste, persuadée que la petite a trouvé refuge dans l'un des grands meubles, mais je ne trouve rien, si ce n'est un petit sac de bijoutier que je fais maladroitement tomber.

Tu sais ce qu'on dit de la curiosité, Sid…

Que c'est trop bon pour y résister !

J'ouvre la pochette dorée. Elle contient un écrin griffé « Astors and Stones, English Jewellers ». J'ai déjà entendu parler de cette bijouterie. La plus connue, mais aussi la plus hors de prix de toute la City.

Mes mains tremblent…

Je ne devrais pas…

Trop tard. L'écrin ouvert, un solitaire de la largeur de mon pouce manque de m'éblouir. Une pierre d'une taille et d'une brillance incomparables, montée sur un anneau en or blanc. Je n'ai jamais vu un bijou pareil, pas même dans les magazines. Mon cœur se met à battre à tout rompre, mon esprit divague.

Et si ce diamant était pour moi?

Emmett serait prêt à… me demander en mariage?!

Joie! Panique! Papillons! Oh, my God!

– Dodie, j'ai faim! me parvient une petite voix aiguë, à l'autre bout de la pièce.

Je tente de retrouver une contenance, range l'écrin dans la pochette, remets la pochette là où elle se trouvait, puis me tourne vers la rouquine – dont la tête sort au milieu des pantalons de costards.

– Ça tombe bien, moi aussi je meurs de faim… dis-je d'une voix de hyène.

Je me jette sur elle et fais semblant de la croquer, elle hurle de rire, puis me mets un pain – volontaire ou non, mystère – et je décide que la partie de jeu est terminée. Direction la cuisine pour le déjeuner.

J'ai changé d'avis : pas de brocolis à midi!

***

Un délicieux fumet s'échappe du four. Mon Lord est aux fourneaux et la vision que j'aie de lui – dos à moi, penché sur les feux, son fessier musclé moulé dans son jean – achève de me mettre en appétit.

Il est un peu plus de vingt heures et une fois de plus, Emmett est aux petits soins. Depuis mon retour à la *townhouse*, il tient à ce que nous profitions au maximum de ces instants privilégiés en tête à tête. Comme le ferait un couple « normal ». Évidemment, mon esprit s'affole lorsque je repense à ce solitaire… et au fait qu'un jour ou l'autre, il pourrait me faire sa demande.

J'en rêvais jusque-là… Maintenant, cette idée me paralyse.

Ce n'est pas un mythe : les femmes sont vraiment des chieuses!

– Je t'offre un peu de ma jeunesse… murmure-t-il en m'emprisonnant dans ses bras. C'était l'une des recettes fétiches de Mary-Jane, ma fidèle nanny qui s'est occupée de moi pendant plus de dix ans.

– Un mini-Emmett Rochester… J'ai du mal à l'imaginer, souris-je tendrement. Laisse-moi deviner, tu la rendais dingue?

– Tel père, telle fille, plaisante-t-il en faisant son air de gosse rebelle.

Il me claque subitement la fesse et m'invite à prendre place à table. J'obéis et profite du spectacle. Mon milliardaire coupe les feux, dresse les assiettes, ajoute une pincée d'épices et dépose le festin devant moi, en énonçant le menu comme le ferait un maître d'hôtel :

– Saumon mi-cuit à la vanille, polenta crémeuse à la truffe et céleri fondant.

Je pousse un petit cri d'émerveillement. Nos regards se croisent et mon géant blond se marre.

– Ne t'habitue pas trop à ça, Sidonie. Ce soir, je t'ai sorti le grand jeu !

Il s'installe en face de moi, tire rapidement sur la manche de son polo qui dévoilait son biceps et s'attaque à son repas. Il a l'air affamé. Mon appétit grandit de plus en plus, mais pas pour le contenu de mon assiette. Il relève ses yeux sombres et m'interroge silencieusement. Je rougis – il n'y a que lui pour me faire ça ! – et prends une première bouchée. C'est délicieux. Mais moins que ce que je vois.

– Un peu de vin ? sourit-il insolemment, conscient de mon trouble.

Je tends mon verre à pied en ignorant son sourire en coin. Quelques secondes plus tard, lorsque je trempe mes lèvres dans le châteauneuf-du-pape, il continue son petit jeu. Il m'observe de son regard le plus assidu. Je suis passée au microscope. Aux rayons X.

Cet homme est aussi obsédé par moi que je le suis par lui.

– Je croyais que les Lords anglais connaissaient les bonnes manières, murmuré-je en m'attaquant aux légumes.

– Je les connais, en effet. Lorsque je les oublie, c'est par ta faute.

– De quoi suis-je accusée, exactement ?

– D'incitation à… la gourmandise.

– Ça n'a jamais tué personne.

– Non, c'est vrai. Mais ça en a déjà rendu fou plus d'un…

– Tu ne seras jamais fou, Emmett. Tu es bien trop pragmatique pour ça.

– Là encore, je l'étais. Et puis tu as débarqué…

– J'aime beaucoup ce nouveau Mr Rochester, ris-je doucement. Surtout depuis que je sais que c'est moi qui l'ai créé…

– Je ne t'ai pas changée, moi, peut-être ? lâche-t-il en se calant contre le dossier de sa chaise et en plissant les yeux.

– C'est un concours ?

– Non, une simple question.

– Bien sûr que j'ai changé. Mais tu n'y es pour rien.

– Ah bon ? Et à qui doit-on la nouvelle Sidonie ? s'étonne-t-il en buvant une gorgée de blanc.

– À l'amour.

Un ange passe. Un ange aux ailes douces, soyeuses, caressantes, comme son regard sur moi.

– Excellente réponse, décrète-t-il tout bas.

– Je n'ai plus faim, murmuré-je à mon tour. Enfin, pas de ça…

Inutile d'en dire plus. Ses bras se tendent en avant, m'attirent contre lui et me mènent de force jusqu'au salon. Hilares, nous échouons sur le canapé où nous tentons de nous ébattre sans réveiller la maisonnée endormie.

Imogen serait ravie de nous voir les fesses à l'air…

Je suis vraiment en train de penser à elle, là, maintenant ?!

Ce duel torride fait de rires, de soupirs et de sensations bienfaitrices prend fin à une heure avancée de la nuit. Mon ventre gargouille. Ou peut-être est-ce le sien. Peu importe, nous filons à la cuisine pour déguster le dessert. Macarons rose-litchi et chocolat-passion. Pile dans le thème…

– Je ne sais plus quel matin, tu m'as demandé si ça me faisait peur, tout ça. Tu te souviens ? chuchote mon amant, adossé au frigo américain en face de moi.

– Oui.

– Je ne t'ai pas renvoyé la question, j'aurais dû.

– Peur de quoi ? Je n'ai pas de réputation à préserver, moi, souris-je en grignotant les contours de mon macaron.

– Est-ce que tu es certaine d'être prête à assumer cette vie ?

– Avec toi, oui ! réponds-je du tac au tac.

– Laisse-moi finir, sourit-il en croisant une jambe par-dessus l'autre. Tu as 25 ans, Sidonie. Tu es jeune, très jeune. Avant moi, tu étais libre. Ou presque, si on met de côté ton ex enragé.

– Et… ? m'impatienté-je, inquiète de la tournure que prend cette conversation. Rassure-moi, Emmett, tu n'es pas en train de faire machine arrière ?

– Si tu me laissais en placer une, tu saurais que non, souffle-t-il en me faisant signe de le rejoindre. Arrête de douter de moi. Viens. Viens là.

Il me prend dans ses bras et je me laisse aller contre son torse. Il sent si bon. Un mélange de fragrance boisée et de parfum naturel. Sa peau, je ne connais rien de meilleur.

– Je ne veux plus que tu sois la nanny de Birdie, je veux que tu sois bien plus. Il y a quelques mois, je l'ai empêchée de t'appeler « mama ». J'avais peur qu'elle s'attache trop à toi, j'avais peur que ça te fasse fuir. Mais on est tous les trois prisonniers, maintenant, parce qu'on ne peut plus vivre les uns sans les autres. Alors si tu acceptes, je vais la laisser t'appeler comme elle le souhaite…

Sa voix est rauque, un peu éraillée, marquée par ses émotions. En me parlant ainsi de sa fille, il vient à nouveau de me témoigner son amour, sa confiance, mais il vient surtout de franchir un cap.

– Tu fais partie du clan, Sidonie. Tu es l'une des nôtres, ajoute-t-il en déposant un baiser appuyé sur mes lèvres.

Je gémis sous ce baiser, une larme s'échappe sur ma joue et se répand sur nos bouches. Emmett se recule légèrement. C'est à mon tour de me dévoiler.

– Je n'ai jamais été aussi sûre d'être à ma place, soufflé-je. Je n'ai plus connu la paix intérieure depuis… neuf ans. Depuis l'enfant. Je pensais que survivre, jour après jour, ça suffisait. Et puis je suis tombée amoureuse de toi, amoureuse de ta fille et la vie a pris une autre dimension. Alors oui, Birdie peut m'appeler comme bon lui semble. Mais, je te préviens, je vais continuer à l'appeler « le monstre ». Parce que c'est exactement ce qu'elle est !

Mon milliardaire éclate de rire, me soulève du sol et me retient en hauteur, pour que nos visages soient au même niveau. Son regard m'émeut et m'excite à la fois. Il est sauvage, intense, frémissant. Puis ses traits se détendent et il se met à tourner, en riant. Pendant une éternité, dans cette cuisine plongée dans la pénombre, on tourne, tourne et tourne encore, comme deux gamins défiant la force du vent. Comme deux gamins survoltés par la force de leurs sentiments.

Qui d'autre que lui ?

Qui d'autre pourrait me faire ressentir ce milliard d'émotions crues, sublimes, pures, effrayantes, éclatantes ?

***

– Joyeux anniversaire, mon vieux ! clame Jude en levant son verre dans la direction de son meilleur ami. Que la vie te soit douce, à présent. Je crois que c'est bien parti…

Le dandy en costard bleu pétrole me balance un clin d'œil et la quasi-totalité des invités tournent les yeux vers moi. Je devrais être affreusement gênée, mais la main qui me serre m'encourage à sourire – tout simplement, sans rougir.

– Ils savent tous, maintenant. Et ils n'ont pas l'air de vouloir nous faire la peau… murmure mon Lord avant de me caresser la joue et de monter sur scène pour remercier tous les gens présents.

Nous sommes le quinze décembre, immergés dans un décor féerique au bord de la Tamise. Emmett Rochester fête ses 32 ans et je suis aux premières loges. Les trente et une années précédentes m'ont échappé, mais je ne compte plus rater quoi que ce soit de lui, de sa vie. Ce soir, j'ai été présentée à tous ses proches et je n'ai reçu que des mots sincères et des regards bienveillants. J'ai choisi d'ignorer Jasper et Camilla qui se bécotaient dans un coin, Jude et Joe qui se vannaient à tort et à travers : plus rien ne m'atteignait, si ce n'est un certain regard aux nuances de noir, dans lequel je pouvais lire tant de choses.

Mon futur, le sien, le nôtre.

28

WEEK-END À ROME

Toujours aucune nouvelle de la bague.

J'ai dû la rêver…

Si c'est le cas, je devrais peut-être m'inquiéter.

Y a-t-il un psy dans les environs ?

– Dodie ! Dodie ! Dodie !!!

La voix aiguë de Birdie me parvient dans le babyphone. Je l'ai couchée il y a moins d'une heure, mais apparemment la sieste est terminée. D'ordinaire, j'aurais tenté de l'ignorer un bon quart d'heure – une demi-heure – avant de la récupérer, de faire mes ongles, une partie de Candy Crush, un tour de jardin pour me calmer, mais aujourd'hui c'est différent. Aujourd'hui, le soleil de décembre est radieux, l'air est pur, la ville m'appelle. Et pas n'importe laquelle.

Rome !

Nous sommes en Italie pour trois jours et il me tarde de tout voir, tout découvrir, de prendre goût à cette fameuse dolce vita !

Et de narguer Joe en prenant des selfies absolument partout où je vais…

Je ne les envoie qu'à elle. J'avoue que j'aime ça, la torturer.

Cette échappée belle tombe à point, nous commencions à manquer d'air dans la *townhouse*. Depuis une dizaine de jours, la rumeur enfle et se répand un peu partout dans les rues de Londres. Apparemment, notre « amourette » – c'est comme ça qu'ils l'appellent – passionne les foules et certains paris ont été lancés. Si certains se réjouissent pour nous, ce n'est pas le cas de ceux qui pensent que je ne « passerai pas l'hiver ». D'autres me croient enceinte, seule raison logique qui pousserait un homme tel qu'Emmett à me fréquenter. Pas évident d'ignorer toutes ces accusations – bien que totalement infondées.

Ce changement de décor était le bienvenu.

Mon Lord nous a déposées au Palazzo Manfredi ce matin avant d'être réquisitionné par ses associés. Pris en otage par ses sbires – ses directeurs financiers – il m'a cependant juré de finir « tôt ». J'attends de voir. Pour ne pas dire que je n'en crois pas un mot. Mais en attendant, j'ai largement de quoi faire avec ma rouquine qui – en ce moment même – est en train de piétiner la moindre fleur qui a eu le culot de pointer ses pétales sur notre terrasse panoramique.

Elle hurle lorsque je la force à rentrer, lorsque je l'installe dans sa chaise haute, lorsque la cuisinière – Maria, une vraie merveille – lui dépose une verrine de panna cotta aux fruits des bois sous le nez. Puis elle se tait enfin en engloutissant son goûter et tout le monde peut se remettre à respirer. Je remercie la chef, qui s'éclipse en me rappelant qu'elle est disponible à tout moment.

Nous occupons le dernier étage de cet hôtel de prestige. Près de trois cents mètres carrés de confort, de luxe, de tapisseries centenaires, de mélange d'art ancien et contemporain, de vues somptueuses sur le Colisée. Ce matin, Birdie et moi avons testé la piscine chauffée et la salle de cinéma. Cet après-midi, l'un de mes rêves va se réaliser et je trépigne littéralement d'impatience – au point d'en oublier cette étrange histoire de solitaire… ou presque. Rome, j'en ai rêvé ! C'est encore l'inconnu pour moi, je me suis toujours contentée de fantasmer en m'imaginant arpenter les petites rues pavées de la ville éternelle… mais c'est sur le point de changer !

Tant de choses ont changé…

Grâce à lui.

Et à cette petite créature maléfique qui me torpille de ses yeux noirs en se demandant si je compte oui ou non la descendre de sa chaise haute.

La ville ensoleillée, vivante, bruyante, grouillante nous ouvre les bras. Birdie s'accroche à la poussette, à ma main – parfois à mon cou –, mon cœur bat en accéléré.

Nous avons filé en direction du Colisée, puis admiré le Palatin, tous deux situés dans le quartier de la Rome antique. Sur notre chemin, *Princess* Rochester a suscité beaucoup de sourires, de mots tendres ou affectueux, mais aussi quelques grimaces. Il faut dire que la patience d'un enfant de 2 ans et demi a ses limites et qu'un amphithéâtre, ça résonne… La solution : alléger le programme et le rendre plus *kid friendly*. Grignoter des fruits frais vendus dans les ruelles, flâner autour de la fontaine de Trevi, boire un chocolat chaud face au Panthéon. Le tyran en couche-culotte et moi avons réussi à trouver un terrain d'entente et la promenade s'est bien mieux terminée.

Ramener le colis en parfait état : done !

Le Vatican, la chapelle Sixtine et la mission shopping, ce sera pour demain.

Ils font garderie, au Palazzo ?

***

Le petit monstre dort à poings fermés, sous la surveillance de Paola, la baby-sitter surqualifiée fournie par le palace.

Lorsque je regagne ma chambre, je lâche un cri de surprise tandis qu'Emmett Rochester me regarde sans ciller. L'ombre d'un sourire flotte sur les lèvres de mon colosse blond, adossé à la tête de lit. Le choc passé, cette vision de lui m'émoustille. Même après tout ce temps, tout ce qu'on a traversé, partagé, le milliardaire aux yeux noirs me fait toujours le même effet – et je persiste à me comporter comme une trouillarde : plutôt qu'agir sans réfléchir, à l'instinct, je me contente de rester plantée là, à l'admirer. Comme si j'avais besoin qu'on me pince, pour y croire.

Cette force qui émane de lui… Cette beauté pure, hypnotisante, sauvage… C'en est presque douloureux.

Je défie quiconque de détourner les yeux d'un tel spécimen.

– Je t'avais dit que je rentrerais tôt… murmure-t-il d'une voix aguicheuse, en s'étirant.

Sur ce lit démesuré – un trois-places, bien que je ne compte le partager qu'avec lui – il semble immense. Une jambe nonchalamment croisée sur l'autre, les manches de sa chemise remontées, sa peau hâlée, sa barbe de trois jours et la façon insolente dont il jette sa tablette tactile sur le fauteuil d'à côté…

Mes neurones s'emballent. Mon cœur s'affole.

Sans parler du reste…

Je le rejoins en quelques enjambées, me glisse contre lui, l'embrasse délicatement sur les lèvres – juste le temps de sentir le sang bouillonner dans tout mon corps. Lorsque notre baiser s'intensifie et que sa langue se fait plus aventureuse, je lâche un léger gémissement et trouve le courage de reculer.

– Je ne crois pas en avoir fini avec vous, Miss Merlin, résiste mon Lord en m'emprisonnant dans ses bras.

– Si vous voulez profiter de moi, Mr Rochester, il va falloir me nourrir d'abord, ris-je en me débattant.

Quelques gargouillements plus tard, mon beau blond capitule. J'en profite pour lui échapper et me planter face au grand miroir baroque. Sous son regard joueur, je défais mon chignon, passe les doigts dans mes cheveux légèrement ondulés, puis tente d'accéder à la fermeture à glissière de ma robe, sans succès.

– Gogo gadgeto bras ! lâché-je en me contorsionnant.

– Putain, si on m'avait dit un jour que je tomberais amoureux de l'inspecteur Gadget ! se marre Emmett avant de se coller derrière moi.

Près. Vraiment très près...

Il s'attaque à ma robe, je le laisse faire, le souffle rapide, les jambes légèrement chancelantes. Sa bouche de velours se promène sur ma nuque alors que sa main droite ouvre lentement le tissu, me dénudant au ralenti.

L'érotisme à l'état pur...

Lorsqu'il ne me reste plus qu'un soutien-gorge *nude*, un string, un porte-jarretelles et des bas, lorsque ses bras enserrent ma taille et me forcent à me retourner, lorsque nos lèvres se retrouvent à nouveau, cette fois, je laisse libre cours à cette étreinte. En quelques secondes, j'atterris brutalement contre le mur, plaquée par ses mains divines.

Emmett joue avec moi. Il prend son temps, utilise chaque sévice à sa disposition pour me rendre folle : sa peau, sa langue, son souffle, son regard... À l'issue de ce corps-à-corps, ma jouissance est d'une telle intensité que pendant de longues secondes, mes yeux s'égarent, mon esprit s'évapore et mon corps flotte au-dessus de cet homme qui se trouve être le gardien de mon cœur, mais aussi celui de tous mes désirs.

– Il faudra que tu me racontes votre journée, me susurre mon Lord à l'oreille, d'une voix essoufflée.

– Pas la force... Trop affamée... gémis-je en touchant mon estomac vide.

– Moi aussi. Allons-y ! décide le géant blond en m'aidant à me relever.

– Où ça ?

– La Pergola. Rien de superflu, juste le goût de l'Italie ! sourit Emmett en imitant – sensuellement – l'accent d'ici.

« Rien de superflu ». Juste un établissement trois étoiles, une légende pour tous les gastronomes, un restaurant qui se trouve être le meilleur de toute la ville. Le décor est d'un classicisme stupéfiant. Dans cette grande salle panoramique, rien ne semble avoir bougé depuis deux ou trois siècles. Le sens du détail est maîtrisé à la perfection, notre maître d'hôtel est aux petits soins et le contenu de nos assiettes est... orgasmique. Fruits de mer, truffe, légumes du soleil marinés à l'huile d'olive, pâtes fines, risotto crémeux : mon Lord commande toute la carte et m'observe dévorer tous les plats, une lueur joyeuse, presque fière, dans les yeux.

– Je ne sais pas ce qui m'arrive. Un démon s'est emparé de moi... haussé-je les épaules en croisant son regard.

– J'adore ça, Sidonie, te voir manger avec appétit, sourit-il en portant sensuellement son verre à ses lèvres. Ça me donne envie de te goûter, te mordre, te croquer... Et de savourer...

– Tout est sexuel, avec toi, rougis-je légèrement – en adorant ce que je viens d'entendre.

– Lorsqu'il s'agit de ma nanny, oui, admet-il en riant.

– Ta quoi ? le menacé-je en pointant ma fourchette dans sa direction.

– Ma… moitié, corrige-t-il en me dévisageant tendrement.

J'acquiesce gaiement, satisfaite par sa réponse, je m'attaque au plateau de desserts multicolores et multicaloriques. La main de mon colosse se pose sur la mienne, m'arrêtant dans mon élan. Son regard intense plongé dans le mien, il se penche en avant pour murmurer :

– Je ne sais pas qui t'a envoyée à moi, jolie gloutonne, mais je ne compte pas te laisser filer.

– Tant que tu me nourriras aussi bien, je n'irai nulle part, gloussé-je en sentant mon cœur s'emballer.

– C'est bon à savoir, se marre Emmett avant d'arrêter brusquement un serveur. Où est le chef ? J'ai une proposition d'embauche à lui faire !

Dix fous rires, cent provocations et mille regards tendres plus tard, nous regagnons notre chambre du Palazzo et nous écroulons, main dans la main.

– Dieu merci, ce lit est prévu pour trois, commenté-je en caressant mon ventre plein et en m'étalant le plus possible.

Mon Lord baisse les yeux sur mon ventre et m'adresse un petit sourire en coin. Je sais déjà à quoi il pense… Ou du moins, j'espère viser juste.

– On tiendrait facilement à trois avec Birdie. Et peut-être même à quatre…

Alléluia…

Un enfant de lui… Mon rêve le plus fou…

Mais complètement prématuré.

Monsieur Joueur le sait pertinemment, il me provoque…

– À quatre ? me redressé-je brusquement en jouant l'idiote. Tu veux dire avec Froufrou, le caniche royal que tu comptes m'offrir ?

Emmett éclate de rire, puis grogne bestialement en m'attirant de force contre lui. La douceur s'impose alors et nous restons parfaitement immobiles, lovés l'un contre l'autre. En seulement quelques minutes, je sens déjà le sommeil s'emparer de moi.

– « Froufrou », non mais je rêve… murmure une dernière fois mon amant.

J'accepterais de troquer Froufrou contre cette sublime bague… Et la promesse d'éternité qui va avec.

Mais est-ce qu'il compte m'en parler un jour ?

Le solitaire, encore et toujours. C'est la dernière chose à laquelle je pense, avant de totalement sombrer.

***

Les rumeurs se sont tues. Emmett et moi, c'est officiel et ça n'intéresse plus personne. Les tabloïds sont passés à la victime suivante : une popstar à peine majeure qui aurait déjà subi plus de dix opérations de chirurgie esthétique…

OK. Notre « scandale » a définitivement été détrôné…

Londres nous accueille dans son manteau d'hiver et si je regrette déjà le soleil d'Italie, je ne suis pas fâchée de retrouver la *townhouse*. J'y suis chez moi.

À quelques détails près…

– Droite ! J'avais dit droite ! rigole Emmett en m'entendant insulter la terre entière.

Si je viens de me cogner le genou dans ce meuble – bétonné – c'est parce qu'un bandeau me couvre les yeux et que l'homme qui me guide n'a pas pu me protéger de ma propre maladresse.

– Bon, ça suffit, tu vas te tuer si ça continue ! gronde mon Lord en me soulevant soudainement du sol.

Je glousse, impatiente de découvrir ce que mon cachottier me réserve, jusqu'à ce que mes pieds touchent à nouveau le parquet lustré. Emmett défait le nœud derrière ma tête et compte jusqu'à trois. Enfin, mes yeux s'ouvrent et mon cœur s'arrête.

– Emmett ? tremblé-je en me retournant vers lui.

– Chut, dit-il en me caressant doucement la joue. Regarde.

Sa chambre, où je n'ai que très rarement mis les pieds. Celle qu'il occupait avec sa femme, Robyn. Celle qu'il conservait privée, comme un sanctuaire à la mémoire de son amour perdu.

– Robyn était trop présente entre ces murs, murmure mon amant comme s'il lisait dans mes pensées. Désormais, cette chambre c'est la nôtre. Tout a été repeint, transformé, remeublé pour que ça nous ressemble. Pour que tu t'y sentes bien.

– Je crois que je n'ai jamais rien vu d'aussi beau ! m'extasié-je en promenant mon regard partout.

– Même pas le Palazzo Manfredi ?

– Même pas ! Oh, ce tableau ! m'écrié-je. Il était dans la petite galerie de Notting Hill que j'ai découverte avec Joe… Comment tu as su ?

– Ta sœur, justement. Je dois reconnaître qu'elle m'a beaucoup aidé, sourit mon Lord en s'approchant de moi.

– Emmett, c'est magnifique. Je… Tu… balbutié-je, les larmes aux yeux.

– Ne dis rien, Baby. Je l'ai fait autant pour moi que pour toi, murmure-t-il en m'embrassant tendrement. Bienvenue chez toi…

Ne me pincez pas ! Je ne veux plus jamais me réveiller…

***

– Bon, reprend Joe en repoussant son verre et en comptant sur ses doigts. Un : vous deux, c'est officiel. Deux : tu n'as plus à craindre le fantôme de son ex. Trois : tu seras bientôt milliardaire.

– Quoi ? pouffé-je. C'est nouveau, ça !

– Tu crois que cette bague signifie quoi, Bécassine ? Il s'apprête à te la passer au doigt !

– Qu'est-ce que tu en sais ?

– On parie, sœurette ? Je mise dix millions. J'ai toujours rêvé de prendre ma retraite avant 30 ans, sourit-elle en hélant un serveur. La même chose, Vin Diesel, mais cette fois n'oubliez pas l'alcool ! À moins que vous me laissiez passer de l'autre côté du bar pour me servir moi-même ?

Le jeune homme – rasé, yeux clairs et énormes biceps : tout à fait le genre de ma nympho de sœur – qui la bouffait jusque-là des yeux ne semble plus d'humeur. Vexé, il la fusille du regard avant de s'éloigner en traînant des pieds.

– Voilà ce que c'est que de choisir un bar parce qu'il est « hype »... grommelle ma jumelle. Le Crazy Monkey ne paie pas de mine, mais au moins on ne lésine pas sur la marchandise, là-bas !

– Désolé, Polly et Pocket, je suis là ! débarque Jasper, essoufflé. Je suis le seul mec ?

– Emmett garde Birdie, Imogen était fatiguée, expliqué-je sommairement.

– Ouais, ne change pas de sujet, Roméo, c'est toi qui nous intéresses. Camilla a levé ton couvre-feu ? se marre la brune, alors que je ris jaune.

– Ça va, vous deux, foutez-moi un peu la paix et parlez-moi de vous ! grimace le hipster en vidant mon verre.

– Sid va se marier, s'inscrire à un club de bridge et pondre huit gosses. Moi je vais ouvrir un bar digne de ce nom et consommer des mecs sans modération.

– Comme si ce n'était pas déjà le cas... rétorqué-je en lui donnant un coup d'épaule.

– Pourtant, son petit cœur est pris... ajoute Jasper.

– Fais gaffe à ce que tu dis, toi, le menace ma sœur.

La deuxième tournée arrive, suivie rapidement du demi-litre de bière de notre colocataire chevelu. Les enceintes crachent de la musique pop à plein volume, nous obligeant à hausser le ton.

– Non mais sérieusement, Joe. Tu te vois avec lui ? insiste Jasper – en ignorant probablement qu'il est à deux doigts de se faire couper la... langue.

– Oui, Joséphine, sérieusement, tu te vois avec Jude ? répété-je d'une voix de peste, en papillonnant des yeux.

– Vous allez arrêter, avec ça ? grogne-t-elle.

– Tu passes ta vie à nous rentrer dedans, c'est naturel qu'on te rende un peu la pareille, non ? souris-je malicieusement.

– Je suis attirée par lui, ça s'arrête là.

– Attire-le dans ton lit, alors ! la défie Jasper. Tu pourrais te l'offrir pour Noël…

– Peut-être un jour…

– Joséphine Merlin, tu as peur mais tu ne l'admettras jamais ! ris-je.

– Qu'est-ce que ça peut vous foutre, à la fin ? s'emporte-t-elle. Oui je me le taperais bien, il est canon, il m'intrigue, c'est un challenge, c'est tout ! Je n'ai aucun sentiment. Ni pour lui ni pour personne !

Sur ce, elle saute de son tabouret et se rend jusqu'à la table d'à côté où discutent calmement trois mecs. Ma jumelle – qui n'a vraiment peur de rien – colle sa bouche sur celle de sa première victime – un beau Black aux yeux verts – puis s'approche dangereusement de la suivante.

– Je continue ? lâche-t-elle, d'une moue arrogante, en nous fixant.

– Non, laisse ces pauvres bougres reprendre leur soirée, se marre Jasper. Je crois qu'ils ont peur d'être mangés…

– En tout cas, ton petit show ne prouve strictement rien, si ce n'est que tu n'assumes pas… souris-je en la voyant revenir. Jude Montgomery te fait perdre les pédales…

– Sid, je t'aime, mais tu es une sacrée emmerdeuse.

– Joe, je t'aime, mais tu es une sacrée froussarde.

1 partout. Match nul.

29

ALL I WANT FOR CHRISTMAS IS…

Mayfair a revêtu ses plus beaux atours. Dans son habit de lumière, chargé par l'électricité des sourires et des embrassades qui peuplent ses rues, le quartier le plus féerique de Londres se prépare aux fêtes de Noël comme aucun autre. L'air est glacé, la nuit noire, mais l'atmosphère qui s'empare des trottoirs a quelque chose de magique. Quelque chose qui vous fait croire que tout est possible. Qu'en y croyant un peu, juste un peu, votre rêve le plus fou pourrait bien se réaliser.

Lui et moi… ad vitam…

Emmett me tient fermement la main tout en serrant sa fille dans ses bras pour la protéger des quelques flocons de neige qui flottent ici et là. La petite ne cesse de s'extasier sur les façades illuminées, les arbres tellement décorés qu'on ne perçoit plus leurs branches, les « gros bonshommes » en costumes rouges, les boules lumineuses qui changent de couleur et les clochettes qui tintent un peu partout. Quand des bruits de sabots retentissent derrière nous et qu'une calèche tirée par deux chevaux blancs défile sous nos yeux, Birdie ne répond plus de rien. Son degré d'excitation passe dans le rouge.

– Je crois que c'est l'heure du chocolat chaud, sourit son milliardaire de père.

Le plan fonctionne à merveille. La boisson chocolatée a rapidement raison du petit glouton – qui n'a que faire de nous et du décor qui, deux minutes auparavant, la rendait ingérable.

– Je n'aimais pas trop ça, Noël, quand j'étais gosse, commente mon Lord en revenant s'asseoir avec deux verres de vin chaud. Les grandes fêtes de famille, les coutumes, les traditions, ça ne me disait rien.

– Laisse-moi deviner, souris-je en réchauffant mes mains autour du verre brûlant, tu étais trop « cool » pour ça. Tu étais l'ado rebelle qui râlait dans son coin en qualifiant Noël de fête commerciale. Celui qui évitait toutes sortes de contacts humains, en particulier avec ses parents. Qui trinquait aux mauvaises choses, plutôt qu'aux bonnes. Qui sortait fumer des clopes en cachette sur le balcon pendant que de grands discours larmoyants se tenaient dans le salon…

– Remplace les cigarettes par du scotch et tu y es, murmure le colosse blond en me fixant intensément. Et toi ?

– Moi ? J'étais comme Birdie. Prête à tout pour faire de ce jour le plus mémorable de l'année. Ma mère disait souvent que j'étais sage comme une image comparée à ma jumelle, mais que tout s'inversait le jour de Noël. J'étais intenable. Une vraie pile électrique.

Emmett rit discrètement en me détaillant, passe la main dans ses cheveux dorés, puis retrouve son sérieux.

– Elle te manque…

– Oui. Mais je suis là avec toi, avec vous, c'est tout ce qui compte, murmuré-je, la gorge serrée. Elle aurait été heureuse de voir ce qu'est devenue ma vie. Grâce à toi…

Un sourire touchant se dessine sur ses lèvres, son regard noir s'illumine de tendresse, puis mon Lord se penche vers moi, au-dessus de la table, et me fait signe de l'imiter.

– Je t'aime, Sidonie-pile-électrique, chuchote-t-il en m'embrassant soudainement.

La petite bête se réveille dans mon ventre – sous les six couches qui me protègent du froid – mais retourne rapidement se coucher lorsque nos lèvres se séparent. Évidemment, Birdie y est pour quelque chose : elle a décidé de jouer – vigoureusement – avec la queue-de-cheval de la dame d'à côté.

– Je crois que c'est l'heure de rentrer… ris-je en voyant l'expression gênée de mon amant.

***

Vingt-quatre décembre, il est vingt et une heures.

Le sapin de l'entrée croule sous les boules scintillantes et les guirlandes argentées. Un vacarme s'échappe de la grande cuisine – en ébullition, depuis l'arrivée du chef étoilé et de sa brigade – la table de la salle à manger est sur son trente et un, prête à accueillir ce qui commence à ressembler à une famille recomposée.

Pomponnée et vêtue de ma robe vaporeuse dos nu, je passe en revue les petits cartons dorés déposés sur chaque assiette. Emmett et moi présiderons, ce soir. Imogen et Connor pourront commenter le menu – et les goûts de luxe de cette maisonnée – à leur aise, puisqu'ils ont été placés côte à côte. Même chose pour Joe et Jude, même si je doute que ces deux-là feront usage des bonnes manières. Enfin, Jasper et Camilla pourront se bécoter librement, à l'autre bout de la tablée.

Faites qu'ils ne me coupent pas l'appétit...

– Impatiente, à ce que je vois… susurre Emmett à mon oreille en arrivant par-derrière et en glissant ses bras autour de ma taille.

Je fais volte-face pour croiser son regard sombre – et joueur – et le découvre dans ce costume qui me fait tourner la tête… Griffé, évidemment, tissu noir corbeau, chemise immaculée, cravate fine et boutons de manchette en or blanc. L'élégance et la virilité personnifiées. Je me mords la lèvre, ses iris se braquent sur ma bouche et ses mains de fer me plaquent contre lui. Je le sens durcir et laisse échapper un léger gémissement. Son sourire insolent s'étend. Mon trouble également.

– Ce n'est pas l'heure pour ça, les amoureux ! débarque Jude, dans son costume trois-pièces de dandy invétéré. Mon estomac crie famine !

– Il y a un MacDonald's pas loin, riposte ma sœur en arrivant à son tour et en le toisant avec dédain.

– Excellente idée. Big Mac et potatoes, sourit-il jaune en lui tendant sa carte American Express – tout droit sortie de sa poche intérieure. Pourboire à la clé…

Ma jumelle voit rouge – justement la couleur de sa robe, longue, cintrée et sexy en diable. Elle s'apprête à rétorquer je ne sais quoi, quand Connor prend la parole :

– L'esprit de Noël, chers amis. Ne l'oublions pas, il nous guide sur le chemin de la tolérance, du partage…

– Et de l'amour universel, ajoute Jude en faisant un clin d'œil à son ennemie jurée.

Je laisse échapper un petit rire aigu – ce qui me vaut un bon coup de coude de la part de mon double maléfique. Jasper et Camilla nous rejoignent enfin, les lèvres rougies – je ne veux rien savoir ! Emmett nous invite à prendre place autour de la table et tente d'apaiser les esprits en faisant appeler le chef. Le toqué – connu dans le monde entier – nous fait saliver, avant de retourner en cuisine pour lancer les festivités. Le dîner peut enfin commencer…

Il est interminable, mais passe à une vitesse folle. Paradoxal, brouillon, animé, épuisant, hilarant : comme ce drôle de groupe que nous formons, depuis un petit moment. Je découvre une facette d'Emmett que je ne soupçonnais pas : ce soir, même en présence de tous ces gens, l'éminent Lord Rochester se relaxe, il n'est pas dans le contrôle. Il laisse les choses se faire, observe les uns et les autres, un sourire vissé sur les lèvres. Son visage est détendu, ses démons l'ont quitté. Parfois, je le surprends en train de me regarder – j'ignore depuis quand – et ce que je lis dans ses yeux noirs me donne presque le vertige. Un amour si puissant qu'il nous dépasse.

Pendant que Joe et Jude se cherchent et jouent au plus entêté, Imogen et Connor débattent sur les avantages et les inconvénients de manger bio – le majordome plaçant quelques blagues polissonnes ici et là. Camilla est un peu pompette et en devient presque supportable, tandis que Jasper la couve des yeux – sans oublier de s'extasier sur le caviar, le foie gras, le saumon sauvage et compagnie.

– Sid, tu ne le portes pas ? me demande discrètement Joe en caressant du bout des doigts son pendentif en forme de cerises.

Le cadeau d'Hélène qui ne vaut pas grand-chose – qui n'est ni précieux, ni tape-à-l'œil – mais qui nous est le plus cher…

– Si, il est là, dis-je en levant le bras. À mon poignet.

Ma sœur me sourit tristement, je tends la main vers elle et, pendant de longues secondes, tout le reste s'efface. Nous sommes seules au monde. Seules avec le souvenir de notre mère.

***

Vingt-cinq décembre, huit heures – aïe, ma tête.

Birdie lâche des cris bestiaux en arrachant le papier qui recouvre la montagne de cadeaux qui lui fait face. Je la regarde se débattre avec les rubans, éventrer les cartons, déchirer tout ce qui passe entre ses petites mains boudinées et se contrefoutre de l'objet qui se trouve à l'intérieur. Et ce comportement de brute épaisse – en culotte courte, certes – me fait penser à Joe. Comparer ces deux-là, ça ne m'était jamais arrivé. Et pourtant, il y a vraiment quelque chose…

– Qu'est-ce que ça sera quand elle aura 16 ans… soupire Emmett en revenant s'asseoir sur le tapis molletonné, à côté de moi. J'ai essayé de l'aider, au péril de ma vie.

Je glousse, ce qui me vaut un regard furibond du petit monstre. Apparemment, l'heure est grave. Une dizaine de cadeaux fait de la résistance – pas pour longtemps, à en croire la manière dont elle les secoue. Je reste prudemment à distance, profitant des bras du « père Noël » – qui a troqué son costume rouge pour un jean brut et un pull blanc col en V – quand un nouveau miracle se produit.

– Mama Dodie ! Aide-moi ! s'écrie-t-elle en me faisant de grands signes.

« Mama »…

Un frisson me parcourt. Pas d'effroi, de peur ou de culpabilité, comme la dernière fois. Non, cette fois, ce que je ressens est indescriptible. Un mélange de joie, de soulagement et de reconnaissance. Birdie vient de nous donner sa bénédiction. Elle vient de faire de nous une famille. Je croise les yeux d'Emmett, ils semblent aussi perdus que moi, mais j'y décèle une lueur de fierté, une brillance particulière. Je l'interroge du regard, il me sourit délicatement et hausse les épaules. Le choix m'appartient.

– J'arrive, ma puce, dis-je en me retenant de pleurer – de bonheur.

Le froid polaire et le bonhomme de neige – qui ne ressemblait pas à grand-chose, si ce n'est à une gargouille de Notre-Dame – ont bien failli nous tuer. En fin de matinée, notre trio en doudounes, écharpes et bonnets retrouve le confort de la *townhouse* et la chaleur des feux de cheminée. C'est aussi l'heure du Walt Disney – *Blanche-Neige* – des scones et du thé à la cannelle. Lovée sur le grand canapé, dans les bras de mon beau *British*, tout près de ma jolie rouquine – qui tente par tous les moyens de scalper sa poupée – je suis sur un petit nuage.

Il ne manque rien à ce tableau.

Peut-être juste un petit blond aux yeux noirs ?

Non. Nous trois. Tout est parfait comme ça.

– Baby, réveille-toi… me parvient la voix douce d'Emmett, quelques heures plus tard.

– Je me suis endormie ? me redressé-je d'un bond, encore toute groggy.

– Pas de panique, souffle-t-il en m'embrassant tendrement sur les lèvres. On a toute la vie devant nous…

– Où est Birdie ?

– Couchée pour la sieste. Elle est tombée comme une masse, elle aussi.

– Tu vas voir qui est une masse ! m'écrié-je en me roulant sur lui.

– Tu crois vraiment que ça m'impressionne ? se marre-t-il en me maîtrisant d'une seule main. Sidonie Merlin, il est temps que tu réalises que rien ne peut me résister. Et surtout pas toi…

– Ah, oui ? Tu crois ça ?

Toutes mes tentatives de rébellion sont vaines. Cinq minutes plus tard, je capitule, à bout de souffle. Mon amant est probablement fier comme un coq d'avoir remporté la bataille, mais il a la classe de ne pas trop s'en vanter. Je m'abandonne dans ses bras, me laisse bercer par les battements de son cœur en savourant l'odeur musquée qui s'échappe de sa peau.

– Je voudrais que le temps s'arrête… avoué-je soudain.

– Au contraire, chuchote-t-il en me caressant les cheveux. Je veux que ça continue, qu'on avance. Si tu savais comme j'ai hâte de voir ce que le futur nous réserve… D'ailleurs, ne bouge pas, je reviens, sourit-il soudain en se levant pour filer hors du salon.

Mon colosse blond en Calvin Klein réapparaît quelques minutes plus tard, une petite pochette et un écrin à la main.

Un écrin griffé « Astors and Stones, English Jewellers ».

Le… solitaire…

Respire, Sid, respire !

Sans jamais me quitter des yeux, il s'assied à mes côtés et me tend le fameux boîtier – qui m'obsède depuis que je l'ai découvert par hasard, caché au fin fond de son dressing.

– Joyeux Noël, Baby…

Mes neurones sont au bord de l'implosion mais sa voix parvient tout de même à me bouleverser. Je prends l'écrin entre mes mains, sans oser l'ouvrir. Mon rythme cardiaque s'affole.

– Mon cadeau est resté dans la chambre, balbutié-je. Et je vais avoir honte de te l'offrir après… ça.

– Tu ne sais même pas ce que je t'ai choisi, sourit insolemment mon milliardaire. Ouvre…

Je prends une grande inspiration, tente de maîtriser le tremblement de chacun de mes membres, puis ouvre l'écrin d'un coup sec. Mes joues s'embrasent, mon cœur manque plusieurs battements.

Un… pendentif.

Un somptueux pendentif serti de diamants.

Pas de bague…

– Un triangle, m'explique doucement Emmett. Pour symboliser notre trio. Notre nouvelle famille.

– C'est magnifique, Emmett… articulé-je difficilement en retenant mes larmes – sentiment mêlé d'amour fou et de déception.

Ses lèvres sur les miennes sont d'une douceur infinie et je tente de m'accrocher à ça : au moment présent, à l'amour que cet homme extraordinaire me porte, à notre osmose, notre alchimie.

Au diable ce solitaire, au diable la promesse d'éternité, je ne veux rien rater, rien gâcher, rien regretter.

– Je vais t'offrir ton cadeau, maintenant. Je viens d'en trouver un autre. Et il est fait maison… souris-je malicieusement en déboutonnant ma chemisette blanche.

– Hmm, grogne-t-il doucement en m'attrapant par les poignets. Laisse-moi le déballer moi-même…

***

Je me réveille à nouveau deux heures plus tard, délicieusement nue et enroulée dans la couette moelleuse. Je m'étire, les yeux fermés, m'attendant à rentrer en contact avec la peau de mon amant, mais mes bras ne butent contre rien. Emmett s'est évaporé, mais il a laissé derrière lui la fameuse pochette qu'il avait à la main un peu plus tôt.

Et un petit mot…

Regarde ce DVD.
Je t'aime. E

Curiosité oblige, je m'extirpe paresseusement du lit et enfonce le disque dans le lecteur, sur le côté de l'immense écran plat. Je reviens m'asseoir au bord du lit et appuie sur *play*.

Pourquoi est-ce que je tremble à nouveau ?

…

Pause ! Appuyer sur pause !

Robyn. Je la reconnais, puisque je l'ai vue sur une bonne centaine de photos. Et parce que je la vois un peu tous les jours, sur le visage de l'enfant qu'elle a mis au monde. Elle est belle, incroyablement belle. Une beauté particulière, qui ne tient pas qu'à ses traits fins et racés. Elle a la distinction d'une Lady, le petit côté mutin en plus, le naturel de quelqu'un qui inspire instantanément confiance, et ce regard clair, vif et doux à la fois.

Emmett a dû terriblement l'aimer…

Play.

Les images prennent vie. Je ne vois que son visage, le haut de son buste et ses épaules recouvertes d'un gilet orange pâle. Elle était probablement assise au moment de se filmer. Je reconnais le décor, juste derrière elle. Au fond du jardin de la *townhouse*, près des haies de roses.

– Certains conjoints ou parents rédigent des testaments, moi je n'en ai pas le courage. Si je devais disparaître, je voudrais que vous gardiez un souvenir vivant de moi, sourit-elle de l'autre côté de l'écran, d'une voix émue. Mes amours, Emmett, Birdie, vivez au présent, vivez au futur, ne vous laissez jamais happer par le passé. La vie est trop courte, trop précieuse pour être parasitée par ce qui n'est plus. Je vis en vous et c'est assez pour moi. Emmett, s'il devait m'arriver quelque chose, promets-moi que tu aimeras à nouveau. Que tu feras tout ton possible pour trouver la femme qui fera battre ton cœur et celui de notre fille. Et lorsque tu seras prêt, montre-lui ces images. Je veux qu'elle sache, qu'elle comprenne. Et qu'elle aime ma fille comme si elle était la sienne. Qui que vous soyez, je vous cède ma place, je vous cède mon héritage, mon bien le plus précieux. La vie, le sourire, les rêves de mon enfant.

Les larmes roulent sur mes joues, comme elles roulent sur les siennes.

Submergée par l'émotion, par la bonté, la sincérité de cette femme, par l'amour qu'elle vouait à sa famille, je laisse échapper un sanglot. Puis je vois Robyn se pencher en avant, le bras tendu, probablement pour éteindre la caméra. C'est à ce moment-là que je remarque quelque chose. J'actionne le bouton « pause » de manière précipitée, à moitié horrifiée. Zoomée au milieu de l'écran, sa main gauche se distingue parfaitement. Tout comme l'énorme solitaire qu'elle porte à l'annulaire.

Cette bague sur laquelle je fantasme depuis des jours et des jours ne m'a jamais été destinée.

C'était celle de Robyn...

J'ai regardé une seconde fois cette vidéo, d'une traite, sans faire aucune pause. Un peu pour m'assurer que je ne rêvais pas, que c'était bien à moi que Robyn s'adressait. Mais surtout pour apprécier à sa juste valeur chaque mot laissé par elle. Et j'ai pris conscience du cadeau immense que venait de me faire Emmett. En m'offrant ces images de sa femme disparue, il vient de m'offrir bien plus. Une promesse, en quelque sorte.

Quelqu'un frappe à la porte, puis entre dans la suite parentale sans que j'aie le temps de répondre. Mon Lord arrive en trombe, me balance un regard gourmand – je suis toujours en tenue d'Ève, entourée seulement d'un bout de drap – en affichant un sourire radieux. Il est trempé jusqu'aux os.

– Une bataille de boules de neige qui a mal tourné... ricane-t-il en retirant son pull – et en exposant son torse musclé.

– Avec ?

– D'abord Connor. Puis Jude. Il est passé offrir son cadeau à Birdie et il l'a emmenée faire un tour, il la ramènera pour le coucher.

– Un peu avant minuit, donc... plaisanté-je en l'observant déboutonner son jean.

Il rit discrètement, se débarrasse de son pantalon et relève la tête vers moi. Cette fois, il semble comprendre. Il se fige, jette un regard en direction de la télévision, puis revient sur mon visage.

– Tu... Tu l'as regardée ? murmure-t-il en passant une main sur son front, puis dans ses cheveux.

– Oui, merci Emmett. Pour ta confiance. Je... dis-je, un peu confuse et émue à la fois. Ça m'a bouleversée. Robyn m'a fait le plus beau cadeau qui soit...

– Robyn était une femme à part, sourit-il tristement, en venant s'asseoir près de moi. Elle avait un cœur immense et une détermination sans faille. J'ai retrouvé ça en toi. Et tellement plus encore...

Il replace délicatement une mèche de cheveux derrière mon oreille, puis se penche pour poser son front contre le mien.

– Je ne fais jamais rien à la légère, Sidonie. Je t'aime. Pas un peu, pas beaucoup, je t'aime à en crever ! Je veux tout, tu m'entends ? Je veux tout avec toi. Je veux d'abord profiter de nous deux, de nous trois. Trouver un équilibre. Une façon de s'aimer passionnément, sans se détruire. Oublier nos peurs, dépasser nos préjugés, ceux des autres. Et ensuite, je voudrais un enfant. Juste un, si tu n'en veux pas plus. Un parfait mélange de toi et moi. Mes cheveux bordéliques et tes yeux limpides. Mon caractère à la con et ta voix d'ange. Mes pieds de géant et tes mains tellement fines que j'ai toujours peur de les abîmer.

– Mon Dieu, je vais enfanter un monstre ! ris-je, au bord des larmes.

– Je veux tout, Baby, tu comprends ? Tout ! J'ai failli te perdre tant de fois, je ne ferai plus cette connerie. Toi et Birdie, vous êtes ma vie… murmure-t-il, plus intense que jamais.

Son souffle frôle ma peau brûlante, ses mains renferment les miennes, les empêchant de trembler. Mes vannes se sont ouvertes et je pleure désormais à chaudes larmes, en imaginant ce futur éblouissant qui nous attend.

– Notre famille ne sera pas celle qu'on lit dans les magazines, notre passé sera toujours sombre, compliqué, mais toi et moi, on se guérira. Et nos enfants seront nos plus belles victoires, nos plus beaux combats… achève-t-il en me serrant fort contre lui. Sidonie, tu veux bien faire le chemin avec moi ?

– J'irai à l'autre bout de la terre à cloche-pied pour toi, Emmett Rochester. Je donnerai tout ce que j'ai pour toi. Je ferai n'importe quoi… dis-je d'une voix rauque, en m'installant à califourchon sur lui.

Je me blottis contre sa peau, il referme ses bras autour de moi et le temps s'arrête. Ses mots d'amour, ses déclarations enflammées, son cri du cœur passent en boucle dans mon esprit. Je les savoure, les imprime en moi, à jamais. Et puis mes lèvres trouvent la partie si douce de son corps, celle qui est logée au creux de son cou, mes mains s'aventurent sur son torse et je suis en manque de lui, de sa chaleur, de sa fougue, à nouveau. Comme pour la première fois.

Seul son boxer nous sépare…

Il n'y a rien de plus sexy qu'un homme amoureux.

Et qui vous dévore des yeux comme si vous étiez trop belle pour être vraie.

Après un baiser plus que prometteur – mon Lord est déjà au garde-à-vous – je parviens à m'échapper une seconde, pour trottiner jusqu'à ma petite commode en bois laqué. J'ouvre le premier tiroir et me retourne pour jeter un œil sur mon amant. Emmett me fixe avec attention, curieux de savoir ce que je manigance. Je lui fais signe de regarder ailleurs, il lâche un soupir puis s'allonge sur le lit, roule sur le ventre et enfouit sa tête entre ses bras. De toute évidence, l'attente est cruelle pour lui – et cette idée me ravit !

Ma surprise cachée dans mon dos, je rejoins notre lit et m'assieds délicatement sur ses fesses. Je le sens rire légèrement, sous moi, puis je m'allonge sur son dos, en lui mettant le fameux cadeau sous le nez. Il lève la tête et le contemple en lâchant un sifflement. Je glousse, il se redresse sur ses coudes en prenant soin de ne pas me faire tomber.

– Sidonie Merlin, tu me rends dingue… murmure-t-il en examinant la couverture de l'album photo – un cliché soft mais glamour, sur lequel j'apparais en porte-jarretelles.

Poser nue – ou presque, selon les photos – n'a pas été chose facile pour moi, mais j'ai fini par me prendre au jeu. Je voulais offrir à Emmett quelque chose que je n'avais jamais fait auparavant. Le faire pour lui, mais aussi pour moi. Pour prendre conscience de la femme que je suis devenue, à ses côtés. Une femme qui n'a plus peur de jouer la pin-up, qui ne recule plus devant la peur de la nudité, qui se respecte, sans pour autant vivre cachée.

Joe ne me traitera plus jamais de nonne…

– Tu es sublime, Baby, s'extasie Emmett en tournant les pages. Étonnante. Envoûtante. Hypnotisante.

J'embrasse son omoplate et enroule mes bras autour de son torse massif, en savourant les mots doux qu'il m'adresse.

– Voilà ce que vous avez fait de moi, Lord Rochester, plaisanté-je en tendant le doigt vers la photo la plus osée de tout l'album. Une fille dépravée qui a le feu aux fesses. Fier de vous ?

– Oui, un peu, se marre-t-il. Mais surtout fier de toi. Je ne vais plus oser t'emmener nulle part, de peur qu'on te vole à moi.

– Personne d'autre ne connaît cette Sidonie-là, murmuré-je. Elle n'appartient qu'à toi.

– Quand je pense que j'aurais pu ne jamais la rencontrer… souffle-t-il en se retournant doucement pour que nous soyons face à face. Parfois, je me demande qui t'a menée jusqu'à moi.

– Le destin ? La chance ? haussé-je les épaules en caressant le triangle en diamants qui pend au-dessus de mes seins.

– Un peu des deux, probablement. Je vais leur faire une donation, pour leur prouver ma reconnaissance…

Son sourire en coin et son regard mutin sont de retour. Il se redresse, je grimpe à nouveau sur lui, hésitant entre lui foutre une claque ou le couvrir de baisers, mais j'ai juste le temps de lever les yeux au ciel avant de sentir ses lèvres insolentes s'attaquer aux miennes. Un baiser d'une douceur enivrante. Sa main vient se loger contre ma paume, nos doigts se frôlent tendrement, d'une manière touchante, presque émouvante. Notre étreinte est totalement innocente, jusqu'à ce que nos démons se réveillent et que nos esprits s'échauffent, à l'unisson.

Sexy time is back...

J'arrache mes lèvres aux siennes pour le contempler. Nos regards restent imbriqués pendant de longues secondes. Son noir dans mon bleu. Jusqu'à ce que nos sens prennent le dessus sur notre innocence et que nos yeux avides s'aventurent plus bas. Sur nos peaux nues, exposées, brûlantes. Installée sur Emmett – à califourchon et de manière tout à fait indécente – je prends un malin plaisir à détailler chaque ligne régulière, chaque muscle saillant, chaque courbe de sa mâchoire, de son torse, de ses bras. J'inspecte chaque centimètre de son buste d'Apollon avec une envie folle d'y laisser traîner la pulpe de mes doigts, mes lèvres, ma langue...

Lui, semble avoir les mêmes ambitions que moi, si j'en crois l'intensité avec laquelle il me scrute. Le drap qui me recouvrait en partie un peu plus tôt a définitivement disparu. Je suis à sa merci. Mes seins – qu'il aime qualifier de voluptueux – semblent particulièrement l'intéresser. À cet instant, Emmett Rochester – père modèle, aristocrate chevronné et milliardaire extraordinaire – dégage quelque chose d'animal. Quelque chose qui m'électrise. Je soupire silencieusement, en sentant mon entrejambe se réchauffer. Lire le désir dans ses iris noirs, c'est devenu une drogue. Dure, pure, hallucinante.

– Si je n'étais pas déjà nue, je te ferais un strip-tease... soufflé-je sensuellement à l'oreille de mon Lord.

– J'ai déjà eu mon cadeau de Noël, il me semble, ironise-t-il en promenant enfin ses mains le long de la courbure de mes reins. Mais tu me connais, Baby, je n'ai rien contre un petit supplément...

– Ne bouge pas, je reviens, souris-je en m'apprêtant à me lever.

– Non, lance-t-il en me retenant entre ses mains.

Son visage est grave, son ton autoritaire.

– Non quoi ?

– Non tu ne me fileras pas entre les doigts. J'ai trop envie de toi.

– J'ignorais que j'étais captive... gloussé-je doucement.

– Maintenant tu le sais.

– Je vois... fais-je d'une voix séductrice. Qu'est-ce que je pourrais négocier en échange de ma liberté ? Une rançon ? murmuré-je en me mordant la lèvre inférieure.

– Je suis multimilliardaire, Baby, se marre-t-il avant de me reluquer à nouveau. Et si tu continues à m'aguicher, le prix ne cessera d'augmenter...

sourit-il insolemment, en pressant ses mains contre mes fesses pour me ramener contre lui.

– Je croyais que tu n'étais pas intéressé par l'argent, monsieur Milliards…

– Exact. Mais je parlais d'un autre genre de monnaie.

Le regard sombre qu'il me lance est à la fois joueur, plein de défi et d'un sérieux déconcertant. Je suis de plus en plus émoustillée. Emmett Rochester en bad boy / requin des affaires, il n'en faut pas plus pour me faire perdre la tête.

– Je suis curieuse… Mon cul vaut combien, selon toi ?

À la façon dont il écarquille les yeux, je devine que j'ai visé juste.

Tu ne t'y attendais pas, à celle-là…

– Une petite fortune, murmure-t-il en le palpant fermement. Ou une grande… Tout dépend de ce qu'il sait faire.

– Pas grand-chose, je crois… Mais je ne suis pas la seule à blâmer : je n'ai pas eu de très bons professeurs, minaudé-je de plus belle.

Votre ego se porte toujours aussi bien, Mr Rochester ?

– Petite insolente, grogne-t-il en riant. Il va falloir y remédier, alors. Refaire ton éducation. Oublions les cadeaux de Noël, les rançons, passons aux choses sérieuses. À cette bouche qui me ferait vendre mon âme au diable…

Sa tête plonge en avant, ses lèvres se plaquent contre les miennes, et ce baiser – le plus hot, le plus grisant, le plus sexy jamais vécu auparavant – m'emporte jusqu'aux portes du plaisir.

Si on m'avait dit un jour qu'un simple baiser pouvait enflammer des culottes !

À noter que la mienne s'est fait la malle bien avant…

Ce qui sera bientôt le cas de son boxer…

Nos lèvres, nos langues se déchaînent. Alors que ses paumes s'aventurent sur mes seins, je fourrage mes mains dans ses cheveux cendrés, comme pour ne pas perdre pied. Durant ce manège érotique, le mouvement de nos corps a quelque chose de lubrique, quelque chose qui me rend humide, qui le rend dur. Justement, je choisis cet instant pour poser ma main sur son boxer, sentir sa bosse à travers le tissu et la caresser, de haut en bas. Mon Lord lâche un grognement viril, je souris intérieurement.

Joyeux Noël, Mr Control Freak…

– Il est temps de se débarrasser du superflu, dis-je, un peu essoufflée, en tirant sur l'élastique Calvin Klein.

Mon Lord obtempère – miracle ! – et soulève son fessier parfaitement rond – en me soulevant du même coup – pour permettre au vêtement de glisser et de disparaître enfin.

– On joue à armes égales, désormais, sourit-il insolemment avant de faufiler sa main entre mes cuisses.

Je halète en sentant ses doigts s'immiscer au creux de ma féminité, mais parviens à m'emparer de son sexe pour le torturer, lui aussi. Une torture délicieuse, entêtante, qui monte crescendo. Lorsque nos deux corps soudés arrivent au bord de l'implosion, mon blond incendiaire décide de changer la donne.

– Varier les plaisirs, il paraît que c'est important, susurre-t-il avant de me jeter sans aucune délicatesse sur le lit et de me rejoindre.

J'étais au-dessus, voilà que je me retrouve en dessous.

Hmm… La vision de lui que j'ai à présent n'a rien pour me déplaire…

– Et si on reparlait rançon ? gronde à nouveau Emmett en recouvrant mon corps du sien, de la manière la plus dominante qui soit.

– Combien ? haleté-je en écartant les cuisses pour le laisser se glisser au plus près de mon intimité.

– L'éternité.

– Pardon ?

– L'éternité avec moi, répète-t-il en me pénétrant tout doucement.

C'est plus fort que moi. Le plaisir m'emporte. Sans lui répondre, je bascule ma tête en arrière, me cambre contre le drap de soie, lâche un long gémissement, puis repars à la recherche de ses lèvres de velours.

– Tout ce que tu veux, Emmett… Tout ce que tu veux, tant que tu ne t'arrêtes pas.

En m'entendant murmurer ces mots, mon milliardaire me décoche un sourire mi-ange mi-démon, avant de totalement sombrer du côté obscur. Il m'embrasse à nouveau, avec une fougue, une intensité, une bestialité qui m'arrachent des cris de plaisir. Son sexe coulisse en moi encore et encore, je pars à sa rencontre en gémissant. Nos peaux claquent l'une contre l'autre, à chaque contact, comme un métronome rendu fou par la force des notes. Quelques mots crus m'échappent, des mots que je n'avais jamais prononcés auparavant. Mes inhibitions s'évaporent, je m'offre à lui sans aucune limite, en réclamant toujours plus.

Emmett est en feu. Lorsqu'il croise le mien, son regard noir et majestueux me jette des sorts. Lorsqu'il se penche pour venir embrasser, titiller, pincer, mordre mes tétons, ses cheveux en bataille me caressent. Je suis de plus en plus trempée, ma féminité est assaillie de sensations animales, divines, interdites.

Oh… my… Lord…

Alors que sa bouche est partout, que son va-et-vient atteint une vitesse folle, que chaque aller et retour m'arrache un gémissement rauque, je sens la jouissance monter. Ma respiration devient de plus en plus anarchique, ma vue de plus en plus floue, je m'accroche au cou de mon amant, plonge mon visage pour m'enivrer de sa peau et, soudain, tout mon corps se crispe, s'allume, s'embrase. Les ondes électriques prennent vie au creux de mon ventre et se répandent partout, dans chaque membre, chaque recoin de mon anatomie. Accaparée par ce milliard de sensations, les larmes aux yeux, je murmure « Emmett » plusieurs fois, jusqu'à ce qu'il me rejoigne dans cette ascension vertigineuse.

Son corps musclé se tend, au-dessus de moi, il est d'une beauté saisissante. Je profite comme je peux de cette vision de rêve, encore groggy et éblouie par l'orgasme qui vient de m'éloigner de la réalité. Puis mon amant s'écroule à mes côtés et vient chastement poser ses lèvres dans mon cou.

– Joyeux Noël, Baby… chuchote-t-il à mon oreille, quelque temps après.

– Je croyais que tu n'aimais pas ça, Noël, murmuré-je.

– Vu la nouvelle tradition que nous venons d'instaurer, il se pourrait que j'aie changé d'avis… sourit-il paresseusement.

– S'envoyer en l'air avant et après une bataille de boules de neige, c'est ça que tu appelles une tradition ? ris-je en redessinant les contours de son tatouage.

– Oui… Tu pourrais aussi te déguiser en lutin sexy…

– Mais bien sûr ! Et toi en père Noël pervers ! rétorqué-je en lui pinçant le bras.

– Ouch !

En parfait dominateur, Emmett me fait payer ma hardiesse en me donnant une claque sur la fesse – bruyante, mais presque indolore – et m'embrasse passionnément dans la foulée. Mon corps insatiable est à nouveau en alerte, prêt pour un nouveau corps-à-corps, mais cette fois, pas de roulé-boulé, pas de dessus-dessous. Mon amant rompt notre baiser, se lève et s'extrait du lit. Je suis sur le point de lâcher un petit râle de frustration quand il se retourne et tend la main vers moi. Un sourire gourmand s'esquisse sur mes lèvres et je réponds à cette invitation sans attendre – qui de sensé résisterait à ce dieu vivant, fabuleusement nu et indécent ?

– Nouveau terrain de jeu ! annonce-t-il en m'attrapant par la taille pour me hisser contre lui.

Blottie contre sa peau musquée, je me laisse emporter jusqu'à la destination inconnue – qui se trouve être notre salle de bains XXL, quelques dizaines de mètres plus loin. Emmett pianote sur la télécommande murale et les six jets d'eau se mettent en marche, pour remplir progressivement la baignoire balnéo aux lumières bleutées. Des airs jazzy se mettent à résonner entre les murs, mon Lord et moi commençons une danse sensuelle, entourés d'immenses miroirs dans lesquels nous admirons notre reflet.

– J'ignore qui sont ces gens, mais ils ont l'air terriblement heureux… dis-je en replongeant mon regard dans ses yeux.

– Ils s'aiment. Ils se désirent. Il ne leur manque rien, murmure mon homme.

Après de nouvelles volutes dans les airs, mes pieds retrouvent le sol froid et je m'attache les cheveux tandis que mon blond ténébreux verse un liquide nacré dans l'eau. Presque instantanément, une mousse parfumée se forme à la surface de l'eau, comme une couche de neige immaculée.

– Bienvenue sur mon nuage, sourit Emmett en me soulevant à nouveau pour me déposer dans l'eau.

Je glousse et frémis de bonheur en m'asseyant et en sentant les effets divins de l'eau chaude sur ma peau. Mon Lord s'installe à son tour, recueille du liquide mousseux entre ses mains et en fait glisser le long de mon dos. Nouveaux frissons.

Nos bouches se retrouvent, aimantées par le même désir. Rapidement, la température grimpe en flèche, l'eau est sur le point de bouillir. Un brin essoufflé, mon amant s'adosse à la baignoire triangulaire en étendant ses bras musclés sur les rebords. Cette vision m'incite à passer à l'action. Je me place à nouveau à califourchon sur lui – ce qui le fait sourire, puisque c'est apparemment devenu une habitude – et murmure son prénom, plusieurs fois.

Il se saisit de mes hanches et me colle à lui, sans prendre plus d'initiative. J'ignore s'il me teste ou s'il veut que je m'offre à lui, mais je n'attends pas. Son sexe entre en moi lentement, je perçois chaque centimètre de gagné, chaque poussée, jusqu'à être totalement possédée. J'entame un va-et-vient lascif, langoureux, pour me délecter de chaque instant. J'ondule sur mon Lord en sentant la boule de feu s'épanouir entre mes cuisses. Je me cambre, accélère, ralentis, en lâchant des petits gémissements désordonnés. Lui reste attentif, le corps parfaitement tendu, le regard vif et fier. Il m'observe faire de lui ce que bon me semble… et il adore ça.

– Ma sirène… murmure-t-il au bout d'une petite éternité, le souffle court, les yeux plus noirs que jamais.

Il n'en faut pas plus pour que je décolle, emportée par une vague de plaisir grisante et déroutante. Lorsque – quelques secondes plus tard – le corps de mon apollon est lui aussi parcouru de soubresauts, nous nous laissons gagner par cette tempête charnelle, nos regards humides plongés l'un dans l'autre.

– Mon capitaine… chuchoté-je finalement en posant mon front contre le sien.

– Belle dextérité, Miss Merlin. Mon gouvernail a été à votre convenance ? sourit-il de son air de sale gosse.

– Parfait, mais il faudra encore que je m'entraîne.

– Tu as l'éternité pour ça… acquiesce-t-il, en me lançant un regard attendri, cette fois.

Et le plus beau dans tout ça, c'est que ses yeux me prouvent qu'il ne ment pas.

30

ÉPILOGUE

Trois mois plus tard

Dans cette *townhouse* habitée par des esprits farceurs – qui boivent, eux aussi, leur thé en levant le petit doigt doté d'une chevalière – les jours se suivent mais ne se ressemblent pas. Chaque matin, chaque soir apportent leur lot de surprises – bonnes ou mauvaises – mais notre petite famille est plus soudée que jamais.

J'ai vécu ces trois derniers mois dans l'écrin de velours qu'est Mayfair. Cette microsociété où le temps s'est comme arrêté, où les hommes ont conservé un certain sens de la courtoisie, où les femmes – même les plus jeunes – redoublent d'élégance mais pas forcément de franc-parler, où il fait bon vivre malgré certains préjugés tenaces ou regards appuyés. Le quartier le plus huppé de tout Londres, j'en ai fait mon affaire. Je m'y sentais toute petite, à mon arrivée, voilà que je m'y sens enfin chez moi.

Par contre, les vendeuses Chanel, Vuitton, Burberry et autres peuvent aller se rhabiller : H&M et Topshop restent mes QG...

On ne lobotomise pas une Merlin aussi facilement !

Je n'étais pas certaine d'être préparée pour ça. Être prise en sandwich entre le puissant Emmett Rochester et la petite Birdie du même nom. Être dévorée toute crue par cet homme captivant, énigmatique et par cette enfant adorablement capricieuse. J'aimais ma liberté, je chérissais mon indépendance. Et pourtant : presque neuf mois après être entrée dans leur vie, même une séance de torture du KGB ne parviendrait pas à me détourner d'eux.

Je n'ai pas trouvé l'amour... J'en ai trouvé deux.

Si je devais résumer les quatorze semaines qui viennent de s'écouler, je le ferais avec un sourire niais vissé sur mes lèvres. Emmett est mon oxygène. Il était mon amant, mon amoureux, il est également devenu mon meilleur ami. Les jours défilent – les déclarations enflammées, les fous rires, les corps-à-corps, les disputes, les réconciliations, les regards noirs, bleus, émouvants ou fiévreux – et le schéma se répète, encore et encore : je ne cesse de tomber et retomber amoureuse de lui.

Notre rouquine – qui a définitivement laissé tomber le « Grosse Vilaine » pour adopter « Mama » – grandit à une vitesse folle. Elle vient de fêter ses 3 ans. Pour l'occasion, Emmett a privatisé la meilleure pâtisserie du pays. Les adultes ont tenté de savourer des gourmandises et mignardises élaborées pendant que les enfants se sont lancés dans une bataille acharnée. L'arme du jour : pire que la *jelly*, pire que la purée de carottes… Le glaçage à toutes les sauces, tous les goûts, toutes les couleurs. Cette pâte gluante et écœurante qui vous colle à la peau, dont l'odeur met des heures à disparaître. Elton John y a échappé de justesse, ses *bodyguards* en vestes noires sont repartis en tenues arc-en-ciel. Quant à Katy Perry, elle s'est prêtée au jeu sans difficulté : je me demande même si ce n'est pas elle qui leur a soufflé l'idée…

Party réussie !

Joe n'est pas venue ce jour-là, malgré mon invitation et son amour inconditionnel pour le beurre de cacahuètes. Il y a quelques semaines, alors qu'elle s'apprêtait à fermer le Crazy Monkey pour la nuit, elle a été victime d'une agression qui l'a sérieusement ébranlée. Elle a démissionné du jour au lendemain, ses anciens démons sont remontés à la surface, la plaie s'est rouverte et ma jumelle semble plus fragile que jamais. Ce qu'elle tente de dissimuler en passant ses journées à la boxe et en cognant sur des mecs bodybuildés et shootés aux stéroïdes. Moi, j'ai tout essayé pour la faire parler, la manière douce, la manière forte : échec total. Je n'ai pas renoncé pour autant, je me contente d'être là pour elle, à tout moment, en respectant son silence. Un jour, elle s'ouvrira.

En attendant, c'est très dur de la voir souffrir et d'être totalement impuissante.

Pas évident de secourir quelqu'un qui refuse de prendre la main qu'on lui tend…

Je l'aime à la folie, ma Joe…

On ne peut pas dire que Jasper me soit d'une grande aide, en la matière. Les deux colocataires ont plutôt tendance à se tirer vers le bas ces derniers temps. Ils se serrent les coudes, certes, mais pas de la meilleure manière qui soit. Joe est en colère contre la terre entière, tandis que le chevelu en veut à une personne bien précise – et se venge comme il peut, en sautant sur tout ce qui bouge. Cette personne – Camilla *Fucking Bitch* Bradford – lui a brisé le cœur, l'a ébouillanté, roulé dans la boue, piétiné sans jamais ressentir une once de compassion ou de remords.

Je ne l'ai jamais portée dans mon cœur. Maintenant, je la déteste.

À peine un mois après leur rupture, la Lady en carton annonçait déjà à toute la haute qu'elle s'était dégoté un fiancé plein aux as. Un milliardaire australien plus âgé et « légèrement » soumis, si j'ai bien compris.

Quelqu'un a dit cliché ?

Jude aurait été le premier à en rire, mais ses absences répétées se font plus remarquer que ses blagues déplacées, ces derniers temps. Le dandy n'est plus, c'est un bourreau de travail qui a pris la relève. À notre plus grand désarroi. Le meilleur ami d'Emmett – qui a finalement su se faire une vraie place dans mon cœur – nous délaisse. Il passe le plus clair de son temps en déplacements, n'a plus la tête à rien, et encore moins à se préoccuper de sa vie amoureuse.

Je ne désespère pas… Joe et lui, j'y crois…

J'en viens à la première personne que j'ai rencontrée dans cette maison. Miss Imogen Price. La vieille chouette – terme affectueux parmi tant d'autres – a retrouvé la santé et passe régulièrement nous rendre visite. Fidèle à elle-même, elle n'est pas avare de critiques, n'hésite pas à me sermonner à outrance, mais je sais que derrière ces mots qui me bousculent, ses intentions sont pures. Dans le jeu des sept familles, Imogen serait la grand-tante un brin acariâtre mais aimante.

Quant à son comparse Connor, le majordome guilleret, le doux géant, le grand chauve aux élocutions interminables, je ne m'en passerais pour rien au monde. Coco – comme dirait Birdie – fait partie intégrante de la famille. Ce qui n'est pas encore le cas de Ray, son nouveau *boy-friend* – oui, je répète : *boy-friend* – aux lunettes rondes et à la réputation sulfureuse. Ce Harry Potter sexagénaire est le bienvenu chez nous, tant qu'il respecte la règle d'or : « Connor tu ne tromperas pas. »

Une drôle de famille, tout ça.

Hélène aurait été folle de chacun d'eux. Même de Camilla…

***

Installée à table, prostrée sur une chaise – et surélevée grâce à son coussin poilu – *Princess* Rochester refuse de se nourrir. J'avais pourtant anticipé les choses en lui servant un plat qui a fait ses preuves dans des millions de logis : coquillettes au jambon. L'échec n'en est que plus cinglant. La petite sait que quelque chose se trame dans son dos.

– Dégueu !

– Birdie, surveille ton langage et mange s'il te plaît, lui fais-je avec des gros yeux.

– Dégueu !

– Je connais une petite capricieuse qui va aller au lit le ventre vide… grogne Emmett en entrant dans la cuisine.

Mon Lord et moi échangeons un bref regard et ne pouvons retenir un sourire mutin. Il est à tomber dans son costume noir de play-boy. Ses cheveux rebelles ont été plaqués sur le côté, ses épaules carrées me donnent envie de me jeter dans ses bras. Mais avant ça, le petit monstre doit manger.

– Allez, une cuillerée pour papa !

– Non !

– Une cuillerée pour mama ? tente le maître des lieux en s'asseyant en face de sa fille et en l'embrassant.

– Non !

– Elle a compris qu'on attendait des invités… chuchoté-je en direction d'Emmett.

Mon blond ténébreux me sourit et ne peut s'empêcher de détailler ma tenue – c'est seulement la dixième fois depuis qu'il a mis les pieds dans cette pièce.

– Tu es ravissante, Baby, murmure-t-il un peu trop fort en fixant le décolleté de ma robe blanche cintrée. Heureusement pour toi, nous ne sommes pas seuls…

– Chassez Jude Montgomery de cette cuisine et rendez-moi mon Emmett ! ris-je en lui claquant doucement la joue. Tu n'es pas mal non plus, cela dit.

– « Pas mal non plus » ? répète-t-il, goguenard, en m'embrassant sur la nuque. Ça doit être pour ça que le *Times* m'a élu le *bachelor* le plus en vue de tout Londres…

– Enfoiré, grommelé-je à voix basse, entre mes dents.

– Sidonie Merlin, seriez-vous jalouse ? ricane-t-il de plus belle.

– Ça dépend… J'ai quelque chose à craindre ?

– À ton avis ?

– Je ne sais pas, c'est pour ça que je te le demande, souris-je en sentant mes joues rosir.

Ses iris noirs me fixent impassiblement pendant de longues secondes. La tension sexuelle monte progressivement entre nous, je me tortille sur ma chaise, Emmett se mord la lèvre. Jusqu'à ce que son sourire de sale gosse apparaisse à nouveau et qu'il me tire brusquement vers lui pour me faire atterrir sur ses genoux. Je glousse et lance un coup d'œil en direction de Birdie – qui se goinfre de coquillettes.

– Tu vois ? Elle est plus sereine quand elle nous a tous les deux, susurre mon milliardaire à mon oreille, en m'enserrant tendrement de ses bras. Tout est plus facile, à trois.

Je sens les lèvres chaudes de mon amant chatouiller ma joue alors qu'il me dit à quel point je le rends heureux, à quel point j'ai changé leur vie, à quel point il n'imagine plus rien d'autre que nous trois. Ou peut-être nous quatre, un jour.

– La photo de famille, la voilà, conclut Emmett en attrapant la rouquine pour la déposer sur mes genoux. Regardez en face, tout ce qui nous attend, et souriez. La vie sera douce, mes coquillettes.

– Pas une coquillette, moi ! s'insurge Birdie en se serrant contre moi. Une princesse !

– Si tu es une princesse, ma puce, mama est quoi ? se marre son père.

– Une dodie ! s'écrie la petite, en nous faisant éclater de rire.

***

J'ignore comment, mais Emmett a réussi à les réunir.

Joe et Jude sont là. Ils ont franchi – séparément – le seuil de la *townhouse* pour la première fois depuis presque un mois, et c'est le cœur léger que je les retrouve, après avoir couché Birdie. La salle à manger a été décorée de manière intimiste, la table est dressée élégamment mais sans chichis, la lumière est tamisée, quelques bougies ajoutent des notes de lumière ici et là.

– Ça fait un bail, me sourit Jude en m'embrassant sur la joue. Toujours aussi jolies, les *Merlin sisters*, ajoute-t-il partiellement en français.

Non loin de là, Joe marmonne quelque chose, sans même se retourner vers nous. Face au mur, ma jumelle – arborant exclusivement du noir, maquillage compris – observe les photos qu'Emmett a récemment fait poser. Des portraits de famille. De notre toute nouvelle famille.

– Sid, tu as ton air trop poli et coincé sur toutes les photos, commente-t-elle en sirotant son martini. Heureusement que le machin est naturel, lui.

– Le « machin », c'est ma filleule, je présume ? se marre Jude en la rejoignant.

– Ouais. Décidément, elle est foutue cette pauvre gamine, rétorque la brune en provoquant le dandy.

– Toujours aussi agréable à ce que je vois, Joséphine… sourit Emmett en débarquant, une bouteille de champagne à la main.

– Pour toi, je veux bien faire un effort, soupire-t-elle en le serrant dans ses bras.

Ils se sont beaucoup rapprochés depuis l'agression…

Ce soir-là, Emmett est devenu comme fou, quand je lui ai dit qu'on s'en était pris à ma sœur.

Le voir dans cet état, ça m'a fait l'aimer plus encore…

– Bon, sans déconner, vous êtes beaux tous les trois, finit-elle par admettre en montrant du doigt un cadre argenté – la plus grande photo est la plus réussie du lot. J'hésite à vous la piquer pour la vendre à un catalogue.

– Excusez-moi, mais quelqu'un peut me dire qui l'a invitée, déjà ? Et aussi si cette personne estime toujours que c'était une bonne idée de le faire ? rigole Jude en se resservant de Perrier.

Forcément, ma sœur de 10 ans d'âge mental lui tire la langue avant d'aller s'installer à table. Par chance, l'entrée est rapidement servie et la conversation change de rayon.

« Pour ou contre la sauce au vin rouge qui coule dans la purée de pommes de terre aux truffes noires ? »

Contre, cela va de soi...

– Joe, tu n'as toujours pas faim ? Même pas pour du sucré ? m'inquiété-je une heure plus tard en voyant son assiette de dessert intacte.

– J'ai vidé un pot de Nutella avant de venir en pensant que le dîner serait immangeable, ment-elle effrontément – bien que je sois la seule à le savoir.

Les deux *British* rient doucement, sans s'offusquer, puis passent au sujet suivant. L'ambiance n'a rien de guindée, ce soir, et la brune a profité de la décontraction générale pour mettre le paquet. Vannes en séries, propos inappropriés, rires forcés, mimiques en tous genres – pas du meilleur. Je sais qu'elle va mal, qu'elle refuse d'en parler et qu'elle se protège ainsi : en s'évertuant à mettre tout le monde mal à l'aise. Mais ce soir, son public est mal choisi. Emmett et Jude gardent farouchement le sourire et semblent malgré tout apprécier sa compagnie.

Ou du moins, ils ne démontrent aucune hostilité envers elle.

Ce qui est un miracle, vu les horreurs qu'elle sort en rafales !

– Joe, tu veux qu'on aille discuter ? tenté-je de ma voix la plus douce.

– Je suis normale, Sid, je t'assure. Je n'ai pas besoin de vider mon sac ou d'exploser en larmes pour aller bien, soupire-t-elle, les genoux repliés sous le menton.

Son expression dit le contraire et sa voix est terriblement monocorde comme si, malgré ses 25 ans, elle avait perdu toute foi en la vie.

– Je sais que tu te barricades, insisté-je à voix basse. Tu peux m'en parler. De ce qu'il s'est passé.

– On ne va quand même pas gâcher cette belle soirée en ravivant le passé, se reprend-elle, d'une voix plus légère. Je vais bien, sœurette ! C'est oublié, tout ça ! Il faut juste que je me retrouve un boulot, parce que la boxe, c'est bien joli, mais ça ne me paiera pas mes chips !

– Joséphine Merlin, cinquante kilos toute mouillée, sur un ring de boxe ?

J'ai du mal à l'imaginer… se moque Jude.

– Tu parles, elle te mettrait K.O. rétorque Emmett en tapant dans la main de ma jumelle – comme le ferait un ado.

– Et pour votre gouverne, je fais plus de cinquante kilos ! Et c'est que du muscle ! ajoute *Million Dollar Baby* en contractant son biceps.

– Donc tu parlais d'un boulot, Joe ? dis-je une fois cette conversation terminée.

– Ne t'emballe pas, « mama », je n'ai rien trouvé pour l'instant et ça risque d'être long et ardu…

– À moins que j'aie quelque chose à te proposer, sourit insolemment Emmett, en plaçant son bras autour de mon épaule.

– Secrétaire ? Femme de chambre ? Hamster-sitter ? blague ma sœur, sans en croire un mot.

– Nanny. Pour une courte période. Et ça te concerne aussi, Montgomery.

– Quoi ???

Ma jumelle et moi avons réagi à l'unisson, liées par ce fil invisible dont nous avons hérité à la naissance. Je dévisage Emmett, totalement perdue. J'ignore ce qu'il manigance et, pour tout dire, je ne suis pas rassurée. Mon Lord rit doucement, m'embrasse sur la joue puis annonce à la ronde :

– Je compte kidnapper Sidonie pendant un mois. Une petite île perdue au milieu des Caraïbes nous attend. Là où tu as toujours rêvé d'aller… murmure-t-il en plongeant ses yeux intenses dans les miens – écarquillés, brillants, émus.

– Emmett… lâché-je bêtement, faute de mieux, en me lovant dans ses bras.

– OK, *Cœur Caraïbes*, tout ça. Mais je ne vois pas en quoi ça nous… tente ma sœur.

– Je compte laisser Birdie ici, à Londres. C'est la première fois que je vais me séparer de ma fille si longtemps et je veux vous la confier.

– Emmett, on devrait l'emmener ! protesté-je, un peu affolée.

– Non, c'est important qu'on se retrouve à deux, Baby, souffle-t-il en caressant ma paume. Ma fille a toujours été ma priorité, depuis le jour où elle est née. Elle le restera, mais je tiens à nous offrir cette petite escapade. Cet instant au paradis. Juste toi et moi.

– Une escapade ou une lune de miel ? interroge Jude en fixant le plus sérieusement du monde son meilleur ami.

– Idem ! approuve Joe.

Emmett lâche un grognement – j'ignore s'il est gêné ou agacé. De mon côté, rien à signaler – à part mes joues cramoisies et mes yeux embués, tout va bien.

– Bon, pas de réponse à ce que je vois. On peut avoir des informations, par contre ? Sur le rôle qui nous sera confié, par exemple ? continue le dandy.

– Ouais, le suspense devient ingérable… ironise sa nouvelle complice.

Après un sourire dans ma direction, Emmett se lance.

– Joe, si tu acceptes ma proposition, tu veilleras sur Birdie la journée. Imogen t'aidera dans un premier temps, jusqu'à ce que tu sois suffisamment à l'aise pour te débrouiller seule. Ton salaire sera plus que généreux, tu vivras sur place. Sidonie t'expliquera les règles imposées dans cette maison, sourit mon blond ténébreux en me regardant en coin.

– Ô joie… soupire ma jumelle, faussement indifférente.

Tu parles, ce salaire, elle en rêvait !

Peut-être pas des caprices, des doudous Lapin baveux et des jets de purée, remarque…

– Jude, je compterai sur toi chaque soir, chaque nuit et chaque week-end, continue mon homme. Tu prendras la relève après Joe. En dehors du boulot, je tiens à ce que tu sois là. Sur place.

– Vivre ici, tu veux dire ? Pendant un mois ?

– Oui.

– Avec elle ? déglutit Jude en fixant Joe.

– Entre autres, oui. Je te revaudrai ça, crois-moi. Et Connor et Imogen seront dans les parages, au cas où il faudrait intervenir. Mais par pitié, évitez de vous étriper…

– Ou autre… ajouté-je, un sourire polisson sur les lèvres.

– Dans tes rêves, Sid ! s'offusque ma sœur.

– Bien dit ! grommelle le dandy.

– Au fait, détail important… On part dans deux jours ! balance Emmett, ravi de voir leurs mines hébétées.

Nous passons l'heure suivante à rire, débattre, crier, nous chamailler, discuter de tout ce qui pourrait bien arriver en notre absence – en esquivant les détails graveleux. Emmett ne cesse de m'observer de son regard aux nuances de noir, comme pour me sonder. Plus les minutes passent et plus j'ai du mal à réaliser.

– Je n'en reviens pas… fais-je tout bas, en me perdant à nouveau dans ses yeux. Tu vas vraiment m'emmener là-bas ? On va vraiment vivre sur une île ?

– Oui.

– Pendant un mois ?

– Oui, répète-t-il en étirant de plus en plus son sourire.

– Juste toi et moi ?

– Juste toi et moi.

Ses mots parviennent petit à petit à s'imprimer dans mon esprit, ma petite bête se met à bondir à l'intérieur, mon cœur cogne dans ma poitrine. Je suis la femme la plus heureuse du monde, à cet instant. La plus comblée. Il ne manque pas grand-chose pour faire de mon histoire un conte de fées.

– J'ai une meilleure idée ! s'exclame Joe. Pourquoi est-ce qu'on ne partirait pas tous ? Je vous le garde, le machin, moi. Mais sur une île des Caraïbes !

– Impossible… rit Emmett.

– Pourquoi ?

– Suivez-moi, se lève soudain mon Lord en m'attrapant délicatement par la main.

– Contre-soirée ! beugle Jude comme un étudiant attardé – en faisant glousser ma sœur au passage.

Suivis des deux larrons, Emmett et moi avançons main dans la main en direction de la grande terrasse. Je respire du mieux que je peux, à moitié prise de panique – et tire sur ma robe comme n'importe qui d'autre rongerait ses ongles. Lorsque mon Rochester écarte les rideaux et me demande de fermer les yeux quelques secondes, une sensation de vertige s'empare de moi, mais je m'exécute.

Crise… de… nerfs… imminente…

Je suis la main qui me guide, entends brièvement Joe et Jude chuchoter derrière moi. Puis la voix d'Emmett me sort de ma bulle :

– Ouvre les yeux, Baby…

Un cri strident s'échappe de ma gorge. Je plaque ma main contre ma bouche, pour éviter que cela ne se reproduise. La terrasse est tout simplement méconnaissable. Du sable blanc, des palmiers, des noix de coco, des colliers de fleurs et des bougies en forme d'étoiles sont disposés un peu partout. Je me tourne vers Emmett et le dévisage, sans parvenir à retenir quelques larmes. Il me sourit, de la plus tendre des manières, puis me prend dans ses bras. Ses lèvres de velours se déposent délicatement sur les miennes, nous partageons un baiser rempli d'émotions pures, de promesses et de rêves inavoués. Lorsque mon Lord entame quelques pas de danse, je me laisse emporter. Son regard se plonge dans le mien, nous sommes liés, connectés, unis par cette osmose parfaite que je n'ai jamais connue avant lui. Les iris noirs de mon cavalier blanc me font tout oublier, je suis ailleurs. Avec lui. Juste lui. Dans ce décor magique, nous dansons, l'un contre l'autre, bercés par la voix douce et entêtante d'Israel Kamakawiwo'ole.

Over the Rainbow…

Joe et Jude – avec toute la délicatesse qui les caractérise – se raclent la gorge à la fin du morceau et nous ramènent ainsi à la réalité. Je regarde leurs visages éclairés par les bougies, ils sont radieux… et impatients.

Je ne suis donc pas en train de rêver…

Mon beau milliardaire plonge son regard noir de jais dans le mien, juste le temps que je m'y perde, puis il m'embrasse passionnément et tout le reste disparaît. Je suis sur le point de gémir lorsqu'il rompt notre étreinte, se recule d'un pas, embrasse mes mains l'une après l'autre et pose un genou à terre, comme au ralenti… Il sort un écrin argenté de sa poche intérieure et l'ouvre sous mes yeux. Je découvre avec ravissement un diamant d'une pureté incroyable, trônant sur une splendide monture pavée de diamants. Un volcan d'émotions se déverse dans tout mon corps.

– Sidonie, ma sublime Sidonie. Ma douce et tendre Sidonie. Ma courageuse, généreuse, talentueuse Sidonie. Mon entêtée, étourdie, innocente Sidonie, se lance Emmett, le regard illuminé par une flamme céleste.

– Oh, Emmett ! tremblé-je, en sentant mes jambes sur le point de céder.

– Tu sais qui je suis, Sidonie. Qui je suis vraiment. Tu m'as apprivoisé. Tu m'as cerné. Tu es allée chercher plus loin que les autres, le feu sous la glace, tu n'as pas eu peur de plonger… et tu as gagné mon cœur, comme jamais personne d'autre auparavant. Je ne croyais pas aux secondes chances. Je croyais qu'une fois perdu, le bonheur était définitivement hors de portée.

– Je pensais pareil… soufflé-je, en larmes. Avant toi, je n'y croyais pas, à tout ça.

– Ne pleure pas, je t'en prie, sourit-il tristement, en m'attirant à lui.

Je me laisse tomber à genoux, me blottis contre lui, m'accroche à sa taille comme si ma vie en dépendait.

– Tu connais toute ma vie, tu es ma vie, Baby, sourit-il tendrement. Et je veux te cajoler, te protéger, te faire rire, te faire frémir, jusqu'à notre dernier regard. Fais de moi l'homme le plus heureux, le plus chanceux de toute la terre. Épouse-moi, Sidonie. Dis-moi oui.

– …

Dis-lui oui, idiote !

– Dis-moi oui, murmure-t-il à nouveau, entre mes lèvres. Dis-moi oui ou ça risque d'être gênant. Nous avons de la compagnie…

Joe et Jude ricanent doucement dans notre dos.

– Oui ! Oui, oui, oui ! Évidemment que c'est oui ! ris-je en pleurant de plus belle. Je t'aime, Emmett Rochester, je t'aime depuis la première fois que je t'ai trouvé orgueilleux, insupportable et méprisant. Je t'aime depuis que ta nanny m'a traitée d'incapable, que ton drôle de majordome m'a fait les yeux doux et que ta fille m'a repeint les cheveux à la *jelly*. Je t'aime comme je n'ai jamais aimé personne. Je t'aime et je crois que j'en mourrais si ça s'arrêtait… Oui, c'est oui !

Le sourire qui traverse le sublime visage d'Emmett, la lueur qui brille dans ses yeux, la force de ses bras quand ils m'emprisonnent contre lui… Tout porte à croire que pour lui aussi, ce jour est à marquer d'une pierre blanche. Blanche, immaculée, comme la colombe qui vole dans mon cœur.

Mon fiancé passe le bijou à mon doigt, je lutte pour ne pas défaillir.

– Félicitations les Rochester ! Et désolé d'interrompre, mais… Enfin… Qu'est-ce qu'on fait là ? ose enfin demander Jude.

– À ton avis ? Joe et toi… Vous serez nos témoins, Einstein ! se marre Emmett en se relevant pour les serrer dans ses bras.

– OK… Ça aussi, ça se discute, sourit mon adorable peste de sœur en me sautant dessus.

– Oui, enfin, encore faut-il que vous surviviez à votre cohabitation forcée ! ajouté-je, en faisant un clin d'œil à celle qui me ressemble tant – et pourtant si peu.

La musique reprend et je virevolte à nouveau dans les bras de celui qui a su me montrer que la vie n'était pas forcément un combat, un déchirement. Qu'elle pouvait être douce, belle, avoir des ailes et vous mener haut, très haut.

Somewhere, over the rainbow, blue birds fly…

FIN

Extrait

SINGLE DADDY
TRY ME IF YOU CAN

Phoebe Campbell

1

LA DERNIÈRE CÉLIBATAIRE

Mary-Jane

[Désolée, les filles, je ne viendrai pas :
Dean m'a fait une surprise
pour la Saint-Valentin,
j'embarque à l'instant !]

Je souris devant le selfie envoyé en pièce jointe : sourire radieux aux lèvres, Tessa pose devant un hélicoptère noir brillant.

Je ne peux décemment pas lui en vouloir, mais quand mon portable vibre de nouveau, je grimace.

J'ai comme un pressentiment…

[Patrick a réservé une table
dans le meilleur restaurant vegan
de New York et m'a dit
qu'une autre surprise m'attendait…
On se voit demain, je vous aime !]

– Et bingo, lâché-je, résignée, en quittant la table à laquelle je m'étais installée.

Lily se désiste aussi.

Putain, je déteste la Saint-Valentin !

Je vais m'asseoir au bar, faisant signe au barman de m'apporter un autre chardonnay. Je comprends mes deux amies et associées, mais je ne peux pas dire que la perspective de passer cette soirée seule m'enchante. Depuis qu'on travaille ensemble dans notre agence d'architecture et de décoration, Tessa, Lily et moi avons pour règle de nous retrouver chaque semaine pour une soirée entre filles.

Mais ajoutez un mari et un petit ami dans l'équation, et qui se retrouve toute seule pour la soirée entre copines ? C'est MJ !

Le serveur dépose un verre devant moi en me lançant un sourire carnassier. Je ne réagis pas. Je serais venue un autre soir, j'aurais pu me laisser tenter : il est beau gosse et semble maîtriser les cocktails à merveille.

Mais si je pratique intensivement le flirt, j'ai toujours mis un point d'honneur à m'abstenir les soirs « entre filles ». C'est aussi pour ça que la double défection de Tessa et Lily me déprime. Moi, la dragueuse compulsive, la briseuse de cœurs masculins, j'ai toujours fait passer mes copines avant les hommes. Je pourrais presque me faire tatouer *Gals before guys*, les copines d'abord, quoi !

Je soupire, mais mon reflet dans le miroir placé derrière le bar m'arrête instantanément.

Oh là là, cette tête boudeuse de fille déprimée, ce n'est pas moi !

Moulée dans ma robe vert émeraude qui met mon décolleté en valeur, la bouche rouge et l'œil charbonneux, mes longs cheveux bruns lâchés, j'ai l'air d'une fille désespérée d'être célibataire le soir de la Saint-Valentin.

C'est le comble.

J'aime les hommes et je ne vois pas pourquoi je devrais me contenter d'un seul, alors que la découverte, la fièvre des rencontres, c'est ce que je préfère.

Si je dois être parfaitement honnête, c'est tout ce que je connais, en fait.

Chaque fois que j'en ai envie, je trouve un homme pour passer la nuit avec moi. Rarement plus, tout simplement parce que si j'aime séduire et faire l'amour, tout le reste m'ennuie profondément. Pour les conversations, j'ai mes copines.

D'ailleurs, je sors mon smartphone, ouvre Messenger et fais défiler mes contacts en ligne.

Carrie ! Super, aux dernières nouvelles, elle revenait de Bangkok.

Carrie et moi nous sommes perdues de vue après la fac, mais elle me laisse le souvenir d'une fille toujours partante pour s'amuser, sans trop de tabous, marrante et en permanence entre deux mecs.

Ce soir, soit elle est aussi maussade que moi, soit elle fait la fête quelque part où il n'y a ni cœurs en papier suspendus au plafond, ni rose offerte à l'entrée.

Sans plus réfléchir, je lui envoie un premier message.

[Salut, Carrie ! Ça fait longtemps
qu'on ne s'est pas vues !
On pourrait se retrouver quelque part,
je suis vers NoMad.]

Normalement, j'ai une chance sur trois pour que Carrie soit elle aussi à proximité de ce quartier branché, où les clubs pullulent.

Afin d'assurer mes arrières, je continue de faire défiler mes contacts, jusqu'à tomber sur Jess, une ancienne copine de lycée. On ne s'est pas revues depuis… quatre ou cinq ans ?

Ça pourrait être marrant.

Mais une réponse apparaît sur mon écran. Carrie !

[Hello, MJ !
C'est dingue que tu me contactes
justement ce soir !
Tu ne devineras jamais où je suis !]

Trois smileys morts de rire sont envoyés juste après.

Amusée, j'essaie de deviner où peut bien se trouver Carrie un quatorze février au soir.

[Un club de strip masculin ?
Un bar à shooters ?
Un sauna privé ? Un indice ?]

Je la bombarde à mon tour de smileys souriants et perplexes et j'attends.

[Perdu ! Au Lenox Hill Hospital,
avec Dan ! Et bientôt avec Mary…]

Une avalanche de cœurs roses et rouges dégouline sur mon écran.

Suivie d'une photo de Carrie enceinte, dans une chemise de nuit rose, les deux pouces levés.

Je fixe mon smartphone, sous le choc. Une autre photo m'arrive. Cette fois, j'ai droit à Dan, qui doit être son mec (je suppose, ou alors elle est vraiment proche de son obstétricien). C'est un blond plutôt joli garçon, qui commence à se dégarnir et qui tient la main de Carrie comme si elle allait s'envoler.

À mon avis, aucun risque de ce côté-là.

Je suis censée répondre quelque chose. Elle va croire que j'ai fait une attaque à l'annonce de l'heureuse nouvelle.

[Super ! Félicitations ! Et bon courage !]

Ça se fait, de souhaiter « bon courage » à une future maman ? Aucune idée.

[J'espère que ça va aller vite,
je trouve super romantique
de mettre au monde
notre troisième enfant
le jour des amoureux !]

Je manque de m'étrangler.

Trois enfants ?!! TROIS ENFANTS ! Mais elle a mon âge !

Je m'imagine trois fois mère à 27 ans. Un frisson me parcourt l'échine. Je n'ai rien contre les familles nombreuses, mais c'est comme pour les tatouages : super pour les autres.

J'envoie juste un pouce levé. Je ne vais pas non plus lui tenir compagnie toute la soirée. Dan est là pour ça.

Dépitée, je bois un peu de chardonnay, avant de tenter ma chance auprès de Jess. Au lycée, elle a eu une période grunge, avant de devenir Suicide Girl, puis jammeuse dans une équipe de roller derby (la fille en roller qui se fait projeter sur une piste pour passer en tête ou être démolie par l'équipe adverse).

Aucune chance qu'elle soit en train d'accoucher en ce moment, et ça m'étonnerait bien qu'elle roucoule.

[Hey, Jess ! Ça te dit qu'on se voie, ce soir ?
Je t'invite pour un verre ou plusieurs.]

– Bonsoir, je ne sais pas qui est le type qui vous a posé un lapin, mais il n'a visiblement aucun sens des priorités, fait une voix grave derrière moi.

Je soupire exagérément. Je sais, rien qu'au parfum saturé de notes de cuir, que je vais détester le mec qui a osé me sortir cette réplique débile. Un rapide coup d'œil confirme ce que j'avais conclu : mec marié qui sort d'un rendez-vous d'affaires plus tôt que prévu.

– Que prenez-vous ? Un mojito ? Ou peut-être un sex on the beach ? ajoute-t-il d'un ton écœurant.

– Je vais prendre un « laisse-moi tranquille, tu es beaucoup trop marié pour faire ça », lâché-je en lui tournant le dos.

Enfin, peu m'importe son mariage, ça n'est pas moi qui ai prononcé des vœux de fidélité… je veux juste la paix !

Il s'éloigne en grommelant.

Heureusement, un appel me rend le sourire : c'est Jess ! D'un geste, je saisis mon oreillette et décroche.

– Hey, salut, comment ça va ? commencé-je.

– Je vais super bien et toi ? Tu es où ? Parce que là, je suis avec des copines, tu pourrais nous rejoindre !

Je savais que je pouvais compter sur elle !

J'agite ma carte de crédit en direction du barman, qui accourt aussitôt.

– Avec plaisir, fais-je tout en payant. J'attrape un taxi et je vous rejoins.

En fond sonore, j'entends des rires et des tintements de verres qu'on entrechoque. Exactement ce dont j'ai besoin.

– Oh, génial, on est chez Kleinfeld ! Entre la Sixième et la Septième Avenue !

– Attends, fais-je, fronçant les sourcils. Par « Kleinfeld », tu veux dire…

– La boutique de robes de mariée ! termine Jess dans un éclat de rire.

Maudite. Je suis maudite.

Je récupère ma carte de crédit, pose mon téléphone pour enfiler mon manteau, l'oreillette toujours en place.

– C'est pour une de tes amies ou… tenté-je, sans trop d'illusion.

– Non, pour moi ! Et j'ai besoin de toi, j'hésite entre trois modèles ! Heureusement, la boutique est ouverte jusqu'à minuit ce soir ! Je t'envoie les photos, tu réfléchiras dans le taxi !

– Oh, mais… tu te maries quand exactement ? Je veux dire… Félicitations ! ajouté-je.

C'est moi ou ma voix sonne abominablement faux ?

– Merciiii ! Jerry est génial, mais j'ai intérêt à trouver la robe ce soir, on doit encore tout finaliser pour la décoration ! J'ai apporté les albums de toutes les images que j'ai découpées dans des magazines, tu m'aideras aussi à choisir les accessoires… C'est stressant, mais génial à la fois ! Je suis hyper excitée, tu ne peux pas savoir ! Tu seras là dans combien de temps ?

Jess, je suis contente pour toi, mais je préférerais encore passer la soirée avec le gros lourd de tout à l'heure.

– Oh mince, j'ai un double appel ! Ça doit être le boulot, c'est la poisse ! osé-je dire sans une once de remords.

– Le soir de la Saint-Valentin ? Mais c'est horrible !

– Affreux. Je te reprends après, à tout de suite !

Je raccroche.

– Mais quelle soirée pourrie ! soupiré-je, les yeux fermés.

Quand je les rouvre, un bel homme d'une trentaine d'années, en costume, me tend une coupe de champagne avec un sourire arrogant.

– Je suis sûr que je peux améliorer ça, dit-il en me regardant droit dans le décolleté.

Et de deux.

Sa prétention et son regard libidineux me donnent instantanément envie de commettre un meurtre.

– Je ne pense pas, non, réponds-je, impassible. Je ne suis pas d'humeur, là.

Sans lui laisser le temps de répondre, j'attrape mon sac et mon smartphone, puis fonce vers la sortie. J'ai à peine le temps de remarquer que le bar s'est rempli de petits couples qui se regardent avec des yeux pleins de tendresse… et que les quelques hommes seuls sont tous en train de me regarder comme si j'étais une pâtisserie.

Sauf que ce soir, je me sens bien plus acide et amère que douce et sucrée.

En sortant sur le trottoir, j'appelle effectivement un taxi, mais l'adresse que je donne est la mienne. Aucune envie de rentrer à pied ou en métro, sachant que toute la ville semble baigner dans une atmosphère romantique niaise, à base de rose bonbon et de promesses idiotes. Quand on sait que le taux de divorce à New York est de cinquante-cinq pour cent, franchement…

Tiens, à ce propos.

[Désolée, Jess, je ne vais pas pouvoir venir.
Meilleurs vœux !]

Après quelques minutes, je comprends qu'elle ne me répondra pas. Elle doit être trop occupée à choisir sa robe. D'ailleurs, il semblerait que ce soir, toutes mes amies soient trop occupées par leurs histoires d'amour. Comme le reste de la ville.

Sauf moi, qui viens de passer la soirée des amoureux en tête à tête avec un verre de chardonnay. Ce qui est un peu pathétique. Tessa et Dean sont mariés et je suis sûre qu'ils font partie des quarante-cinq pour cent qui resteront unis jusqu'au bout. Lily, quant à elle, a trouvé son alter ego en la personne de Patrick. Je les vois finir ensemble aussi.

Alors à quoi vont ressembler mes prochaines Saint-Valentin ? Quand j'aurai 40, 50 ans ?

Qu'est-ce qui m'arrive ? Je n'avais jamais pensé à ce genre de trucs…

Mon regard se perd dans le spectacle des rues new-yorkaises. Des lampions en forme de cœur, des femmes souriantes, un bouquet à la main, des hommes qui se sont faits beaux, l'air un peu ému…

– Merde…

– Pardon ? demande le chauffeur de taxi.

– Non, rien, excusez-moi.

Jusqu'à présent, chaque fois que j'ai décidé d'accomplir quelque chose, je l'ai fait. Mes parents, qui sont des professeurs de littérature émérites, auraient adoré me voir leur emboîter le pas… J'ai choisi les chiffres et suis devenue courtière en prêt bancaire et financement. J'ai voulu travailler dans une ambiance sympa, sans supérieur hiérarchique ni comptes à rendre, j'ai cofondé « Oikia » avec des amis. J'ai toujours voulu être libre et indépendante dans ma vie privée, je le suis. Mais… ce soir de Saint-Valentin, le pincement au cœur que j'éprouve est bien réel. Quelque chose ne va pas.

Je suis une femme rationnelle : si j'ai mal aux dents, je vais chez le dentiste. Là, j'ai mal à… j'ignore où exactement, mais je vais aller voir quelqu'un qui pourra m'aider à le savoir et qui m'indiquera quoi faire pour résoudre le problème.

Décidée, je reprends mon smartphone et cherche immédiatement la liste des psys new-yorkais situés dans un périmètre pas trop éloigné de l'agence ou de chez moi. Autant me simplifier la vie.

J'ai dit que j'étais rationnelle ?

Rapidement, j'élimine tous ceux qui ont de mauvaises critiques de la part d'anciens patients. La liste se réduit drastiquement. Une présentation attire mon attention.

B. Gallois, psychothérapeute.
Confidentialité totale garantie.
Addictions en tout genre, principalement au sexe.

Addiction au sexe.

L'intitulé me laisse songeuse.

N'est-ce pas ce que je suis ? Accro au sexe ?

Soudain, une autre question me frappe : ne serais-je pas aussi réfractaire à tout autre type de relation ? Le sexe et rien d'autre.

J'ai toujours revendiqué ma liberté d'agir, ma liberté de ton… Je suis envahie par le doute : mon célibat est-il réellement un choix ? Je l'ai toujours considéré comme une liberté de faire ce que je voulais avec qui je désirais, mais serait-il en fait une prison aux barreaux invisibles ?

En d'autres termes : serais-je condamnée à rester seule ?

Je grimace. Pour la première fois de ma vie, je viens d'associer les mots « célibataire » et « seule ».

Je reporte mon attention sur la présentation. La mention de confidentialité totale me met en confiance. J'ai couché avec assez d'hommes mariés, célèbres ou puissants pour savoir que la confidentialité est la base de toute relation.

Ce sera ce mystérieux B. Gallois.

Rapidement, je m'inscris sur le secrétariat électronique en ligne, qui m'annonce un rendez-vous dans trois semaines. Je grimace, active la fonction « se voir proposer un autre créneau en cas de désistement », puis m'absorbe de nouveau dans la contemplation des rues qui défilent.

Encore trois semaines avant de démarrer une thérapie pour la première fois de ma vie. Encore trois semaines avant que ma vie ne change ?

Est-ce que je veux que ça change ?

Extrait

LOVE SCANDAL

Lise Robin

1

LE SCOOP

Evy

Comme à chaque fois que j'ai besoin de me détendre ou de réfléchir, je finis par venir ici, au parc zoologique.

L'endroit que je préfère de toute la Californie…

C'est là où je me sens le mieux, où je peux tout oublier et prendre de grandes décisions.

L'endroit est calme en semaine, et d'autant plus durant la pause du midi. Les rares visiteurs sont attablés à cette heure-ci. Et quelle que soit la période de l'année, ce zoo n'est pas l'activité touristique principale, contrairement à Hollywood Boulevard, Beverly Hills, Santa Monica ou encore les parcs d'attractions et studios de cinéma. Bien que j'aie du mal à comprendre cet intérêt pour le strass et les paillettes, je ne m'en plains pas. Au contraire, cela arrange bien mes affaires.

Je m'arrête pour m'asseoir sur un banc et pose mes sacs près de moi. J'entame le muffin aux myrtilles que j'ai acheté en sortant du boulot, mais l'appétit me manque. Depuis mon entretien avec Stanley, mon estomac ne se dénoue pas. J'ai beau ne pas vraiment avoir le choix, il m'est impossible de me résigner. Je suis photographe et non paparazzi.

J'attrape ma sacoche photo, il est temps pour moi de m'aérer l'esprit. J'installe mon objectif et effectue tous les réglages nécessaires. Enfin, j'insère une nouvelle carte mémoire, une bleue, la couleur qui me permet de différencier mes photos perso des photos pour *Celebrities*. Je passe la lanière de mon appareil autour de ma nuque, et récupère mes sacs avant d'arpenter les chemins du zoo. Instinctivement, je me retrouve du côté des félins. Certainement à cause des clichés de *The Wild* que j'ai regardés avec Andy ce matin. La lionne blanche est gestante, couchée à l'ombre, comme à son habitude ces dernières semaines. Rassurée sur son état, je m'éloigne du côté des chats pêcheurs. Les animaux sont debout sur une grosse branche à proximité de la vitre qui nous sépare d'eux.

Je prends quelques prises en contre-jour qui ne me plaisent pas vraiment, avant de quitter le parcours préconisé pour emprunter un raccourci méconnu, bien caché dans les feuillages, qui sert de passage aux soigneurs du parc.

Un peu plus loin, les pumas sont dans un enclos surélevé, avec une séparation grillagée. J'approche tout doucement, à pas de loup, pour ne pas les alerter. J'avais espéré saisir l'occasion de faire de belles photos des félins endormis, mais à l'autre bout de l'enclos, un père et son enfant s'amusent. Un des pumas les observe tandis que l'autre les ignore royalement. Il se tient assis, pattes avant tendues, le regard fixé sur l'horizon. En réalité, il écoute, il est attentif aux humains qui l'entourent, concentré. Ses oreilles le trahissent en bougeant légèrement selon l'ampleur des sons émis par l'enfant.

Mon index s'agite sur le bouton principal de mon appareil photo. Je mitraille le profil de ce rare félidé au pelage uni. Je suis certaine qu'il s'agit d'un mâle, étant donné sa corpulence approchant généreusement la centaine de kilos. Je suis éblouie par la superbe de cet animal fier, majestueux. Je m'attarde sur ses pupilles au moment où la lumière du soleil les rend verticales, telles celles des chats domestiques. Puis, je zoome sur ses oreilles, courtes et écartées, mais malheureusement l'animal se retourne brusquement en réaction à un éclat de rire de l'enfant.

Par réflexe, je pivote moi aussi dans cette direction. L'œil collé à mon objectif, je ne peux m'empêcher de sourire face au spectacle qui se joue à quelques mètres de moi. Je zoome encore un peu plus pour mieux admirer le visage du petit garçon. Son sourire est éblouissant, ses yeux sont remplis d'amour pour son père et ses expressions sont d'une spontanéité adorable.

Je ne photographie que rarement les hommes. Je n'aime pas vraiment ça. Contrairement aux animaux, les humains prennent la pose, affichent des expressions factices. Trop peu osent se montrer tels qu'ils sont vraiment. Et c'est pourtant là que l'on peut faire de belles photos. Voilà pourquoi j'aime photographier les animaux. Eux ne mentent pas !

La mission de ce soir, lors du gala, sera de prendre des clichés d'humains venus pour être photographiés. Maquillés, vêtus de tenues hors de prix, de parures de grands joailliers, ils n'oublieront pas d'enfiler leur masque de star pour devenir celui ou celle qu'ils veulent que le monde voie.

Je prends appui sur la rambarde à l'aide de mon coude pour me focaliser sur l'homme et son fils. Ils me donnent envie de les photographier et feront un parfait entraînement avant le gala. Au fur et à mesure de mes prises de vues, je les examine tous les deux.

Le père ne semble pas avoir la trentaine. Ses cheveux sont courts et bruns sous sa casquette de baseball. Il porte une veste en tissu léger de couleur grise, un bermuda long en jean et des baskets noires. Un homme tout ce qu'il y a de plus commun avec des lunettes de soleil noires du style aviateur. Le garçonnet, qui ne doit pas avoir plus de 5 ans, est quant à lui châtain clair. Quelques mèches rebiquent légèrement depuis que son père les lui a ébouriffées. Il est vêtu d'un short bleu, d'un gilet jaune, avec des sandalettes foncées. Le regard complice qu'il lance à son père est si intense que mes mains tremblent. J'enclenche le bouton de mon appareil à plusieurs reprises. Je pense à ma mère, à ces quatre années sans nouvelles… avant d'enfouir tout ça plus profondément encore en moi.

Le papa a l'air de singer le puma pour amuser l'enfant. Il lui tourne autour avec une lenteur extrême. Le garçon tente de retenir un sourire, il n'a pas peur, il est convaincu que cet homme ne peut pas lui faire de mal. Tout comme le félidé, la silhouette du père est fine et musclée, sa mâchoire est carrée et puissante. Je suis fascinée par sa démarche sauvage. Il passe dans le dos du petit garçon et se jette sur lui en riant et en le chatouillant, le faisant tourbillonner dans les airs. Les éclats de rire font écho entre les feuillages des arbres qui nous entourent.

Je m'aperçois que je ris avec eux lorsque les rires s'estompent. En une seconde à peine, l'homme relève la tête dans ma direction. Il pose immédiatement son fils en lui disant quelque chose que je n'entends pas de là où je me trouve. Puis, d'un seul geste, il retire ses lunettes aviateur, comme pour mieux me voir. Et à travers mon objectif, je capte les iris mordorés de son regard aussi dangereux que celui du puma. Mon index est figé sur le déclencheur, mes doigts se resserrent autour du grip. Mon corps tout entier est parcouru d'un brûlant frisson, saisissant et immobilisant.

Je le reconnais ! C'est lui ! Eliott Clark ! Que fait-il ici ?

Immédiatement, je me sens pâlir et je réalise la valeur des photos que je viens de prendre. Je n'ai pas le temps de réagir que l'acteur m'a déjà rejointe. D'un geste brusque, il pousse mon appareil photo du plat de sa main, la sangle frotte contre ma nuque.

– Arrêtez ça immédiatement ! Qui vous envoie ? Vous n'avez pas le droit de faire ça ! rugit-il.

– Je... Rien ! Personne ! Je ne savais pas ! Excusez-moi ! Je suis désolée de... Je ne savais pas, je vous le jure ! bafouillé-je, confuse.

– Comment ça, vous ne saviez pas ? aboie-t-il.

Il s'approche légèrement de moi, et ce pas suffit pour que je sente sa colère monter. Je lève les mains devant moi, les paumes à plat entre nous en signe de paix.

– Je prenais des photos des pumas et... vous étiez tellement attendrissants tous les deux que je me suis laissée porter par le moment... Je ne savais pas que c'était vous, expliqué-je non sans difficulté.

– Vous n'êtes pas paparazzi ? Vous êtes une simple touriste ? raille la star, peu convaincue.

– Une passionnée des animaux, plus exactement, juré-je en agitant la tête de haut en bas.

– Prouvez-le ! Effacez ces photos ! m'ordonne-t-il.

Son ton est rude, même si son regard s'adoucit un peu. Et je ne peux pas le lui reprocher, je comprends sa position dans une telle situation. Je me sens affreusement gênée. Je me sens... paparazzi.

– Je vous promets de les effacer !

– Faites-le maintenant, devant moi ! Il s'agit de ma vie privée, vous n'avez pas à détenir ce genre de photos !

Eliott Clark accompagne ses propos d'un geste du menton pour m'encourager à lui obéir.

– Oui, évidemment...

L'acteur se place à mes côtés, le visage au-dessus de mon épaule afin de vérifier chacun de mes gestes. À une rapidité folle, mon pouce fait défiler les photos et les supprime dans la foulée les unes après les autres.

– C'est qui la dame ?

La voix du garçonnet me fait sursauter.

– Je suis Evy. Enchantée. Et toi, comment t'appelles-tu ?

Je lui tends la main afin de la lui serrer. Il est si mignon avec ses joues encore rondes et ses yeux pétillants.

– Ne lui parlez pas ! Ne le touchez pas ! Ne l'approchez pas ! me met en garde la star.

Posté entre l'enfant et moi, comme si j'étais une menace, Eliott Clark me lance un regard dissuasif.

– Kate est là… lui annonce son fils en tirant sur sa veste.

Nous tournons tous deux la tête à l'unisson, lui pour la chercher du regard, moi pour voir qui est cette fameuse Kate.

– C'est ma nounou, renchérit l'enfant en me fixant.

– Va la rejoindre bonhomme, j'arrive dans une seconde, d'accord ?

Le petit garçon court en direction d'une jeune femme qui l'accueille avec un câlin.

– Vous n'avez rien vu, vous ne nous connaissez pas, rien de tout cela ne s'est passé ! On est d'accord ?

Eliott Clark me dévisage par-dessus ses lunettes de soleil qu'il a remises sur son nez pendant ma minute d'inattention.

– Promis, juré, craché !

Et je ne sais pour quelle raison, je crache vraiment par terre. Je vois ses sourcils se dresser de surprise. Qu'est-ce qui m'a pris de faire ça ?! Puis, je regarde la star de cinéma s'éloigner et rejoindre son fils, qui glisse naturellement sa petite main dodue dans la grande paume protectrice de son père.

addictives

Romans déjà parus et à paraître

Rose Becker
Le Bébé, mon milliardaire et moi (aussi en poche)
Noël, mon milliardaire et moi
Agaçant, sexy & dangereux
Cède-moi
Torride, sexy & dangereux
Le père Noël était (presque) parfait
Forever You – saisons 1 et 2
Dangerous

Anna Bel
Bad & Perfect

Phoebe Campbell
Tes ordres sont mes désirs – volumes 1 à 3 (aussi en poche)
Lui résister… ou pas – volumes 1 et 2
Fast
Lui résister… ou pas – l'intégrale
You Again
Single Daddy – Try Me if You Can

Mia Carre
Bad for You
Teach Me Everything

Olivia Dean
À lui, corps et âme – volumes 1 et 2 (aussi en poche)
Dangerous Rider

Juliette Duval
Bad Games

Stuart Evans
Roméo & Jules
Sea, Sex & You

Ann Fox
Spring Break – l'intégrale

Emma Green
Toi + Moi : L'un contre l'autre (aussi en poche)
Toi + Moi : Envers et contre tout (aussi en poche)
Toi + Moi – Seuls contre tous (aussi en poche)
Call Me Baby – volumes 1 et 2
Love Me if You Can
Call Me Bitch
Kiss Me if You Can

Bliss. Le faux journal d'une vraie romantique – volumes 1 et 2
Jeux interdits
Jeux insolents
Fallait pas me chercher! – volumes 1 et 2
Corps impatients
Cœurs insoumis
Bliss – Le faux journal d'une vraie romantique – l'intégrale
Âmes indociles
Cent facettes de Mr Diamonds – l'intégrale
Jeux imprudents
(Im)parfait
Une toute dernière fois
Love Me if You Can – l'intégrale
It's Raining Love!
Kiss Me if You Can – l'intégrale
The Boy Next Room
Call Me Baby – l'intégrale

Kim Grey
Ma vie, mes rêves et lui
Sexy comédie – Recherche (fausse) fiancée
Apprends-moi – My Stepbrother
Insolent Bastard

Megan Harold
Tout pour lui – volumes 1 et 2 (aussi en poche)
Sublime-moi! – poche
Juste toi et moi – volumes 1 et 2
Insupportable… mais à tomber!
Arrogant Player
Breaking the Rules

Julie Huleux
Alpha Player

Kate Jacobson
Révèle-moi – volumes 1 et 2

Amber James
Contrôle-moi – poche

Lucy Jones
Perfect Lover. Envoûte-moi! – poche
Bad Secrets

Sienna Lloyd
Mords-moi!

Nina Marx
Soumets-moi! – volumes 1 à 3
Escort Girl. Diamonds Private Club – poche
Rock You – l'intégrale de la trilogie *Soumets-moi!*

June Moore
Étreinte – volumes 1 à 3
Étreinte – l'intégrale

Clara Oz
Resist or Not ?
Arrogant
Te séduire, te trahir

Heather Powell
Je te veux – volumes 1 et 2

Lisa Rey
Love Challenge

Lise Robin
Infiltrée – Sex, Drugs & Danger
Love Scandal

Alex Roussel
Ch't'aime. Moi non plus !
The Casting

Ana Scott
Dark Ride

Mina Shepard
Mon milliardaire, mon mariage et moi

Gabriel Simon
Sex Friends – Mon boss et moi

Ève Souliac
Perfect Mistake
Sexy Mistake

Liv Stone
Love Lessons

Lisa Swann
Adore-moi ! – volumes 1 et 2
Attractive Bastard
Adore-moi ! – l'intégrale

Louise Valmont
Play with Me
Toi & moi, c'est compliqué !
Mine Again

Chloe Wilkox
Ordonne-moi ! – volumes 1 à 3
Ordonne-moi ! – l'intégrale
Lune de sang – La meute de Riverside Creek
Wild Love – Bad Boy & Secret Girl – saisons 1 et 2
Extreme Lover – l'intégrale

Luv

Romans déjà parus et à paraître

Ana K. Anderson
Indompté

Fanny André
À jamais. Une vie pour l'Autre

L.S. Ange
Cash Girl. Combien tu m'aimes ?

Sophie Auger
Be with Me

Juliette Brunel
Delicious

Anne Cantore
On the Road with You
Promets-moi – Louise et Marco

Sarina Cassint
Avec toi… peut-être
Insolent Boss

Nora Davy
Absolute Boss
Don't resist

Gwen Delmas
Noël, toi & moi
Perfect Boss

Cléa Dorian & Ninon Vars
Dark Love

Audrey Dumont
The Pink Panthers

Lil Evans
Savage Rider
Crash & Burn

Ena Fitzbel
Sexy Disaster

Chrys Galia
TOI (mon ex, ton ex) & MOI
Dark Revenge

Alexandra Gonzalez
Shades of You

Erin Graham
Teach Me Love

Joh Harper
Crazy Love

Iris Julliard
Prends-moi contre toi
Catch & Shoot

Lucie F. June
Fight with Darkness

Sara June
Rider in the Dark

Lena Jung
Mon coloc, mes désirs et moi

Jessica Lumbroso
Emma X. Secrète et insoumise

Mag Maury
Fast Games
No Love, No Limits

Jeanne Pears
Insupportable coloc

Jeanne Périlhac
Only You… & Me

Silvia Reed
Darkest. La dernière heure

Avril Rose
Challenge Me
Coffee, Sex & Law

Jana Rouze
Effet de vague – saisons 1, 2 et 3

Wendy Roy
Une seule fois (ou presque)

Sophie S. Pierucci
L'Inconnu de l'ascenseur et moi
My Stepbrother – L'initiation

Ana Scott
À corps brisés

Gabriel Simon
Toi & Moi, à cet instant précis

Cara Solak
Perfect Obsession

Liv Stone
Initie-moi. Mes jours contre tes nuits

Lena K. Summers
Perfect Bad Boy

Lily Tortay
Dance for Me

Flore Valier
Ta peau contre la mienne

Dance for Me
Lily Tortay

Elle ne veut pas de lui. Il ne veut qu'elle.
Charisma a enfin une vie qui lui plaît et elle est déterminée à la préserver.
Fini les risques inconsidérés, les décisions impulsives. Elle ne se fera plus avoir !
Mais, visiblement, Camden n'a pas reçu le mémo…
Tatoué, arrogant, charmeur, le bad boy musicien déboule dans sa vie comme un ouragan. Et il compte bien lui faire oublier toutes ses règles et tous ses principes !
Céder ou ne pas céder… Difficile de savoir quelle option est la plus dangereuse !

Auteure : Emma Green

Edisource – Éditions Addictives
100, rue Petit, 75019 Paris
Imprimé par FINIDR – Lipova cp. 1965 – 73701 Cesky Tesin,
République tchèque
Dépôt légal : juillet 2019 – Achevé d'imprimer : juin 2019
ISBN : 978-2-37126-284-3
Réf. contrats : ZSID_001, ZSID_002, ZSID_003, ZSID_004, ZSID_005 et ZSID_006